Tessa Dare

Autrice de best-sellers, elle s'est spécialisée dans la romance historique de type Régence. Ses romances mêlent esprit, sensualité et émotion. Elle a été récompensée par le prestigieux RITA Award.

Valse de minuit

DE LA MÊME AUTRICE AUX ÉDITIONS J'AI LU

Trois destinées

1 – *L'impulsive*
2 – *L'aventurière*
3 – *L'idéaliste*

Le club des gentlemen

1 – *Valse de minuit*
2 – *Le destin de Merry Lane*
3 – *Trois nuits ou jamais*

Les demoiselles de Spindle Cove

1 – *Un moment d'abandon*
2 – *Une semaine de folie*
3 – *Un mariage au clair de lune*
4 – *Tant qu'il y aura des ducs*

Les héritières

1 – *Il était une fois un duc*
2 – *Des fleurs pour la mariée*
3 – *Mariage à l'écossaise*
4 – *À cause d'un rendez-vous galant*

Un drôle de mariage
Le jeu de la préceptrice
Une délicieuse voisine

TESSA

DARE

LE CLUB DES GENTLEMEN – 1

Valse de minuit

Traduit de l'anglais (États-Unis)
par Cécile Ardilly

J'AI LU

Si vous souhaitez être informée en avant-première
de nos parutions et tout savoir sur vos autrices préférées,
retrouvez-nous ici :

www.jailu.com

Abonnez-vous à notre newsletter
et rejoignez-nous sur Facebook !

Titre original
ONE DANCE WITH A DUKE

Éditeur original
Ballantine Books,
an imprint of the Random House Publishing Group,
a division of Random House, Inc., New York

1

Londres, juin 1817

Un glaçage à la mûre.

Amelia d'Orsay réprima un petit cri de jubilation – la salle était certes comble, mais elle ne tenait pas à attirer l'attention. Elle ne voulait pas avoir à se justifier auprès de toutes ces jeunes femmes. D'autant que la cause de son allégresse n'était à imputer ni à un jeu de cartes chanceux ni même à une demande en mariage. En réalité, elle venait de fignoler mentalement le menu d'un dîner.

Elle imaginait d'avance les commentaires de ses amies.

— Lady Amelia, il n'y a que vous pour songer à des recettes de cuisine en un moment pareil !

À vrai dire, cela faisait des semaines qu'elle se triturait les méninges pour trouver comment agrémenter le faisan braisé sans passer par la traditionnelle réduction à l'eau-de-vie de pomme. Elle avait enfin sa réponse ! Un glaçage à la mûre. Relevé de quelques clous de girofle, peut-être.

Voilà qui était réglé. Elle inscrirait plus tard la variante dans son cahier de recettes. Dissimulant son enthousiasme, elle se contenta d'afficher un demi-sourire. Leur été à Briarbank s'annonçait officiellement parfait !

Mme Bunscombe passa en la frôlant dans un froufrou de soie écarlate.

— 23 h 30, fredonna leur hôtesse. Bientôt minuit.

Bientôt minuit. À cette pensée, l'enthousiasme d'Amelia retomba.

Une débutante au visage d'ange lui agrippa le poignet.

— Il va apparaître d'un instant à l'autre. Comment faites-vous pour rester si calme ? Si ce soir, il me choisit, je risque de faire un malaise.

Amelia lâcha un soupir. Et c'était reparti. Comme à chaque bal, à partir de 23 h 30.

— En tout cas, inutile de chercher à lui faire la conversation, intervint une jeune femme vêtue d'une robe de satin vert. C'est à peine s'il ouvre la bouche.

— C'est à se demander s'il parle notre langue. Ne dit-on pas qu'il a grandi en Abyssinie ou…

— Au Bas-Canada, rectifia une deuxième fille en baissant la voix. Bien sûr qu'il parle notre langue ! Mon frère joue aux cartes avec lui. Il dégage néanmoins quelque chose d'assez primitif, vous ne trouvez pas ? C'est peut-être sa démarche.

— Ou bien ce sont tous ces ragots qui vous montent à la tête, suggéra Amelia non sans bon sens.

— C'est un merveilleux danseur, renchérit une troisième fille. Lorsque nous avons valsé, j'ai eu l'impression de flotter. Et il est aussi beau de près que de loin.

Amelia lui adressa un sourire patient.

À l'ouverture de la saison, le duc de Morland, un ours solitaire plus riche que Crésus, avait fini par se montrer en société. À peine quelques semaines plus tard, il avait tout Londres à ses pieds. À chaque bal, le duc apparaissait aux douze coups de minuit. Il jetait alors son dévolu sur une jeune femme. Mais après quelques danses, il escortait sa partenaire jusqu'à la salle à manger et… disparaissait.

Moins de deux semaines après sa première apparition, les journaux l'avaient déjà surnommé le « Duc de Minuit », et on se l'arrachait à toutes les soirées. Les jeunes filles à marier n'acceptaient aucune danse avant le dîner de peur de rater une occasion de danser avec le duc. Pour couronner le tout, les hôtesses plaçaient une horloge en un endroit bien visible et donnaient pour consigne à l'orchestre d'entonner le quadrille à minuit pile. Inutile de préciser que le final consistait en une valse lente des plus romantiques.

Le spectacle tenait tout le beau monde en haleine. À chaque bal, à l'approche de minuit, les spéculations allaient bon train. C'était comme contempler des chevaliers du Moyen Âge tenter d'extraire Excalibur du rocher. Les ragots pullulaient. Un soir, pensait-on, une timide ingénue parviendrait à mettre le grappin sur le célibataire récalcitrant, donnant ainsi naissance à une légende.

— On raconte qu'il a vécu comme une sauvage en pleine nature, fit la première jeune fille.

— Il paraît qu'il était à peine civilisé quand son oncle l'a recueilli, ajouta la deuxième. Apparemment, le comportement de sauvageon de son neveu aurait achevé le vieux duc. Il aurait succombé à une crise d'apoplexie.

La jeune femme en vert murmura à son tour :

— Mon frère m'a rapporté qu'il y avait eu un « incident » à Eton. Une espèce de querelle... je ne sais pas précisément. Quoi qu'il en soit, un élève aurait failli mourir, et Morland aurait été expulsé pour cette raison. Pour que l'on renvoie l'héritier d'un duc, c'est que l'affaire était grave.

— Vous ne croirez jamais ce que j'ai entendu dire, intervint Amelia. Il semblerait que, les nuits de pleine lune, le duc se change en hérisson.

Une fois les rires dissipés, elle ajouta :

— Franchement, je ne comprends pas l'intérêt qu'il suscite.

— Vous ne diriez pas cela si vous aviez dansé avec lui.

Amelia secoua la tête. Elle avait assisté à la même scène au cours des semaines passées, non sans amusement. Cependant, jamais elle n'avait songé – ni même désiré – en faire partie. Ce n'était pas de l'amertume, loin de là. Mais alors que la plupart des jeunes femmes y voyaient une romance fascinante, Amelia considérait ce numéro comme un mélodrame complaisant. Un duc riche, beau et célibataire cherchant à accaparer l'attention de la gent féminine. Ce devait être un homme incroyablement vain.

Quant à celles qu'il attrapait dans sa toile – des jeunes filles insipides, de petits modèles, de jolis minois –, aucune ne ressemblait de près ou de loin à Amelia.

En fin de compte, peut-être éprouvait-elle un soupçon d'amertume.

Une femme célibataire n'était-elle pas en droit de revêtir le statut de vieille fille en paix ? Fallait-il qu'à chaque bal on remue le couteau dans la plaie ? Qu'elle assiste, exaspérée, à la même scène, dont elle était inéluctablement exclue ? À minuit le duc apparaissait, et à minuit et une minute, son regard balayait la salle sans la voir pour se poser sur une jeune coquette.

Il n'avait certes aucune raison de la remarquer. Sa dot frôlait à peine la mention honorable, et elle n'avait jamais été d'une grande beauté, même lors de sa première saison. Elle avait les yeux un brin trop clairs et le rouge lui montait trop facilement aux joues. En outre, à vingt-six ans, elle s'était faite à l'idée qu'elle serait toujours légèrement trop ronde.

Une voix lui glissa au creux de l'oreille :

— Tu es ravissante, Amelia.

Exhalant un soupir, elle pivota vers son interlocuteur.

— Jack. Que veux-tu ?

Il eut l'air offusqué.

— Un homme ne peut-il pas faire un compliment à sa sœur préférée sans qu'on le soupçonne d'avoir une idée derrière la tête ?

— Pas si l'homme en question n'est autre que toi. Du reste, inutile de chercher à m'amadouer avec tes compliments. Je ne suis pas ta sœur préférée, je suis ton unique sœur. Si c'est ma bourse qui t'intéresse, il faudra faire mieux.

Elle avait dit cela d'un ton léger et taquin, dans l'espoir, certes vain, qu'il réplique : « Détrompe-toi, Amelia, je ne suis pas venu quémander de l'argent. Pas cette fois. J'ai cessé de boire, de jouer et de fréquenter des bons à rien. J'ai décidé de retourner à l'université pour entrer ensuite dans les ordres, comme je l'ai promis à notre mère sur son lit de mort. En outre, tu es vraiment ravissante ce soir. »

Il jeta un coup d'œil autour de lui et baissa la voix.

— Quelques shillings, c'est tout.

Elle laissa échapper un soupir. Il n'était pas encore minuit, et déjà, elle décelait dans son regard aviné une flamme qui n'annonçait rien de bon.

Laissant le groupe de jeunes femmes à leurs babillages, elle prit son frère par le coude et l'entraîna sur la terrasse par la porte la plus proche. L'air nocturne les enveloppa, doux et humide.

— Je n'ai rien, mentit-elle.

— Quelques shillings pour le fiacre, Amelia, fit-il en saisissant le petit sac suspendu à son poignet. Je vais au théâtre avec un groupe d'amis.

« Au théâtre, mon œil », songea-t-elle. Dans une maison de jeu, plus vraisemblablement. Elle serra son réticule contre sa poitrine.

— Et comment suis-je censée rentrer à la maison ?

— Eh bien, Morland te raccompagnera, répliqua-t-il avec un clin d'œil. Juste après votre valse. J'ai misé deux livres sterling sur toi, ce soir.

Merveilleux ! Deux livres supplémentaires qu'elle allait devoir déduire de son argent de poche déjà maigre.

— À une cote formidable, j'imagine, grinça-t-elle.

— Ne dis pas cela.

Tout à coup, Jack parut étonnamment sincère. Il lui caressa le bras.

— Il serait sacrément chanceux de t'avoir, Amelia. Il n'y a pas une seule femme qui t'arrive à la cheville dans cette salle.

Les yeux lui piquèrent. Depuis la mort de leur frère Hugh, à Waterloo, Jack avait changé, et pas en bien. Il arrivait toutefois qu'en de rares occasions, le frère sensible et gentil qu'elle aimait refasse surface. Elle aurait tant aimé le ramener à elle et ne plus le laisser repartir. Quelques semaines, voire quelques mois... aussi longtemps que nécessaire, pour libérer Jack de cette carapace qui ne lui ressemblait pas.

— Allons, sois une gentille sœur, et prête-moi une couronne ou deux. Je mandaterai un coursier chez Laurent. Il t'enverra son landau flambant neuf. Tu seras reconduite à la maison avec toute la classe et le raffinement déployés par son héritière de mines de cuivre.

— Elle s'appelle Winifred. Elle est désormais la comtesse de Beauvale, et tu es prié de parler d'elle avec un peu plus de respect. C'est son argent qui nous a permis d'acheter l'office de Michael et de payer les études de William. C'est d'ailleurs grâce à elle et à Laurent que je ne dors pas sous les ponts.

— Quant à moi, je suis le frère ingrat, celui qui attire la disgrâce sur les siens. Je connais la musique.

Son visage se fendit d'un sourire forcé qui contrastait avec son regard intransigeant.

— Pour quelques sous seulement, tu seras débarrassée de moi.

— Tu ne comprends donc pas ? Je ne veux pas me débarrasser de toi. Au contraire. Je t'aime, imbécile, fit-elle en lissant l'incorrigible mèche rebelle qui bouclait toujours sur la tempe gauche de son frère. Laisse-moi t'aider, Jack, je t'en prie.

— D'accord. Et si tu commençais par me donner un shilling ou deux.

Elle dénoua les liens de son réticule avec maladresse.

— Je te donnerai tout ce que j'ai sur moi, à une seule condition.

— Laquelle ?

— Tu dois me promettre de nous accompagner à Briarbank cet été.

Depuis toujours, les d'Orsay passaient l'été dans un vieux cottage sur la rive de la Wye, en bas d'une colline où se dressaient les ruines du château de Beauvale. Amelia planifiait cette escapade estivale dans les moindres détails depuis des mois, jusqu'à la nappe en damas et les gelées de cassis. Elle en était persuadée, Briarbank était la solution à tous leurs problèmes. Il le fallait.

La mort de Hugh avait anéanti la famille, et tout particulièrement Jack. Dans leur fratrie, ces deux-là étaient inséparables. Si Hugh n'avait qu'un an de plus, il était beaucoup plus mûr que Jack, et sa sagesse avait toujours contrebalancé l'impulsivité de celui-ci. Amelia craignait que Jack, imprudent et inconsolable, désormais privé de l'influence modératrice de Hugh, ne coure droit à sa perte.

Ce qu'il lui fallait, c'était du temps pour cicatriser ses plaies. Du temps loin de la capitale, chez lui auprès de sa famille – enfin ce qu'il en restait. Ici, à Londres, Jack était sans cesse soumis à la tentation, forcé de suivre le style de vie dispendieux de ses camarades. À Briarbank, il redeviendrait le jeune homme agréable qu'elle avait connu. Le petit William profiterait des vacances scolaires pour les y retrouver. Michael serait encore en mer, certes, mais Laurent et Winifred les rejoindraient pour une semaine ou deux.

Et Amelia serait l'hôtesse parfaite. De même que sa mère avant elle. Elle ornerait toutes les pièces de bouquets de mufliers, organiserait des jeux de salon et cuisinerait un faisan glacé à la mûre.

Par la seule force de sa volonté, elle s'arrangerait pour rendre tout le monde heureux. Si nécessaire, elle était prête à recourir à la corruption.

— J'ai une couronne et six shillings sur moi, fit-elle en sortant l'argent de son réticule. Plus six livres d'économies à la maison.

Une petite somme qui avait exigé d'elle maintes privations, et qu'elle avait réunie penny par penny.

— Je te donne tout, à condition que tu me promettes de passer le mois d'août à Briarbank.

Jack émit un claquement de langue.

— Il ne t'a rien dit ?

— Qui ? Me dire quoi ?

— Laurent. Nous n'irons pas au cottage cet été. La décision a été prise cette semaine. Nous allons le louer.

— Le louer ?

Amelia eut soudain l'impression que ses jambes se dérobaient sous elle. Elle se retint au bras de son frère.

— Briarbank ? Loué ? À des inconnus ?

— Pas vraiment à des inconnus. Nous avons fait circuler la nouvelle dans les clubs privés. Nous attendons les offres. C'est un cottage de vacances de premier choix, tu sais.

— Je le sais, oui. C'est un lieu tellement idyllique que cela fait des siècles que la famille d'Orsay y passe l'été. Des *siècles*, Jack. Pourquoi décider de le louer tout à coup ?

— Nous sommes tous un peu trop grands pour tremper des biscuits dans le thé et jouer à chat perché, tu ne crois pas ? Bon sang, Briarbank est ennuyeux comme la mort ! À mi-chemin entre Londres et l'Irlande, qui plus est.

— Briarbank ennuyeux ? Tu n'es pas sérieux ? Tu y passais autrefois des étés entiers, à pêcher dans la rivière et à…

Elle se pétrifia.

— Oh, non ! s'exclama-t-elle en enfonçant les doigts dans le bras de son frère. Combien as-tu perdu ? Combien dois-tu ?

Jack étala enfin son jeu.

— Quatre cents livres.

— Quatre cents livres ! À qui ?

— Morland.

— Le Duc de Min… s'écria-t-elle avant de ravaler la fin du sobriquet ridicule. Mais il n'est pas encore là, reprit-elle. Comment peux-tu déjà lui devoir quatre cents livres ?

— C'est une dette qui date de plusieurs jours. Raison pour laquelle je ne peux pas rester. Il risque d'arriver à tout moment. Je préfère ne pas le croiser tant que je ne me suis pas acquitté de ma dette.

Amelia le dévisagea.

— Je t'en prie, ne me regarde pas avec ces yeux-là. Je m'en tirais plutôt bien jusqu'à ce que Faraday mise son jeton. Ce qui a attiré Morland à notre table et fait grimper les paris en flèche. Morland s'est mis en tête de rafler les dix, vois-tu.

— Les dix quoi ? Les dix *jetons* ?

— Oui, quoi d'autre ? Les jetons sont inestimables, répliqua Jack avec un geste théâtral. Allons, ne me dis pas que tu n'en as pas entendu parler ! Tu vis dans ta bulle, d'accord, mais à ce point ! Il s'agit quand même du cercle de gentlemen le plus élitiste de Londres.

Amelia se contenta de cligner des yeux. Il ajouta avec empressement :

— Lord Harcliffe. Le cheval Osiris. Un étalon, dix jetons de cuivre. Tu as entendu parler du club ? Je ne peux pas imaginer le contraire !

— Navrée, mais je ne comprends pas un traître mot de ce que tu racontes. En bref, tu as parié notre maison familiale contre un vulgaire jeton de cuivre. Et tu as perdu.

— J'avais déjà misé des centaines de livres, je ne pouvais plus reculer. Et mes cartes… Amelia, je te jure que j'avais une combinaison imbattable.

— Apparemment pas.

Il haussa les épaules d'un air fataliste.

— Ce qui est fait est fait. Si j'avais d'autres moyens de réunir la somme, je n'hésiterais pas. Désolé de te décevoir, mais nous ne pourrons pas aller à Briarbank l'été prochain.

— Oui, mais...

Mais il faudrait attendre toute une année avant d'y retourner. Or Dieu seul savait dans quel pétrin Jack allait réussir à se fourrer d'ici là.

— Il doit bien exister une autre solution. Demande à Laurent de te prêter l'argent.

— Tu sais très bien qu'il a les mains liées.

Il n'avait pas tort. Leur frère aîné avait fait un mariage prudent, pour ne pas dire un sacrifice. À l'époque, leur famille avait désespérément besoin d'argent. C'est là que Winifred était apparue, ses bagages bourrés à craquer d'argent appartenant à son père, un magnat de l'exploitation minière. Malheureusement, ces valises étaient également sanglées, et seul le beau-père de Laurent pouvait lâcher du lest. Or jamais le vieillard ne consentirait à céder quatre cents livres pour rembourser des dettes de jeu.

— Je dois filer avant l'arrivée de Morland, répéta Jack. Je suis sûr que tu me comprends.

Il dénoua les liens du réticule qui pendait au poignet d'Amelia. Lorsqu'il récupéra les pièces, elle le laissa faire. En effet, elle comprenait. En dépit de leurs problèmes pécuniaires, les d'Orsay avaient toujours eu un sens aigu de l'honneur.

— J'espère que cela te servira de leçon, se contenta-t-elle de déclarer d'une voix calme.

Il sauta par-dessus le parapet de la terrasse. Faisant cliqueter les pièces dans sa main, il commença à s'éloigner à reculons.

— Tu me connais, Amelia, je n'ai jamais été capable de retenir une seule leçon. Je copiais sur l'ardoise de Hugh.

Elle regarda son frère se fondre dans l'obscurité, les bras serrés contre sa poitrine.

Quel cruel tour du destin ! Briarbank loué pour l'été ! Tout le bonheur engrangé dans ces pierres sacrifié à des inconnus. Tous ces menus et ces promenades planifiés en vain. Sans ce cottage, la famille d'Orsay n'avait plus de lieu de retrouvailles. Et dans un sens, elle n'avait plus de foyer.

C'est avec peine qu'Amelia avait fini par se résigner à son célibat. Cependant, la solitude était supportable dès lors qu'elle pouvait passer l'été dans son vieux cottage. Ces quelques mois loin de tout lui permettaient de tenir le reste de l'année.

Cruelle ironie ! En fin de compte, elle n'était pas si différente de Jack. Elle avait misé tous ses rêves sur un tas de pierres. Et maintenant, il ne lui restait plus rien.

Elle réprima un frisson. Le sort s'acharnait contre elle, réduisant ses espoirs à néant un à un.

À l'intérieur, les douze coups de minuit retentirent.

— Sa Grâce, le duc de Morland.

L'annonce du majordome coïncida avec le douzième coup. Depuis le sommet de l'escalier, Spencer regarda la foule se fendre en deux à l'instar d'une poire trop mûre. Au centre se tenaient les jeunes filles célibataires. Pétrifiées, elles semblaient se recroqueviller sous son regard.

Spencer détestait la foule. Surtout lorsqu'elle était constituée de prétentieux sur leur trente et un. Au fil des soirées, la crème de la société londonienne se réunissait à ses pieds pour le contempler avec des yeux fascinés. C'était complètement absurde.

Leurs regards craintifs trahissaient une certaine suspicion.

Soit. Une part de mystère était parfois un atout – surtout aux cartes. C'était un talent qu'il avait cultivé pendant des années.

Quant au reste – les messes basses, l'attitude soupçonneuse des gentlemen, le geste instinctif des femmes protégeant leurs colliers à son passage –, tout cela sentait la méfiance à plein nez. Qu'importe ! Le fait d'inspirer la crainte pouvait aussi se révéler avantageux.

Non, ce n'était pas tant cela qui le faisait doucement rire que la supplication silencieuse qui s'élevait à chacune de ses apparitions.

Tenez, prenez l'une de mes filles.

Bon sang, le fallait-il vraiment ?

Spencer descendit l'escalier, se préparant à endurer une demi-heure désagréable. S'il s'écoutait, il retournerait sur-le-champ s'enterrer à la campagne pour ne plus jamais avoir à assister à un seul bal de sa vie. Cependant, tant qu'il résiderait à Londres – et c'était temporaire –, il lui était impossible de refuser systématiquement les invitations. Plus que quelques années avant que Claudia, sa pupille, fasse ses débuts dans le monde. S'il voulait qu'elle contracte un bon mariage, il se devait de lui ouvrir la voie. En outre, dans les coulisses de ces soirées mondaines, des parties de cartes intéressantes avaient lieu de temps à autre.

S'il acceptait d'apparaître aux bals, c'était selon ses conditions. Un quadrille, et pas plus. Une conversation aussi limitée que possible. Et puisque la haute société lui offrait ses vierges en sacrifice, ce serait lui qui choisirait sa proie.

Ce soir, il désirait une partenaire taciturne.

D'ordinaire, il jetait son dévolu sur des filles jeunes et insipides, plus désireuses de parader que de capter son attention. Du moins jusqu'au bal Pryce-Foster, où il avait eu le malheur de commencer la soirée avec Mlle Francine Waterford. Un très joli minois, l'œil futé et les lèvres pleines. À force de remuer, ces lèvres avaient toutefois fini par perdre tout leur charme. Elle avait babillé du début à la fin du quadrille. Pire encore, elle avait voulu qu'il participe à la conversation.

D'ordinaire, les femmes faisaient à la fois les questions et les réponses. Mais Mlle Waterford ne l'entendait pas ainsi. Loin de se contenter de ses brefs hochements de tête et de ses raclements de gorge, elle l'avait forcé à articuler une bonne demi-douzaine de mots.

C'était sa punition pour s'être laissé guider par des considérations esthétiques. Finis les jolis minois. Ce soir, il choisirait une partenaire docile et silencieuse, une fille qui se fondait dans le décor. Il se fichait qu'elle soit jolie, voire passable, dès lors qu'elle gardait la bouche fermée.

Quand il s'approcha de l'essaim de jeunes femmes, ses yeux se posèrent sur une frêle créature en marge du groupe qui, dans sa robe de satin melon, paraissait avoir la jaunisse. Lorsqu'il s'avança vers elle, elle se cacha derrière sa voisine. Parfait : elle n'osait même pas croiser son regard.

Il tendait la main pour l'inviter lorsque son geste fut arrêté par une succession de bruits inattendus. Une porte claqua. Des talons martelèrent énergiquement le sol à un rythme staccato.

Instinctivement, Spencer pivota. Une femme plutôt jeune, drapée de bleu, traversait la pièce en ondulant du bassin. Elle vint se camper devant lui. Sa tentative d'invitation ayant avorté, il avait encore la main tendue en direction de Mlle Satin Melon. La nouvelle venue s'en saisit fermement.

— Merci, milord, fit-elle avec une révérence succincte. Ce sera un honneur.

Après un long silence, les premières notes s'élevèrent.

Déçues, les jeunes filles s'éparpillèrent au milieu des murmures, à la recherche d'un cavalier. Pour la première fois de la saison, Spencer se retrouvait avec une partenaire qu'il n'avait pas choisie. C'était plutôt déplaisant.

Mais il était pris au piège. L'impertinente se rangea dans la ligne opposée pour la danse folklorique. Il n'avait pas la moindre idée de qui était sa cavalière.

Tandis que les autres danseurs prenaient place, il en profita pour l'examiner. Il n'y avait pas grand-chose à admirer. Le peu de grâce qu'elle aurait eu s'était évanoui avec sa vilaine course à travers la piste. Des mèches folles flottaient sur son front, et elle avait le souffle court. Cette agitation ne mettait pas en valeur son teint. En revanche, elle accentuait le renflement de son opulente poitrine. En vérité, son corps entier était amplement doté. Des formes généreuses qui tendaient la soie bleue de sa robe.

— Pardonnez-moi, fit-il quand ils formèrent une ronde. Avons-nous été présentés ?

— Une fois, il y a des années. Rien de mémorable, apparemment. Je suis lady Amelia d'Orsay.

La figure les obligea à se séparer quelques instants, ce qui permit à Spencer de faire le point. Lady Amelia d'Orsay. Son défunt père était le septième comte de Beauvale. Ce qui faisait de Laurent, son frère aîné, le huitième comte de Beauvale.

Jack, son benjamin, n'était qu'un vaurien, un panier percé qui lui devait quatre cents livres.

Elle avait sans doute lu dans ses pensées, car lorsqu'ils joignirent ensuite les mains, elle murmura :

— Pas maintenant. Nous en parlerons pendant la valse.

Il grommela en silence. Le quadrille risquait d'être très long. Si seulement il avait été plus rapide ; il aurait attrapé la main de la fille à la jaunisse. À présent que lady Amelia avait eu l'audace de l'accaparer, qui sait de quoi seraient capables les autres jeunes filles pour obtenir ses faveurs ?

La danse folklorique s'acheva. La valse débuta. Il fut obligé d'enlacer celle qui venait de lui compliquer infiniment la vie.

Elle avait au moins le mérite de ne pas tourner autour du pot.

— Milord, permettez-moi d'être directe. Mon frère vous doit une grosse somme d'argent.

— Il me doit quatre cents livres.

— Et ne s'agit-il pas d'une grosse somme à vos yeux ?

— Il s'agit d'une dette qui m'est due. Le montant précis est sans importance.

— Pas pour moi. Vous n'êtes pas sans savoir que le nom de d'Orsay est synonyme de pauvreté nobiliaire. Pour notre famille, quatre cents livres représentent une somme astronomique. C'est simple, nous n'en disposons pas.

— Avez-vous l'intention de m'offrir vos faveurs en guise de paiement ?

Elle parut choquée.

— Sachez que je ne suis pas intéressé, ajouta-t-il aussitôt d'un ton sec.

C'était un léger mensonge. Après tout, Spencer était un homme comme les autres. Et la femme qu'il avait en face de lui était plantureuse, et moulée dans une robe affriolante. Elle possédait certains atouts auxquels il n'était pas entièrement insensible. Son regard s'égarait sans cesse vers son décolleté gansé de dentelle. Il avait deviné un grain de beauté sur la courbe intérieure de son sein gauche. Une minuscule imperfection qu'il se surprit à guigner à plusieurs reprises.

— C'est une insinuation révoltante, s'indigna-t-elle. Cela vous arrive souvent de soutirer les faveurs des proches de vos débiteurs ?

Il haussa les épaules. Ce n'était pas dans ses habitudes, mais qu'elle pense ce qu'elle voulait. Il se moquait de faire bonne impression.

— Comme si j'allais troquer mes faveurs pour quatre cents livres, enchaîna-t-elle.

— Ne disiez-vous pas que c'était une grosse somme ?

« Une somme bien trop élevée pour les services proposés », fut-il tenté d'ajouter.

— Certaines choses n'ont pas de prix, rétorqua-t-elle.

Il faillit répliquer qu'elle se trompait, mais se ravisa. De toute évidence, cette femme était dépourvue de logique. Ce que sa remarque suivante ne manqua pas de confirmer.

— Je vous demande d'annuler la dette de Jack.

— C'est absolument hors de question.

— Vous ne pouvez pas refuser !

— Je viens pourtant de le faire.

— Quatre cents livres, c'est une misère pour vous. Voyons, vous n'en aviez pas après l'argent de Jack. Il s'est retrouvé pris dans l'engrenage des paris lorsque vous avez enchéri. Vous vouliez le jeton de M. Faraday. Maintenant que vous l'avez, oubliez la mise de mon frère.

— Non.

Elle poussa un soupir impatient. La contrariété s'échappait par tous ses pores, se mêlant au parfum naturel de sa peau. En vérité, elle sentait bon. Pas une de ces essences écœurantes – sans doute trop onéreuses pour ses maigres moyens –, non, juste une odeur ordinaire de savon et de propreté, agrémentée d'une touche de lavande, dont elle devait glisser des brins dans ses armoires.

Elle vrilla son regard bleu au sien.

— Pourquoi ?

Spencer réprima à son tour un soupir d'exaspération. Il aurait pu lui expliquer qu'annuler la dette ne rendrait service ni à son frère ni à sa famille, qui lui serait alors bien plus redevable. Car la reconnaissance est une dette impossible à rembourser. Et puis, qu'est-ce qui dissuaderait Jack de recommencer ? Spencer se doutait que quatre cents livres représentaient une somme non négligeable pour les d'Orsay. Mais ils s'en relèveraient. Et si cette dette pouvait mettre un peu de plomb dans la cervelle de Jack d'Orsay, ce serait un bon investissement.

Tout cela, il aurait pu le lui expliquer. Mais il était le duc de Morland. Il avait renoncé à tant de choses pour ce titre qu'il fallait bien qu'il en tire quelques avantages. Comme celui de ne devoir d'explications à personne.

— Parce que je refuse, rétorqua-t-il simplement.

Elle crispa les mâchoires.

— Je vois. Et il n'y a rien qui puisse vous faire changer d'avis ?

— Non.

Lady Amelia frissonna. Il la sentit frémir sous sa main. Craignant qu'elle ne fonde en larmes – ce serait le comble ! –, il l'attira à lui et la fit tourbillonner.

Malgré ses efforts, les tremblements redoublèrent. De petits gémissements s'échappèrent de ses lèvres. Il s'écarta légèrement pour examiner le visage de sa cavalière.

Elle était en train de rire.

Son cœur s'emballa. « Calme-toi, mon vieux », s'exhorta-t-il.

— C'est vrai ce que l'on raconte : vous êtes un merveilleux danseur.

Elle l'examina avec curiosité. Son regard partit de son front, courut jusqu'à sa mâchoire, pour se poser ensuite sur sa bouche.

— Et vous êtes indéniablement beau de près.

— Si vous espérez m'amadouer avec vos flatteries, sachez que vous perdez votre temps.

— Non, protesta-t-elle avec un sourire.

Une fossette se creusa dans sa joue droite, mais pas dans la gauche.

— Je vois que vous êtes résolu. Un vrai roc. Ce serait peine perdue de chercher à vous faire changer d'avis.

— Dans ce cas, pourquoi riez-vous ?

Et pourquoi posait-il cette question ? se demanda-t-il, agacé. Pourquoi ne laissait-il pas le silence retomber entre eux ?

— Parce que je n'ai pas l'habitude de bouder. Vous n'avez pas l'intention d'annuler la dette de mon frère.

Par conséquent, soit je passe le reste du quadrille à pleurnicher, soit je choisis de m'amuser.

— De vous amuser ?

— Visiblement, cette notion vous choque. Certains préfèrent avoir l'air morose en toute compagnie pour faire valoir leur supériorité, observa-t-elle en lui adressant un regard appuyé. Eh bien, moi, je préfère m'amuser. Devrais-je plutôt me lamenter sur mon sort, autrement dit sur mon célibat et la ruine de ma famille ?

— Cela frise l'hypocrisie.

— L'hypocrisie ? répéta-t-elle en riant. N'êtes-vous pas le duc de Morland, qui joue la même scène soir après soir depuis des semaines en partant du principe que les femmes cherchent désespérément à capter votre attention ? Qu'une danse avec le Duc de Minuit est un fantasme universel ? Et vous osez me traiter d'hypocrite parce que mon tour est venu et que j'en profite ?

Elle leva le menton et parcourut la salle de bal du regard.

— Je ne me fais pas d'illusions. Je suis la fille d'un noble ruiné, sur le marché depuis deux saisons, et je n'ai jamais été d'une grande beauté. Il m'arrive rarement d'être au centre de l'attention, milord. À la fin de cette valse, j'ignore si je connaîtrai de nouveau la même sensation. Alors je suis résolue à en profiter tant que cela dure, conclut-elle d'un air de défi. Et vous ne m'en empêcherez pas.

À ce stade, Spencer songea que c'était sans doute la valse la plus longue de toute l'histoire des bals. Détournant le regard, il l'entraîna sur toute la longueur de la piste de danse, s'efforçant d'ignorer les dizaines de paires d'yeux braqués sur eux. Il y avait foule, ce soir.

Quand il se risqua enfin à la regarder de nouveau, il découvrit que son visage était toujours levé vers le sien.

— Allez-vous cesser de me dévisager ?

Le sourire de lady Amelia ne vacilla pas.

— Oh, non ! fit-elle d'une voix profonde qu'il aurait interprétée comme une ouverture sensuelle chez n'importe quelle autre femme. Ce n'est pas souvent qu'une célibataire telle que moi a l'occasion de danser avec un spécimen de premier choix. Ces yeux noisette perçants, et cette sombre chevelure bouclée... J'aimerais beaucoup la toucher.

— Vous vous donnez en spectacle.

— Mais c'est vous qui avez commencé, murmura-t-elle avec modestie. Je ne fais que m'incruster.

Cette valse ne finirait-elle donc jamais ?

— Vous vouliez changer de sujet ? reprit-elle. Nous pourrions peut-être parler de théâtre.

— Je ne vais pas au théâtre.

— De livres, dans ce cas.

— Une autre fois, marmonna-t-il.

En dépit de ses nombreux, très nombreux défauts, lady Amelia n'était pas dépourvue d'esprit. Il ne pouvait s'empêcher de penser qu'en d'autres circonstances, il aurait aimé discuter littérature en sa compagnie. Mais pas dans cette salle bondée.

Le contrôle de la situation lui échappait peu à peu, et cela le mit d'humeur maussade.

— Voilà un regard qui ne présage rien de bon, fit-elle remarquer. Et votre visage vire au cramoisi. Je vais finir par croire toutes ces rumeurs effroyables qui circulent à votre sujet. Vous me donneriez presque la chair de poule.

— Arrêtez.

— Je vous assure, protesta-t-elle. Voyez vous-même.

Elle inclina son cou pâle et lisse. Cette portion de peau douce et veloutée, d'où émanait un parfum délicatement féminin, était dépourvue de grains de beauté.

Spencer sentit son pouls s'accélérer. Il lui aurait volontiers tordu le cou. Car cette petite impertinente méritait une punition. Elle avait l'intention de profiter de la soirée à ses dépens.

C'était précisément cette attitude qui avait perdu son frère à la table de jeu. Acculé, Jack n'avait pas voulu abandonner. Il était resté, avait misé des centaines de livres qu'il ne possédait pas. C'était typique d'une famille telle que les d'Orsay – une lignée de personnalités orgueilleuses et courageuses, mais perpétuellement désargentées.

Lady Amelia voulait le pousser à bout. Et elle approchait dangereusement du but.

Spencer s'arrêta brutalement de danser. Étrangement, la salle continua de tourner autour de lui. Bon sang, cela n'allait pas lui arriver ! Pas ici, pas maintenant !

Mais les signes ne trompaient pas. Les pulsations de son cœur lui martelaient les tympans. Une bouffée de chaleur l'inonda. L'air devint aussi épais et infect que de la mélasse.

Sapristi ! Il fallait qu'il quitte cet endroit sur-le-champ.

— Pourquoi nous sommes-nous arrêtés ? s'étonna-t-elle. La valse n'est pas finie.

Sa voix semblait venir de très loin, comme si un épais rideau les séparait.

— En ce qui me concerne, la soirée est terminée, décréta Spencer en balayant la salle d'un regard trouble.

Une série de portes se présenta sur sa gauche telle une promesse. Il tenta de lâcher sa cavalière, mais elle s'agrippa à lui.

— Bon Dieu, laissez-moi…

— Vous laisser quoi ? murmura-t-elle en jetant des coups d'œil furtifs autour d'eux. Vous laisser partir ? En m'abandonnant ici sur la piste de danse, complètement humiliée ? De tous les goujats, mufles, malappris…

À court d'expressions, elle le fusilla du regard.

— Il n'en est pas question.

— Comme vous voudrez.

Il referma les mains sur sa taille et la souleva, cinq, dix, quinze centimètres au-dessus du sol. Jusqu'à ce que leurs regards soient au même niveau. Ses pieds flottaient dans le vide.

L'espace d'une seconde, il savoura la vision de ces grands yeux pâles écarquillés d'indignation.

Puis il l'emporta.

2

Amelia n'eut pas le temps de reprendre son souffle. Ils se retrouvèrent à l'endroit même où elle s'était disputée avec Jack, à peine une demi-heure plus tôt. Ce soir, le jardin des Bunscombe était très fréquenté.

Il la reposa sans douceur sur le sol, et leva la main pour couper court aux reproches.

— Vous l'avez cherché, dit-il en s'appuyant contre une colonne en marbre tout en desserrant sa cravate. Bon sang, quelle chaleur étouffante !

Amelia vacilla quelques instants. Elle éprouvait un mélange de rage et d'euphorie. Elle n'était pas vraiment ce qu'on pouvait appeler un petit gabarit, mais il était encore plus charpenté qu'elle. Lorsqu'il l'avait soulevée, elle avait senti ses muscles saillants sous sa paume.

En le provoquant ouvertement, elle avait eu conscience de jouer avec le feu. Mais elle était d'humeur à prendre des risques. Jack avait filé, leur été à Briarbank était à l'eau, sans parler du fait que ses dernières chances de faire un mariage convenable s'étaient sans doute volatilisées à la seconde où elle avait accosté le duc. Alors pourquoi ne pas s'amuser un peu ? Elle n'avait plus rien à perdre, ni argent ni réputation. Or Morland était un homme riche et puissant, et mystérieusement attirant.

Pour une fois dans sa vie, elle avait osé braver les règles de la bienséance et avait trouvé l'expérience grisante.

Quoi qu'il en soit, elle s'était attendue à tout sauf à cela. Il l'avait littéralement enlevée ! Ah, ces satanées débutantes pouvaient bien rire à présent !

— Et dire que je prenais votre défense quand on vous traitait de barbare, commenta-t-elle d'un air songeur.

— Ah bon ? grogna-t-il. Que cela vous serve de leçon. Ne cherchez plus à me mettre à l'épreuve, car je finis toujours par avoir le dernier mot – aux cartes, en affaires, et dans tout le reste.

Elle éclata de rire.

— Vraiment ?

— Oui, confirma-t-il en glissant les doigts dans ses cheveux. Et ce, parce que je possède une qualité qui semble faire cruellement défaut à votre famille.

— De grâce, dites-moi laquelle !

— Je sais quand le moment est venu de tirer ma révérence.

Elle le fixa longuement du regard. Son profil aristocratique se détachait dans l'obscurité, éclairé par la lumière s'échappant de la salle de bal. Avec ses cheveux bouclés et le marbre en toile de fond, on eût dit le détail d'une frise gréco-romaine. Une beauté figée dans l'éternité.

Pâle comme la mort.

— Vous vous sentez bien ? s'inquiéta Amelia.

— Quatre cents livres.

— Pardon ?

Il ferma les yeux.

— Quatre cents livres pour que vous déguerpissiez sur-le-champ. Un chèque de banque vous sera porté dans la matinée.

Elle en demeura muette de stupéfaction. Quatre cents livres. Elle n'avait qu'à s'en aller pour toucher l'argent. La dette de Jack, envolée. L'été à Briarbank de nouveau au programme.

— Changez le cours du destin de votre famille, lady Amelia. Apprenez à tirer votre révérence.

Grands dieux ! Il ne plaisantait pas. Quelle ironie, songea-t-elle. Il aurait refusé de payer quatre cents livres en échange de ses faveurs, mais il n'hésitait pas un instant à engager ladite somme pourvu qu'elle disparaisse de sa vue. Le mufle ! C'était pour le moins humiliant.

Elle nota qu'il avait à présent le teint grisâtre. Et que son souffle s'était fait laborieux. Quant à la main, qu'il avait posée sur le parapet, tremblait-elle vraiment ou était-ce le clair de lune qui lui jouait des tours ?

L'abandonner alors qu'il risquait de faire un malaise irait à l'encontre de tous ses principes. Elle aurait l'impression de vendre sa conscience pour quatre cents livres.

Or certaines choses n'avaient pas de prix.

Elle fit quelques pas vers lui.

— Franchement, vous n'avez pas l'air bien du tout. Laissez-moi aller vous chercher de...

— Non. Je me sens parfaitement bien.

S'éloignant de la colonne, il se mit à arpenter la terrasse tout en inhalant l'air frais de la nuit.

— Mon unique problème, si vous voulez vraiment le savoir, c'est une indiscrète vêtue d'une robe bleue qui me colle aux basques.

— Inutile de vous montrer grossier. Je veux juste vous aider.

— Mais je n'ai pas besoin de votre aide, rétorqua-t-il en essuyant son front moite de sa manche. Je ne suis pas malade.

— Dans ce cas pourquoi êtes-vous si pâle ? contra-t-elle. Pourquoi un homme préfère-t-il mourir plutôt que d'accepter l'aide d'une femme ? Et de grâce, un duc ne peut-il pas s'offrir un mouchoir ?

Elle dénoua le réticule attaché à son poignet. Maintenant vidé de ses pièces, il était si léger qu'elle en avait presque oublié son existence. Elle desserra les liens pour en extraire le seul accessoire qu'il contenait : un carré de tissu confectionné avec soin.

Pendant quelques instants, elle contempla la broderie qu'elle avait finie à peine quelques jours plus tôt. Ses initiales, cousues de fil pourpre, entourées de feuilles de vigne et de quelques volutes de fougères d'un vert un peu plus clair. Sur un caprice, elle avait ajouté une minuscule abeille noire et or près du sommet de la lettre A.

C'était sans doute son ouvrage le plus réussi. Et elle allait le donner à cet homme pour qu'il s'éponge le front ?

— Morland, fit une voix sèche de baryton dans l'obscurité.

Elle s'éleva une fois encore, basse, dure.

— Morland, c'est bien toi ?

Le duc se raidit.

— Qui va là ?

Un bruissement dans les buissons annonça l'approche de l'inconnu. Spontanément, Amelia se précipita vers le duc et lui fourra son mouchoir dans la main. Il regarda tour à tour le carré de tissu, puis la jeune femme.

Elle haussa les épaules. Peut-être était-ce idiot... Simplement, issue comme lui d'une très vieille famille de la noblesse, elle refusait de le laisser affronter un nouveau défi le front dégoulinant de sueur, comme en proie à la malaria, alors qu'elle avait en sa possession un mouchoir propre.

— Merci, murmura-t-il.

Il s'essuya le front à la hâte et glissa l'étoffe dans la poche de sa veste. Au même instant, non pas un mais deux hommes émergèrent d'une haie et franchirent le parapet. Le duc s'interposa entre eux et Amelia, qui trouva le geste fort chevaleresque. Elle ne regretta pas de lui avoir donné son mouchoir.

Les deux hommes prirent soin de rester en dehors du rectangle de lumière provenant de la salle, de sorte qu'Amelia ne put discerner leurs traits. Elle ne distingua que leurs silhouettes : l'une élégante, l'autre impressionnante.

— Morland, c'est moi, Bellamy, dit l'élégant. Inutile de te présenter Ashworth, ajouta-t-il en indiquant le géant à ses côtés.

Le duc se crispa.

— En effet. Nous sommes de vieilles connaissances. N'est-ce pas, Rhys ?

Le colosse ne répondit pas.

— Nous attendions patiemment que tu t'éclipses du bal, reprit Bellamy. Mais nous n'avons plus le temps. Tu dois nous accompagner sans tarder.

— Vous accompagner ? Pourquoi ?

— Nous te le dirons en voiture.

— Dites-le-moi maintenant. Et je verrai si je vous accompagne.

— C'est en rapport avec le club, précisa Bellamy.

Il s'avança dans la lumière. Amelia comprit pourquoi le nom lui avait semblé familier. Elle connaissait ce visage. Et comment oublier cette tignasse savamment ébouriffée ? C'était ce démon, le meneur du cercle très exclusif de jeunes dandys que Jack désirait ardemment rejoindre, et par la faute duquel il avait perdu quatre cents livres. Bellamy était-il également impliqué dans cette absurde histoire de jetons ?

— Le club ? répéta Morland. Tu parles du Stud Club[1] ?

Amelia ne put s'empêcher de s'esclaffer. Le club des étalons ! Ah, les hommes et leurs associations ridicules !

— Oui, nous convoquons une réunion extraordinaire, expliqua Bellamy. Et comme tu représentes

1. En anglais, *stud* signifie à la fois « étalon » et, dans un registre familier, « tombeur, type bien monté ». *(N.d.T.)*

désormais soixante-dix pour cent des membres, ta présence est requise.

— Il s'agit d'Osiris ? s'enquit le duc, la mine soudain grave. Si jamais il est arrivé malheur à ce cheval, je...

Le géant dénommé Ashworth sortit enfin de son mutisme.

— Ce n'est pas le cheval. C'est Harcliffe : il est mort.

Le ventre d'Amelia se noua.

— Diantre, Ashworth ! s'écria Bellamy. Tu ne vois pas qu'il y a une femme.

— Harcliffe ? répéta-t-elle. Mort ? Vous voulez dire Leopold Chatwick, marquis de Harcliffe ?

Autrement dit, le garçon qui avait grandi à une demi-journée à cheval de Beauvale Castle et qui avait été à l'école avec ses frères aînés ? Ce jeune homme affable aux boucles blondes et aux traits fins, admiré de tous, qui avait eu la gentillesse de l'inviter lors de son tout premier bal ? Et pas à un seul quadrille – comme l'aurait exigé l'amitié –, mais à deux quadrilles entiers ?

— C'est impossible ! Il ne s'agit quand même pas de Leo ?

Bellamy s'avança de quelques pas.

— Je suis navré.

Amelia porta la main à sa bouche.

— Mon Dieu, pauvre Lily !

— Vous connaissez sa sœur ?

Elle hocha la tête.

— Un peu.

Seule personne présente à connaître les deux parties, le duc parut brusquement se rappeler ses devoirs.

— Lady Amelia d'Orsay, je vous présente M. Julian Bellamy. Et voici Rhys St. Maur, lord Ashworth, ajouta-t-il en se rembrunissant.

— En d'autres circonstances, j'aurais été enchantée de faire votre connaissance, fit Amelia en inclinant la tête. Puis-je vous demander comment Lily fait face à cette terrible nouvelle ?

— Elle n'est pas encore au courant, répondit Bellamy. C'est d'ailleurs pour cela que nous sommes venus te trouver, Morland. En tant que membres du club, nous avons un devoir.

— Quel devoir ? Qui a décrété cela ?

— C'est dans le règlement. Le code de bonne conduite du Stud Club. Comme, de toute évidence, seul le cheval t'intéresse, et non pas l'esprit fraternel qui règne au sein de cette association, tu n'as sans doute pas pris la peine de te pencher sur ledit règlement.

— À vrai dire, je n'en avais jamais entendu parler, rétorqua Morland. Et toi, Ashworth ?

Quoique le colosse fût demeuré dans l'obscurité, Amelia le vit secouer la tête.

— Il y a pourtant un règlement, reprit Bellamy à bout de patience. Et vous y êtes l'un et l'autre soumis sous peine de ne plus faire partie du club. À présent, suivez-moi. Tous les deux. Nous devons informer Lily du décès de son frère.

— Une seconde, intervint Amelia. Je vous accompagne.

— Non, protestèrent les trois hommes à l'unisson.

Ils se dévisagèrent, comme surpris d'être d'accord.

— Si, insista-t-elle. Je viens. Lily a perdu ses deux parents. Leo était la seule famille qui lui restait si je ne m'abuse.

— En effet, admit Bellamy. Malheureusement.

— Eh bien, solidarité féminine oblige, je ne vous laisserai pas piétiner le cœur de Lily avec votre délicatesse de pachydermes. Ce soir, elle va apprendre que son frère unique est mort. Elle va avoir besoin d'une épaule sur laquelle pleurer. Il n'est pas question de la laisser affronter cette épreuve seule, pendant que vous trois, gros ballots, vous vous disputerez au sujet de votre stupide club et de son stupide code sous son nez.

Un long silence s'ensuivit, durant lequel Amelia ne put s'empêcher de regretter certaines de ses paroles. Comme le mot « ballot », adressé à deux pairs du royaume. Ainsi que la répétition de l'adjectif « stupide » qui dénotait un manque d'imagination. Toutefois, elle n'avait pas plus l'intention de présenter ses excuses que de rester sur la touche. Elle savait ce que c'était de perdre un frère. De porter seule le poids du chagrin. Que n'aurait-elle donné pour que sa mère soit à ses côtés le jour où on leur avait appris la mort de Hugh.

Ce fut le duc qui rompit finalement le silence.

— Nous prendrons ma voiture. Elle est prête, et j'ai un excellent attelage.

— Mes bais sont chauffés, répliqua Bellamy.

Morland serra les mâchoires.

— Mon attelage est sans pareil.

Une joute silencieuse s'ensuivit. Sans même avoir élevé la voix, le duc avait pris le dessus. Il n'avait plus l'air malade du tout.

— Comme vous voudrez, céda Bellamy. Si cela ne vous ennuie pas que nous coupions par le jardin. Tant que nous n'aurons pas parlé à Lily, je préfère passer inaperçu.

De nouveau, les regards se braquèrent sur Amelia.

Elle hésita. De toute évidence, les invités se rendraient compte qu'elle avait disparu avec le duc de Morland dans la nuit. Néanmoins, tout rentrerait dans l'ordre le lendemain, lorsque la nouvelle de la mort de Leo serait connue. Du reste, ce n'était pas comme s'ils étaient en tête à tête.

— Très bien, acquiesça-t-elle.

Bellamy et Ashworth franchirent le parapet et touchèrent le sol avec un bruit sourd. Ils contournèrent la haie et disparurent. Morland les imita sans se presser.

Écoutant ses instructions, Amelia s'assit sur la balustrade, puis balança ensuite les jambes de l'autre côté, plutôt maladroitement, dut-elle admettre. Elle voulut ensuite se laisser glisser du promontoire, qui n'était qu'à un mètre du sol, mais le duc l'arrêta.

— Permettez-moi, fit-il en la prenant par la taille. C'est boueux par ici.

Elle hocha la tête. Il la souleva comme une plume par-dessus la plate-bande et la déposa sur le sentier gravillonné. Cette fois avec délicatesse. Sans doute interprétait-elle ses gestes à tort, mais elle ne put s'empêcher de penser qu'il cherchait à faire amende honorable. À s'excuser en quelque sorte de sa grossièreté sur la piste de danse.

— Merci, fit-elle, vacillant un peu quand ses pieds touchèrent le sol.

— C'est moi qui vous remercie. Pour tout à l'heure, précisa-t-il en tâtant la poche de sa veste, où se trouvait le mouchoir.

— Je vous en prie. Vous vous sentez mieux ?

— Oui.

Ils suivirent le sentier emprunté quelques instants plus tôt par les deux hommes. Ils marchaient côte à côte, mais il ne lui offrit pas le bras. Lorsqu'ils eurent contourné le bâtiment et qu'ils approchèrent de l'allée où attendaient les attelages, elle s'effaça pour le laisser passer devant.

Elle ressentait comme des palpitations au creux de son estomac. Allons bon, elle n'allait pas s'enticher du duc, tout de même ! Ce mufle arrogant qui avait refusé d'effacer la dette de Jack, l'avait insultée ouvertement, l'avait enlevée de force de la piste de danse avant de lui proposer de l'argent pour disparaître.

Simplement, il y avait eu… cet instant incongru – un bruissement dans les fourrés – durant lequel ils avaient négligé leurs différends. Elle s'était précipitée près de lui. Et il s'était placé devant elle pour la protéger.

De nouveau, il porta la main à la poche de sa veste. Il ne cessait de le faire. Et chaque fois, Amelia sentait ses jambes flageoler.

Ils atteignirent sa voiture. C'était un véhicule impressionnant. Ébène, lustré, orné des armoiries du duché, et tiré par quatre chevaux noirs parfaitement assortis.

Le duc l'aida à grimper à l'intérieur, la guidant d'une main et plaçant l'autre au creux de ses reins. Bellamy et Ashworth étaient déjà installés, dos à la route. Amelia et Morland prirent donc place sur la banquette opposée.

Vu la situation, elle n'aurait pas dû éprouver un émoi pareil. Pourtant, elle s'était assise au milieu de la banquette, prenant la liberté de se rapprocher de lui à l'instant où l'attelage s'était ébranlé. Son attitude était vraiment déplorable.

— Comment Harcliffe est-il mort ? voulut savoir Morland.

Amelia s'écarta aussitôt, remerciant en silence le duc de lui rappeler la gravité du moment, ainsi que le caractère inapproprié de ses pensées.

— Détroussé par des malandrins, répondit Bellamy. Battu à mort dans une rue de Whitechapel.

— Bon Dieu !

Il faisait trop sombre pour qu'Amelia puisse discerner le visage de ses compagnons. Elle en conclut qu'ils ne pouvaient pas non plus voir le sien, aussi laissait-elle libre cours à ses larmes.

Ce n'était pas normal. Waterloo appartenait au passé. La guerre était finie, les jeunes gens n'étaient plus censés mourir. À peine quelques semaines plus tôt, elle avait aperçu Leo au théâtre. Il partageait une loge avec des amis chahuteurs, comme nombre de ses fréquentations. Seulement, on pardonnait tout à Leo. Tout le monde l'adorait.

Amelia frissonna. Battu à mort par des malandrins. Ç'aurait pu arriver à Jack.

— J'aurais dû être à sa place, reprit Bellamy. Bon sang, ç'aurait dû être moi. J'étais censé l'accompagner, mais j'ai annulé. Quel gâchis, ajouta-t-il d'une voix enrouée. Si j'avais été là, j'aurais pu empêcher le drame.

— Ou te faire tuer toi aussi.

— Il aurait mieux valu que ce soit moi. Il avait un titre, des responsabilités, une sœur. Que va-t-il advenir de Lily, à présent ? Tout cela est ma faute. C'est moi qui avais suggéré d'aller à ce combat de boxe. Pour ensuite lui faire faux bond. Je l'ai laissé tomber pour passer la soirée avec cette gourgandine de Carnelia.

Il se pencha en avant et enfouit le visage entre ses mains.

Amelia devina qu'il faisait allusion à la très scandaleuse et très *mariée* lady Carnelia Hightower. Quoique choquée, elle se garda de tout commentaire. Elle ne voulait surtout pas leur rappeler sa présence, de peur qu'ils ne modèrent leurs propos. Pour le bien de Lily, elle tenait à réunir le maximum d'informations. Pour une fois, le fait d'être invisible aux yeux des hommes jouait en sa faveur.

Le duc s'éclaircit la voix.

— C'est le hasard. Ç'aurait pu arriver à n'importe qui.

— Pas à moi, intervint Ashworth, le colosse silencieux assis en face d'elle. Je suis invulnérable.

— Comment cela ? demanda spontanément Amelia.

C'était une allégation tellement surprenante. Pourtant, à en juger par son ton grinçant, Ashworth ne fanfaronnait pas.

— Parce que j'ai essayé plusieurs fois. Et, comme vous pouvez le constater, j'ai échoué.

Elle ne sut que répondre.

— Demandez à votre ami Morland, enchaîna-t-il. Il vous dira que je suis un dur à cuire.

À côté d'elle, le duc se raidit. De toute évidence, les deux hommes partageaient un passé tumultueux.

— Assez, déclara Bellamy, qui leva la tête et se frotta les yeux. Ce n'est pas le moment de vous quereller. C'est de Lily que nous devons parler. Puisque Leo n'a pas de descendance, le titre des Harcliffe, le domaine, les biens – y compris la maison de Londres – reviendront à un cousin éloigné. Sa sœur touchera sûrement une part d'héritage, mais vu son état, elle ne peut pas vivre seule dans la capitale.

En effet, approuva Amelia en son for intérieur. Pauvre Lily ! Elle allait devoir trouver un moyen de l'aider.

— Que suggérez-vous, monsieur Bellamy ? risqua-t-elle.

Ce dernier regarda, tour à tour, Ashworth et Morland.

— Messieurs, l'un de vous va devoir l'épouser.

— L'épouser ? répéta Spencer, interloqué. Tu plaisantes ?

— Non.

Avec un profond soupir, Spencer porta la main à son front. Loin de lui l'idée d'offenser le défunt, ou même sa sœur, Lily Chatwick et son mystérieux « état », seulement cette situation allait exiger d'être longuement débattue, or il avait amplement dépassé son quota de mots pour la soirée.

Tout ce qu'il voulait à présent, c'était rentrer chez lui, se verser deux doigts de cognac et s'allonger à plat ventre sur le tapis de la bibliothèque en attendant que la satanée clameur qui résonnait dans sa tête cesse. Le matin venu, il emmènerait Junon faire une promenade – peut-être qu'il prendrait la route de Douvres et rebrousserait chemin à mi-parcours. Peu habituée à la foule et au bruit, Junon n'était pas à l'aise en ville. Une longue chevauchée en rase campagne les remettrait tous deux d'aplomb. Après cela, il se chargerait lui-même de panser la jument. Les garçons d'écurie londoniens la rendaient nerveuse ; jamais ils n'arrivaient à mener leur tâche à bien. Puis, son dîner achevé, il irait tenter sa chance à une table de jeu.

Voilà précisément ce qu'il aurait aimé faire. Hélas, comme souvent, on entravait ses désirs.

— D'après le règlement du club, reprit Bellamy, si l'un des membres vient à disparaître de manière prématurée, la confrérie est tenue sur l'honneur de s'occuper des personnes qui lui étaient à charge. Son frère décédé, Lily aura besoin qu'on veille sur elle. Elle doit se marier.

— Dans ce cas, pourquoi ne pas t'en charger toi-même ? demanda Ashworth. De toute évidence, tu la connais bien. Harcliffe et toi étiez amis, non ?

— Nous étions très proches, en effet. Raison pour laquelle, précisément, je ne peux pas le faire. Lady Lily Chatwick est la sœur d'un marquis. Elle descend, entre autres, d'une lignée de sang royal. Je crois me souvenir qu'un jour Leo m'a dit qu'elle était treizième en ligne pour la Couronne. Je suis... je ne suis personne comparé à elle, fit-il en crispant les mains sur le bord de la banquette.

Sur ce point-là du moins, Spencer et Bellamy étaient d'accord. Spencer le considérait comme un parvenu vaniteux. D'après ce que l'on racontait aux tables de jeux, Bellamy était sorti de nulle part trois ans auparavant. Mais en dépit de ses origines très vagues, les aristocrates l'invitaient volontiers à leurs parties de cartes pour le seul plaisir de sa compagnie. Car Bellamy était un imitateur hors pair.

Spencer avait déjà eu l'occasion d'assister à l'un de ses numéros, un jour où Bellamy régalait une douzaine de personnes d'une imitation grivoise de Byron et de lady Caroline Lamb. S'il l'avait trouvé pathétique, les jeunes dandys, eux, le vénéraient. À tel point qu'ils en venaient à imiter l'imitateur : son style vestimentaire, sa démarche, ses traits d'esprit. Certains poussaient la mascarade jusqu'à demander à leur valet de leur appliquer une ignoble mixture faite de blancs d'œufs et de suie sur le cuir chevelu pour reproduire sa chevelure en bataille.

Spencer, pour sa part, se fichait de l'accoutrement et de la coiffure de ce pantin, et méprisait son humour. Une seule chose l'intéressait : le jeton de cuivre qui faisait de Bellamy un membre du Stud Club.

— Demande à Morland, fit Ashworth. Il est hors de question que je l'épouse.

— Pourtant, tu serais drôlement chanceux d'avoir une épouse pareille, rétorqua Bellamy. C'est une jeune femme adorable et intelligente.

— Je n'en doute pas. Mais la dernière chose que je ferais subir à une femme que j'admire, c'est le mariage.

Spencer ne put s'empêcher d'ajouter son grain de sel :

— Tu es pourvu d'un sens moral à présent ? Je me demande d'où cela vient. Peut-être l'as-tu récupéré sur un champ de bataille.

— Possible, répondit le géant d'une voix neutre. En tout cas, je ne t'y ai pas croisé.

Spencer fulmina. C'était typique de cette brute d'asséner des coups bas. Quand il était encore jeune homme, Spencer rêvait de suivre les traces de son père et d'acheter une charge d'officier dans l'armée. Mais à la mort de ce dernier, en tant qu'héritier, il s'était soudain retrouvé pourvu d'un titre, et des devoirs et responsabilités qui allaient avec. Sur le champ de bataille, ce ne serait plus seulement sa vie qui pèserait dans la balance, mais celles de centaines de personnes. Adieu, rêves de gloire !

— Qu'est-ce qui t'empêche de l'épouser, Ashworth ? s'étonna Bellamy. Tu es lord, n'est-ce pas ?

— J'ai récemment hérité d'une baronnie, en effet. Une parcelle de landes sans valeur dans le Devonshire avec une demeure en ruine, dévorée par les flammes il y a de cela quatorze ans. J'ai dû vendre ma charge de militaire pour rembourser les créanciers.

— Excusez-moi de vous interrompre, intervint Amelia.

L'excuser de les interrompre ? Mais au contraire ! Spencer l'aurait volontiers embrassée. Un changement de sujet était plus que bienvenu.

— C'est votre nom qui m'a fait tiquer, enchaîna-t-elle en s'adressant à Ashworth. Puis vous avez mentionné votre charge de militaire. Ne seriez-vous pas, par hasard, le lieutenant-colonel St. Maur ?

— Lui-même. Et en effet, pour répondre à la question que vous devez vous poser, je connaissais votre frère.

— C'est ce que je pensais. Il vous évoquait dans ses lettres ; il parlait de votre courage. Étiez-vous... étiez-vous avec lui à Waterloo ? demanda-t-elle d'une voix chevrotante.

— Pas vers la fin. Il servait dans un autre bataillon. Cependant, je peux vous assurer que c'était un homme bien, un excellent officier, qui plus est. Admiré de tous ceux qui étaient sous ses ordres, très bien vu de ses supérieurs. Il faisait honneur à sa famille ainsi qu'à sa patrie.

— Merci.

Cette réponse parut satisfaire lady Amelia, mais Spencer, pour sa part, trouva son discours d'une platitude innommable. Peut-être Ashworth l'avait-il répété à maintes occasions, eu égard à son grade. Ce qui expliquerait son air soudain solennel. Spencer ne se souvenait pas de l'avoir jamais vu si grave.

Cela dit, ils n'avaient pas beaucoup bavardé du temps d'Eton. Difficile de converser tout en échangeant des coups de poing.

— Où est le corps ? demanda soudain lady Amelia. Le corps de Leo, j'entends.

— Chez moi, répondit Bellamy. Mes domestiques le veillent en attendant qu'on puisse l'emporter aux pompes funèbres.

— Lily voudra le voir.

— Cela m'étonnerait, milady.

— Si, je vous assure. Peu importe ses blessures. Je...

Sa voix se brisa.

— J'aurais presque tout donné pour voir Hugh une dernière fois, parce que cela m'aurait aidé à accepter sa mort, je suppose.

L'attelage fit une soudaine embardée à gauche et elle s'affaissa contre Spencer. Elle était douce et chaude. Et l'odeur de lavande qui émanait d'elle lui parut plus entêtante qu'auparavant. Lorsqu'elle se redressa, une goutte tomba sur le poignet de Spencer, entre son gant et sa manche.

Elle pleurait.

En silence. Probablement trop fière pour demander un mouchoir à la cantonade, elle qui avait glissé le sien dans sa main, sur la terrasse. Il toucha spontanément la poche de sa veste. Elle ne pouvait s'en prendre qu'à elle-même si elle n'avait plus de mouchoir, se dit-il. Après tout, il ne lui avait rien demandé.

— L'affaire est réglée, déclara Bellamy. Ce sera Morland qui l'épousera.

— Ah, non ! s'écria ce dernier.

— Tu ne peux pas dire non.

— D'après toi, qu'est-ce que je viens de faire ?

Bellamy se pencha en avant.

— C'est écrit dans le règlement du club. Manifestement, Ashworth est ruiné, et je ne suis pas éligible. Si tu ne t'étais évertué à éliminer les membres les uns après les autres au cours des dernières semaines, nous aurions peut-être trouvé d'autres prétendants. Comme tu représentes à présent sept membres sur dix, c'est sur toi que retombe la responsabilité de cette affaire.

— Je ne comprends pas, fit lady Amelia. Comment un homme peut-il représenter sept membres sur dix à lui seul ?

— Grâce aux jetons, milady, expliqua Bellamy. Voyez-vous, Leo avait acheté un étalon d'exception, il y a quelques années de cela. Osiris fut jadis le meilleur cheval de course d'Angleterre. Il est aujourd'hui à la retraite, mais il a toujours beaucoup de valeur en tant que reproducteur. De nombreux gentlemen ont tenté d'acquérir les droits d'élevage. En conséquence, Leo a conçu le Stud Club pour s'amuser. Si vous connaissiez bien Leo, vous savez à quel point il aimait plaisanter.

— En effet, concéda-t-elle. Quand mon frère et lui étaient encore enfants, ils ont volé le battant du clocher de l'église pour pouvoir faire la grasse matinée le dimanche.

Bellamy sourit.

— Leo tout craché. Avec lequel de vos frères ? Lord Beauvale ou Jack ?

Comme elle hésitait, il s'empressa d'ajouter :

— Seigneur, je suis navré. Pas celui qui est mort en Belgique ?

— Non, ce n'était pas Hugh. Aucun de ceux que vous avez mentionnés, en fait. Il s'agit de mon frère Michael. Il est aujourd'hui officier de marine.

— Grands Dieux ! Vous êtes combien ?

Spencer regretta aussitôt son intervention. Quelle mouche l'avait piqué ? Plus elle tardait à répondre, plus il se sentait gêné. « Tu as encore manqué une occasion de te taire, Morland », se morigéna-t-il. En vérité, il était tout à fait capable d'avoir une conversation civilisée. Dès lors qu'elle n'avait pas lieu avant, pendant ou quelques heures après un bal.

— Nous étions six à une époque, finit-elle par dire. Nous ne sommes plus que cinq. Je suis la seule fille.

Elle marqua une pause, attendant peut-être de savoir quelle ignominie il avait encore prévu de lui jeter à la figure. Comme rien ne venait, elle ajouta :

— Je vous en prie, monsieur Bellamy, continuez.

— Où en étais-je ? Ah, oui ! Leo fit frapper dix jetons en cuivre qu'il distribua à ses proches. La possession d'un de ces jetons donnait le droit d'envoyer des juments s'accoupler avec Osiris. Toutefois, le règlement du club spécifiait qu'en aucun cas ces jetons ne pouvaient être troqués, vendus ou donnés. On ne pouvait les remporter qu'à un jeu de hasard.

— Un jeu de cartes ?

— Cartes, dés, paris de toutes sortes. Cette poignée de jetons devint la devise la plus convoitée de toute la capitale. Tout le monde voulait sa part d'Osiris, évidemment. Surtout, les hommes voulaient à tout prix faire partie de ce club de gentlemen. La fraternité, la camaraderie... Appartenir au Stud Club ne manque pas de cachet aux yeux des gentlemen de notre sphère. Il existe peu de cercles aussi exclusifs. Avoir en sa possession un jeton indique que l'on a la chance de son côté.

Bellamy adressa un regard aigu à Spencer.

— Puis Morland est arrivé, et il a tout gâché. Aujourd'hui, il a réussi à collecter sept des dix jetons. Les trois restants sont à moi, à Ashworth ici présent, et bien sûr, à Leo.

— Pourquoi fait-il cela ? s'étonna lady Amelia.

— Sa Grâce veut-elle prendre la peine de répondre à cette dame ? demanda Bellamy.

Spencer fixa résolument la rue à travers la vitre.

— C'est évident, non ? Je veux le cheval.

— Mais d'après M. Bellamy, un seul jeton suffit pour obtenir le privilège de la reproduction, fit remarquer lady Amelia. Pourquoi les vouloir tous ? Pourquoi une telle avidité ?

Son ton réprobateur n'échappa pas à Spencer. Elle était persuadée que c'était à cause de son « avidité » que son frère Jack se retrouvait endetté jusqu'au cou.

— Les droits d'élevage ne m'intéressent pas. Je n'aime pas partager.

Bellamy secoua la tête.

— Vous avez votre réponse, lady Amelia. L'esprit de fraternité et l'amitié ne signifient rien aux yeux de Morland. Il se moque de préserver une institution ancrée dans la société londonienne. Seul le cheval l'intéresse. Écoute-moi bien, Morland : peut-être n'aimes-tu pas partager, mais tu vas devoir apprendre. Si tu veux mon jeton, il faudra d'abord me tuer. C'est

Leo qui a fondé le club, et je ne te laisserai pas mettre son héritage en charpie.

— En revanche, tu veux que j'épouse sa sœur ?

— Non. Enfin, oui, grommela Bellamy, extrêmement contrarié. Ce n'est pas que l'idée me réjouisse. Si seulement il y avait quelqu'un d'autre – n'importe qui. Mais ce n'est pas le cas.

Lady Amelia émit un son étrangement inarticulé. Désarroi ? Contrariété ? Amusement ? En tout cas, elle avait cessé de pleurer.

Ce son parut également intriguer Bellamy, qui les dévisagea tous deux en inclinant la tête de côté.

— À moins que tu ne sois déjà pris, Morland. Avons-nous interrompu quelque chose sur la terrasse des Bunscombe ?

— Oh, non ! rétorqua-t-elle aussitôt en riant. Ce n'est pas du tout ce que vous croyez.

— Dans ce cas, Morland, l'honneur t'oblige à faire une proposition à Lily.

— Pardonnez-moi, intervint Amelia. Qu'y a-t-il d'honorable à décider de l'avenir d'une femme sans même lui demander son avis ? Si Lily avait voulu se marier, elle l'aurait fait depuis des années. Nous ne sommes plus au Moyen Âge, messieurs. D'ordinaire, on demande le consentement d'une dame avant de la fiancer.

— Certes, acquiesça Bellamy, mais en dépit de la modernité de notre époque, certaines circonstances – telles que le décès d'un proche et la menace d'une ruine imminente – obligent parfois les hommes à prendre le taureau par les cornes.

— Je ne peux pas m'exprimer à la place de Lily, monsieur Bellamy. Mais j'ai moi-même traversé une telle épreuve. Et je n'ai jamais laissé personne décider à ma place.

Ainsi, songea Spencer, lady Amelia avait reçu des demandes en mariage. Qu'elle avait refusées. Il s'était demandé si c'était par choix ou par absence de choix qu'elle était restée célibataire.

Pourquoi diable éprouvait-il le besoin de s'interroger sur une femme autoritaire, impertinente, et pas vraiment jolie ? Pourtant, c'était le cas. Mais il n'avait pas l'intention de se lancer dans un interrogatoire gauche et périlleux. Il voulait juste des références. Un arbre généalogique de sa famille remontant aux invasions normandes. Le catalogue de tous les livres qu'elle avait lus dans sa vie. Une carte topographique de son corps indiquant avec précision la localisation de chacun de ses grains de beauté.

— Nous y sommes, déclara Ashworth.

La voiture s'immobilisa devant Harcliffe Manor. Tandis qu'ils attendaient que le valet ouvre la portière, Bellamy se pencha vers Spencer.

— Lily est peut-être sourde, mais elle n'est pas stupide. Elle lit sur les lèvres et s'exprime de manière aussi aristocratique que toi. Regarde-la quand tu t'adresses à elle ; c'est le seul impératif. N'élève pas la voix, n'utilise pas un langage simpliste, comme tu le ferais avec une grand-tante sénile. Ne parle pas d'elle en sa présence comme si elle n'était pas dans la pièce. Traite-la comme ton égale.

Spencer se hérissa.

— Pourquoi toutes ces consignes ? À moi en particulier ?

— Parce que, avant le lever du jour, tu t'entretiendras en privé avec elle. Tu lui feras une proposition. Ce n'est pas négociable. Autrement, Dieu m'en soit témoin, tu en répondras devant moi sur le terrain.

3

— Un duel ? s'écria Amelia. Pour se retrouver avec un mort de plus sur les bras ?

Ignorant son intervention, le duc rétorqua d'une voix glaciale :

— Essaie un peu pour voir, Bellamy. Je me ferai un plaisir d'arracher le jeton de tes mains froides de macchabée.

Ces hommes étaient tout bonnement impossibles !

Quand la portière s'ouvrit, Amelia se leva et s'immisça entre Bellamy et Morland, qui se regardaient en chiens de faïence. Elle descendit du carrosse et les hommes la suivirent.

S'empressant de gravir le perron, elle se campa devant la porte d'entrée. Puisque ces hommes se comportaient comme des enfants qui se chamaillent pour des billes, une personne dotée d'un peu de bon sens devait intervenir. Pour le bien de Lily.

— Une minute, je vous prie, fit-elle de ce ton ferme que sa mère employait autrefois avec ses frères quand ils se querellaient. Avant que nous entrions, j'ai un mot à vous dire.

Les trois hommes braquèrent les yeux sur elle. Sa détermination commença à vaciller. Elle avait l'estomac noué rien qu'à l'idée de regarder en direction du duc. Et la lumière diffusée par la lanterne de la voiture lui permit de voir distinctement lord Ashworth et M. Bellamy pour la première fois. Ce qui ne la mit pas vraiment à l'aise.

En plus d'être taillé comme une armoire à glace, Ashworth arborait une balafre impressionnante de la tempe à la pommette. Le coup à l'origine de la cicatrice avait manqué l'œil de peu. Quoiqu'il ait l'allure d'un flibustier, elle se sentait moins en danger avec lui qu'avec ce libertin de Bellamy qui, en dépit de ses manières et de sa tenue raffinées, ne parvenait pas à lui inspirer confiance.

Elle prit une profonde inspiration, puis se jeta à l'eau :

— Voilà comment les choses vont se dérouler : nous allons demander aux domestiques de réveiller Lily et de la prier de s'habiller. Ce faisant, croyez-moi, elle se sera préparée au pire.

Combien de fois Amelia était-elle descendue en trombe, la peur au ventre, certaine qu'un malheur avait encore frappé l'un des siens ? Pour se rendre compte que ce n'était que Jack, qui revenait d'une nuit de débauche avec ses prétendus amis.

— Lorsqu'elle descendra, je lui parlerai en tête à tête, poursuivit-elle. Vous, messieurs, vous attendrez dans le bureau de Harcliffe.

— Lady Amelia…

Elle fit taire Bellamy d'un geste.

— Ce n'est pas une tâche qui me fait particulièrement plaisir, monsieur. Toutefois, il est hors de question que je vous laisse vous en charger. Pardonnez ma franchise, mais après ce quart d'heure en votre compagnie, je doute qu'un seul d'entre vous soit à même d'annoncer une nouvelle si tragique de manière convenable.

— Milady, écoutez-moi…

— Non, c'est vous qui allez m'écouter ! glapit-elle en plaquant la main sur son estomac. Comprenez que je suis aussi passée par là. Or, ensemble, vous constituez un trio redoutable...

Doux Jésus, voilà qu'elle se mettait à dire des inepties ! Le duc la fixait avec ce mélange de pitié et d'affolement d'un homme face à une femme sur le point de faire une crise de nerfs.

— Bref, laissez-moi lui annoncer la nouvelle avec ménagement. En vous voyant, elle comprendrait aussitôt.

Dans un faible grincement, la porte s'ouvrit derrière elle.

Amelia pivota pour se retrouver nez à nez, non pas avec un valet, mais avec Lily Chatwick en personne. Elle ne l'avait pas vue depuis au moins deux bonnes années. Depuis l'enterrement de Hugh, sans doute. Enfants, elles avaient été amies. Pas de très proches amies, vu que Lily était de quelques années son aînée. Puis, suite à la fièvre qui avait provoqué la surdité de la jeune femme, elles s'étaient peu à peu perdues de vue. Lily n'était pas très mondaine.

— Amelia ? s'étonna-t-elle en repoussant une mèche qui lui tombait sur le front. Que fais-tu ici avec ces...

Elle posa les yeux sur le trio.

Amelia crispa les poings. Lily n'avait pas pu l'entendre, se rassura-t-elle. Il était encore possible de lui annoncer la nouvelle en douceur.

— Dieu du ciel ! s'exclama Lily en portant la main à sa gorge. Leo est mort.

— Je le savais, fit Lily un peu plus tard, fixant d'un air absent ses mains jointes sur ses genoux.

Elles étaient assises dans le salon. Une tasse de thé arrosé de cognac était posée sur la table. Elle n'y avait pas touché et le contenu avait amplement eu le temps de refroidir.

— Je l'ai su bien avant votre arrivée. Je suis allée me coucher de bonne heure, mais à peine une heure plus tard, je me suis réveillée en sursaut et, depuis, impossible de me rendormir. Je sentais qu'il lui était arrivé un malheur.

Amelia rapprocha sa chaise de celle de son amie.

— Je suis vraiment désolée.

Des mots tellement vains et insignifiants. Mais que dire d'autre dans ce genre de situation ?

— J'aurais été incapable de le croire si je ne l'avais ressenti dans mes entrailles. Quand l'un de nous deux était en danger, nous le savions. Sans doute parce que nous sommes jumeaux. Quand je suis tombée malade, il est rentré d'Oxford alors que personne ne l'avait prévenu. Je ne sais pas comment je vais... J'ai du mal à imaginer ma vie sans lui, souffla-t-elle en enfouissant le visage entre ses mains.

Ses minces épaules furent secouées de sanglots. Amelia caressa la longue natte noire qui tombait dans son dos. Difficile d'imaginer que Leo et Lily étaient jumeaux. Ils étaient comme le jour et la nuit. Alors que Leo était blond foncé, avec le teint doré, et une vitalité débordante, Lily était brune, claire de peau, et d'un tempérament calme et rêveur. Amelia avait entendu dire que la naissance des jumeaux avait sauvé la réputation de leur mère. Car fussent-ils nés à des dates différentes, personne n'aurait cru qu'ils étaient les enfants d'un même père.

Amelia pressa légèrement l'épaule de son amie, qui leva les yeux.

— C'est difficile d'imaginer qu'il est parti, même pour moi, murmura-t-elle. Il était toujours si... vivant. Il nous manquera beaucoup. Mais tu ne dois pas te faire de souci. Les proches de Leo n'hésiteront pas à t'apporter leur aide, chacun à sa manière.

Amelia coula un regard vers la porte qui reliait le salon à la bibliothèque.

— Rien que dans la pièce voisine se trouvent trois des hommes les plus puissants d'Angleterre. Ils seraient prêts à traverser la Manche à la nage pour toi. Tu n'as qu'à claquer des doigts.

— C'est sans doute à M. Bellamy que je dois la présence des deux autres. Parfois, je me dis que cet homme m'étouffera à force de bonnes intentions.

L'expression sceptique qu'afficha Amelia, quoique furtive, n'échappa pas à Lily.

— Oh, ne te méprends pas sur son compte ! Julian est un comédien très doué. Son rôle favori – et dans lequel il est le plus convaincant – est celui de l'incorrigible débauché. Mais il s'est montré un ami loyal pour Leo, et j'imagine qu'il considère comme son devoir fraternel de me prendre à présent sous son aile.

— Tu es sûre que son intérêt n'est que fraternel ?

Amelia se remémora l'attitude de M. Bellamy dans la voiture, la manière passionnée dont il avait banni le moindre comportement pouvant être interprété comme désobligeant envers Lily.

— Oh, oui ! Sur ce point, je suis catégorique.

— Il y a une chose... Durant le trajet, les trois hommes se sont chamaillés à ton sujet... Il s'agissait de décider lequel d'entre eux aurait l'honneur de t'épouser.

— De m'épouser ? Quelle drôle d'idée !

— Je leur ai dit que tu aurais besoin d'un peu de temps. J'ai tenté de les dissuader de te soumettre une pareille idée en un soir comme celui-ci, mais j'ignore s'ils m'ont écoutée.

Elle ignorait surtout si les menaces de Bellamy avaient vaincu les réticences de Morland. Pourvu que non. Oh, elle n'était pas jalouse ! Bien qu'attirée par le duc, elle savait faire la part des choses. Une soirée en sa compagnie lui avait permis de constater qu'il souffrait d'un cruel manque de sensibilité. Son amie méritait mieux.

— Seigneur ! fit Lily d'une petite voix. Ne me dis rien. C'est en rapport avec ce club ridicule fondé par Leo.

— Oui.

— Il lui a donné un nom grotesque. Le Stud Club. Je lui avais dit qu'il aurait pu me demander conseil. J'aurais trouvé des dizaines de noms préférables à celui-là.

Amelia se pencha vers Lily pour obtenir son attention.

— Je peux leur demander de partir si tu le souhaites. Je leur ai déjà tenu tête une fois ce soir, je n'ai pas peur de recommencer, déclara-t-elle avec assurance.

Au fond, elle avait de quoi être fière ! Entre l'instant où Jack lui avait subtilisé ses dernières pièces et celui où elle avait forcé la main du duc, elle avait franchi une sorte de cap. Non seulement elle avait bravé trois hommes intimidants, mais elle avait aussi défié un duc, et flirté avec lui le temps d'une valse. En outre, elle avait quitté le bal en de mystérieuses circonstances, suscitant certainement un flot de commérages. Les gens devaient se demander quand la fille d'Orsay, véritable parangon de vertu, s'était transformée en effrontée.

Eh bien, aux douze coups de minuit, évidemment ! Heure précise à laquelle elle avait quitté ses haillons. Elle aurait amplement le temps de se faire du souci, demain. Pour l'heure, elle était fière.

— Je vais les renvoyer sur-le-champ, décréta-t-elle en commençant à se lever.

— Non, l'arrêta Lily. Laisse-moi leur parler. Ils sont également peinés par le décès de Leo, et ils ne pensaient pas à mal. Les hommes ont une fâcheuse tendance à vouloir réparer les choses, même lorsqu'elles sont irréparables.

— Je leur ai dit que tu voudrais voir Leo.

— Tu as bien fait.

Sa voix s'était faite lointaine. Elle venait de s'enfoncer dans cette torpeur qui suit un grand choc. Il lui faudrait un certain temps avant de prendre pleinement conscience de la mort de son frère, songea Amelia. Et à ce moment-là, la souffrance serait presque insupportable.

Pour l'instant, mieux valait la laisser flotter dans cette semi-léthargie. Amelia n'allait pas la forcer à affronter la triste réalité.

— Veux-tu que je monte avec toi pour t'aider à t'habiller ?

— Non, je te remercie. Ma femme de chambre est réveillée.

— Alors, je vais attendre que tu sois prête en compagnie de ces messieurs. Dois-je demander au cuisinier de préparer un en-cas ? Les fauves seront plus dociles une fois repus. Et, si du moins tu t'en sens capable, tu devrais également manger quelque chose.

— Je te laisse t'organiser avec les domestiques. Je suis contente que tu sois là, Amelia, murmura Lily en se levant. Tu es tellement gentille.

Une heure plus tard, l'en-cas – un assortiment de viandes froides et de fromages – disposé sur la desserte n'avait pratiquement pas été touché. Installé dans un fauteuil à une extrémité de la bibliothèque, le duc feuilletait un livre avec humeur. Amelia, qui regardait dans sa direction plus souvent qu'à son tour, ne l'avait pas vu lever le nez.

Seul lord Ashworth avait mangé. Il était à présent sur le divan, les yeux fermés, ses bottes posées sur une ottomane en cuir. Son attitude, quoique relâchée, n'avait pas choqué Amelia outre mesure, car elle ne lui paraissait pas irrespectueuse. Elle y voyait plutôt de la prévoyance. C'était sans doute un réflexe de militaire. Ashworth n'était pas du genre à laisser la mort interférer, voire perturber son instinct de survie. Jamais il ne manquerait une occasion de manger, de boire, ou de se reposer.

M. Bellamy, en revanche, était comme un ours en cage. Il avait arpenté la pièce, au risque d'user le parquet. Quand la cloche de l'entrée avait retenti, il s'était précipité pour répondre. Surprenant des bribes de conversation, Amelia avait compris que le visiteur était un enquêteur chargé de retrouver la trace des agresseurs de Leo.

— Des nouvelles ? s'enquit le duc lorsque Bellamy revint.

— Non. Rien que nous ne sachions déjà. Leo s'est fait coincer dans une allée, quelque part dans le quartier de Whitechapel. Le mobile du crime serait le vol. Des gamins du voisinage ont entendu une bagarre et des cris, mais ils n'ont pas osé approcher. C'est une prostituée qui a trouvé le corps et fait appeler un fiacre. Depuis, impossible de mettre la main sur elle.

— Comment ont-ils su qu'il fallait transporter le corps chez toi ?

— Quand elle l'a trouvé, il respirait encore – à peine. Apparemment, il lui aurait donné mon adresse. Heureusement d'ailleurs, sinon qui sait ce qui serait advenu de son corps ? Sans doute vendu à des étudiants en médecine. Du reste, je suis surpris que la prostituée n'y ait pas pensé. Elle s'attendait probablement à toucher une récompense pour avoir sauvé la vie d'un aristocrate.

— Peut-être avait-elle simplement une conscience et un cœur, avança Amelia.

Bellamy émit un ricanement sceptique.

— Peu importe la nature de ses intentions, reprit-il. Elles n'auront pas suffi à le maintenir en vie. Il est mort en chemin.

— Tu étais chez toi quand ils l'ont déposé ?

— Non. On m'a envoyé chercher. Bon sang, si seulement je l'avais accompagné ! ragea-t-il en abattant le poing sur une étagère.

Amelia sursauta. Lord Ashworth ouvrit brusquement les yeux.

— Vous ne comprenez donc pas ? s'écria Bellamy. Tout cela est ma faute. Je ne peux pas le faire revenir, mais je ferai tout ce qui est en mon pouvoir pour qu'on arrête ses meurtriers et que Lily soit bien établie.

— Tu n'accompliras ni l'une ou l'autre de ces bonnes œuvres ce soir, observa le duc.

Bellamy se tourna vers lui.

— Tu vas lui demander sa main, Morland. Dussé-je te flanquer un couteau dans les testi...

Amelia se leva d'un bond.

— Je vous en prie, fit-elle en venant se camper devant Bellamy pour l'empêcher de mettre sa menace à exécution. Si vous avez un tant soit peu d'affection pour Lily...

— Elle est comme la sœur que je n'ai jamais eue, coupa-t-il d'une voix tranchante.

— Alors, je vous en supplie, donnez-lui un peu de temps. Son frère vient de mourir. Qu'il soit parti en paix ou pas, de manière prévisible ou pas, le fait est qu'il ne fera plus jamais partie de sa vie. C'est une tragédie. Si vous tenez à elle, offrez-lui du réconfort et de la compassion, et non pas des promesses de vengeance et une demande en mariage.

— Soit, céda Bellamy en soupirant. Je ne parlerai plus de meurtre et de rétribution. Quant à lui, ajouta-t-il en désignant le duc, il a intérêt à remplir son devoir envers Lily. S'il veut continuer à profiter d'Osiris, il n'a pas le choix.

Morland posa son livre.

— Comment cela ? Je suis duc. J'ai toujours le choix. Et je n'apprécie pas les menaces.

— Je ne te menace pas, rectifia Bellamy. Je me borne à te rappeler le règlement du Stud Club. Un membre qui ne répond pas au code de bonne conduite se voit retirer son privilège sur le cheval.

Une pensée vint soudain à l'esprit d'Amelia.

— Leo étant mort, le cheval ne revient-il pas à son héritier, comme tout le reste ?

Bellamy adressa un sourire froid au duc avant de se tourner vers Amelia.

— Non, milady. Leo a conçu le club de manière très astucieuse. Il a demandé à son notaire d'en établir les règles. Osiris est administré par fidéicommis, or les droits d'élevage dépendent de deux conditions : la possession d'un jeton et l'observation dudit règlement. Si le duc manque à l'une de ces deux obligations, il doit renoncer à ses droits sur Osiris.

— C'est absurde, répliqua Morland.

Pour Amelia, c'était plutôt le club lui-même qui était absurde.

— À propos de ce code, vous avez dit dans la voiture que les membres subsistants devaient s'assurer que les personnes à la charge du défunt ne se retrouvent pas dans le besoin. Je ne me souviens pas de vous avoir entendu dire que le mariage était l'unique moyen d'y parvenir.

— Je vois mal comment assurer l'avenir de Lily autrement, rétorqua Bellamy. Elle va perdre sa maison et tout ce qu'elle contient. Et même si elle touche des rentes, elles ne suffiront pas à lui permettre d'être autonome. En outre, il faut prendre en compte son infirmité… Je ne vois pas d'autres solutions, conclut-il en secouant la tête.

— Pourtant, il y en a ! s'exclama Amelia.

Elle devait à tout prix éviter à Lily d'être la victime d'un plan mal conçu, fruit de la mauvaise conscience de Bellamy ou de l'obsession du duc de Morland pour un étalon.

— Il faudra un certain temps avant que le testament n'entre en vigueur, reprit-elle. Lily ne risque donc pas de se retrouver à la rue du jour au lendemain. Quant à sa surdité, je ne vois pas en quoi elle serait un frein à son autonomie si tel est son désir. Après tout, elle pourra toujours engager une dame de compagnie.

— Louer les services d'une compagne, murmura le duc d'un air songeur en fixant Amelia de son regard noisette, voilà qui réglerait la question. Encore faut-il trouver une candidate convenable.

Penchant imperceptiblement la tête, il continua de dévisager Amelia. Qui rougit et se hérissa. Comment osait-il suggérer qu'elle pourrait être la dame de compagnie de Lily ? Ce genre d'emploi était réservé aux veuves démunies et aux vieilles filles désespérées. En d'autres termes, aux femmes sans espoir d'avenir, sans famille et sans fortune. Ce qui n'était pas son cas !

Du moins, pas encore.

Il l'avait silencieusement remise à sa place. Pourquoi réagissait-elle avec une telle virulence à ses provocations ? Face à lui, elle se sentait vulnérable, imparfaite, et surtout, *de trop*.

L'instinct de conservation la poussait à détourner le regard. Hélas, il n'y parvint pas !

Lily apparut soudain sur le seuil et s'éclaircit la voix.

— Merci à tous d'avoir patienté. À présent, je suis prête.

Elle avait revêtu une robe bleu foncé d'une élégante simplicité – à moins que ce ne soit elle qui lui confère de la distinction. À presque trente ans, elle avait conservé cette silhouette de jeune fille qu'Amelia lui avait toujours enviée, de même qu'elle lui enviait ses grands yeux sombres de biche. En dépit de son chagrin, elle était d'une beauté à couper le souffle.

À son entrée, lord Ashworth et le duc se levèrent. À la surprise générale, le duc s'avança vers elle.

— Lady Lily, Permettez-moi de vous présenter mes plus sincères condoléances.

Amelia doutait que lesdites condoléances remplissent un dé à coudre.

— En tant qu'ami de Harcliffe, pair, et membre du même club, mon devoir de gentleman me dicte de vous offrir toute l'aide dont vous aurez besoin.

— Merci, milord, murmura Lily.

Elle jeta un coup d'œil désespéré à Amelia quand il apparut évident que le duc n'avait pas fini.

— Cela dit, j'ai une proposition à vous faire, poursuivit-il.

On aurait entendu une mouche voler.

— J'aimerais vous racheter à un prix très avantageux la part de l'étalon Osiris qui appartenait à votre frère.

Ses mots résonnèrent un instant dans le silence, avant qu'un cri collectif le brise :

— *Quoi ?*

— Je voudrais racheter son jeton, précisa le duc.

— Tu ne peux pas, déclara Ashworth. Un jeton ne peut être remporté qu'au cours d'un jeu de hasard.

— Sa mort n'était-elle pas due au hasard ? rétorqua Morland d'une voix posée. De la malchance à l'état pur.

Ce fut la goutte d'eau. L'opinion qu'avait Amelia du duc fut scellée à cet instant. C'était l'homme le plus arrogant, le plus égocentrique, le plus insensible avec qui il lui ait jamais été donné de danser une valse.

— Tu es censé la demander en mariage, lui rappela Bellamy.

— Le devoir me somme de lui proposer mon aide. Ce que je viens de faire. Milady, reprit-il à l'adresse de Lily, mon secrétaire viendra vous rendre visite demain. Il sera à votre entière disposition, qu'il s'agisse d'organiser les funérailles ou de prendre des mesures pour trouver un nouveau logement.

— Espèce de salaud ! siffla Bellamy. C'est une affaire d'honneur, et toi, tu ne penses qu'à ton satané cheval.

— Vous êtes tous les trois obnubilés par ce satané cheval ! s'écria Amelia, qui rejoignit Lily et lui entoura les épaules du bras. C'est à Lily de décider de son avenir. Cessez de gonfler le torse et de nous offrir cette pâle imitation de galanterie. Avec vos grandes paroles sur l'honneur et le devoir... Pour l'amour du ciel, vous vous partagez un animal ! Vous n'êtes pas les chevaliers de la Table ronde. Vous admettez vous-même que Leo a fondé ce club pour plaisanter. N'avez-vous pas de vrais devoirs, des relations humaines qui réclament votre attention ? Ou votre vie entière tourne-t-elle autour d'un cheval ?

Les trois hommes demeurèrent silencieux, et fixèrent le regard sur divers détails du décor – pompons, franges, plateaux laqués qui n'avaient sans doute jamais été à ce point scrutés. Tout bien considéré, ces hommes n'avaient peut-être rien dans leur vie qui méritât qu'ils s'y consacrent, à l'exception de ce cheval et du club. D'où leur silence pathétique.

— Ça va aller, Amelia, fit Lily avant de prendre une profonde inspiration. Messieurs, je sais que vos intentions sont nobles, et j'apprécie votre prévenance. Leo serait heureux de voir de telles preuves d'amitié.

En prononçant le nom de Leo, sa voix avait légèrement vacillé. Les hommes changèrent de posture et leur expression s'adoucit.

— Sa mort me laisse inconsolable, mais pas démunie. J'ai de l'argent et des amis, dit-elle en pressant la main d'Amelia. Et même si je souhaitais me marier, je devrais auparavant porter le deuil pendant un an.

— Cette règle ne s'applique pas dans une situation si extrême... intervint Bellamy.

Lily secoua la tête.

— Ma situation n'a rien d'extrême, mis à part le choc. Leo est... était tellement jeune.

— Trop jeune. Tous les hommes bien meurent jeunes, déclara Ashworth en donnant un coup de pied dans l'ottomane. Alors que les bons à rien comme moi sont quasiment indestructibles.

— Personne ne l'est, murmura Lily. C'est la leçon à tirer de cette triste affaire. Si vous souhaitez vraiment rendre hommage à la mémoire de mon frère, faites en sorte que sa mort vous serve d'exemple et vous empêche de vous croire immortels. Amelia a raison. Je suis certaine que vous avez tous trois des responsabilités plus importantes que votre adhésion au club de Leo. Lord Ashworth, n'avez-vous pas de la famille, un domaine ?

Ce dernier jura dans sa barbe.

— Une parcelle de lande brûlée dans le Devonshire. Je n'y ai pas mis le pied depuis quatorze ans.

— Peut-être serait-il temps d'y retourner, suggéra Lily.

Bellamy parut sur le point de protester, mais elle ajouta :

— Et je suis sûre que le duc de Morland a déjà suffisamment de responsabilités, sans devoir en plus me prendre en charge.

— J'ai une pupille, fit le duc. Ma cousine, bien que nous ayons été élevés comme frère et sœur.

Cette confession prit Amelia de court. Elle devait être la seule femme de toute la bonne société londonienne à n'avoir pas passé les derniers mois à soupirer en lisant le *Debrett*[1] à la lettre « M ».

Un léger plissement au coin des yeux. Un soupçon d'hésitation dans les rides de son front. L'expression du duc s'était faite presque... « humaine » quand il mentionna sa pupille.

Amelia se força à détourner le regard. Elle avait passé beaucoup trop de temps à l'observer ce soir, et elle ne pouvait supporter de le voir afficher soudain un visage

1. Guide de l'aristocratie britannique comprenant les détails des généalogies. *(N.d.T.)*

humain. Mieux valait s'en tenir à la version diabolique du personnage. Il était plus facile de le détester ainsi.

Bellamy franchit en trois enjambées la distance qui le séparait de Lily.

— Comme vous le savez, je n'ai ni sœur ni frère, dit-il d'une voix tendue. Et pas non plus de domaine dans le Devonshire.

— Je sais, oui, répondit Lily en lui prenant la main. Mais nous vous avons toujours considéré comme un membre de notre famille, Leo et moi.

Bellamy ferma brièvement les yeux,

— Alors vous n'avez pas le droit de refuser mon aide.

— Je n'y songeais pas.

Debout près de Lily, Amelia commençait à se sentir de trop. Elle détourna les yeux et demeura aussi immobile qu'une statue. Sous sa main, elle sentit l'épaule de Lily trembler.

— Je vous promets de retrouver ceux qui ont tué Leo, déclara Bellamy d'une voix vibrante d'émotion. Je les traquerai, où qu'ils se cachent. Et je veillerai à ce qu'ils soient exécutés.

Lily se mit à pleurer.

— Chère Lily, reprit-il en portant sa main à ses lèvres, dites-moi quoi faire pour vous soulager.

— Emmenez-moi auprès lui. Que je puisse lui dire adieu.

4

Au lever du jour, Spencer n'avait toujours pas retrouvé le calme de sa bibliothèque, mais, le cognac aidant, la tempête qui faisait rage sous son crâne avait diminué d'intensité. Une grande partie de la nuit avait été silencieuse, ce qui lui avait fait du bien. Ashworth et lui s'étaient tous deux retirés dans le jardin de Bellamy pour permettre à Lily de pleurer son frère loin des regards, mais, par un accord tacite, aucun n'avait entamé la conversation. Quant aux trajets en voiture, ils avaient fourni au groupe l'occasion de se recueillir.

Il jeta un coup d'œil par la vitre de la portière. Dans la lumière ambrée de l'aube, les rues grouillaient déjà de monde : marchands de fruits, poissonniers, employés et ouvriers se rendant à leur travail. L'agitation du petit matin ralentit considérablement la progression du véhicule.

Cela dit, il n'était pas pressé. Il avait déjà déposé lady Lily, Bellamy et Ashworth à Harcliffe Manor, et il ne restait plus que lady Amelia dans la voiture. Pour une fois, il n'était pas impatient de se retrouver seul.

— Drôle de nuit, fit-il doucement, comme s'il se parlait à lui-même.

— En effet, acquiesça-t-elle.

La fatigue combinée aux événements de la nuit l'avait laissé dans un étrange état. Les propos de Lily l'avaient touché en plein cœur. La mort de Harcliffe était en effet un *memento mori*, comme le disait l'expression moyenâgeuse : « Souviens-toi que tu vas mourir. » Si jamais il lui arrivait malheur, il ne voulait pas que Claudia se retrouve dans une position aussi précaire que Lily. Heureusement, il pouvait éviter pareil dénouement. Et il allait prendre sans tarder les mesures qui s'imposaient.

Ce matin même, en fait.

— Ç'a été un grand choc, reprit-il. Lily semble cependant avoir pris la nouvelle plutôt bien.

— Ce n'est qu'une impression. Elle commence à peine à se rendre compte que la mort de Leo est bel et bien réelle. Quand le choc s'atténuera, le chagrin la frappera de plein fouet. Je lui rendrai de nouveau visite cet après-midi. Je lui offrirai peut-être de rester auprès d'elle quelques jours, ajouta-t-elle en lui jetant un regard acéré. Le temps qu'elle prenne d'autres dispositions.

Il s'efforça de comprendre d'où venait sa colère, sans succès. Ces tentatives pour la percer à jour devenaient une habitude, nota-t-il, agacé.

— Milord, si je puis me permettre de vous dire le fond de ma pensée…

— Je n'ai pas encore réussi à vous en empêcher.

— L'« offre » que vous avez faite à Lily, cette nuit, était inadmissible. Jamais je n'avais rencontré de personne aussi vaine, arrogante, présomptueuse, égocentrique et insensible.

Quoique surpris par ces accusations, Spencer n'en fut pas outre mesure blessé. Lancées sur un ton aussi désemparé, elles étaient faciles à esquiver.

— Manifestement, les chevaux passent avant les hommes, poursuivit-elle.

— Vous vous trompez.

— Je me trompe ? répéta-t-elle en imitant son ton. C'est-à-dire ?

— Je trouve en général la compagnie d'un cheval plus agréable que celle d'une personne. La plupart des vrais cavaliers seraient de mon avis. Toutefois, cela ne veut pas dire que je place systématiquement les chevaux au-dessus des hommes. D'ailleurs, Osiris n'est pas n'importe quel cheval. C'est le seul et unique. Je suis déterminé à l'acquérir quel qu'en soit le prix.

— Précisément, marmonna-t-elle. Quel qu'en soit le prix, y compris celui de l'amitié, de la dignité et de l'honneur.

Spencer secoua la tête. Inutile de lui expliquer les raisons pour lesquelles il voulait ce cheval. Elle ne comprendrait pas.

Le carrosse tressauta, et leurs coudes se heurtèrent. Spencer aurait sans doute dû s'installer en face après le départ des autres passagers, mais il n'en avait pas eu envie. Lady Amelia s'appuyait légèrement contre lui, sans doute fourbue et transie. Et, une fois encore, il se surprit à éprouver du plaisir à sentir le poids de son corps cotre le sien.

Tandis que ce plaisir se déployait en lui, son indomptable curiosité grandit aussi. Il avait une irrépressible envie de parler avec elle, de l'écouter. D'apprendre à la connaître, à la comprendre.

— Que j'accorde de l'importance aux chevaux vous rebute, n'est-ce pas ?

— En effet. Sauf le respect que je dois aux chevaux.

— Qu'est-ce qui est important à vos yeux ?

— Ma famille, répondit-elle sans hésiter. Et ma maison.

— À Bryanston Square ? fit Spencer, incapable de masquer sa surprise.

D'après les instructions qu'elle avait données au cocher, il avait deviné qu'il s'agissait d'une de ces maisons de ville récentes. Non pas le genre de demeure pleine de souvenirs et d'histoire où il imaginait lady Amelia d'Orsay.

— Non. Cette maison-là est à Laurent, façonnée au goût de son épouse. Je parle de notre demeure ancestrale du Gloucestershire. Le château de Beauvale est en ruine, mais nous avons un cottage où nous passons l'été. On l'a dénommé Briarbank car il est situé sur la rive de la Wye.

— Ce doit être un site agréable.

— Je ne crois pas avoir jamais vu de maison mieux située. Ma mère et moi avions coutume de nous y promener le matin pour cueillir de la lavande et...

Elle fit la moue.

— Mes plus beaux souvenirs se trouvent à Briarbank, conclut-elle.

— Et vous allez bientôt quitter la capitale pour y passer l'été ?

Elle se raidit.

— Pas cette année. Mes frères ont prévu de louer le cottage. Il se trouve, milord, que mon frère Jack a contracté une dette.

— Je vois, répondit-il après un silence. C'est donc là la vraie raison de votre colère. Mon refus d'effacer la dette de votre frère, et non pas l'offre que j'ai faite à Lily.

— Disons que, depuis hier soir, ma colère a pris différentes directions. La manière dont vous avez traité Lily en est une.

Relevant le menton, elle tourna la tête vers la fenêtre.

Spencer ne pouvait se résoudre à lui reprocher son entêtement. S'il était un trait de caractère qu'il avait toujours admiré, c'était la loyauté. Mais, en l'occurrence, elle était inappropriée. Après tout, son frère était sur le point d'entraîner sa famille dans sa chute.

— J'ai du mal à comprendre...

— Milord, l'interrompit-elle avec impatience, d'après mes calculs, nous avons passé près de sept heures en compagnie l'un de l'autre. Or, vous m'avez davantage parlé en quelques minutes qu'au cours des six dernières heures et je ne sais combien de minutes. Êtes-vous toujours aussi bavard le matin ?

— Bavard ?

On l'avait traité de bien des choses au cours de sa vie, mais c'était la première fois qu'on l'accusait d'être bavard. Incroyable.

— Non, répondit-il, songeur. Je ne le suis pas. Êtes-vous toujours aussi désagréable ?

Elle poussa un soupir.

— Non. Mais, comme vous l'avez fait remarquer, ç'a été une drôle de nuit. Et cela a commencé avant votre apparition au bal des Bunscombe.

Cette remarque lui rappela la terrasse, et le mouchoir qu'elle lui avait glissé dans la main. Il ne voulait pas le perdre. C'était le fruit d'un travail très minutieux. Mais, contrairement à ces femmes qui fabriquaient des sacs au crochet ou laquaient des plateaux à thé pour exhiber leurs prétendus « talents », il semblait que lady Amelia avait brodé ce carré de lin pour son propre plaisir.

Cela l'intriguait.

Comme l'intriguait le fait que, en dépit des propos durs qu'elle avait eus à son endroit, son corps lui transmettait un tout autre message. Elle était toujours appuyée contre lui.

— Je ne vous intimide pas, fit-il remarquer.

— Franchement, non, répondit-elle après réflexion. Hier, vous m'auriez sans doute impressionnée. Mais, comme l'a dit Lily très justement, cette nuit m'a rappelé que personne n'est immortel. C'est une prise de conscience terrible à maints égards, mais curieusement, je me sens libérée. L'impertinence et l'audace ont soudain du charme. Il va falloir que je me surveille ou je risque de me transformer en véritable harpie, ironisa-t-elle. Hier, à cette heure-ci, je vous aurais vu comme l'inaccessible duc de Morland. Et vous ne m'auriez même pas remarquée.

Il aurait sans doute dû la contredire. Mais il aurait menti, car elle avait raison. S'ils s'étaient croisés dans la rue la veille au matin, il ne lui aurait pas accordé un regard. Et ç'aurait été dommage, car elle méritait qu'on la regarde. Il découvrait que la lueur de l'aube adoucissait ses traits, jusque-là desservis par la lumière des bougies et du feu. Au lever du jour, elle paraissait presque jolie.

Elle posa le doigt sur la vitre.

— Aujourd'hui, je nous vois tels que nous sommes : de simples mortels imparfaits, qui retourneront à la poussière. Juste un homme et une femme.

Spencer eut soudain l'impression que l'habitacle se resserrait autour de lui. Cela n'avait rien d'oppressant, bien au contraire. Il avait une impression de proximité physique, de celle qui va de pair avec le plaisir charnel et l'intimité affective. Cela faisait un certain temps – trop longtemps, à vrai dire – qu'il n'avait pas savouré le premier. Quant au dernier, il avait passé la majeure partie de sa vie d'adulte à l'éviter. Sans doute la nuit qu'il venait de vivre n'y était-elle pas étrangère, mais voilà soudain qu'il se surprenait à désirer les deux avec une avidité rare.

À peine s'était-il fait cette réflexion qu'elle se rapprocha de lui. Était-elle en quête de réconfort ? Ou cherchait-elle à lui en prodiguer ?

Lentement, il leva sa main gantée et la posa sur la cuisse de la jeune femme, un peu au-dessus du genou.

La jambe de Mlle d'Orsay se raidit. Il feignit d'ignorer sa réaction, se contenta d'apprécier le contact de sa chair souple sous sa paume.

Bien que, pour des raisons pratiques, il privilégiât les jolies petites choses sur la piste de danse, quand il s'agissait de sport en chambre, il préférait les femmes substantielles, dans tous les sens du terme. Il aimait les femmes à la fois pourvues de formes et de matière grise. Or lady Amelia remplissait ces deux critères.

Si elle n'était pas d'une grande beauté, elle n'était pas dénuée d'attraits. Sa bouche, en particulier, était fort attirante. Ses lèvres étaient pleines et sensuelles, comme son corps, du reste. Et puis, il y avait ce grain de beauté solitaire à l'intérieur de son sein gauche qui soulignait la carnation laiteuse de sa poitrine.

En outre, après une nuit à errer dans l'ombre de la mort, il semblait tout naturel qu'un homme ait des besoins.

Autrement dit, il avait envie d'elle. Ardemment.

Sa main remonta le long de sa cuisse – un centimètre, peut-être deux. Sentit le rebord caché de sa jarretière. La respiration de la jeune femme s'accéléra tandis que son pouce commençait à effectuer un lent va-et-vient. Sous l'étoffe, sa peau était idéalement souple – malléable et modelable à volonté.

Des visions érotiques l'assaillirent ; le désir lui martela les veines. Il avait envie de l'asseoir sur ses genoux, qu'elle lui enlace la taille de ses jambes plantureuses. Il enfouirait le visage dans sa poitrine magnifique et lui empoignerait fermement la croupe tandis que les mouvements de l'attelage les emmèneraient au septième ciel...

Oui, elle pourrait le réconforter de bien des manières, si elle était du genre à rendre service à un homme de cette façon. Qu'elle soit célibataire ne signifiait pas pour autant qu'elle ne connaissait rien aux choses de l'amour.

Il n'y avait qu'un seul moyen de le savoir.

Écartant les doigts, il lui pressa légèrement la cuisse.

Avec un cri de surprise, elle s'arracha à lui et s'éloigna précipitamment. Blottie à l'autre bout de la banquette, elle regarda sans ciller par la vitre, l'ignorant ouvertement.

Voilà, il avait sa réponse.

Spencer tourna à son tour le regard vers la vitre en priant pour qu'un embouteillage inextricable survienne.

Car ils approchaient de Bryanston Square et il n'était guère présentable.

Lorsque la voiture s'arrêta finalement devant une demeure tape-à-l'œil, son désir était retombé. Du moins, suffisamment pour qu'il retrouve une silhouette convenable. Il sortit le premier, puis tendit la main à lady Amelia pour l'aider à descendre.

Elle la dédaigna. Et se serait éloignée sans un regard s'il ne lui avait attrapée le coude.

Lentement, elle pivota vers lui.

— Je vous remercie de m'avoir déposée chez moi, milord. Je ne vous retiendrai pas plus longtemps.

Comme il ne la lâchait pas, elle ajouta entre ses dents :

— Vous êtes libre de partir.

— C'est ridicule, répliqua-t-il en l'escortant jusqu'à la porte, qu'un valet en livrée rose avait déjà ouverte. J'entre avec vous, ajouta-t-il. Il faut que je m'entretienne avec votre frère.

— Jack ne sera pas là. Il a un appartement à Piccadilly.

— Je ne parlais pas de lui, mais de lord Beauvale.

Ils pénétrèrent ensemble dans la maison.

— Je ne vois pas ce que vous pourriez avoir à dire à Laurent.

— Vraiment ?

— Il ne paiera pas la dette de Jack, si c'est ce que vous avez en tête.

Elle n'avait visiblement pas saisi le problème, mais Spencer décida d'être indulgent. Après tout, la nuit avait été longue et éprouvante.

— Je vous ai enlevée lors d'un bal et nous avons passé la nuit ensemble. Votre frère appréciera sans doute que je lui fournisse quelques explications.

Sortant une carte de visite de sa poche, il la déposa sur le plateau du majordome.

— Nous allons attendre le comte dans son bureau.

Pièce où Spencer espérait échapper à ces infâmes moulures dorées en forme de coquillages qui ornaient le plafond telles des bernacles incrustées sur un vieux rafiot.

Après qu'on les eut introduits dans le bureau lambrissé de Beauvale, havre de sobriété comparé au reste de la demeure, ils demeurèrent gauchement au centre de la pièce. Le gentleman qu'il était devait attendre que lady Amelia s'assoie pour s'asseoir à son tour – mais apparemment, l'idée ne l'avait pas effleurée. Sa coiffure était à moitié défaite, ce qui lui donnait une allure bancale. Sa robe de soie bleue qui, la veille au soir, soulignait ses formes, montrait des signes de fatigue.

Sous son regard ouvertement scrutateur, lady Amelia ouvrit de grands yeux.

En guise d'excuses, Spencer haussa les épaules.

— Cette robe a fait son temps, fit-il, et c'est un euphémisme. Elle mérite de prendre sa retraite, si je puis dire.

S'empourprant du décolleté à la racine des cheveux, lady Amelia bredouilla quelques instants avant de lâcher :

— Avez-vous fini de m'insulter ?

— Je ne vous insultais pas. C'est cette robe qui vous insulte.

— Vous... commença-t-elle, avant de reprendre avec un geste exaspéré : Vous ne comprenez rien aux femmes, milord. Mais vraiment rien.

— Cela arrive que des hommes les comprennent ?

— Oui !

Spencer inclina la tête de côté.

— Citez-m'en un.

Le comte de Beauvale choisit cet instant pour entrer. Il avait les cheveux humides, et ses manchettes n'étaient pas boutonnées. Il s'était manifestement habillé à la hâte.

Il salua Spencer. Amelia traversa la pièce et se jeta dans ses bras.

— Amelia, pour l'amour du ciel, où étais-tu passée ? s'écria Beauvale en s'écartant de sa sœur pour l'examiner. Que t'est-il arrivé ?

— Leo est mort, répondit-elle en pressant le visage contre le torse de son frère.

— Harcliffe ? demanda le comte, s'adressant à Spencer.

Ce dernier hocha la tête.

— Détroussé par des malandrins, hier soir, expliqua-t-il. Nous avons passé la nuit auprès de sa sœur. Elle était – et demeure – sous le choc.

— Évidemment. Pauvre Lily, murmura le comte en frottant le bras de sa sœur. Et pauvre Leo, je n'arrive pas à le croire.

— Moi non plus, fit lady Amelia. Il était si jeune, si plein de vie et populaire. Il était… ajouta-t-elle en croisant le regard de Spencer. Il était la réponse à votre question, milord. Un homme compréhensif. Durant toutes les années où je l'ai connu, il n'a jamais eu un mot désagréable à mon égard.

— Oui, eh bien, nous ne pouvons pas tous être Leo.

Ce commentaire amer et déplacé fut accueilli par un silence froid. Et mérité. Spencer se rendit compte qu'il avait manqué de tact en laissant la jalousie prendre le dessus.

Être jaloux d'un mort. Quelle absurdité !

Dès l'instant où lady d'Orsay avait fendu la piste pour lui agripper la main, la nuit avait été une suite d'absurdités. Ils avaient dansé, s'étaient disputés, et il l'avait emmenée de force sur la terrasse tel un homme des cavernes. Puis, ensemble, ils avaient procédé à une veillée funèbre pour le moins impromptue. Et ce matin, alors qu'il aurait dû se montrer taciturne et distant, il avait parlé à bâtons rompus. Pour couronner le tout, il s'en prenait dédaigneusement à un mort sous prétexte qu'elle avait vanté ses mérites. Cette série de constats aboutissait à une conclusion implacable : il s'était entiché d'Amelia d'Orsay.

C'était irrationnel, peut-être ; inattendu, certainement. Mais c'était ainsi.

— Merci d'avoir raccompagné ma sœur, milord, fit le comte par-dessus l'épaule de cette dernière.

C'était ni plus ni moins une manière de le congédier, certes plus subtile que celle d'Amelia sur le perron. Spencer ne se laissa cependant pas démonter. Il était le duc de Morland. On ne le mettait pas à la porte. Et lorsqu'il avait quelque chose en tête – ou quelqu'un –, il fallait qu'il l'obtienne.

— Je veux que vous sachiez, Beauvale, que lorsque nous avons appris cette triste nouvelle, nous avons quitté le bal subrepticement. Les invités présents ont dû s'imaginer un rendez-vous clandestin.

— Je vois, dit le comte en se rembrunissant. Mais il ne s'est rien passé ?

Spencer regarda lady Amelia.

— Amelia ? Il ne s'est rien passé, n'est-ce pas ? répéta Beauvale.

— Non ! Absolument rien.

Mais la rougeur qui avait envahi ses joues laissait planer un doute.

— Je vois, fit Beauvale, qui fusilla Spencer du regard. Pensez-vous que les gens vont jaser ?

— Certainement. Difficile de les en empêcher. En fait, les rumeurs vont vraisemblablement gonfler avec l'annonce des fiançailles. Nous ferions mieux de les écourter.

Silence.

Le frère et la sœur le dévisagèrent, bouche bée. Spencer se balança tranquillement sur ses pieds, et attendit.

Lady Amelia s'écarta de son frère et se laissa choir dans le fauteuil le plus proche. Enfin, elle s'asseyait.

— Pardonnez-moi, milord, mais la nuit m'a déjà semblé assez irréelle. Et je n'ai pas l'impression d'avoir toute ma tête ce matin. J'ai cru vous entendre mentionner des fiançailles.

— En effet. Les nôtres.

Nouveau silence.

Spencer se racla la gorge.

— Permettez-moi d'exprimer clairement mes intentions. Beauvale, je propose d'épouser votre sœur.

Le comte haussa un sourcil.

— Vous voulez dire que vous me demandez l'honneur de la prendre pour épouse ?

— N'est-ce pas ce que je viens de dire ?

— Non, rétorqua lady Amelia avec un petit rire étrange.

Puis, après avoir dévisagé Spencer, elle ajouta :

— Laurent, peux-tu nous laisser ?

— Oui, acquiesça-t-il, non sans réticence. Si tu as besoin de moi, je serai dans le salon.

— Merci, répondit-elle posément. Ce sera bref.

5

Amelia fixa le duc. Il était de constitution robuste, affichait une expression calme, un port ducal, voire franchement royal. À vrai dire, il semblait aller tout à fait bien. Pourtant, la question jaillit de ses lèvres.

— Avez-vous perdu la tête ?

— Non, répondit-il promptement. Et je suis en excellente santé. Si vous souhaitez obtenir davantage de renseignements avant le mariage, je peux vous fournir les coordonnées de mon médecin.

Seigneur, parlait-il sérieusement ?

— Ce ne sera pas nécessaire. Permettez-moi de reformuler ma question. Qu'est-ce qui vous prend de suggérer que nous nous mariions ?

— N'est-ce pas évident ? rétorqua-t-il en se perchant nonchalamment sur le bord du bureau de Laurent. Votre réputation est en péril.

— Uniquement parce que vous faites tout pour ! Il ne s'est rien passé. Pourquoi laisser entendre le contraire à mon frère ?

— C'est vous qui le lui avez laissé entendre en rougissant. Je me suis contenté d'agir honorablement en ne vous contredisant pas.

— Voilà qui est nouveau ! Pensiez-vous agir honorablement en me tripotant la cuisse dans la voiture ?

— C'était… un test.
— Un test, répéta-t-elle, incrédule. Et que vous a-t-il appris ?
— Deux choses. Primo, il m'a confirmé l'état de votre vertu.
— Il vous a suffi de me… caresser la jambe pour vous assurer de ma virginité ?
Inutile de mâcher ses mots, à présent.
— Oui.
Elle se couvrit les yeux de la main.
— Pardonnez-moi, milord, mais les femmes sont-elles pour vous comme des fruits ? Il suffirait de les tâter pour deviner s'ils sont mûrs ?
— Non, protesta-t-il avec un rire bas.
Elle n'aurait pas imaginé que cet homme avait de l'humour.
— Ce n'est pas ce que j'ai touché qui m'a convaincu, poursuivit-il, mais la réaction que mon geste a suscitée.
Amelia rougit en se rappelant son cri et l'empressement avec lequel elle s'était réfugiée à l'autre bout de la banquette. Et même à cette distance, elle ne s'était pas sentie rassurée. La chaleur de sa main s'était attardée sur sa cuisse, avant de gagner tout son corps tandis que son cœur s'était emballé. Elle n'était pas certaine de s'en être remise.
Elle prit une profonde inspiration.
— Oserais-je vous demander quelle autre chose ce « test » vous a appris ?
Il lui adressa un regard aussi hardi que brûlant.
— Que ce ne serait pas une corvée de partager votre lit.
Que diable répondait-on à ce genre de déclaration ? Son corps la trahit. Ses joues s'enflammèrent, son estomac se noua, et son sang frémit joyeusement dans ses veines.
Amelia s'efforça de chasser les visions charnelles que cette admission avait fait naître dans son esprit et de

maîtriser son émoi. Le duc ne l'avait pas trouvée désirable. Il avait simplement déclaré qu'elle ferait une partenaire acceptable. De manière très insultante, qui plus est. Il dirait sans doute la même chose d'une femme de chambre.

— Je n'arrive pas à le croire, finit-elle par dire.

— Vous pensez que je ne suis pas sincère ?

— Je pense que vous êtes inconstant. Vous m'offrez le mariage, alors qu'il y a à peine sept heures vous étiez prêt à vous battre en duel contre M. Bellamy pour ne pas épouser Lily. Or, c'est d'abord envers elle que vous devriez agir en homme d'honneur.

« Sans oublier qu'elle est plus belle. Plus gracieuse. Et plus riche », faillit-elle ajouter.

— Je ne souhaitais pas épouser Lily.

Les poils se dressèrent sur la nuque d'Amelia. Elle tenta de se rappeler à l'ordre. Ce n'était pas un compliment que le duc lui faisait.

— Lady Amelia, enchaîna-t-il, vous vous êtes toujours montrée d'une honnêteté totale avec moi. Puis-je l'être à mon tour ?

Elle agita la main en guise d'invitation.

— Lily m'a ouvert les yeux. La mort de Leo m'apparaît comme un rappel de ma propre mortalité, et comme une incitation à agir. J'ai une jeune pupille. Elle ne fera ses débuts dans le monde que dans deux ans, et il faudra attendre encore avant qu'elle soit prête à se marier. Si jamais il m'arrivait malheur entre-temps, mon titre et mes biens reviendraient à des parents éloignés, et son sort serait alors entre les mains d'inconnus. Je ne peux pas courir ce risque. Aussi ai-je décidé de me marier et de concevoir un héritier.

— Vous venez tout juste de prendre cette décision ?

— Oui.

— Pourquoi moi ? Pourquoi pas Lily ou une autre des nombreuses jeunes femmes que vous avez auditionnées au cours des douzaines de bals passés ?

Il parut surpris.

— Auditionnées ? Les gens croient que je suis en quête d'une épouse ? Que je les teste en dansant avec elles ?

— Évidemment.

Il s'esclaffa. Pour la deuxième fois de la matinée. Cette fois son rire avait une tonalité veloutée qui lui fit l'effet d'une caresse.

— Ce n'était pas le but, croyez-moi. Pour répondre franchement à votre question, je désire un héritier le plus vite possible. Je n'ai nulle envie de courtiser une gamine écervelée qui a la moitié de mon âge. Encore moins la patience de demander la main d'une jeune femme qui portera le deuil pendant un an. La dot m'importe peu. Il me faut juste une femme sensée, de noble lignée, de constitution robuste et de tempérament stable, qui me donnera quelques enfants.

Elle le fixa d'un air horrifié.

— En d'autres termes, une poulinière !

— En faisant cette comparaison, vous nous rabaissez tous les deux, rétorqua-t-il d'une voix neutre. J'ai de très bonnes juments dans mes écuries, mais je ne permettrais à aucune de porter mes enfants, de diriger ma maison, ni même d'introduire ma cousine dans la bonne société. Alors, non, je ne recherche pas une poulinière mais une femme. Une duchesse, pour être exact.

Amelia prit subitement conscience de l'ampleur de son offre. Heureusement qu'elle était assise. Cet homme ferait d'elle la duchesse de Morland. Si elle acceptait sa proposition, elle deviendrait l'une des femmes les plus riches et les plus titrées d'Angleterre. Elle donnerait des fêtes somptueuses, évoluerait parmi l'élite de la société. Et enfin – son cœur chavira à cette pensée…

— J'aurais ma propre maison, murmura-t-elle.

— En réalité, vous en auriez six. Même si je me rends très rarement dans ma demeure écossaise.

Amelia agrippa l'accoudoir du fauteuil. Dieu du ciel ! Six domaines. L'un d'eux aurait sans doute besoin d'un pasteur. Elle pourrait persuader Jack de reprendre ses études pour entrer dans les ordres. Elle veillerait à ce qu'il s'installe dans un presbytère confortable, loin de ses vauriens d'amis...

Non, se reprit-elle. Elle avait des milliers de raisons de refuser la proposition du duc. Du moins, elle devait en avoir. Seulement, elles ne lui venaient pas à l'esprit.

— Mais... bafouilla-t-elle, nous nous connaissons à peine.

— Ces dernières heures, je vous ai observée lors d'une soirée mondaine, je vous ai vue réagir avec calme à une épreuve difficile, et nous avons eu une conversation qui s'élevait bien au-dessus des banalités d'usage. Je connais votre généalogie, je sais que vous venez d'une famille pleine de garçons, ce qui est de bon augure pour moi qui désire un héritier. Pour ma part, je suis satisfait. Mais si vous le souhaitez, n'hésitez pas à me poser des questions.

Il arqua un sourcil et attendit.

Elle avala sa salive tant bien que mal.

— Quel âge avez-vous ?

— Trente et un ans.

— Avez-vous d'autres parents en dehors de votre cousine ?

— Non.

— Comment s'appelle-t-elle ?

— Lady Claudia. Elle a quinze ans.

— Réside-t-elle en ce moment en ville avec vous ?

— Non, elle est à York depuis quelques mois. Elle y séjourne chez des parents de sa mère.

Amelia marqua une pause, ne sachant comment poursuivre. Quel type de questions posait-on à un gentleman de son envergure ? Ce serait absurde de s'enquérir de sa couleur favorite ou de l'adresse de son gantier. Elle tenta une autre approche :

— Quel est le dernier livre que vous avez lu ?

— *Défense des droits de la femme*, de Mary Wollstonecraft.

— Vous plaisantez ?

— Oui, dit-il en ébauchant un sourire narquois. En réalité, j'ai lu ce livre il y a des années.

— Vraiment ? Et qu'en pensez-vous ?

— Je pense...

Il s'écarta du bureau et lui adressa un regard de défi.

— Je pense que vous êtes à court d'idées, lady Amelia.

Les battements de son cœur ralentirent un instant. Avant de repartir de plus belle. Pourquoi Dieu ne répartissait-il pas la beauté selon les mérites ? s'interrogea-t-elle. Un homme épouvantable aurait dû être laid. Il n'aurait pas dû avoir des boucles soyeuses, des pommettes saillantes dignes d'un dieu grec, une bouche sensuelle qui devenait absolument irrésistible lorsqu'elle se retroussait sur un sourire.

Aux grands maux, les grands remèdes !

— Si je vous épouse, effacerez-vous la dette de Jack ?

« Dites non, l'implora-t-elle en silence. Autrement, je ne réponds plus de rien. Si vous acceptez, je serai tentée de vous prendre dans mes bras, voire pire : de vous donner mon consentement. »

— Non, répondit-il.

Un mélange de soulagement et de déception l'envahit. Mais au moins savait-elle à présent ce qu'il lui restait à faire.

— Dans ce cas, milord, j'ai peur de ne pas pouvoir...

— En revanche, selon des termes stipulés dans un contrat de mariage, je vous attribuerai une somme substantielle - vingt mille livres, je pense –, ainsi que quelques biens fonciers. À quoi s'ajoutera une rente généreuse pour vos dépenses personnelles. Plusieurs centaines de livres.

— Par an ?

— Ne soyez pas ridicule ! Par trimestre.

Amelia eut un moment d'absence. Ces dernières années, elle était devenue experte en calculs de petites sommes, qu'elle comptait au demi-penny près. Deux shillings, dix pence chez le marchand de tissu, et ainsi de suite. Mais des sommes aussi astronomiques que celle-là... sortaient tout bonnement de son domaine d'expertise.

— Vous dépenserez votre rente comme bon vous semblera. Néanmoins, je vous conseillerais de ne pas gâcher deux pence pour votre frère. De toute façon, même si vous payez sa dette, vous ne passerez pas l'été dans votre cottage. Vous m'accompagnerez dans ma propriété du Cambridgeshire.

— Braxton Hall.

Il hocha la tête.

Elle en avait entendu parler. Si le duc ne recevait pas, son défunt oncle, lui, avait été mondain. Les vieilles dames de la bonne société parlaient avec nostalgie de la majestueuse propriété de Braxton Hall. On racontait que c'était la demeure la plus vaste, la plus somptueuse d'Est Anglia.

— Vous ne manquerez de rien en termes de confort matériel. En retour, je vous demanderai juste d'accepter de recevoir mes attentions jusqu'à la naissance d'un fils. Et il va sans dire que j'exigerai votre fidélité.

Elle se remémora ses paroles de la nuit précédente à propos du satané étalon : « Les droits d'élevage ne m'intéressent pas. Je n'aime pas partager. » Parler d'un cheval en de tels termes, sur un tel ton, avec une telle autorité – c'était écœurant. Appliqué à une femme, c'était absolument dégradant, humiliant et... Dieu lui vienne en aide, excitant.

— Je vois, répondit-elle en se composant un visage calme. Pourrai-je, moi aussi, compter sur votre fidélité ?

— Maudite soit cette satanée Wollstonecraft ! Soit. Jusqu'à la naissance d'un fils. À ce stade, nous pourrons revoir les termes de notre accord. Si vous le souhaitez, nous ne serons même plus tenus de vivre sous le même toit.

De pire en pire. Il voulait simplement *louer* ses services.

Comme elle demeurait muette, il ajouta :

— Vous ne vous attendiez tout de même pas que je vous fasse une déclaration d'amour ? Elle sonnerait faux, et ce serait insulter votre intelligence et la mienne.

Amelia se leva.

— Je pense avoir été suffisamment insultée pour aujourd'hui, dit-elle d'un ton posé.

— Je suis moi-même à bout de patience, rétorqua-t-il en la rejoignant. Je suis sûr que c'est l'offre la plus généreuse que vous recevrez jamais – et très certainement la dernière. J'ai répondu à toutes vos questions impertinentes, et je vous ai fait des promesses extrêmement généreuses. À présent, madame, puis-je avoir votre réponse ?

Ça, oui ! Elle allait lui répondre ! Mais pas avant de l'avoir fait un peu mariner.

— Une dernière question, milord. Vous avez déclaré que partager mon lit ne serait pas une corvée. Comment puis-je avoir la même certitude de mon côté ?

Il recula d'un pas, comme s'il avait besoin de distance pour la foudroyer du regard.

Elle sourit, ravie d'avoir réussi à le pousser dans ses retranchements.

— Ne faites pas cette tête, milord. Je n'ai pas l'intention de vous tripoter la cuisse.

Elle commit alors l'erreur de poser les yeux sur ses cuisses. Des cuisses très musclées, en vérité.

— Vraiment ?

Elle se contraignit à le regarder à nouveau dans les yeux.

— Non, voyez-vous, dans ce domaine-là, les femmes apprécient un peu plus de finesse. J'ai beau être encore vierge, je ne suis pas ignorante.

— Laissez-moi deviner : d'autres lectures subversives ?

Elle ignora cette pauvre provocation.

— Avant de vous donner ma réponse, j'aimerais à mon tour faire un test.

Un éclair de panique traversa son regard. Ou bien était-ce du désir ?

— Quel genre de test avez-vous en tête ?

— Un baiser.

— C'est tout ?

Il s'avança et inclina la tête comme s'il s'apprêtait à déposer un chaste baiser sur sa joue.

Elle leva la main pour l'arrêter

— Sur la bouche, s'il vous plaît. Et en vous appliquant.

— En m'appliquant, répéta-t-il, incrédule.

Il la dévisagea. S'imaginant telle qu'il la voyait, Amelia eut envie de disparaître sous terre. Des joues rebondies, rougies par l'émotion. Des yeux bouffis, et sans doute cernés. Des cheveux blonds à demi décoiffés. Quelle mouche l'avait piquée de le provoquer ainsi ? Pourquoi ne pas avoir simplement refusé son offre pour en finir pour de bon ?

Parce qu'elle voulait qu'il l'embrasse. Elle voulait se sentir *désirée*. En fait, elle aurait aimé revenir en arrière, dans la voiture, et agir différemment. Que se serait-il passé si elle n'avait pas fui ses caresses ? Si elle avait laissé sa main remonter le long de sa cuisse...

Cette vision lui arracha un frisson. Son regard se posa sur ses lèvres. Elle retint son souffle et carra les épaules, prête à recevoir son baiser.

Au lieu de quoi il fit deux pas en arrière.

Grands dieux ! Il l'avait rejetée. Dans une voiture sombre, il pouvait à la rigueur la tripoter, mais en la voyant à la lumière du jour, il avait décidé qu'elle n'en valait finalement pas la peine.

Il se racla la gorge.

— Si je dois m'appliquer...

Il ôta son gant droit en prenant tout son temps.

Il avait de belles mains, constata Amelia. Il se débarrassa de son second gant, le regard rivé au sien, et elle ne put réprimer un soupir.

Il jeta les gants sur le bureau, puis s'approcha d'elle. Il leva les mains non pour lui toucher le visage, comme elle s'y attendait, mais pour ôter une à une les épingles qui retenaient ce qui restait de son chignon. Il se tenait si près qu'elle avait l'impression qu'il l'étreignait. Dans cette posture, elle avait une vue imprenable sur son cou solide et la ligne ferme de sa mâchoire. Il émanait de lui une odeur de cognac, de cuir et d'amidon sous laquelle elle distinguait le parfum musqué de sa peau. Elle inhala profondément.

Il retira la dernière épingle, et sa chevelure retomba en cascade sur ses épaules. Il glissa alors les doigts dans ses cheveux pour arranger les boucles à sa guise, ce qu'elle trouva délicieux.

— Voilà, dit-il en encadrant son visage de ses mains. Maintenant, nous pouvons faire les choses dans les règles de l'art.

Nous. Il ne se contenterait donc pas de l'embrasser. Il voulait qu'elle participe…

Ses lèvres caressèrent les siennes, lentement, sensuellement, Et, dans une explosion de tous les sens, Amelia d'Orsay fut propulsé dans un univers totalement inconnu.

À l'époque où M. Poste lui avait fait la cour, elle avait enduré un certain nombre de baisers. Dix ans s'étaient écoulés depuis, mais ces horribles baisers, moites et avides, la hantaient encore. Ils l'avaient laissée impuissante et honteuse.

Mais là, c'était complètement différent. Le duc avait passé les dernières heures à la rudoyer, enchaînant les remarques désobligeantes ; cet homme ignorait ce qu'était une conversation polie. Mais ce baiser… ce baiser était une conversation en soi.

Il pressa sa bouche sur la sienne à plusieurs reprises, avant de s'écarter pour lui permettre de prendre à son tour l'initiative. Ce qu'elle fit avec un plaisir débridé.

— Oui, murmura-t-il quand elle posa maladroitement les mains sur ses épaules. Oui, c'est bien.

Encouragée, elle laissa ses mains remonter jusqu'à son cou. Comme il enfouissait les doigts dans sa chevelure, elle l'imita, ravie de pouvoir enfin toucher ses boucles brunes. Et lui arracha un petit grognement de plaisir.

Il marqua une pause pour reprendre son souffle.

« Ne vous arrêtez pas », le supplia-t-elle en silence.

Elle caressa sa nuque, et il captura ses lèvres avec une ardeur renouvelée. Amelia se sentit fondre. Sa bouche était insistante, exigeante, il n'attendait cependant pas d'elle qu'elle se soumette mais qu'elle renchérisse.

Elle n'avait jamais envisagé qu'un baiser puisse être non pas une conquête mais un échange. Un échange de caresses des lèvres et de la langue. Avant qu'il effleure la commissure de ses lèvres, elle n'aurait pas imaginé que cette zone fût d'une sensibilité si exquise.

C'était délicieux, mais ô combien dangereux.

Il ne se contentait pas de lui apprendre à embrasser, il la poussait à révéler d'elle plus qu'elle ne le devrait. Comment pourrait-il ne pas percevoir son désir alors qu'elle en débordait ? Elle aspira doucement sa lèvre inférieure, imitant la manière dont il avait flatté la sienne. Comment lui dire non de cette même bouche ?

Finalement, elle cessa de se poser des questions pour s'abandonner aux sensations qui l'assaillaient. Son corps fredonnait, frémissait, s'embrasait. Elle en voulait davantage. Elle voulait sentir ses mains ailleurs que sur son cou. En dessous. N'importe où en dessous du cou.

Les doigts entrelacés sur sa nuque, elle se pressa contre lui. Sa poitrine se heurta à la fermeté de son torse. Il la récompensa en glissant les mains au creux de ses reins, puis plus bas, sur son postérieur qu'il empoigna sans vergogne. L'attirant plus près encore, il plaqua ses hanches contre les siennes. Un plaisir inouï explosa en elle.

— Amelia, gémit-il.

Elle voulut lui répondre, mais fut incapable de se rappeler son prénom. Et elle se voyait mal l'appeler « Morland » en un moment pareil. Encore moins « milord ».

Le problème fut vite résolu, car il introduisit de nouveau la langue dans sa bouche, lui interdisant d'articuler le moindre mot.

Au bout d'un moment – des minutes, des heures, une éternité… –, il s'écarta doucement. Sans la moindre honte, elle attrapa son visage pour l'embrasser une dernière fois au coin des lèvres.

Il éclata de rire – un rire rauque, un peu essoufflé.

— Ce ne sera pas une corvée, je pense, commenta-t-il.

— Non.

Il l'étudia avec attention, un sourcil arqué.

— Ce n'était pas votre réponse, n'est-ce pas ?

— Non, répondit-elle en hâte. C'est-à-dire… je ne sais pas. Ma réponse à quoi ?

Elle lui lâcha le cou et croisa les bras sur sa poitrine. Elle ne s'était pas doutée que ce baiser, qu'elle avait elle-même réclamé en pensant qu'il serait agréable, bouleverserait son univers. Comment était-elle censée lui dire de reprendre son offre insultante et de disparaître de sa vue alors que son corps entier le lui interdisait ?

— Peut-être devrait-on recommencer depuis le début, suggéra-t-il en posant la main sur ses doigts crispés. Lady Amelia, me ferez-vous l'honneur, et cætera.

— Et cætera ? répéta-t-elle, incrédule. C'est ainsi que vous comptez me demander ma main ?

— En réalité, je ne fais que réitérer ma demande. Avez-vous pris une décision ? Je crois que vous êtes de nouveau à court d'arguments.

— Nous ne nous entendons pas du tout, rétorqua-t-elle, au désespoir.

— Ce n'est pas l'impression que j'ai eue à l'instant.

Certes, ils s'étaient très, très bien entendus.

Ne sachant pas mentir, Amelia choisit la franchise.

— Vous me plaisez, c'est indéniable. D'un point de vue purement physique, vous êtes un homme très attirant. Mais je ne vous apprécie pas vraiment. Vous avez un comportement absolument inqualifiable en public, et vous n'êtes guère mieux en privé. Le seul moment où je vous trouve à peu près supportable, c'est lorsque vous m'embrassez.

Il lui adressa un regard réprobateur.

— Même ainsi, nous partirions sur de meilleures bases que la plupart des couples.

— Possible, mais c'est encore beaucoup trop éloigné du mariage dont je rêve.

— Hum, fit le duc en s'écartant, il semblerait que vous ayez une décision à prendre : le mariage de vos rêves, ou moi.

— Aucune femme ne devrait avoir à faire un tel choix.

C'était malheureusement courant, songea-t-elle. À chaque seconde, quelque part dans le monde, une femme renonçait à ses rêves pour se heurter à la dure réalité. Des années plus tôt, elle avait réussi à repousser l'inéluctable. Mais aujourd'hui, son tour était venu de troquer ses rêves contre... quoi ? La sécurité, la possibilité d'aider ses frères et, marginale mais indéniablement tentante, l'occasion de connaître la passion physique. Quant à l'amour... Eh bien, elle aurait des enfants qu'elle chérirait comme sa mère les avait aimés, ses frères et elle.

Elle savait ce qui lui restait à faire.

Pourtant, elle ne pouvait se résoudre à prononcer les mots.

— Dans ce cas, ne faites pas de choix, reprit-il. Venez ici.

Ce n'était pas une demande mais un ordre. Elle s'exécuta de bonne grâce, son assurance l'attirant à lui comme un aimant. Elle s'arrêta à quelques centimètres à peine et leva les yeux vers son beau visage.

— Embrassez-moi.

Encore un ordre. Auquel elle obéit sans se faire prier car c'était exactement ce qu'elle avait envie de faire. Il inclina la tête et elle le gratifia d'un langoureux baiser sur la bouche. Leurs lèvres se séparèrent.

— À présent, dites oui.

Elle serait duchesse. Maîtresse de six demeures. Elle se marierait à l'église Saint-George, sur Hanover Square, en présence du Tout-Londres, vêtue d'une robe de brocart ivoire divinement brodée, d'un coût absolument indécent, qu'elle avait aperçue la semaine passée dans une vitrine de Bond Street. Pour le repas de noces, elle ferait servir une pièce montée blanche décorée d'un glaçage en forme de fleurs – des orchidées plutôt que des roses. Tout le monde choisissait des roses. Son bouquet de mariée serait composé d'orchidées – des vraies.

Certains de ses rêves pouvaient encore se réaliser.

— Dites oui, Amelia.

Elle dit oui.

C'était venu plus facilement qu'elle ne s'y attendait, aussi le répéta-t-elle deux fois.

— Vous avez pris la bonne décision.

Il la gratifia d'un sourire bref mais ravageur auquel elle raccrocha impulsivement tous ses rêves et toutes ses espérances. Pour le meilleur ou pour le pire.

— Je vais m'entretenir avec votre frère.

Il récupéra ses gants sur le bureau.

— N'oubliez pas de donner mon nom à votre secrétaire, dit-elle, cédant à l'excitation qui doit s'emparer de toute nouvelle fiancée. Que nous puissions commencer les préparatifs du mariage.

— Ce ne sera pas nécessaire, rétorqua-t-il. Nous nous marierons ici, dans cette pièce même. Demain.

6

À peine trente heures plus tard, Amelia était assise dans le salon rose de Beauvale House, le rose étant la couleur de prédilection de Winifred. Avec un soupir nerveux, elle pressa la main de Lily Chatwick tout en demandant pour la cinquième fois :

— Tu es sûre que cela ne te dérange pas ?

— Sûre et certaine, répondit Lily.

Amelia se mordilla la lèvre.

— Je n'aurais pas dû te faire venir. C'est inconvenant.

Un mariage, avant même que lord Harcliffe soit enterré ? C'était de très mauvais goût... et cela manquait terriblement d'orchidées et de pièce montée. Mais à l'évidence, depuis qu'elle avait murmuré le « oui » fatidique, le duc de Morland considérait qu'elle n'avait plus voix au chapitre. Les préparatifs du mariage s'étaient déroulés en un tour de main, sans qu'elle ait eu son mot à dire. L'après-midi de la veille, une horde de messagers avaient défilé sur le perron de Beauvale House, déposant des documents légaux, la dispense de bans accordée par l'archevêque ainsi que des malles aux armoiries du duché de Morland dans lesquelles elle devait empaqueter ses effets. Auparavant, une couturière était venue, accompagnée de deux petites mains.

Apparemment, le duc ne plaisantait pas en disant que sa robe de soie bleue était bonne à jeter.

Pendant près d'une heure, le trio s'était agité autour d'elle, notant ses mensurations, claquant de la langue solennellement, comme si elles étaient les trois Parques de la mythologie grecque mandatées sur terre pour tailler et coudre la destinée d'Amelia.

Tôt dans la matinée, un valet chargé comme un mulet avait emprunté le long couloir menant à la chambre d'Amelia. Le paquet le plus imposant contenait des nuages de jupons blancs et une chemise arachnéenne ; le plus petit renfermait une paire de boucles d'oreilles baroques serties de perles. Et l'une des boîtes de taille intermédiaire recelait une robe de satin gris tourterelle magnifiquement coupée et d'un goût parfait. La couleur était certes discrète, mais néanmoins fort jolie. Amelia effleura l'étoffe du bout des doigts.

— C'est une belle robe, commenta Lily.

Amelia crispa le poing, honteuse d'avoir révélé sa vanité. Elle aurait dû refuser de la porter pour revêtir à la place sa tenue de bombasin noir. Seulement, elle avait un faible pour les tissus de qualité.

— Tu la mérites, ajouta Lily, comme si elle avait lu dans ses pensées. Et tu ne dois pas te sentir coupable le jour de ton mariage. Honnêtement, je suis heureuse d'être présente. Que suis-je censée faire d'autre ? Me lamenter sur mon triste sort, seule chez moi ? J'en ai eu amplement l'occasion hier. Et j'aurai tout le temps de m'y remettre demain. Aujourd'hui, je suis heureuse de pouvoir me changer les idées. Et, pour être tout à fait franche, je suis un peu soulagée.

— Soulagée de ne pas avoir à l'épouser ? fit Amelia en riant. Je te comprends. Il vaut mieux que ce soit moi.

— Ce n'est pas ce que je voulais dire. Je suis sûre que le duc fera un bon mari.

— Vraiment ? J'aimerais pouvoir en dire autant.

Lily croisa son regard.

— Amelia, tu ne me croiras jamais quand je te dirai ce qu'il a expédié chez moi, hier.
— Pas des couturières, j'espère.
— Non. Un chèque de banque.
— Ne me dis pas que c'est encore au sujet de ce fichu cheval ?
— C'est moins terrible que tu ne le penses. J'ai été stupéfaite en découvrant le...
Bang !
La porte du salon s'ouvrit avec une telle violence que les gonds tremblèrent dans les huisseries. Alarmée, Amelia bondit sur ses pieds. Lily l'imita avec beaucoup plus de grâce.
Le duc de Morland se tenait dans l'embrasure de la porte. Grand. Beau. Ténébreux. Et visiblement furieux.
Ce matin, même ses boucles de jais, impitoyablement plaquées sur ses tempes à grand renfort de pommade, n'osaient se rebeller. Il arborait une expression aussi sombre que sa tenue. La colère, associée à son air arrogant, lui conférait une telle séduction qu'Amelia eut du mal à le regarder dans les yeux.
Derrière l'imposante silhouette du duc apparut Laurent, la mine embarrassée.
— Je suis navré. J'ai tenté de le retenir.
— Dieu du ciel ! Que se passe-t-il ? demanda Amelia en croisant les bras.
Mais elle les décroisa aussitôt pour serrer ses mains tremblantes dans son dos. Ce n'était qu'un homme, se répéta-t-elle pour se rassurer. Avec des défauts comme tout le monde. Elle n'allait pas se laisser intimider. Ni maintenant ni jamais.
— Lady Amelia, attaqua-t-il d'un ton accusateur. Vous êtes...
Il la parcourut de la tête aux pieds, et elle ne put réprimer un frisson.
— Vous êtes en retard.
— En retard ? répéta-t-elle, incrédule.

Il pénétra dans la pièce à grandes enjambées tout en sortant une montre de la poche de sa redingote.

— Le mariage devait commencer à 10 h 30, reprit-il Or, il est exactement 10 heures…

Haussant un sourcil, il marqua une pause dramatique.

— … 39. Vous avez neuf minutes de retard.

S'efforçant de conserver son calme, Amelia le rejoignit au centre de la pièce.

— Milord, commença-t-elle, vous m'avez accordé des fiançailles de vingt-sept heures exactement. Vingt-sept heures pour me préparer à la vie de duchesse. Et vous me reprochez la bagatelle de neuf minutes de retard ?

— Oui, répondit-il en la fusillant du regard.

Laurent s'approcha d'elle, posa la main sur son épaule et l'attira à l'écart.

— Amelia, chuchota-t-il, il n'est pas trop tard. Personne ne t'oblige à l'épouser.

La douce sollicitude de son frère faillit faire voler en éclats ses résolutions. Depuis près de vingt-six heures, ce dernier avait tout tenté pour la convaincre de renoncer à cette folle entreprise. Si elle se rétractait, même au dernier moment, elle savait qu'elle pourrait compter sur son soutien. Comme dix ans auparavant, quand elle rompit ses fiançailles avec cet horrible M. Poste. « Peu importe l'argent, avait-il déclaré, ton bonheur vaut plus que de l'or. »

Trop heureuse de se dérober à cette union qui lui répugnait, elle avait ressenti un immense soulagement. Âgée alors de seize ans, elle était loin de se douter que l'endettement de son père prendrait des proportions aussi désastreuses.

— C'est l'occasion ou jamais d'aider notre famille, Laurent, répondit-elle dans un murmure. Une fois duchesse, je serai à même de faire pour nos frères ce que même toi tu ne peux pas faire. Cette union améliorera les chances de Michael de se marier avantageusement. Peut-être réussirai-je à mettre de l'argent de côté pour Jack, afin de lui permettre de vivre loin de Londres et de ses mauvaises fréquentations.

— Je crains que Jack ne soit une cause désespérée.

— Je t'interdis de dire cela. Si maman était en vie, prononcerais-tu de telles paroles en sa présence ?

— Et toi, épouserais-tu cet homme, si maman était là ? Ce n'est pas ce qu'elle aurait souhaité pour toi. Elle voulait que ses enfants se marient par amour.

— Pourtant tu n'en as fait qu'à ta tête, observa-t-elle d'un ton posé.

Après la mort de leur père, l'endettement de la famille n'avait cessé de croître. Laurent avait alors fait le sacrifice auquel Amelia avait regimbé : un mariage de raison pour les mettre à l'abri. Elle se reprochait souvent de ne pas lui avoir laissé d'autre choix.

— Cette fois, je ne peux plus reculer, Laurent. Ce n'est pas uniquement pour notre famille que je fais cela. J'ai envie d'avoir ma maison, mes enfants. Il se peut que ce soit ma dernière chance. Je n'ai plus seize ans.

Elle avait vieilli et mûri. Et elle était plus seule que jamais. Et puis, si désagréable soit-il, le duc de Morland soutenait la comparaison avec M. Poste. Il n'était pas de trente ans son aîné. Il n'avait pas les dents déchaussées. Il n'empestait ni le suif ni la transpiration. Et il embrassait bien. Dans les règles de l'art.

Et puis, il était duc. Un duc à la tête de six domaines, qui lui accorderait une rente de vingt mille livres, et quelques biens en sus. Alors si cet homme trouvait normal de lui offrir la sécurité et des enfants, elle pouvait en échange faire en sorte d'être ponctuelle, supposait-elle.

— Tu es absolument sûre de toi ? demanda Laurent en jetant un regard méfiant au duc. Je n'aurai aucun scrupule à le mettre à la porte, le cas échéant.

— Non. Je te remercie, mais ma décision est prise.

Amelia était convaincue que le bonheur était en grande partie une question de choix personnel.

— Et j'ai bien l'intention d'être heureuse.

Spencer était grandement contrarié. Douze minutes de retard à présent. À l'heure qu'il était, ils auraient déjà dû être mariés ; et peut-être même sur le point de monter en voiture. Au lieu de quoi il se tenait bêtement au milieu de cette pièce, à regarder sa future épouse tenir conciliabule avec son frère.

Dieu qu'il détestait les mariages ! Il ne se rappelait pas avoir jamais assisté à une cérémonie, mais il se jura que celle-ci serait la dernière.

Et dire qu'à peine une heure plus tôt il se félicitait d'avoir eu une idée aussi brillante. Il avait besoin d'une épouse, et il avait trouvé le moyen d'en obtenir une sans avoir à lever le petit doigt. Lorsqu'un homme ayant son statut et sa fortune demandait la main d'une femme qui n'avait ni l'un ni l'autre… Tous deux savaient qu'elle ne pouvait refuser.

Pourtant elle le faisait attendre sans vergogne. Spencer n'aimait pas qu'on le fasse attendre. L'attente le mettait mal à l'aise, et il détestait se sentir mal à l'aise.

Raison pour laquelle il avait insisté pour que la cérémonie se déroule chez elle en petit comité. En l'absence de convives, de musique et d'orchestre, il pensait parvenir à se maîtriser. Sauf qu'il avait suffi d'un retard de douze minutes pour le mettre dans tous ses états. Il lui en voulait d'autant plus qu'il avait parfaitement conscience de ce que son agitation signifiait. Il y avait quelque chose entre eux. Cela venait d'elle, ou de lui, ou des deux. Il l'ignorait. Tout ce qu'il voulait, c'était épouser cette femme, la ramener chez lui, la porter dans son lit et en avoir le cœur net.

— Milord ?

Il leva brusquement la tête. Lady Amelia se tenait devant lui. La confection de sa robe lui avait certes coûté les yeux de la tête, mais la somme engagée n'était rien au vu du résultat.

Debout, les mains serrées derrière le dos, elle se tenait de manière à exploiter ses avantages. Sa taille était fine et marquée, ses hanches rondes à souhait, et sa poitrine affolante. La soie gainait ses courbes voluptueuses, soulignant ses formes avec brio. Les reflets irisés du satin évoquaient la rosée sur la bruyère, et contrastaient joliment avec la texture crémeuse de sa peau. Amelia apparaissait douce et lisse, et tandis que ses pensées s'accrochaient au tissu, son regard glissa sur elle. Il s'efforça de la décrire. Certes, elle n'était pas élégante, ni renversante ou belle.

Rafraîchissante. Voilà, son apparence était rafraîchissante. Telle de l'eau fraîche et limpide un jour de canicule. Et il en eût volontiers bu un verre.

Elle lui adressa un hochement de tête déférent.

— Veuillez excuser mon retard, milord. Je suis prête. Votre témoin est-il arrivé ?

Il se contenta de la fixer du regard sans mot dire.

— Vous… vous avez bien un témoin ? Quelqu'un qui signera le registre ?

Il secoua la tête. L'idée ne lui avait même pas traversé l'esprit.

— Beauvale ne fait-il pas l'affaire ?

— Laurent ? dit-elle en fronçant les sourcils. Probablement, mais je préfère ne pas le lui demander. Ce mariage ne l'enchante guère. Et malheureusement, c'est le seul de mes frères présents.

Balayant la pièce du regard, elle repéra le majordome.

— Nous pourrions demander à Wycke, à la rigueur. Mais je suppose que vous ne voudrez pas d'un domestique.

Spencer se serait volontiers rué dehors pour attraper le premier venu qui passait dans la rue, pourvu qu'ils soient mariés dans le quart d'heure qui suivait.

— Il fera l'affaire, déclara-t-il en s'avançant vers le majordome d'un pas sec. Faites entrer le pasteur. Autant procéder à la cérémonie dans cette pièce.

Quand l'ecclésiastiquc entra, Spencer lui fit signe d'approcher.

— Milord ? fit le pasteur en inclinant son crâne chauve.

— Votre paroisse recevra un don très généreux si vous faites vite. Dix minutes maximum.

Le front plissé, l'homme ouvrit son livre de liturgie.

— Il s'agit d'un rituel établi, milord. On entre dans le mariage avec solennité et considération. Je ne suis pas certain de pouvoir précipiter…

— Dix minutes. Mille guinées.

Le livre de liturgie se referma dans un claquement.

— Cela dit, que signifient quelques minutes de plus ou de moins aux yeux de l'Éternel ?

D'un geste de la main, il fit signe à Amelia d'approcher.

— Allons, mon enfant, dépêchez-vous. Vous êtes sur le point de vous marier.

Spencer écouta à peine le flot de paroles qui résuma son mariage. En théorie, il était d'accord avec le pasteur. Le mariage était une entreprise sacrée et solennelle, et sa hâte ne signifiait pas qu'il ne la considérait pas avec sérieux. Ce n'était pas un acte qu'il prenait à la légère, autrement il se serait marié voilà des années. Entre deux « oui » et l'échange des vœux, il parvint à demander en silence quelques héritiers de sexe masculin et autres bénédictions que Dieu jugerait bon de leur accorder. C'était peu, mais cela devrait suffire.

Au signal du pasteur, ils échangèrent de simples anneaux en or.

— Je vous déclare mari et femme.

Voilà. L'affaire était faite.

Il se tourna vers son épouse, la regarda dans les yeux pour la première fois. Et se traita aussitôt d'imbécile. S'il avait eu la bonne idée de river son regard au sien dès le début, la cérémonie aurait été beaucoup plus agréable. Elle avait vraiment de beaux yeux – grands, expressifs, pétillants d'intelligence.

Il avait très envie de l'embrasser.

Comme si elle avait lu dans ses pensées – Seigneur, s'était-il exprimé à voix haute ? –, elle secoua imperceptiblement la tête tout en murmurant : « Pas tout de suite. »

Le pasteur posa le lourd registre de la paroisse sur une console, et l'ouvrit à la page désirée. Une fois les noms et la date inscrits, Spencer prit la plume et signa. Il portait un nom à rallonge, la tâche lui prit donc un certain temps. Quand il eut fini, il tendit la plume à Amelia après l'avoir trempée dans l'encrier.

Elle contempla le registre sans mot dire.

Le moment s'éternisant, Spencer commença à s'inquiéter. Qu'attendait-elle pour signer ce fichu papier ?

Mais avant qu'elle ait posé la pointe de la plume sur le parchemin, un vacarme retentit dans le couloir. Julian Bellamy fit irruption dans le salon, Ashworth sur ses talons. Tous deux foncèrent droit sur Spencer.

— Que diable cela signifie-t-il ? lâcha Bellamy.

— Je suis en train de me marier.

— Je ne suis pas aveugle, espèce de crapule !

Un sourire dédaigneux aux lèvres, Bellamy fourra un papier sous le nez de Spencer.

— Je te parle de cela, poursuivit-il. Qu'est-ce que cela signifie ?

C'était le chèque de banque qu'il avait envoyé la veille, comme promis.

— Ni plus ni moins ce que j'avais offert à lady Lily. Je lui propose une compensation en échange du jeton de son frère.

— D'un montant de vingt mille livres ?

À côté de lui, Amelia étouffa un cri.

— Aucun cheval de course au monde ne vaut autant, intervint Ashworth. Encore moins un cheval à la retraite.

— Je ne me suis pas basé sur la valeur marchande du cheval. J'ai proposé une somme qui correspond à ce que le jeton vaut pour moi, rétorqua Spencer avant de se tourner vers Bellamy. De toute façon, la décision de l'accepter ou de la refuser revient à lady Lily. Pas à toi.

Cette dernière s'avança vers eux.

— Quoique je vous en sois très reconnaissante, milord, vous savez que je ne puis accepter votre offre.

— Si elle vous semble insuffisante, nous pouvons envisager une somme plus généreuse…

— Ce n'est pas la question, l'interrompit-elle. Votre offre est plus que généreuse. C'est de la charité, et en toute bonne conscience, je ne peux l'accepter.

— Elle ne peut l'accepter, intervint Bellamy, car le jeton de Leo a disparu.

— Disparu ? répéta Amelia. Comment cela ?

— C'est justement ce que nous aimerions savoir, répondit Bellamy en adressant un regard assassin à Spencer. Tu as quelque chose à nous dire, Morland ?

— Comment saurais-je où est passé ce jeton ? Ne se trouvait-il pas parmi les effets personnels de Harcliffe ?

Ashworth secoua la tête.

— Non. Nous avons tout passé au peigne fin. Deux fois. Et il ne l'avait pas sur lui au moment de sa mort. Ce sont probablement ses agresseurs qui le lui ont volé.

— Ou peut-être l'avait-il déjà perdu au jeu, hasarda Spencer.

— Impossible. Leo n'aurait jamais misé son jeton. La seule manière de faire main basse dessus, c'était de le lui prendre de force, et tu le savais, vitupéra Bellamy.

— Que diable sous-entends-tu ? riposta Spencer qui sentit une masse glaciale se loger dans ses entrailles. Tu n'es pas en train de m'accuser d'avoir joué un rôle dans la mort de Harcliffe, j'espère ?

Bellamy se contenta de hausser les sourcils.

— Ce n'est pas ce que tu es en train de suggérer, n'est-ce pas ? insista Spencer d'une voix posée. Parce que si jamais tu osais me calomnier sans la moindre preuve, je serais contraint de te demander réparation.

— Pour pouvoir récupérer aussi mon jeton ? L'arracher de mes mains froides de macchabée ?

Amelia s'interposa entre les deux hommes.

— Vous êtes résolu à vous entretuer ? Monsieur Bellamy, sauf votre respect, vos accusations sont absurdes. Si le duc de Morland avait déjà ledit jeton, pourquoi offrirait-il à Lily de le lui racheter vingt mille livres ?

Heureusement qu'il y avait au moins une personne raisonnable dans cette pièce. Et par chance, il s'agissait de celle qu'il épousait.

— Pour soulager sa conscience, rétorqua Bellamy. Je me suis souvenu d'un détail, Morland, enchaîna-t-il. Tu étais dans la salle de jeu, l'autre nuit, lorsque Leo et moi avons décidé de nous rendre au combat de boxe.

Sans doute, mais Spencer n'avait pas prêté la moindre attention à Harcliffe et à Bellamy, obsédé qu'il était par le jeton de Faraday qu'il voulait remporter à tout prix.

— Et alors ? Une douzaine d'autres gentlemen étaient également présents.

— Dont aucun n'avait de motif de tuer Leo. Tu as déjà gaspillé une fortune pour Osiris. Qu'est-ce qui t'empêchait d'en venir aux mains ? Tu savais exactement où trouver Leo ce soir-là. Et tu savais que je serais avec lui. Qu'espérais-tu ? Faire d'une pierre deux coups ?

— Tu as perdu l'esprit.

— Tu me dégoûtes, rétorqua Bellamy. Quand je pense que j'ai failli t'autoriser à épouser Lily. Je comprends mieux pourquoi tu rechignais. Imagine, l'avoir en face de toi chaque jour jusqu'à la fin de ta vie, sachant que tu étais responsable de la mort de son frère. La culpabilité t'aurait rongé.

— Cela suffit, intervint Lily. Julian, vous ne savez pas ce que vous dites. C'est absurde. Nous n'avons aucune raison de croire que la disparition du jeton a un lien avec la mort de Leo. Ce n'est pas parce que le duc a refusé de…

Bellamy ignora son intervention.

— L'idée te répugnait, n'est-ce pas ? Tu t'es empressé d'offrir de l'argent à Lily. Et d'épouser ensuite la première venue pour qu'on te fiche la paix, ajouta-t-il en indiquant Amelia du menton.

Spencer ne s'en était pas pris à un homme depuis quatorze ans. Mais il n'avait pas perdu la main. Son poing s'écrasa sur la mâchoire de Bellamy avec un craquement satisfaisant. Celui-ci s'affala sur le parquet. Le chèque de banque voleta dans les airs tandis que Bellamy luttait pour se redresser.

Spencer s'apprêtait à lui assener un autre coup mais, avant qu'il puisse frapper, Beauvale bondit et lui attrapa le bras.

— Vous voyez ? s'exclama Bellamy d'un ton accusateur tout en se frottant la joue. Cet homme est dangereux. Il veut me tuer aussi.

— Maintenant, oui, gronda Spencer en repoussant Beauvale.

— On imagine sans peine qui sera le prochain sur sa liste, insista Bellamy. Tout le monde sait ce que tu as fait à Ashworth à Eton.

— Vraiment ? fit Spencer en se tournant vers ce dernier. Et qu'ai-je fait à Ashworth, exactement ?

Bon sang ! Il avait été renvoyé d'Eton à cause de cette bagarre. Et avait accepté tacitement de porter le chapeau. Ce vaurien n'avait pas intérêt à le trahir devant sa future épouse.

Ashworth haussa les épaules.

— Visiblement, je suis toujours en vie.

— Julian, je vous en prie, fit Lily en s'approchant de Bellamy.

Du bout du doigt, elle lui effleura la commissure des lèvres, là où le sang coulait.

— Je sais que vous êtes triste et en colère. Que vous voulez trouver un coupable, venger la mort de Leo. Mais vous faites fausse route.

— Vraiment ?

Un silence pesant tomba dans la pièce. Spencer sentit les regards converger vers lui. Tous le scrutaient : Bellamy, Lily, Ashworth, Beauvale, le pasteur… Amelia.

Ce fut elle qui brisa le silence.

— Vous vous trompez, monsieur Bellamy. J'étais présente quand vous avez appris la mort de Leo au duc. Il était sous le choc, je vous assure.

Bellamy essuya ses lèvres ensanglantées du dos de la main.

— Pardonnez-moi, mais votre parole ne vaut pas grand-chose à mes yeux.

Le salaud. Spencer l'aurait volontiers enroulé dans l'affreux tapis rose et aurait jeté ces deux abjections dans le caniveau. Mais il ne prendrait pas cette peine. Il existait des moyens plus efficaces de blesser un homme. Julian Bellamy venait de nulle part. Aux yeux du beau monde, il n'était personne. Qui était mieux placé que le quatrième duc de Morland pour le lui rappeler ?

— Tu t'abstiendras de t'adresser aussi familièrement à ma femme, dit-il de son ton le plus aristocratique. Tu t'abstiendras de lui parler tout simplement, à moins que tu ne t'adresses à elle avec le respect et la déférence dus à son rang. N'oublie pas d'où tu viens.

Un éclair de haine jalouse traversa le regard de Bellamy. Spencer avait touché la corde sensible. De toute évidence, l'homme éprouvait un mélange d'envie et de mépris à l'égard de l'élite. Quelqu'un aurait dû l'avertir que c'était là une faiblesse facilement exploitable par ses adversaires.

— Quant à la parole de lady Amelia, ajouta Spencer à mi-voix afin que seul Bellamy puisse entendre, je t'assure qu'elle vaut plus à mes yeux que ta misérable vie. Dénigre-la de nouveau, et je te promets que tu finiras au bout d'une lame.

— Tu parles comme un assassin, gronda Bellamy.

Affichant une mine nonchalante, Spencer se baissa pour ramasser le chèque de banque.

— Si le jeton de Harcliffe a disparu, il est aussi dans mon intérêt de retrouver ses assassins. Rendez-vous dans une heure devant les écuries où Osiris est en pension. Nous évoquerons l'affaire plus en détail. Mais pour le moment...

Il empocha le chèque avant de prononcer le mot qui lui brûlait les lèvres depuis que Bellamy était entré dans la pièce.

— Dehors.

— Attendez ! s'écria Amelia. Ne partez pas. Nous avons encore besoin d'un témoin.

Spencer écarquilla les yeux.

— Êtes-vous en train de suggérer que ce... ce mufle soit témoin à notre mariage ?

— Après tout ce que vous venez de voir et d'entendre, vous désirez toujours épouser cette canaille ? s'étonna Bellamy.

— Ai-je le choix ? fit Amelia en levant les yeux vers Spencer pour l'étudier calmement.

— Rien n'est encore officiel, s'entendit-il dire. Vous n'avez pas signé. Si vous accordez du crédit aux accusations de M. Bellamy, je suis prêt à vous libérer de votre parole.

Après une hésitation, elle tendit la main et la posa sur la sienne. Ce contact, si léger soit-il, effaça la tension au niveau de son poignet. Son poing se desserra.

Sans un mot, elle se pencha sur le registre et y inscrivit son nom d'une écriture appliquée. Après avoir soufflé sur sa signature, et reposé la plume dans l'encrier, elle se redressa et déclara simplement :

— Voilà.

Il en fallait beaucoup pour rabattre le caquet de Spencer. Son épouse venait de le faire.

Lily s'approcha à son tour. Elle signa dans l'une des deux cases réservées aux témoins, avant de tendre la plume à Bellamy.

— Vous devriez signer, Julian. Vous savez dans quel esprit Leo avait fondé ce club – un club qui permette de forger des amitiés au mépris des origines et des milieux sociaux. Voilà pourquoi il avait décrété que l'adhésion dépendrait de la chance. Il souhaitait former des alliances improbables.

La main toujours tendue, elle insista :

— Je vous en prie, signez. Pour Leo. Et si vous ne le faites pas pour lui…

Poussant un juron, Bellamy fourragea dans ses cheveux.

— Ne me demandez pas cela, Lily.

— … faites-le pour moi, acheva-t-elle.

Avec un grommellement, il s'empara de la plume et se pencha sur le registre. Mais au dernier instant, il se déroba.

— Je ne peux pas. Même si je croyais… Non, je ne peux pas.

— Bon sang ! Donne-moi cette plume, tempêta Ashworth qui bouscula Spencer pour s'approcher du registre. La voilà, votre alliance improbable, milady.

Improbable, c'était le moins que l'on puisse dire.

— Ainsi, tu ne penses pas que je suis un meurtrier ? fit Spencer.

Étrange qu'Ashworth se soit manifesté en sa faveur. Une seule fois dans sa vie Spencer avait failli tuer un homme, et cet homme, c'était lui.

— Non, répliqua le colosse en lui adressant un regard énigmatique. Tu n'as pas les tripes pour ça.

Ashworth ne cherchait visiblement pas à le dépeindre sous un jour flatteur. Cela dit, Spencer s'en moquait.

— Rendez-vous aux écuries, dit-il aux deux hommes. Dans une heure.

7

— C'est une farce, maugréa Spencer en approchant des écuries noyées dans le brouillard de fin de matinée. Osiris, le plus grand cheval de course de sa génération – vainqueur des championnats de Newmarket, Doncaster et Epsom Downs – était en pension parmi les chevaux d'attelage ordinaires ?

La grange était aussi sombre et humide qu'une grotte. Un nuage de poussière tourbillonnait dans le seul rayon de lumière qui perçait l'obscurité. Les box des chevaux étaient exigus, comme toujours à Londres. Un abreuvoir rempli d'eau croupie dégageant une odeur fétide lui fit plisser le nez. Dans le Cambridgeshire, ses garçons d'écurie changeaient l'eau des bêtes deux fois par jour.

À son signal, le palefrenier ouvrit le box de l'étalon, puis le fit sortir dans la petite cour. Le cheval s'ébroua, ses naseaux se dilatèrent, et il balança la tête de gauche à droite. Le garçon tira brusquement sur le licol. Spencer crispa les mâchoires de colère. S'il avait été à son service, ce geste lui aurait coûté son poste.

— Comment se détend-il ?

— On le sort deux fois par jour. Parfois on le fait marcher dans la cour au licol. Il aime pas qu'on le selle, celui-là. Il aime pas trop la brosse non plus.

— Si je comprends bien, c'est lui qui vous donne des ordres et non l'inverse ?

Avec un claquement de langue désapprobateur, Spencer tourna autour du cheval. Sa robe bai foncé avait grand besoin d'un coup d'étrille. Sa crinière d'ébène était semée de poils gris, signe de l'âge avancé de l'étalon. Une zone dégarnie sur le flanc droit indiquait qu'il s'était frotté contre le mur du box. Bien que son pansage soit déplorable, Osiris demeurait une créature impressionnante. Sa croupe haute et tendue ainsi que sa longue encolure arquée témoignaient de son ascendance arabe.

Spencer contourna de nouveau le cheval pour aller se poster devant lui, légèrement de côté, à quelque distance pour lui permettre de bien le voir et de le renifler. L'expression qu'il lut dans les grands yeux frangés de longs cils lui plut. De même que le coup de tête hautain qui déséquilibra le palefrenier. Il y avait là de l'énergie et une arrogance farouche. Ce regard disait : « Je vaux mieux que cela. »

— C'est certain, approuva Spencer.

Cette bête n'en faisait qu'à sa tête ; elle aurait eu besoin de retravailler avec un dresseur expert. Mais au moins, son esprit demeurait intact.

Il ôta ses gants et les coinça sous son aisselle. Puis il s'approcha d'Osiris en murmurant des paroles rassurantes. Il lui présenta sa main, paume vers le bas, pour qu'il la sente et l'inspecte, après quoi il la posa sur son garrot.

— Beaucoup mieux que cela, marmonna-t-il en caressant le cheval d'un geste vigoureux.

Le cheval tourna la tête pour lui renifler la main, exhibant l'étroite flamme blanche semblable à un éclair qui courait le long de son chanfrein.

Spencer fut tenté de le seller et de s'enfuir avec. Mais on l'accusait déjà de meurtre. Inutile d'ajouter un autre crime, passible de pendaison, à la liste de ceux dont le soupçonnait Bellamy.

— Juste ciel !

Spencer porta brusquement le regard vers l'entrée. Ashworth, qui pénétrait dans l'écurie d'un pas vif, émit un sifflement d'admiration.

— Quelle bête magnifique !

Il remonta légèrement dans l'estime de Spencer. En dépit de leur passé chaotique, ce dernier songea qu'il y aurait beaucoup à dire d'un homme capable de reconnaître un cheval exceptionnel lorsqu'il en voyait un. Ou, d'ailleurs, capable de reconnaître une fausse accusation lorsqu'il en entendait une.

— N'est-ce pas ? fit Spencer d'une voix emplie de fierté. Son grand-père n'était autre qu'Éclipse[1]. Quant à sa mère, elle est issue d'une lignée de champions, qui remonte à Godolphin Arabian[2]. Aucun cheval anglais ne possède de meilleur pedigree que le sien.

Il s'empara du licol du cheval, congédiant le palefrenier d'un regard.

Ashworth inclina la tête pour examiner l'animal.

— Je possédais autrefois un hongre issu de Darley[3]. Un alezan roux moucheté de blanc. Aussi rapide que le diable, avec un tempérament à l'avenant. Je lui ai fait sillonner toute la lande du Devonshire. C'était une monture parfaite pour un jeune homme en colère.

Spencer ne l'aurait pas crié sur les toits, mais lui aussi avait passé plus de temps en selle que sur les bancs de l'école.

— Que lui est-il arrivé ?

---

1. Fameux cheval de course. *(N.d.T.)*

2. Pur-sang arabe (XVIIIe siècle) à l'origine des plus grands pur-sang anglais. *(N.d.T.)*

3. Pur-sang arabe, l'un des trois étalons à l'origine de la race des pur-sang anglais. *(N.d.T.)*

— Il est mort.
— Sur un champ de bataille ?
— Non.
Ashworth se dirigea d'un pas nonchalant vers le fond de la cour. Visiblement, il ne souhaitait pas aborder le sujet. Étrange, cet homme parlait sans problème de ses hommes morts au combat, mais se fermait comme une huître dès qu'il s'agissait de son alezan. Mais peut-être n'était-ce pas si étrange, après tout.
— Alors, pourquoi sommes-nous ici ? reprit Ashworth.
— Je me posais justement la même question, lança Julian Bellamy qui entra dans la cour en se pavanant.
Il portait un costume bleu cobalt aussi froissé que s'il avait dormi avec. Sans parler de ses cheveux, constamment en bataille. Qu'un homme se donne autant de mal pour soigner une allure aussi négligée demeurait un mystère pour Spencer. Cela dit, il ne comprenait pas non plus que l'on laisse un cheval d'exception dans un endroit pareil.
— Nous sommes ici pour parler de l'enquête, répondit Spencer. Mais d'abord, je tiens à souligner que ce lieu est une honte.
— Quel est le problème ?
Il énuméra les différents points sur ses doigts.
— Eau croupie. Foin pourri. Palefreniers ignorants. Absence d'aération. Box exigus. Et je ne vous parle même pas du manque d'exercice…
— Assez, coupa Bellamy en levant la main. À mes yeux, cet endroit n'est pas différent des écuries où sont gardés les attelages des gentlemen de Mayfair.
— Il ne s'agit ni d'un cheval d'attelage ni d'un hongre que l'on sort de temps à autre pour caracoler sur Rotten Row. Osiris est un ancien cheval de course, issu d'une des plus nobles lignées, rétorqua Spencer en lui lançant un regard aigu. Je ne m'attends certes pas qu'un homme comme toi comprenne.

Le visage de Bellamy vira à l'écarlate. Décidément, provoquer cet homme était un jeu d'enfant.

— Je vois, répliqua Bellamy avec feu. Seul un aristocrate de noble lignée est capable de comprendre un cheval de race, c'est cela ?

Spencer haussa les épaules. Sa propre ascendance n'entrait pas en ligne de compte ; il savait ce dont ce cheval avait besoin, point.

— Un cheval de sa trempe nécessite des soins particuliers. Depuis sa naissance, on l'a entraîné non seulement à courir mais à gagner. À partir du moment où il est devenu champion, on l'a choyé, tout en adoptant à son égard une attitude permissive. Si l'on ajoute à cela qu'il est entier, et qu'il a donc grand besoin de s'accoupler, cela nous donne un cheval très arrogant qui s'ennuie à mourir. En l'absence d'entraînement et d'accouplement, toute cette énergie s'envenime. Il devient coléreux, difficile, replié sur lui-même, et destructeur.

Ashworth haussa un sourcil à l'adresse de Bellamy.

— Cette conversation ne prendrait-elle pas un tour très personnel ?

Spencer fulmina.

— Je ne faisais pas allusion à mon cas, crétin.

Ashworth écarquilla les yeux, feignant l'innocence.

— Bien sûr que non, milord. Si tel était le cas, néanmoins, cela expliquerait bien des choses, ajouta-t-il sournoisement.

— En effet, renchérit Bellamy. À commencer par cela, fit-il en indiquant sa mâchoire meurtrie.

— Je faisais plutôt allusion aux noces précipitées de Sa Seigneurie, clarifia Ashworth. Logiquement, il devrait être de bien meilleure humeur demain matin.

— Assez ! s'écria Spencer, les mâchoires crispées. Riez tant que vous voulez. Je ne suis pas sûr que vous en aurez encore envie quand Osiris mourra prématurément.

À présent, les deux hommes étaient tout ouïe.

Bellamy émit un sifflement bas.

— Tu es du genre violent, non ?

— Pour l'amour du ciel, ce n'était pas une menace, rétorqua Spencer, à bout de patience. Mis à part les questions d'exercice et d'accouplement, ce cheval a de la valeur. Il lui faut une pension digne de ce nom. Personnellement, je ne confierais pas un cheval de trait à ces écuries, alors un cheval de course...

— On lui a attribué le box le plus sûr, rétorqua Bellamy. Les garçons d'écurie le surveillent à tour de rôle, et la porte est verrouillée en permanence.

— Justement, les verrous sont un des problèmes. Regardez l'état de cette écurie, fit Spencer en indiquant les chevrons couverts de toiles d'araignée. De la poussière partout. Un grenier truffé de paille. En cas d'incendie, les bêtes seront prises au piège. Une étincelle, et la structure entière se transforme en brasier. Toutes vos chaînes et vos verrous scelleraient le destin de ces chevaux.

— Sur ce point, il n'a pas tort, concéda Ashworth. Si vous êtes tous les deux d'accord pour le transférer, je ne m'y opposerai pas.

— Serais-tu prêt à vendre ta part ? demanda Spencer. Je saurai me montrer généreux.

Ashworth ne répondit pas. Il semblait considérer sérieusement la proposition. Parfait. S'il avait été contraint de vendre sa charge de militaire pour rembourser des créanciers, c'est qu'il était à court de fonds.

— Il ne peut pas vendre sa part, protesta Bellamy. Les jetons ne sont pas solvables.

— Nous pourrions nous arranger, répliqua Spencer. Tenté par un jeu de cartes, Ashworth ?

Ce dernier ouvrait la bouche pour répondre lorsque Bellamy s'en mêla.

— Non ! Je ne le permettrai pas. Leo a fondé ce club. Il en a édicté les règles et le code de conduite. À présent qu'il est mort, le moins que vous puissiez faire pour honorer sa mémoire serait de respecter l'esprit de fraternité que représente ce club.

— L'esprit de fraternité ? répéta Spencer. Comme, par exemple, en interrompant le mariage d'un homme pour l'accuser de meurtre sans l'ombre d'une preuve ? Écoutez-moi bien, tous les deux. Je suis d'accord pour renoncer aux jetons restants, à une condition : Osiris sera transféré dans mon haras du Cambridgeshire.

Bellamy secoua vivement la tête.

— Laisse-moi finir, insista Spencer. Les règles demeurent les mêmes. N'importe quel membre du club pourra envoyer une jument pour l'accouplement...

— Dans le Cambridgeshire ? ricana Bellamy.

— Mon haras est l'un des plus prestigieux du pays, écuries royales incluses. De grandes stalles, des prés clôturés. Un palefrenier en chef et des valets d'écurie émérites. Un vétérinaire à demeure. À Braxton Hall, cet étalon sera dans son élément. Il sera nourri correctement. Recevra l'entraînement nécessaire. Se reproduira dans de bonnes conditions.

Il caressa la crinière de jais d'Osiris avant de conclure :

— La place de ce cheval est chez moi.

— Autrement dit, ce cheval t'appartient, rectifia Bellamy qui cracha dans la paille sans vraiment se donner la peine de détourner le visage. Tu crois que cet animal te revient de droit, comme tout le reste. Qu'est-ce qui te fait penser que tu as davantage voix au chapitre que nous ? Ton titre ? L'exploit d'être né d'une lady plutôt que de la femme de chambre favorite de ton père ?

Spencer était hors de lui. En dépit des différends qu'il avait eus avec son père durant l'adolescence, ce dernier était un homme honorable et respectable.

— Le fait que tu ne saches rien de ton père ne te donne pas le droit de médire du mien, siffla-t-il.

Les yeux de Bellamy lancèrent des éclairs.

— Ce qui sépare un homme de ton rang d'un homme du mien, Morland, c'est le hasard. Bête et méchant. Leo avait conscience de la minceur de cette frontière. Il ne s'est jamais cru supérieur à personne. C'est pour cette raison qu'il a créé ce club, et fait en sorte que ses membres le deviennent grâce à la chance - celle qui leur tombe dessus après la naissance et non pas avant.

Il regarda Spencer et Ashworth tour à tour.

— Plutôt mourir que de laisser l'un d'entre vous détruire cela. Si vous voulez sortir ce cheval de Londres, il faudra d'abord me passer sur le corps. Je me battrai jusqu'à mon dernier souffle.

— Et tu perdras, répliqua Spencer en étrécissant les yeux. Fourre-toi cela dans le crâne : ces jetons finiront par me revenir. Ce cheval aussi. Et si tu penses que seul le hasard nous différencie, je me demande pourquoi tu déploies tant d'énergie à courtiser des gens que tu méprises.

Sans laisser le temps à Bellamy de se ressaisir, Spencer enchaîna :

— Que savons-nous de la mort de Leo ?

— C'est à toi que l'on devrait poser la question.

Spencer se contenta de balayer l'accusation implicite d'un haussement d'épaules.

— A-t-on retrouvé la prostituée ? Le cocher du fiacre ?

Méfiant, Bellamy secoua la tête.

— J'ai passé la nuit à ratisser ce quartier infesté de pouilleux qu'est Whitechapel. Et dès que nous en aurons fini ici, j'y retournerai. J'imagine que Sa Seigneurie ne tient pas à m'accompagner.

— Pas particulièrement.

Spencer fit signe d'approcher au valet d'écurie, à qui il remit le licol. Fouillant dans la poche intérieure de sa redingote, il en sortit une enveloppe cachetée du sceau des Morland et la tendit à Bellamy.

Ce dernier la fixa d'un regard plein de ressentiment.

— Qu'est-ce que c'est ?

— La raison de ta présence ici. Garde-la précieusement. Dedans se trouve un chèque de banque d'une valeur de vingt mille livres.

Bellamy scruta l'enveloppe. Son rictus dédaigneux s'effaça.

— Sers-t'en pour embaucher tous les détectives de Londres. Fouille toutes les tavernes miteuses, tous les trous crasseux. Interroge filles de joie et voleurs de tout poil. Tu tomberas peut-être nez à nez avec de vieilles connaissances, mais tu ne trouveras rien qui me relie à la mort de Harcliffe.

— C'est ce que nous verrons.

Bellamy saisit le coin de l'enveloppe et tira dessus.

Spencer la retint par l'autre extrémité.

— Une fois que les meurtriers auront été débusqués, le reste de cette somme reviendra à Lily. Je récupérerai le jeton.

Il lâcha enfin l'enveloppe. Bellamy s'en empara avec un hochement de tête contraint.

— Je n'ai pas tes moyens, intervint Ashworth, mais si jamais tu as besoin de bras musclés, n'hésite pas à m'appeler. En revanche, si tu as prévu de mener le ou les coupables devant le juge... je ne peux pas te promettre qu'il restera grand-chose à présenter à la cour.

— Je suis prévenu, répliqua Bellamy avec prudence. Je croyais que tu connaissais à peine Leo. Tu serais prêt à tuer pour lui ?

Ashworth haussa les épaules.

— J'ai tué pour moins que cela.

Impatient de mettre un terme à cet entretien, Spencer reprit :

— Puisque vous refusez que je déplace Osiris, je tiens absolument à ce qu'un de mes valets d'écurie vienne s'occuper de lui. Je pars pour le Cambridgeshire demain. Que l'on me tienne au courant des progrès de l'enquête. Vu la somme allouée, je m'attends au moins à recevoir un exprès par jour.

— Dis-moi, tu fuis la ville bien précipitamment, fit remarquer Bellamy.

— Je ne fuis rien du tout. Des affaires m'attendent dans mon domaine.

— Des affaires en rapport avec ta lune de miel, je parie, observa Ashworth. Une série de rendez-vous urgents avec le lit ducal ?

Tandis que ses deux interlocuteurs échangeaient un regard, Spencer exhala un soupir impatient. Peut-être avaient-ils raison. Il avait sans doute besoin d'une bonne partie de jambes en l'air. Raison de plus pour retourner auprès d'Amelia, qui avait à la fois le bon sens de ne pas prêter attention à ces accusations absurdes, et un corps susceptible de les lui faire oublier.

— Je trouve quand même cela curieux, insista Bellamy. Ce mariage hâtif, ton départ précipité de Londres.

Perdant patience, Spencer rétorqua :

— Si je restais en ville, tu m'accuserais de chercher à mettre des bâtons dans les roues de la police pour l'empêcher d'enquêter. Rien de ce que je dirai ne te persuadera de mon innocence. En vérité, tu te sens mal. Tu étais censé accompagner Leo cette nuit-là, au lieu de quoi tu l'as passée à faire le joli cœur. Tu es rongé par la culpabilité. Et tant qu'on n'aura pas retrouvé les assassins de Leo, tu t'emploieras à faire de ma vie un enfer.

Il enfila ses gants avec des gestes brusques.

— Ce que tu penses de moi m'indiffère. Contente-toi de trouver les criminels. Je tiens autant que toi à les voir entre les mains de la justice. Trouve-les, répéta-t-il en toisant Bellamy. Récupère le jeton. Ensuite seulement, nous nous réunirons pour parler de l'avenir du club.

Un éclat de rire brisa la tension.

— Désolé, fit Ashworth. C'est amusant, vous ne trouvez pas ? Nous trois, réunis dans un même club.

Julian se renfrogna.

— C'est surtout absurde.

— En effet, acquiesça Spencer en faisant signe au palefrenier de lui apporter sa monture. Vous disiez que Leo aimait plaisanter. Cette fois, il se sera amusé à nos dépens, semble-t-il.

8

Amelia commençait à se demander si son mari avait l'intention de venir un jour consommer leur mariage.

Au bout d'un moment, lasse de contempler les murs couleur lavande de sa suite, elle se laissa choir sur le lit avec un soupir contrarié et scruta le dais pourpre du baldaquin, où était brodé ce qui ressemblait à des oiseaux. Des oiseaux tristes et bizarres, aux ailes étrangement déployées. Peut-être était-ce censé être des grues ? Selon elle, on aurait plutôt dit des perdrix prêtes à être plumées. Pour une jeune mariée sur le point de remplir son devoir conjugal, ce n'était pas un spectacle très inspirant. Pourvu que le duc préfère faire cela dans le noir !

À supposer qu'il vienne.

Ils avaient quitté Beauvale House peu après cette parodie de cérémonie. Dans la voiture, ils n'avaient pas échangé un mot. Une fois parvenus chez Morland, il l'avait remise aux bons soins de la gouvernante et l'avait quitté sur un laconique :

— Tripp va vous conduire à vos appartements. Reposez-vous.

Elle ne l'avait pas revu depuis.

Elle s'était reposée. Elle avait pris un thé. Elle avait envisagé de tuer le temps en défaisant ses malles et en se familiarisant avec les lieux, mais sa nouvelle femme de chambre lui avait annoncé que ce ne serait pas utile. Sa Seigneurie avait décrété qu'ils partiraient pour Braxton Hall dès le lendemain.

Si tôt !

Sous le choc, Amelia s'était consolée avec un bain chaud. Elle s'était habillée avec soin pour le dîner, qu'elle avait pris seule. Lorsqu'elle avait enfin trouvé le courage de s'enquérir du duc, on lui avait annoncé qu'il était parti faire une promenade à cheval.

C'était bien sa chance ! Le jour même de son mariage, son époux l'avait délaissée pour un cheval.

Quelques heures après son dîner en solitaire, allongée sur le lit dans sa camisole la plus arachnéenne, Amelia commençait à se demander si elle n'avait pas commis une terrible erreur. Les accusations de M. Bellamy la hantaient. Sur le moment elle avait rejeté l'idée d'instinct. Le duc de Morland avait beau être antipathique, arrogant et froid, elle le croyait incapable de tuer.

Cela dit, il était prêt à verser vingt mille livres pour obtenir dix pour cent des parts d'un cheval de course. Vingt mille livres, c'était aussi la rente qu'il lui avait allouée. Indépendamment des rumeurs qui circulaient à propos du duc, ces sommes en disaient long sur ce qu'étaient ses priorités.

Puis il y avait eu le coup de poing administré à Bellamy.

Une autre femme qu'elle aurait sans doute été flattée qu'un homme flanque un coup de poing à un autre pour défendre son honneur. Mais Amelia avait quatre frères, qui avaient tous, à un moment ou à un autre, frappé quelqu'un sous prétexte de prendre sa défense. Elle n'était pas née de la dernière pluie. Les hommes se bagarraient pour le seul plaisir de se bagarrer, « l'honneur des dames » n'étant le plus souvent qu'un prétexte fort commode.

Si le duc était prêt à jeter un homme à terre parce qu'il l'avait insultée... de quoi serait-il capable si l'enjeu lui tenait vraiment à cœur ?

Non, impossible. Elle était avec lui au bal des Bunscombe. Et bien qu'il fût arrivé à la soirée après que Leo eut été tué, le duc ne lui avait pas donné l'impression d'un homme qui venait de commettre un meurtre. Cela dit, elle ignorait comment se comportait un homme après avoir commis un meurtre. S'empressait-il d'apparaître en public pour écarter les soupçons ? Était-il subitement blanc comme un linge et en nage ? Au point de se réfugier sur une terrasse à l'abri des regards ? Offrait-il une somme d'argent absolument faramineuse à la famille de la victime ? Épousait-il à la hâte le seul témoin de son attitude suspicieuse ? S'empressait-il de quitter la capitale ?

Elle plaqua brusquement le poignet sur ses yeux. Juste ciel, qu'avait-il fait ?

Qu'avait-*elle* fait ?

Elle se redressa soudain. Peut-être n'était-il pas trop tard. Le mariage n'avait pas encore été consommé. Si elle parvenait à s'enfuir et à se réfugier chez Laurent, elle pourrait demander l'annulation. Elle se leva, drapa un châle sur ses épaules, et ouvrit la fenêtre. C'était le début de l'été, mais la nuit était plutôt fraîche pour la saison. En admettant qu'elle s'habille seule, évite les domestiques, parvienne à sortir discrètement, et trouve un fiacre...

Non. Une fuite en pleine nuit était trop risquée. Quoi que Morland eût fait, elle doutait qu'il représente une menace pour sa vie. En revanche, elle ne pouvait en dire autant des mécréants qui rôdaient dans les rues sombres de la capitale.

Et si elle envoyait tout simplement un mot à Laurent ? Il viendrait la chercher. Oui, c'était la solution ! Elle soudoierait un valet pour qu'il délivre son message à l'insu du duc. Au pire, elle pourrait toujours feindre un malaise et exiger qu'on fasse venir un médecin. Il n'était pas si tard. Il n'était que... Elle jeta un coup d'œil à la pendule sur le manteau de la cheminée.

Minuit.

Le grincement d'un loquet lui arracha un sursaut.

Quand le duc ouvrit la porte de communication, Amelia plaqua la main sur sa bouche pour étouffer un gloussement nerveux. Il fallait être une bécasse pour s'attendre qu'il arrive avant les douze coups !

Après tout, il s'agissait du Duc de Minuit.

Force était d'admettre que ce soir, il était à la hauteur de sa réputation. Debout dans l'encadrement, vêtu d'une simple chemise et d'un pantalon ample, il la contemplait d'un regard intense qui la mettait mal à l'aise. À l'évidence, il venait de prendre un bain car ses cheveux étaient encore humides. Amelia regarda tour à tour les parties de son corps qu'elle ne connaissait pas encore – ses avant-bras musclés, le haut de son torse que laissait entrevoir sa chemise déboutonnée, ses pieds nus. Il était scandaleusement attirant – le diable en personne.

— Tout va bien ? s'enquit-il en fronçant les sourcils.

En ouvrant la porte, il ne s'attendait sans doute pas à trouver sa femme devant la fenêtre ouverte, la main sur la bouche.

Amelia songea un instant à feindre un malaise. Crisper les mains sur le ventre, s'effondrer sur le sol, se tordre de douleur jusqu'à ce qu'un médecin vienne à son secours. Elle écarta l'idée avec un soupir penaud : elle n'avait jamais su mentir.

— Oui, tout va bien, répondit-elle. Je n'ai été dérangée que par mes pensées. Et par les oiseaux.

— Les oiseaux ? fit-il.

— Sur le ciel de lit.

Il se dirigea vers le lit, s'y laissa tomber et roula sur le dos. Le matelas protesta sous son poids.

— Je vois, murmura-t-il en croisant les mains derrière la nuque. Ce sont des vautours ?

— Des grues plutôt, fit-elle avant de détourner les yeux.

L'observer ainsi étendu sur le lit lui semblait indécent. Ou du moins lui inspirait des pensées indécentes.

— Vautours ou grues, ces oiseaux sont un affront pour la brodeuse accomplie que vous êtes, décréta-t-il. Je ferai changer ce ciel de lit dès demain.

Un instant perplexe, Amelia se rappela soudain le mouchoir. Elle se demanda brièvement ce qu'il était devenu. Avant de se demander tout aussi brièvement si elle avait perdu l'esprit. Qu'il le garde, ce stupide mouchoir, quant à elle, il fallait qu'elle sorte d'ici, qu'elle échappe à ce mariage.

— Pour ce soir, nous nous contenterons de souffler les bougies.

— Non, fit-elle vivement.

— Non ? Dans ce cas approchons-nous du feu. Il fait frisquet dans cette chambre.

Le duc se leva pour aller fermer la fenêtre. Il récupéra ensuite les oreillers et les couvertures, et les transporta près de la cheminée où il les empila. S'emparant du tisonnier, il ajouta du charbon, et remua les braises jusqu'à ce que le feu reparte joyeusement.

Était-ce là l'homme arrogant qu'elle avait épousé ce matin même ? s'interrogea Amelia. Les ducs ne fermaient pas les fenêtres eux-mêmes, ne transportaient pas des oreillers, et n'attisaient pas le feu. Il s'était pourtant chargé de ces tâches avec beaucoup de simplicité. Une fois encore, elle perçut en lui un éclair d'humanité. Il n'avait décidément rien d'un meurtrier.

À mesure que les flammes grandissaient, ses soupçons refluaient. Au point qu'elle finit par se sentir stupide. Avait-elle vraiment envisagé, quelques minutes plus tôt, de descendre par la gouttière pour échapper à son diabolique époux ?

Au fond de son cœur, elle n'arrivait pas à croire que cet homme puisse commettre un meurtre. Malheureusement, elle avait une fâcheuse tendance à accorder sa confiance à tout-va, et souvent à tort. Si elle avait besoin qu'il la rassure sur son innocence, rien ne l'empêchait de lui poser la question.

— Et voilà, fit-il en se frottant les mains avant de les essuyer sur son pantalon. Plus d'oiseaux. Comment vous débarrasser à présent de vos pensées dérangeantes ? Y a-t-il quoi que ce soit que je puisse faire pour vous y aider ?

Il s'assit près du feu et lui fit signe de le rejoindre.

— Peut-être.

Elle s'installa sur un oreiller avec mille précautions et tira une couverture sur ses genoux.

— Où étiez-vous ? reprit-elle. Le majordome m'a dit que vous étiez parti à cheval.

— En effet. J'ai dû organiser notre départ. Nous partons demain pour le Cambridgeshire.

— C'est ce que m'a appris ma femme de chambre.

Sous la couverture, Amelia croisa les jambes.

— Pourquoi si tôt ? ajouta-t-elle, s'efforçant de masquer son désarroi.

S'était-il seulement demandé si elle avait envie de quitter Londres dès le lendemain ? Elle n'aurait pas le temps de dire adieu à ses frères. Et puis, à quoi bon être duchesse si ses vieilles amies ne pouvaient lui rendre visite et lui servir des « milady » à tout bout de champ avant de pouffer de rire ?

— Claudia, ma pupille, doit bientôt rentrer de York. J'ai hâte de la revoir, et je suis impatient qu'elle fasse votre connaissance. En outre, rien ne me retient plus à Londres.

— Car vous êtes marié désormais ?

Il secoua la tête.

— Je vous l'ai dit, je n'étais pas à Londres pour chercher une épouse. J'étais là pour le cheval.

Encore ce satané canasson !

— Je comptais l'acquérir de manière honnête, mais il semblerait que nous soyons dans une impasse. D'une part, l'un des jetons s'est volatilisé, d'autre part, ni Bellamy ni Ashworth ne prendront le risque de jouer le leur. Je ne vois donc pas l'intérêt de rester à Londres. J'exècre la ville.

— Je vois, marmonna-t-elle, s'efforçant d'accepter l'idée qu'elle était une sorte de lot de consolation dont l'avis importait peu. Si vous n'êtes pas venu à Londres pour trouver une épouse, redites-moi pourquoi vous m'avez épousée ?

Il ne répondit pas immédiatement.

— Je préfère vous montrer.

Le cœur d'Amelia vacilla. Avec les oreillers, la chaleur du feu, et cette triste affaire de meurtre, elle en avait presque oublié les raisons de la présence du duc dans sa chambre ce soir-là.

Pas lui, de toute évidence.

Son sang frémit dans ses veines tandis qu'il l'enveloppait d'un regard possessif. Elle sentit sa gorge s'empourprer. Sous le tissu translucide de sa camisole, la pointe de ses seins durcit. Il l'avait remarqué, car elle crut le voir esquisser un sourire.

Il repoussa la couverture, attrapa l'ourlet de sa camisole, et se mit à taquiner l'étoffe du pouce. Amelia sentit son corps s'animer bien qu'il ne l'eût même pas effleurée. Son souffle s'accéléra de manière très audible. Il sourit ouvertement. Elle devina qu'il jouait avec elle autant qu'avec le tissu de sa camisole. Il lui montrait tout simplement quel pouvoir il avait sur elle. À en juger par la flamme féroce qui s'était allumée dans son regard, il comptait la conquérir entièrement avant l'aube.

Sa gorge se noua.

— Avez-vous assassiné Leo Chatwick ?

Et vlan !

Il eut un mouvement de recul comme si elle l'avait frappé en pleine poitrine, et lâcha l'étoffe.

Amelia en profita pour reprendre son souffle. Parfait ! À présent, il était sur la défensive.

— Que venez-vous de me demander ? articula-t-il.

— Avez-vous assassiné Leo Chatwick ?

Il pâlit visiblement.

— C'est maintenant que vous me posez la question ? Ce matin vous sembliez persuadée de mon innocence.

— Certes, mais vous m'avez ensuite abandonnée toute la journée avec mes pensées pour seule compagnie. Et après m'être remémoré la scène, je me suis rendu compte... que vous n'aviez pas vraiment répondu à cette question.

— Je ne pensais pas qu'il y avait une question. Personne, parmi les gens qui me connaissent, ne prendrait au sérieux les accusations de Bellamy.

— C'est justement le problème. Je ne vous connais pas. Pas très bien.

— Suffisamment pour accepter de m'épouser.

Elle attrapa la couverture et s'emmitoufla dedans.

— J'ai accepté de me fiancer. D'ordinaire, cela dure plus d'une journée.

Il haussa un sourcil.

Elle fit de même. Peut-être était-ce déplacé de sa part de poursuivre l'interrogatoire, mais il était bel et bien vrai qu'il n'avait jamais expressément nié les accusations de M. Bellamy. Ni ce matin ni à présent. Il semblait penser que ce n'était pas la peine. Or Amelia détestait avoir l'impression qu'elle n'en valait pas la peine. Un homme devait chercher à gagner la confiance de sa femme.

— Où étiez-vous avant le bal des Bunscombe ?

— Ici même.

— Seul ?

— Oui, fit-il en fronçant les sourcils. Le personnel confirmera ma version, si besoin est.

— Si ce sont de loyaux serviteurs attachés à leur poste, je ne doute pas un instant qu'ils appuieront la version de leur maître.

Ses mâchoires se crispèrent de colère.

— Écoutez, pas plus tard que ce matin, j'ai donné vingt mille livres à Bellamy avec pour consigne de mener une enquête sur la mort de Harcliffe. Pourquoi ferais-je cela si j'étais coupable ?

— Je ne sais pas. En revanche, ce que je sais, c'est que vous aimez distribuer à tout-va la somme de vingt mille livres. Il semblerait que ce soit le tarif en vigueur pour tout ce qui s'achète – épouse, cheval... Pourquoi pas une exonération ?

Il vrilla son regard dans le sien pendant un long moment. Ses yeux noisette lançaient des éclairs. Puis il se leva, se dirigea vers la porte, qu'il claqua derrière lui en sortant.

Elle sursauta. C'était donc fini. Allait-il la jeter à la rue comme une malpropre ? Ou aurait-il au moins la délicatesse d'envoyer chercher l'attelage de Laurent ?

La porte se rouvrit à la volée. Le duc entra, un coffret et un trousseau de clés dans les mains. Il s'accroupit près d'elle, posa le coffret par terre et sélectionna une clé. Ayant soulevé le couvercle, il orienta le coffret vers elle pour qu'elle puisse en voir le contenu.

— Voilà, fit-il. Comptez-les.

Amelia contempla les petits disques de cuivre. Chaque jeton était marqué d'une tête de cheval sur une face et, logique oblige, d'une queue sur l'autre. C'était tellement puéril. Si typique de Leo. Comment pouvait-on envisager que quelqu'un soit prêt à tuer pour de vulgaires rondelles de métal ?

— Je n'ai pas besoin de les compter. Je sais qu'il y en a sept.

— Alors, vous me croyez ?

— Je vous crois trop intelligent pour ne pas ranger le jeton de Leo avec les autres s'il était en votre possession.

Il écarta les bras en prenant une posture de martyr.
— Libre à vous de fouiller la maison.
— J'en aurais pour une semaine entière. Sans oublier vos cinq autres résidences, et les coffres-forts que vous avez sans doute dans des banques.
— Honnêtement, vous ne pouvez pas me soupçonner de meurtre. Et moi qui vous prenais pour une femme de bon sens.
— Dans ce cas traitez-moi comme telle ! Vous ne m'avez pas donné l'occasion d'apprendre à vous connaître et de me faire ma propre opinion sur vous. Pour le moment, je ne peux m'en remettre qu'à mes observations. Or, ce que je vois, c'est un homme très riche et très influent, peu respectueux des sentiments d'autrui, dont l'unique but dans la vie est d'acquérir un cheval sans se soucier de briser des vies en cours de route. D'un point de vue purement rationnel, j'ai davantage de raisons de vous soupçonner que de vous faire confiance.
Marmonnant un juron, il se ratissa les cheveux.
— Amelia...
— Oui, Spencer ?
Il cilla, visiblement surpris de l'entendre l'appeler par son prénom.
— Vous préférez que je vous appelle Morland ?
— Je préférerais que vous m'appeliez milord, si vous avez l'intention de demander l'annulation de notre mariage. C'est ce que vous voulez ?
— Je veux des réponses, c'est tout. J'aimerais vous connaître un tant soit peu avant de vous autoriser... certaines libertés, dit-elle en rougissant.
— Je vous ai invitée à me poser des questions au moment de ma demande, rétorqua-t-il, le regard dur.
Amelia croisa les mains sur ses genoux. Certes, son interrogatoire avait été des plus superficiel. Elle n'avait pas imaginé que son manque de curiosité puisse être

considéré comme insultant. Mais pour être honnête, elle le croyait dépourvu d'émotions.

— Dites-moi ce que vous aimeriez savoir. Précisément.

— Précisément, je veux savoir que mon mari n'est pas un meurtrier. Pour cela, j'aimerais comprendre pourquoi ce cheval compte autant à vos yeux. Pourquoi vous avez fait un malaise durant le bal – inutile de le nier. Pourquoi vous avez hâté notre mariage et insisté pour qu'il se déroule en privé. Pourquoi vous m'emmenez sans attendre à la campagne, loin de ma famille et de mes amis. Votre jeunesse fut-elle aussi sauvage qu'on le raconte ? À ce propos, quelle est cette mystérieuse histoire avec lord Ashworth ?

Il écarquilla les yeux.

— Cela fait beaucoup de questions.

— En effet. Mais elles sont indispensables.

— Très bien, fit-il d'une voix tendue. Voici ce que j'aimerais savoir de mon côté : le grain de beauté qui orne votre sein gauche est-il unique ou fait-il partie d'une constellation ? La pointe de vos seins est-elle de la nuance corail de vos lèvres ou plus sombre ? Vous êtes-vous déjà touchée ? Savez-vous vous donner du plaisir ? Et…

Il se pencha en avant, et le cœur d'Amelia se logea dans sa gorge.

— … j'ai désespérément besoin d'entendre ces petits bruits que vous faites lorsque vous jouissez.

Seigneur ! L'idée qu'un homme – que cet homme-là – puisse nourrir des pensées aussi lascives à son sujet…

Il arqua un sourcil.

— Alors ?

Amelia pria en silence pour que sa voix ne tremble pas autant que ses cuisses.

— Vous d'abord.

Il jura et se détourna, clairement exaspéré.

— Nous étions d'accord. Je vous offrais la sécurité ; vous me donniez un héritier. Votre corps faisait partie intégrante du marché. Pas une enquête sur ma vie. Je n'ai pas l'habitude de devoir me justifier. Auprès de qui que ce soit.

— Pas même votre femme ?

— Encore moins, répliqua-t-il en s'emparant du tisonnier pour remuer les braises. Bon sang, Amelia, lorsque je vous ai demandé votre main, je pensais que les choses seraient faciles entre nous !

Ces paroles lui firent perdre pied. Oui, bien sûr. Il l'avait épousée parce qu'elle était facile. Accommodante. Désespérée. Parce qu'il n'avait pas eu à prendre la peine de la courtiser. Que partager son lit ne serait pas une corvée. En d'autres termes, elle n'était qu'un récipient pour sa semence. Mais croyait-il vraiment qu'elle était prête à lui abandonner son corps sans s'être d'abord assuré qu'il était digne de confiance ? S'il avait le droit de l'interroger sur ses activités intimes, elle avait quant à elle le droit de chercher à s'assurer qu'il n'était pas un assassin.

— Vous me voyez sans doute comme une vieille fille qui se berce d'illusions, mais j'ai décidé que je méritais un minimum d'efforts de votre part.

— Parce que vous pensez qu'organiser notre mariage et notre départ en une journée ne m'a demandé aucun effort ?

— Étant donné vos moyens et votre influence, je répondrais oui

Comme il demeurait silencieux, elle ajouta :

— Il me semble que nous sommes dans une impasse.

— Une impasse, répéta-t-il. Si je comprends bien, vous refusez de consommer le mariage tant que vous ne serez pas certaine de mon innocence ? L'enquête de Bellamy devrait en apporter la preuve rapidement. Du moins, je l'espère, étant donné les fonds que je lui ai fournis.

— Eh bien, est-ce tellement inconcevable que je demande un délai de quelques jours ?

Elle ferma les yeux et exhala lentement. Il fallait une sacrée dose de courage pour s'opposer ainsi à lui. Mais si elle ne s'affirmait pas dès maintenant, elle n'aurait plus jamais voix au chapitre.

— La mort de Leo, nos fiançailles, le mariage… Tout est arrivé si vite. Trop vite à mon goût. Je vois bien que vous m'en voulez de ne pas vous croire sur parole. Sachez que moi aussi, je suis déçue. Une femme devrait être en mesure de faire confiance à son mari. Si vous me donniez le temps d'apprendre à vous connaître mieux… Peut-être que ce soir, nous pourrions nous contenter de bavarder ? risqua-t-elle.

— De bavarder, répéta-t-il avec dédain.

On eût dit qu'elle venait de lui proposer de faire du point de croix ou de polir l'argenterie en duo. Doux Jésus, qu'y avait-il là de si révolutionnaire ?

C'était peut-être une question de sujet. Même Michael, le plus taciturne des d'Orsay, pouvait discuter des heures lorsqu'on le lançait sur le thème de la navigation astronomique.

— Que diriez-vous de parler de chevaux pour commencer ? Pourquoi tenez-vous tant à Osiris ?

— Je n'ai pas envie de parler, déclara-t-il en verrouillant le coffret et en le posant de côté. Ni de bavarder. Que ce soit de chevaux, de meurtre, ou de quoi que ce soit d'autre. Je veux juste posséder ma femme, puis dormir.

Il se pencha en avant, tira sur la couverture qu'elle agrippait, et referma la main sur sa cuisse. Amelia sentit sa paume la brûler à travers la fine étoffe de sa chemise.

— En tant qu'époux, j'ai certains droits.

— Certes, admit-elle, la gorge nouée. Et cela en dirait long sur vous si vous tentiez de les exercer de force.

— Tout comme je vous ai « forcée » à m'embrasser dans le bureau de Beauvale ?

Son emprise se desserra sur sa cuisse, mais il ne lâcha pas pour autant. Au lieu de cela, il se mit à dessiner des cercles du pouce à l'intérieur de sa cuisse.

— Vous voulez vraiment me connaître, Amelia ? demanda-t-il d'une voix rauque.

Elle hocha la tête.

— Alors, je vais vous dire une chose.

Sa main quitta sa cuisse pour se poser à la base de son cou, où elle suivit lentement le col de sa chemise.

— J'ai attendu toute cette fichue journée de vous embrasser.

Ces mots la laissèrent sans voix. Il s'empara subitement de sa bouche dans un baiser étourdissant. Qu'elle lui rendit. C'était imprudent. Irréfléchi. Stupide. Passionné.

C'était ce genre de baiser qui avait causé sa perte. S'ils ne s'étaient pas embrassés, jamais elle n'aurait accepté de l'épouser. Lorsque leurs lèvres fusionnaient, ce n'était plus le même homme. Il devenait attentionné et respectueux. Plutôt que de la dominer, il l'encourageait à coopérer avec douceur.

Il n'était alors que trop facile d'imaginer qu'il y avait plus que du désir derrière ce baiser.

« Ne t'aventure pas sur ce terrain, s'exhorta-t-elle. Il a été on ne peut plus clair : cette union n'est rien de plus qu'une transaction. »

Mais comme il approfondissait son baiser, elle posa spontanément la main sur sa nuque et plongea les doigts dans ses boucles humides. Son audace fut récompensée par un gémissement qui trouva un écho dans son corps entier. De ses seins douloureusement tendus, à son entrecuisse moite, et jusque dans son cœur.

Il l'avait déjà quasiment conquise. Elle se connaissait trop pour se voiler la face. Déjà le désir tambourinait dans ses veines. Et il ne faudrait pas grand-chose pour que son cœur suive, tel l'idiot du village.

L'énormité de la situation la frappa soudain de plein fouet. Elle avait épousé un inconnu. Lui avait donné pleins pouvoirs sur son corps, mais n'avait pas pris la précaution de préserver son âme. Les fiançailles éclair ne lui avaient tout simplement pas laissé le temps de tracer la frontière à ne pas dépasser. Celle au-delà de laquelle se trouvait la véritable Amelia.

— Amelia, lui souffla-t-il à l'oreille, je vous veux.

Elle se mit à trembler, et un petit gémissement lui échappa, qui le fit tressaillir. Il s'écarta légèrement, fixa la courbe de son épaule qui frissonnait sous sa main.

— Vous êtes vraiment terrifiée.

— Oui, répondit-elle en toute sincérité. Vous me faites peur.

— Bon sang, je n'ai tué personne ! Vous n'avez aucune raison d'avoir peur de moi.

— Oh, que si ! J'ai quantité de raisons.

Dont aucune n'était liée à la mort de Leo.

Ses craintes prenaient naissance dans cette chambre, dans la chaleur de leurs corps et l'émotion voilée qu'elle lisait dans son regard. Oserait-elle les mettre en mots ?

J'ai peur d'imaginer à tort que vous éprouvez des sentiments à mon égard. D'être trop exigeante, d'attendre de vous plus que vous ne pourrez jamais me donner. Je redoute qu'il n'y ait davantage en vous que je ne le soupçonne, mais que vous ne me le laissiez jamais voir. J'ai peur de tout vous donner et de ne rien recevoir en échange, pas même de réponse à quelques-unes de mes questions. Et j'ai besoin d'un peu de temps pour apprendre comment vous offrir mon corps sans risquer mon cœur.

— Le jeton de Leo, murmura-t-elle. Quand on l'aura retrouvé, je saurai que vous n'êtes pas coupable.

Son regard se durcit ; il laissa retomber sa main.

— Très bien. Tant que les assassins de Leo courront, je ne vous approcherai pas. Mais une fois que l'on aura retrouvé le jeton et prouvé mon innocence, vous ne pourrez plus vous dérober. Et lorsque je vous ferai mienne, je vous posséderai entièrement. Vous ne me refuserez rien.

Elle le contempla avec un mélange de désir et de crainte.

— Dites oui, Amelia.

— Oui, parvint-elle à articuler.

Elle venait de signer un pacte avec le diable.

Tandis qu'il se levait, elle serra les jambes pour s'efforcer de calmer le doux supplice qui lui torturait l'entrecuisse.

Arrivé à la porte, il s'immobilisa.

— J'ai promis de ne pas vous approcher, mais rien ne vous empêche de venir à moi.

Sur un dernier regard brûlant il saisit la poignée.

— La porte n'est pas fermée à clé. Si vous avez besoin de quoi que ce soit, n'hésitez pas.

9

Tandis que Spencer grimpait en selle, il sentit Junon piaffer d'impatience. Le palefrenier avait beau l'avoir sortie une partie de la matinée, elle ne tenait plus en place – tout comme lui ! Une longue chevauchée, voilà ce qu'il leur fallait à tous les deux. C'était la dernière étape de la journée. Ils distanceraient les voitures et prendraient des dispositions pour la nuit.

Junon hennit nerveusement ; il la lança au petit galop. Une brise fraîche, bienvenue en ce chaud après-midi, lui agita les cheveux. Il aurait sans doute dû profiter du paysage, mais il avait la tête pleine d'Amelia. Il la revoyait, la veille au soir. Sa chevelure dorée dénouée, les courbes appétissantes de son corps à peine dissimulées par sa chemise arachnéenne.

Ses yeux bleu clair emplis d'effroi.

Sacrebleu ! Sa réaction lui avait fait l'effet d'un coup de poignard en plein cœur. Ce qui l'avait attiré chez elle au départ, c'était son audace et son bon sens. Depuis cette maudite valse jusqu'au baiser qu'elle avait exigé de lui avant d'accepter son offre, elle n'avait cessé de l'agacer, de l'intriguer, de l'exciter. Tout cela parce qu'elle refusait de se laisser intimider.

Mais à présent, grâce aux membres très estimés du Stud Club, elle le prenait pour un meurtrier. Au lendemain de son mariage, il aurait dû être un époux comblé. Au lieu de quoi, il transpirait la frustration par tous les pores. Pourquoi cela ? Parce que Julian Bellamy nourrissait une haine absurde envers les aristocrates, que Rhys St. Maur avait été une tête brûlée, et que Leo Chatwick avait eu la mauvaise idée de se promener sans escorte à Whitechapel à la tombée de la nuit. Résultat, Amelia avait peur de lui.

Pour remédier au problème, elle n'avait rien trouvé de mieux que de lui proposer une séance de papotage. Autrement dit, elle voulait lui faire subir sa propre version de l'Inquisition, passer en revue ses péchés, ses échecs, l'histoire de sa famille, et ses principes moraux.

Juste ciel ! C'était la pire stratégie possible pour gagner sa confiance. Comment la discussion se serait-elle passée ?

D'accord, Amelia, je vais répondre à vos questions. Oui, j'ai vécu une enfance tumultueuse au Canada. Je disparaissais dans la nature pendant des semaines avec des gens que vous auriez considérés comme des sauvages, causant à mon père un chagrin sans fin. Oui, l'année qui a suivi mon arrivée en Angleterre, j'ai failli battre Rhys St. Maur à mort à Eton. Oui, j'ai ruiné les chances de votre frère d'acquérir les parts d'un cheval pour des motifs que vous trouveriez impardonnables. Voilà. Après cela, vous ne voyez donc pas que je ne suis pas un mauvais bougre ?

Ç'aurait été un franc succès !

Et si elle croyait qu'il lui avouerait un jour les raisons de sa fuite lors du bal... elle se fourrait le doigt dans l'œil. Son statut lui donnait au moins un avantage, celui de ne jamais avoir à se justifier.

Cela dit, rien ne les empêchait d'apprendre à se connaître. En vérité, il brûlait d'envie de tout savoir d'elle. Seulement, il ne voyait pas en quoi les mots étaient nécessaires. Il voulait apprendre à connaître sa femme de l'intérieur. Il commencerait par sa douce intimité, et tracerait son chemin jusqu'à ses doigts délicats dont les extrémités, avait-il découvert la nuit passée, étaient marquées de petits cals de brodeuse.

Spencer n'imaginait pas de meilleur moyen de se découvrir mutuellement qu'en commençant par se connaître au sens biblique du terme.

Par chance, il était passé maître dans l'art de dompter les créatures récalcitrantes, et de réparer les dommages causés aux chevaux par d'autres hommes. Cela faisait presque deux décennies qu'il avait maté son premier mustang au Canada. Depuis, à son haras, il avait apprivoisé un nombre incalculable de chevaux – dont Junon, la jument qu'il chevauchait à présent. L'astuce consistait à savoir quand battre en retraite. Il passait quelques minutes à caresser l'animal sur ses gardes, à lui murmurer des encouragements, à lui tapoter le garrot d'un geste rassurant. Rien de trop audacieux. Juste assez d'attention pour qu'il en redemande. À l'instant où le cheval commençait à se détendre et à apprécier ses caresses, Spencer s'en allait. La fois d'après, lorsqu'il entrait dans l'enclos, le cheval s'approchait de lui, impatient et hardi. C'était une technique infaillible.

Évidemment, il ne l'avait jamais testée sur une femme. Il n'en avait jamais eu besoin. Certains éprouvaient du plaisir à conquérir une amante réfractaire. Pas lui. Ses partenaires de lit étaient… des partenaires, et non pas des conquêtes. Consentantes, complices, conscientes. S'il avait choisi Amelia, c'était certes parce qu'elle possédait la vertu et l'ascendance appropriées, mais aussi parce qu'il voyait en elle une amante idéale. Quand il l'embrassait, elle répliquait d'instinct, et avec une passion qui le faisait chanceler.

Jusqu'à ce que ces satanées accusations installent le doute dans son esprit et qu'elle se mette à trembler. Non pas de plaisir, mais de peur. L'eût-il souhaité, il aurait pu la convaincre de consommer leur mariage.

Mais ce matin, elle l'aurait méprisé d'avoir agi ainsi. Et il n'aurait pas été très fier de lui.

Il allait l'amadouer. Cela demanderait sans doute quelques jours – quelques jours de trop –, mais il était du genre discipliné. Au jeu, comme avec les chevaux et dans les affaires, il savait ronger son frein si nécessaire pour susciter la réaction désirée. Il donnait une semaine à sa femme pour venir de son plein gré dans son lit.

La clé, dans ce genre de situation, c'était de savoir à quel moment tourner les talons.

Amelia inspecta la modeste « suite » que Spencer leur avait obtenue, la meilleure de l'auberge selon le tenancier. Elle était composée d'une petite chambre précédée d'une antichambre exiguë. Cette dernière comprenait une table, deux chaises, et un lit d'appoint, sans doute prévu pour le personnel. Sa malle et celles de Spencer ayant été montées dans la chambre, elle en déduisit qu'il avait l'intention de la rejoindre.

Elle préférait ne pas imaginer ce qu'il lui réservait.

Une servante de l'auberge lui avait monté à dîner. Malheureusement, Amelia avait l'estomac tout retourné par le trajet en voiture et la simple odeur du ragoût de bœuf lui donna un haut-le-cœur. Elle parvint à boire un peu de thé et à grignoter un morceau de pain. Elle songea ensuite à se déshabiller pour se glisser entre les draps avant l'arrivée du duc. Si elle dormait déjà, il n'oserait quand même pas la déranger ? Pour ne rien laisser au hasard, elle barricaderait la porte de communication avec sa malle.

Mais avant qu'elle ait eu le temps de mettre son plan à exécution, la porte s'ouvrit en grinçant et le duc apparut. Il dut presque se plier en deux pour ne pas se cogner le crâne contre le chambranle. La chambre, déjà petite, parut rétrécir tant il l'emplissait de sa présence.

Il se contenta de la saluer d'un signe de tête. Étant en train de boire son thé, elle répondit par un bruit de déglutition.

Il ôta sa redingote, défit ses manchettes, retroussa ses manches, et entreprit de se laver les mains au-dessus de la cuvette.

— Vous avez mangé ? s'enquit-il.

— Autant que faire se pouvait. Et vous ?

— En bas.

Après avoir plié sa redingote et l'avoir déposée sur une malle, il dénoua sa cravate. Puis il s'assit dans un fauteuil et s'attaqua à ses bottes.

— Ne vous sentez pas obligé de me tenir compagnie, dit-elle d'une voix tendue.

Les hommes ne préféraient-ils pas d'ordinaire passer la soirée dans la taverne à boire et à faire la fête ?

Il lui adressa un regard incrédule.

— Vous pensez que je vous laisserais seule dans une auberge ? Hors de question. Nous sommes certes dans un établissement des plus respectables, mais tout de même... Quoi qu'il en soit, je connais des manières plus agréables de passer la soirée que dans une salle d'auberge bondée.

— Pourquoi avons-nous fait halte dans une auberge ? Nous ne sommes plus très loin du Cambridgeshire. Nous n'aurions pas pu continuer jusqu'à votre domaine ?

— Il vaut mieux faire des étapes pour épargner les chevaux.

« Naturellement, songea-t-elle avec amertume. Il ne faudrait pas faire passer le confort des hommes avant celui des chevaux ! »

Il se mit à déboutonner son gilet. Jusqu'où avait-il l'intention d'aller ?

Elle se leva.

— Je suis fatiguée, annonça-t-elle. Je vais me retirer tôt.

À son grand désarroi, il se leva à son tour.

— Excellente idée.

Il n'allait quand même pas la suivre ? N'avait-il pas promis de la laisser tranquille ?

— Réflexion faite, je ne suis pas si fatiguée que cela. Je crois que je vais faire un peu de broderie.

Elle s'approcha de sa malle dont elle déboucla les courroies. Sa boîte à couture se trouvait sur le dessus. Mais alors qu'elle se penchait pour s'en saisir, elle se figura qu'il guignait son postérieur. Elle se releva si vite qu'elle en perdit l'équilibre.

Il la retint par le coude. Ce qui ne l'aida pas à recouvrer ses esprits. Maudite soit elle, de perdre ainsi ses moyens dès qu'elle se retrouvait à proximité de lui. Dans ces moments-là, elle avait envie de se jeter dans ses bras, et peu importe qu'il soit un assassin ou le diable en personne.

Jusqu'à présent, elle avait toujours pu se tourner vers ses frères lorsqu'elle avait besoin de réconfort. Mais ils étaient loin désormais. Elle avait le mal du pays, était lasse et avait cruellement besoin qu'on l'étreigne. Se rendant soudain compte que le duc était désormais le seul à pouvoir la prendre dans ses bras, elle fut submergée par la tristesse. Car si elle était certaine qu'au plus petit signe d'encouragement, il la ferait sienne, elle savait aussi que jamais elle n'oserait lui demander de l'étreindre.

De toute façon, il ignorait sans doute comment réconforter une femme.

Il lui lâcha le coude, et elle se laissa choir dans son fauteuil.

— Qu'avez-vous coutume de faire le soir, milord ? s'enquit-elle tout en sortant tissus, fils et paire de ciseaux de sa boîte à couture. Vous vous pliez aux horaires de la campagne ?

— Où que je sois, je m'en tiens à mes propres horaires. En règle générale, je me retire vers minuit.

Ce dernier mot la fit frissonner.

— Et jusque-là ?

Leurs regards se croisèrent. Dans ceux du duc, sombres abîmes, brillait une étincelle moqueuse.

— Vous voulez dire, à défaut d'autres activités nocturnes ?

Il fit une pause, lui laissant amplement le temps d'imaginer lesdites activités.

— Quand je ne suis pas occupé à élaborer mes perfides traîtrises ? reprit-il.

Il se pencha en avant.

— Je lis, lâcha-t-il d'une voix profonde.

Il ouvrit une petite valise qui se révéla bourrée de livres de toutes tailles.

— Seigneur ! s'exclama-t-elle. Vous devez être un grand lecteur.

— Chaque fois que je vais à Londres, j'en profite pour enrichir ma bibliothèque. Je n'ai pas été à l'université, voyez-vous. Je me suis instruit en lisant.

— Vous ne souhaitiez pas aller à l'université ?

— Pas particulièrement. Et l'aurais-je souhaité, l'idée ne réjouissait pas mon oncle.

— À cause de ce qui s'est passé à Eton ? Votre expulsion suite à une bagarre avec lord Ashworth ?

C'était là une supposition, mais c'était la seule explication logique aux rumeurs qu'elle avait entendues et à l'étrange tension qu'elle avait perçue entre les deux hommes.

Il la contempla longuement.

— Parce que la santé de mon oncle commençait déjà à se dégrader et que j'étais son seul héritier, répliqua-t-il calmement en sélectionnant un volume. Il était plus urgent d'apprendre à gérer des domaines que d'étudier le latin ou les mathématiques. J'ai continué mes études en autodidacte.

— C'est le cas de nombre d'entre nous, fit-elle. Nous, les femmes, précisa-t-elle comme il la regardait sans comprendre. Nous n'allons pas à l'université, mais nous cherchons à enrichir notre esprit grâce aux livres.

Le front plissé, il s'assit dans un fauteuil avec son ouvrage. Amelia réprima un sourire, ravie de sa réplique.

— Que lisez-vous ? s'enquit-elle sur sa lancée.

En réponse, il brandit le livre devant elle.

— *Waverley*[1] ? Je croyais que vous vous considériez comme un grand lecteur. Vous devez être la dernière personne en Angleterre à lire ce livre.

— Certainement pas. Je l'ai déjà lu, plusieurs fois, dit-il en feuilletant les pages. Je ne suis pas assez concentré pour m'attaquer à un manuel de philosophie ou d'allemand, ce soir.

Amelia demeura un instant silencieuse, les yeux rivés sur son ouvrage, puis :

— J'avoue que je suis surprise d'apprendre que c'est l'un de vos livres favoris.

— Pourquoi ? C'est un roman très populaire.

— Certes, répliqua-t-elle en lui jetant un regard hésitant. Mais c'est un roman sentimental.

— Non, rétorqua-t-il en éloignant le livre pour l'examiner, comme si elle venait de lui annoncer qu'il s'agissait d'un ananas. C'est un roman historique sur le soulèvement des Écossais. On y décrit des batailles.

— Et un triangle amoureux.

Il prit la mouche.

— Puis-je lire mon roman en paix ?

Réprimant un rire, elle se remit à sa broderie. À l'exception du crépitement du feu et du bruit des pages que l'on tournait, le silence était total. La fatigue la gagna peu à peu. Lorsqu'elle s'aperçut que ses points étaient de moins en moins réguliers, elle fit un nœud et

1. *Waverley ou Soixante ans avant*, de Walter Scott, 1814. *(N.d.T.)*

coupa le fil avant de tourner le carré de tissu pour examiner le résultat.

— Comment faites-vous cela ? demanda Spencer en indiquant du doigt le coin droit de l'ouvrage.

Surprise de le découvrir si proche, Amelia sursauta. Quand diable avait-il quitté son fauteuil ? Et depuis quand regardait-il par-dessus son épaule ?

— Là, ajouta-t-il en montrant un petit ruisseau qui dégringolait d'un vallon. C'est incroyablement réaliste, on dirait de l'eau. Quel est votre secret ?

— Oh, cela ! fit-elle, un soupçon de fierté dans la voix. Ce sont des fils de différentes nuances de bleu auxquels j'ai entremêlé du fil argenté.

Il ne dit rien. Il n'était vraisemblablement pas intéressé au point de réclamer une leçon de broderie. En même temps, c'était lui qui avait demandé.

Le silence s'étira, la rendant de plus en plus nerveuse.

— Je pensais en faire un coussin, reprit-elle. Ou une galette de chaise.

Elle inclina l'ouvrage, l'étudiant sous différents angles.

— Un coussin ? lâcha-t-il, comme si le mot avait un goût amer. Quelle abominable idée !

Amelia cilla. Abominable ?

— Pour... pourquoi ? bafouilla-t-elle, stupéfaite. Je le garderai dans ma chambre si vous le souhaitez. Vous ne serez pas obligé de l'avoir sous les yeux.

— Certainement pas. Sous mon toit, cela, déclara-t-il en indiquant la broderie, n'ornera jamais un fauteuil ni une chaise.

— Mais...

— Donnez-le-moi.

Sans lui laisser le temps de protester, il lui arracha l'ouvrage des mains, rouvrit sa valise, y jeta le carré de tissu et referma le couvercle d'un geste ferme. Quel toupet ! Plutôt que de se disputer avec lui, Amelia préféra remballer ses affaires de peur que, de colère, il ne les jette dans la cheminée. Elle pourrait récupérer son ouvrage plus tard. Du moins l'espérait-elle.

— Assez de couture et de lecture pour ce soir. Nous allons jouer aux cartes, déclara-t-il en sortant un jeu et en s'asseyant. Piquet.

Il coupa le jeu et commença à battre les cartes. Il était d'une rapidité effarante. C'était à la fois fascinant, et légèrement troublant.

Remarquant qu'elle le fixait du regard, il haussa un sourcil interrogateur.

— Vous êtes doué, souffla-t-elle.

— Je suis habile de mes mains, admit-il.

Certes. Mais Amelia le savait déjà. Elle se rappelait avec une acuité presque douloureuse la façon dont il avait ôté les épingles de ses cheveux, chez Laurent, incliné son visage pour capturer ses lèvres, puis, quelques instants plus tard, empoigné ses fesses pour plaquer son corps contre…

Paf ! Il abattit le paquet sur la table pour aligner les cartes, l'arrachant à sa rêverie.

— Une seule partie, dit-elle.

— Vous avez déjà joué au piquet ? s'enquit-il en distribuant les cartes.

— Bien sûr. Mais je ne me considère pas comme une experte.

— Je l'espère. Sinon vous auriez pu apprendre des tours plus judicieux à votre frère.

La mention de Jack et de sa dette irrita Amelia.

— Je croyais que c'était au poker que vous jouiez ?

— La nuit où il a perdu quatre cents livres, oui, fit-il en rassemblant ses cartes.

Elle l'imita, et ordonna ses propres cartes.

— Ce n'était donc pas la seule fois ? Vous avez joué ensemble à plusieurs reprises ?

— Plusieurs n'est pas le terme adéquat. Je dirais plutôt à quelques rares occasions.

Il sélectionna quatre cartes et les écarta.

Elle échangea trois des siennes. Il annonça aussitôt quarante et un points, indiquant ainsi qu'il possédait l'une des meilleures combinaisons possibles au piquet.

— Zut ! grommela-t-elle.

— Vous êtes comme votre frère, vous n'aimez pas perdre.

— Personne n'aime cela.

En matière de jeux et de sports, Amelia avait en effet l'esprit de compétition. Perdre la mettait de mauvaise humeur. À mesure que la partie avançait, son humeur s'aggrava. Car après s'être assuré une avance insurmontable dans l'estimation des points, Spencer continua sur sa lancée en remportant presque tous les plis. Ce n'était pas tant de perdre aux cartes qui la contrariait. Non, c'était tout ce qu'elle avait perdu à cause de cet homme. Sans son obsession pour ce maudit cheval et sa main chanceuse aux cartes, elle serait en train de faire ses malles pour Briarbank. Où Jack l'aurait suivie.

Une fois sa défaite confirmée – une défaite cuisante –, Amelia rassembla les cartes en silence et se mit à les battre.

— Je croyais que vous ne vouliez faire qu'une seule partie, observa-t-il avec flegme.

Elle se contenta de lui adresser un regard perçant. Comme si elle allait tirer sa révérence après la déculottée qu'elle venait de subir ! Non, sa fierté le lui interdisait.

— Vous auriez dû vous défausser de votre valet de cœur, fit-il remarquer tandis qu'elle distribuait. N'essayez pas de réunir les cartes de même valeur, cherchez plutôt à remporter les plis.

Il avait raison.

À contrecœur, elle suivit son conseil. Elle se retrouva encore avec deux valets en main. Mais cette fois, elle se débarrassa des deux cartes et récupéra un roi en contrepartie. À son grand dépit, Spencer gagna de nouveau, mais sa défaite fut cette fois moins marquée.

— C'est mieux, fit-il en ramassant les cartes pour les distribuer à son tour. Mais la prochaine fois, menez le jeu avec votre as.

Et ainsi de suite pendant plusieurs manches. Peu à peu, l'écart entre eux se réduisait. À la fin de chaque partie, il lui donnait des conseils stratégiques, qu'elle incorporait ensuite à son jeu de mauvaise grâce. Alors que c'était au tour de Spencer de distribuer, Amelia reçut enfin un jeu très chanceux, comprenant notamment deux as et une septième. Elle se tut pour ne pas se déconcentrer, se défaussa de ses cartes à bon escient, choisit une séquence des plus avantageuses et, la chance aidant – il manquait à Spencer un roi de couleur rouge –, elle remporta la partie.

— J'ai gagné, fit-elle en regardant les cartes étalées sur la table d'un air incrédule.

— Oui, cette fois-ci.

Elle sourit.

— Ouvrez grand les yeux : je vais recommencer.

Elle s'apprêtait à rassembler les cartes pour les distribuer à son tour quand il emprisonna ses mains sous la sienne.

— Cela vous dit de pimenter un peu le jeu ?

La main de Spencer était lourde, et chaude. Les battements de son cœur s'accélérèrent.

— Vous parlez d'une mise ?

Il acquiesça.

— Quatre cents livres, proposa-t-elle impulsivement.

Si elle pouvait régler la dette de Jack, ce dernier n'aurait plus besoin d'éviter Spencer. Peut-être pourrait-il même faire un séjour prolongé à Braxton Hall, loin de Londres et de ses mauvaises fréquentations.

— Très bien. Si vous gagnez, je vous donnerai quatre cents livres, déclara-t-il en libérant sa main. Si c'est moi qui gagne, vous viendrez vous asseoir sur mes genoux, et vous baisserez votre corsage.

— Je... je vous demande pardon ?

— Vous m'avez très bien compris. Si je remporte cette partie, vous viendrez vous asseoir sur mes genoux, et vous me montrerez votre poitrine.

— Et ensuite ?

Il haussa un sourcil. Ses intentions étaient on ne peut plus claires.

— J'aviserai.

La tête lui tourna. Oserait-elle relever le défi ? Elle avait peu de chances de gagner. Il était beaucoup plus fort qu'elle, c'était évident, malgré ses progrès au cours de l'heure passée ainsi que sa victoire improbable. Mais elle désirait tellement rembourser la dette de Jack, et cela sans l'aide de personne.

En outre, elle brûlait de battre Spencer à son propre jeu et d'effacer son expression supérieure.

D'un autre côté, devait-elle admettre, elle avait envie de perdre. De s'asseoir sur ses genoux, de déboutonner son corsage et de sentir ses mains se refermer sur ses seins nus. Raison pour laquelle elle aurait dû se lever et quitter cette table sur-le-champ.

— Vous garderez vos vêtements ? demanda-t-elle.

Elle jouait avec le feu.

— Naturellement.

— Fixons une durée maximum.

— Un quart d'heure, proposa-t-il.

— Cinq minutes.

— Dix.

Il sortit sa montre de la poche de son gilet et la posa sur la table.

Amelia essuya ses paumes moites sur sa robe.

— Marché conclu, fit-elle.

Les doigts tremblants, elle rassembla les cartes. Celles écartées par le duc lors de leur dernière partie attendaient sur le côté. Elle les rajouta sous la pile. En inclinant le paquet sur la tranche pour le mélanger, elle aperçut la carte du dessous.

L'as de pique.

Masquant sa surprise, elle coupa le paquet et le mélangea d'une main énergique. Le duc s'était défaussé de l'as de pique. Cela n'avait pas de sens. Au piquet, personne ne se débarrassait d'un as. Il n'y avait qu'une seule explication possible.

Il avait sabordé son propre jeu pour lui permettre de gagner. Alors qu'elle croyait progresser, il avait contrôlé la partie de bout en bout, manipulant les résultats à sa guise. Et maintenant...

Elle leva les yeux. Son regard intense était rivé sur elle.

Il l'avait piégée.

Une sensation de crainte mêlée de plaisir gonfla dans sa poitrine. Elle distribua les cartes. Joua du mieux qu'elle put. Et perdit. Lamentablement.

En vérité, elle n'avait pas eu l'ombre d'une chance.

— Un coup de chance, fit-il.

En un éclair, il avait posé les cartes et écarté la table. Puis il se tapota les genoux d'un air entendu. Un geste embarrassant, qui n'était pas sans rappeler celui que l'on fait pour appeler un chien.

— Elle n'avait pas à lui obéir. Après tout, il avait truqué le jeu pour qu'elle accepte de relever le défi.

Mais elle le voulait... Elle le *voulait*.

— Dix minutes, dit-il. Pas une de plus. Je suis un homme de parole, ne l'oubliez pas. Allons, venez là.

D'un mouvement presque galant, il lui tendit la main.

Et Amelia l'accepta. Elle se leva, s'approcha de lui et pivota avant de se percher gauchement sur ses genoux.

— Pas comme cela, fit-il avec impatience.

L'empoignant par les hanches, il la souleva et l'installa face à lui.

Horrifiée, elle se rendit compte qu'elle était maintenant à califourchon sur les cuisses du duc, ses jupes retroussées entre eux.

— Voilà qui est beaucoup mieux, fit-il sans lui lâcher les hanches. Vous vous souvenez de la mise ? ajouta-t-il. Baissez votre corsage.

— Toute seule ? Mais, les boutons...

— Vous vous débrouillerez très bien sans aide, j'en suis sûr.

Maudit soit-il ! Il avait raison. Dans la famille d'Orsay, noblesse ruinée, une femme devait apprendre à se dévêtir seule. Elle leva les bras et les plia pour atteindre les boutons au niveau de la nuque.

Il émit un faible grognement.

Il lui suffit de baisser les yeux pour en comprendre la cause. Dans cette posture, non seulement son corsage était plaqué sur son buste, mais sa poitrine remontait, si bien que les deux globes de chair menaçaient de déborder de son décolleté à tout instant.

Les yeux de Spencer étaient rivés sur ses seins. Amelia se sentit d'une vulgarité indicible. Elle défit le premier bouton, les doigts tremblants. En déboutonna un autre, puis un autre. Au quatrième, sa poitrine se soulevait et s'affaissait rapidement au gré de son souffle erratique. Le duc, lui, respirait bruyamment. Elle fit une pause, incapable d'atteindre le cinquième bouton.

— Continuez, fit le duc d'une voix enrouée de désir.

Baissant les bras, elle les tendit derrière elle. Il retint son souffle. Si la première posture avait mis sa poitrine en avant, la seconde la révélait dans toute sa splendeur. Elle défit le cinquième bouton, puis le sixième. Le visage de Spencer planait à quelques centimètres à peine au-dessus de son décolleté pigeonnant. Quoique le corsage bâillât, son corset lui maintenait la poitrine qui apparaissait ronde et ferme.

Sept. Puis huit.

Combien y avait-il de boutons ? Dix ? Douze ? Une vingtaine ne suffirait pas. Elle aimait le regard dont il la couvait, et le pouvoir qu'elle exerçait sur lui à mesure qu'elle défaisait ses boutons. Elle ne se sentait plus vulgaire. Mais plutôt érotique, sensuelle, dévergondée... Bref, elle avait l'impression d'être quelqu'un d'autre, car ce n'étaient pas des adjectifs qu'on appliquait d'ordinaire à Amelia d'Orsay.

Cela dit, elle n'était plus Amelia d'Orsay, mais Amelia Dumarque, duchesse de Morland.

Lorsque ses doigts atteignirent le milieu du dos, le corsage s'écarta de son buste. Et les pupilles de Spencer se dilatèrent.

D'un roulement d'épaule, elle fit glisser une manche le long de son bras. Le tissu glissa, emportant la moitié du corsage à sa suite. Ayant libéré son bras, elle s'attaqua à l'autre manche, qui n'opposa aucune résistance. Bien qu'elle portât encore sa camisole et son corset, jamais elle ne s'était sentie aussi nue. C'était une sensation exquise. Ne sachant trop qu'en faire, elle laissa retomber ses bras le long de ses flancs.

Lentement, Spencer parcourut du regard les courbes de son corps. Des perles de transpiration se formèrent dans la vallée entre ses seins. La chaleur du jour ne se serait pas attardée dans la pièce que son évaluation hardie aurait suffi à faire grimper la température. Jamais aucun homme n'avait regardé Amelia de cette manière. Certes M. Poste, ainsi que pas mal d'autres, l'avait déjà reluquée. Soulignée par un décolleté approprié, sa poitrine ne manquait jamais d'attirer l'attention des hommes. Malheureusement, aucun, parmi ses autres attributs, ne capturait leurs regards.

Celui du duc était toutefois différent. Non pas lascif, mais appréciateur. Scrutateur. Ce n'était pas seulement de l'admiration qu'elle y décelait, mais de la ruse et l'ébauche d'un plan. Ses yeux parcouraient la fine camisole comme s'il traçait le schéma de chaque approche possible.

L'empoignant par la taille, il l'attira à lui, retroussa davantage ses jupes et plaqua son bassin contre le sien. Elle laissa échapper un petit cri.

À l'évidence, l'entrejambe des hommes ne fondait pas, mais se tendait. Et à mesure qu'il durcissait, le corps d'Amelia se liquéfiait.

— Votre corset, dit-il d'une voix étranglée. Délacez-le.

Haletante, elle secoua la tête.

— Seulement le corsage. C'était le marché.

Avec un grognement, il la lâcha. Elle ferma les yeux, brusquement effrayée. Non pas de l'avoir mis en colère, mais d'avoir interrompu leur étreinte.

Une caresse aussi légère qu'un murmure lui effleura la main. Bientôt, la même sensation s'empara de son autre main, démultipliée. Amelia voulut gémir. Son toucher était d'une douceur insoutenable.

Ses doigts remontèrent délicatement le long de ses bras, s'attardèrent au creux de son coude, puis poursuivirent leur lente ascension. Il effleura ses omoplates dénudées, sa colonne vertébrale, avant de suivre sa clavicule du bout des doigts. Il plongea un doigt dans le creux entre ses seins, le retira tout aussi vivement.

Si seulement elle avait accepté de délacer son corset, elle respirerait plus librement à présent ! Elle brûlait de désir. Ses paupières tremblaient en dépit de ses efforts pour les garder fermées.

Elle le sentit changer de position, se rapprocher. Son souffle chaud lui frôla la gorge, et ses lèvres s'écrasèrent à l'endroit où battait son pouls.

S'il l'embrassait dans le cou, il ne pouvait croiser son regard... Dans ce cas, elle ne voulait rien manquer. Elle rouvrit les yeux.

Tandis qu'il lui mordillait le dessous du menton, elle se concentra sur le papier peint comme pour se convaincre qu'elle ne rêvait pas.

L'agrippant aux épaules, il déposa un collier de baisers autour de son cou – des baisers de plus en plus avides. Parvenu de l'autre côté, il enfonça les dents dans sa chair. Doucement, certes, mais elle poussa néanmoins un cri de surprise.

— Chut, murmura-t-il d'une voix apaisante en lui léchant le lobe de l'oreille, Je rêve de faire cela depuis cette satanée valse.

Sans lui laisser le temps de répliquer, il ajouta :

— Et cela aussi.

Il posa les mains sur ses seins qu'il se mit à pétrir doucement. Puis, appuyant le front contre son épaule, il laissa échapper un soupir sensuel avant d'enfouir les doigts dans la camisole, de les glisser sous ses seins et de soulever. Sa poitrine jaillit de son carcan.

Il s'écarta pour les examiner. Leur pointe s'érigea, telles deux petites billes dures. Amelia voulut refermer les yeux, mais c'était au-dessus de ses forces.

Spencer couvrit du doigt le grain de beauté ornant l'intérieur de son sein gauche.

— Un seul, remarqua-t-il d'une voix douce.

Son doigt s'égara ensuite dessous, traçant un large cercle autour de l'aréole.

— Et sombre, murmura-t-il.

Le regard ardent dont il la couvait était la preuve irréfutable de son désir. L'autre preuve palpitait tout contre sa féminité. Un éclair de plaisir la traversa. Puis son pouce effleura son mamelon durci, et elle crut qu'elle allait exploser.

Pressant ses seins l'un contre l'autre, il s'inclina et y enfouit le visage, frottant le nez sur chaque globe tour à tour et donnant des petits coups de langue. Puis il recula légèrement et prit la pointe de son sein gauche dans sa bouche.

Elle ne put s'empêcher de gémir, mais, fort heureusement, il en fit autant, si bien que ce ne fut pas trop embarrassant.

Laissant échapper une plainte à peine audible, elle posa la main sur sa nuque et joua avec ses boucles tandis qu'il lui léchait le sein, l'aspirait goulûment. Il fit subir le même traitement à son autre sein, et les mêmes sensations l'envahirent – d'abord aiguës, puis suaves et douces. Sans même s'en rendre compte, elle se mit à onduler des hanches, se frottant contre son sexe en érection.

— Oui, souffla-t-il, délaissant sa poitrine pour tracer un sillage de baisers jusqu'à son cou.

La prenant par les hanches, il accompagna son mouvement encore et encore, jusqu'à ce que son plaisir atteigne un niveau presque insupportable.

— Oui, murmura-t-il contre sa gorge. C'est exactement ainsi que je vous voulais ce matin-là, lors de notre tête-à-tête dans la voiture.

Vraiment ? Alors qu'ils se disputaient, il se la représentait dans cette posture ? Il l'attira de nouveau tout contre lui. Une nouvelle décharge de plaisir traversa Amelia de part en part.

Entrouvrant les lèvres, elle articula son prénom. Une supplication qu'il prit pour un encouragement.

— Amelia, fit-il en resserrant sa prise sur ses hanches, puis en frottant le nez contre son oreille. Ensemble, nous allons faire des étincelles. Je l'ai toujours su.

À présent, il employait un langage dangereux. Elle tenta de l'ignorer, mais ses défenses s'effondrèrent et elle se prit à rêver, un bref instant, qu'il y avait derrière ses mots plus que du désir. Ses paroles résonnèrent en elle, se transformèrent afin de coïncider avec ses rêves de jeune fille romantique. « Ensemble, nous allons faire des étincelles. Je l'ai toujours su. Amelia, je vous ai aimée au premier regard. » Un besoin inutile et stupide d'affection bouillonnait dans son sang, lui échauffait l'entrecuisse. Quant à son cœur…

S'il prononçait un mot, son cœur n'y résisterait pas, aussi s'empara-t-elle de ses lèvres pour l'empêcher de parler. Grossière erreur de sa part. Les émotions se déchaînèrent. Il explora sa bouche avec fougue. Leur intimité devint terriblement douloureuse. Elle détacha ses lèvres des siennes pour mettre un terme à leur étreinte.

Mais déjà ses mains s'emparaient de ses seins, sa bouche aspirait un mamelon. La volupté vint à bout de ses ultimes résistances. Elle était perdue. Son bassin oscillait à un rythme régulier sans qu'elle ait son mot à dire.

Une onde de chaleur monta entre ses cuisses, se répandit dans ses membres. Elle était insatiable. Jamais elle n'aurait cru pouvoir éprouver du plaisir aussi facilement – presque entièrement vêtue, alors que son corps n'était pas encore habitué à des caresses aussi directes. Pourtant, elle était à deux doigts de basculer dans la volupté. L'apogée du plaisir était à portée de main. Elle s'en rapprochait à toute allure. Grimpait plus haut, toujours plus haut…

Et retomba brutalement sur terre.

Il l'avait soulevé par la taille, brisant abruptement le contact entre leurs bassins.

— Assez, dit-il d'une voix enrouée.

Assez ? Amelia interrogea son corps. Non, certainement pas. Ce n'était pas assez.

L'écartant encore de quelques centimètres, il se redressa.

— Dix minutes, reprit-il en consultant sa montre, le visage empourpré. Le temps est écoulé.

Avait-il perdu la tête ? Peut-être dix minutes s'étaient-elles écoulées, mais Amelia n'était pas satisfaite pour autant. Lui non plus, du reste, à en juger par la bosse qui tendait son pantalon.

Il se leva et, la portant à demi, gagna la chambre. Il l'y déposa et recula de quelques pas, de sorte qu'ils se retrouvèrent de part et d'autre de la porte de communication.

— Allez vous coucher, Amelia.

Chancelante, elle agrippa la colonne du lit. Elle tremblait et brûlait d'achever ce qu'ils avaient commencé. Il savait forcément ce qu'elle ressentait vu la manière dont elle l'avait chevauché. Il était venu à bout de toutes ses résistances à force de caresses et de baisers. L'esprit embrumé par le désir, elle lui aurait livré sa vertu sur un plateau d'argent.

— Nous avions dit dix minutes, lui rappela-t-il en se tournant pour rajuster discrètement son pantalon. Et je vous avais donné ma parole.

Allait-il lui faire croire, à présent, qu'il était un homme d'honneur ? À l'instant où il avait sorti le paquet de cartes, il l'avait attirée entre ses griffes. Littéralement. Et voilà qu'il tournait les talons et l'abandonnait, dépitée, et toute frissonnante d'un désir inassouvi.

— Vous arriverez à délacer votre corset toute seule ?

Elle hocha la tête, engourdie.

— Dans ce cas, bonne nuit.

Avant de fermer la porte, il lui lança un regard énigmatique.

— Si vous avez besoin de quoi que ce soit, je suis à côté.

10

Une fois dans l'antichambre, Spencer dévissa le bouchon de sa flasque d'une main tremblante. Il avala une gorgée d'alcool. Puis une autre.

Il se débarrassa de son gilet d'un geste fébrile. Ouvrant une malle, il en sortit une paire de draps propres qu'il déplia avec humeur sur le lit d'appoint. Comme s'il allait réussir à dormir !

Il se dirigea vers la table pour allumer une nouvelle bougie, n'y parvint pas, et l'envoya à l'autre bout de la pièce. Jurant dans la pénombre, il tritura les boutons de son pantalon, sortit les pans de sa chemise, et cessa de repousser l'inévitable. Une main posée sur la table, il libéra de l'autre son érection douloureuse.

Dieu du ciel ! Ses seins. Ses hanches. Sa bouche sur la sienne. Sa douceur et sa chaleur. Ses petits gémissements de plaisir. Son prénom s'échappant de ses lèvres. La saveur de sa peau. Ses seins encore, parce que l'on ne s'en lassait pas. Et leurs pointes érigées... Succulentes, tendues, jamais il n'en avait vu, ni touché, ni goûté de semblables. Et son expression quand il l'avait déposée dans la chambre. Stupéfaite, contrariée. À moitié dévêtue et ouvertement excitée. Et dire qu'elle n'était qu'à quelques pas de lui, de l'autre côté de la porte, étendue sur le lit. Rien ne l'empêchait de la rejoindre, de s'allonger sur elle, de s'insinuer en elle. Elle s'accrocherait à lui. Haletante, elle se tortillerait et...

Derrière ses paupières fermées, une lumière éblouissante l'aveugla. Serrant les dents pour réprimer un cri, il atteignit la jouissance dans une explosion de volupté. S'agrippant au rebord de la table, il inspira et expira péniblement.

Au bout d'une minute, il se redressa, retira sa chemise et la jeta de côté. Après quoi il se laissa choir sur le lit d'appoint pour savourer l'engourdissement qui succède à la délivrance.

La délivrance. Pas l'assouvissement. Car elle était tout près, et il pouvait très bien avoir de nouveau envie d'elle dans trois minutes. Peut-être même deux.

La soirée ne s'était pas du tout déroulée comme prévu. Enfin si, jusqu'à un certain point. Les cartes, la mise, sa poitrine dans ses mains... tout cela, il l'avait prémédité. Seulement, au départ, il s'agissait uniquement de la gratifier de quelques caresses habiles. Juste assez pour lui offrir un avant-goût du plaisir qu'ils pouvaient partager. Juste assez pour lui prouver qu'elle pouvait lui faire confiance, l'amadouer et la laisser sur sa faim.

Bon. C'était nettement différent du dressage équin.

Comment aurait-il pu deviner qu'elle réagirait à ses caresses avec tant de passion ? Et que lui-même répondrait de manière aussi fougueuse ? Plus jeune, Spencer se serait enorgueilli d'avoir réussi à dévêtir et à mener au bord de l'orgasme une jeune femme inexpérimentée en moins de dix minutes. Cependant, son triomphe sonnait creux ce soir, car il était conscient que sa victoire avait un prix.

Lui aussi était resté sur sa faim.

Il ne voulait pas seulement plus de plaisir, plus de chaleur, plus de contact charnel – quoiqu'il désirât tout cela ardemment –, il voulait surtout plus d'*Amelia*. Il voulait s'asseoir à table avec elle et l'observer tandis qu'elle mordillait sa lèvre pulpeuse tout en brodant. Il voulait qu'elle se moque de ses lectures. Plus encore, il voulait la surprendre en train de le dévisager lorsqu'elle croyait qu'il ne la voyait pas.

Et il voulait lire dans son regard de la tendresse et non de la crainte.

Il fixa la porte, comme s'il pouvait, par la seule force de sa volonté, la faire pivoter sur ses gonds rouillés.

« Venez à moi, Amelia, l'exhorta-t-il en silence. Vous avez bravé des centaines de regards à un bal pour venir m'affronter. Ouvrez cette porte ce soir. »

Mais lorsque l'aube parut, il se réveilla seul dans son lit.

Dieu avait un sens de l'humour très cruel, songea Amelia, la nouvelle duchesse de Morland, tandis qu'elle arrivait en vue de Braxton Hall.

Par la vitre de la voiture, elle apercevait des hectares de terres fertiles semés de cottages et de granges bien tenues, auxquels succédèrent des collines verdoyantes, puis, comme ils approchaient du château, un imposant mur de haies parfaitement taillées au-delà desquelles devait se trouver un parc soigné. De ces terres prestigieuses, elle était désormais la maîtresse.

Or elle faisait peur à voir.

Elle n'avait jamais vraiment supporté les voyages en voiture. Le mouvement lui donnait la nausée, et la chaleur n'arrangeait rien. Si le premier jour de trajet s'était déroulé à peu près sans encombre, plus ils s'éloignaient de Londres, plus l'état des routes se dégradait. Les pluies tardives de printemps n'avaient pas épargné ce chemin de terre criblé d'ornières. Aussi, en plus des secousses habituelles, dut-elle supporter de violents soubresauts. Ses muscles étaient raides à force de prendre sur elle, et elle souffrait d'une migraine insidieuse depuis des heures. Sa robe – une tenue de voyage chocolat qui avait déjà deux ans d'âge – était froissée et couverte d'une fine couche de poussière.

Elle était incontestablement la duchesse la plus désolante de toute l'histoire ducale.

La voiture bifurqua pour emprunter un chemin moins cahoteux. Amelia aperçut au loin la façade de brique rouge et de pierre calcaire. Elle se tapota le visage et lissa quelques mèches folles, histoire de se rendre plus présentable avant d'affronter Spencer.

Juste ciel ! Comment allait-elle trouver la force de le regarder en face ? Ses joues s'enflammèrent à cette simple pensée. La nuit dernière, dans l'auberge... elle avait vécu une expérience sensuelle inouïe, comme jamais elle n'aurait imaginé en connaître. Dans ses bras, elle s'était sentie séduisante et audacieuse. Jusqu'à ce qu'il interrompe brutalement leur intimité, la laissant perdue et frustrée. Avait-il vraiment voulu respecter leur marché ? Ou avait-il cherché à la punir d'avoir fixé des limites ?

La portière s'ouvrit. Une lumière aveuglante pénétra dans l'habitacle. Sa migraine redoubla. Elle ne pensait pas que le soleil taperait si fort en fin d'après-midi. Acceptant la main du valet, elle descendit de la voiture. Et se rendit compte que ce n'était pas tant le soleil qui l'éblouissait que sa réverbération sur le marbre blanc du perron de Braxton Hall.

Clignant des yeux, elle leva la main pour se protéger de son intimidante majesté. Dans un geste défensif, elle tourna la tête à gauche. Pas de marbre de ce côté-là. Juste une immense façade de brique rouge et de pierre calcaire éclatante, et une rangée interminable de fenêtres. Sa tête pivota vers la droite. L'aile est offrait sa façade tout aussi interminable.

Tout cela lui appartenait. À elle la charge d'en faire un foyer. Se retenant de sauter de joie, elle se contenta d'un petit tour sur elle-même. À temps pour voir

Spencer mettre pied à terre d'un mouvement élégant. Évidemment, il était magnifique. Une fine couche de poussière ternissait le brillant de ses bottes, mais cela ne faisait que souligner sa masculinité. Tout comme son teint cuivré, fruit des deux journées passées à chevaucher au soleil. Comme il tendait les rênes à un palefrenier avec qui il s'entretint un bref instant, elle nota qu'il avait l'air plus détendu. Il souriait même.

Puis, il pivota, croisa son regard, et son sourire s'évanouit.

— Juste ciel !

Ses bottes martelèrent le sol tandis qu'il franchissait la distance qui les séparait. Amelia était déjà embarrassée, mais il parvint à la mettre encore plus mal à l'aise. Ce à quoi elle aurait dû s'attendre.

— Vous faites peur à voir.

Elle aurait voulu disparaître sous terre.

— Je suis navrée. Le voyage...

— Oui, de toute évidence. Entrons, vous allez vous reposer.

Posant la main au creux de ses reins, il la guida vers la porte d'entrée, qui était déjà ouverte. Les muscles de son dos étaient noués. Du pouce, il palpa l'un des pires nœuds et le massa fermement. Elle faillit gémir de gratitude.

— Pourquoi n'avez-vous rien dit ? la réprimanda-t-il. Vous auriez pu faire une partie du trajet à cheval.

— Je ne monte pas.

Il s'immobilisa, baissant les yeux sur elle.

— Vous ne montez pas du tout ? demanda-t-il, perplexe.

— Non, répondit-elle, mortifiée.

— Vous plaisantez ? Les d'Orsay ne roulent pas sur l'or, certes, mais ne possèdent-ils pas des chevaux ?

— Bien sûr que si. Simplement, je n'ai jamais pris la peine d'apprendre.

Il se contenta de secouer la tête d'un air désapprobateur avant de pénétrer dans le hall, où le majordome et la gouvernante les accueillirent.

— Bienvenu, milord, fit le majordome en s'inclinant. Milady, ajouta-t-il en s'inclinant à nouveau devant Amelia.

— J'en conclus que vous avez reçu mon message, fit Spencer.

— Hier matin, milord, répondit la gouvernante avec une révérence. Toutes nos félicitations pour votre mariage. Les appartements de madame ont été aérés et sont prêts à la recevoir.

— Parfait. Madame ne se sent pas bien. Veillez à ce qu'elle se repose.

D'un ton cassant, il présenta à Amelia les deux employés comme étant Clarke et Mme Bodkin.

— Quelle superbe entrée ! s'exclama Amelia.

C'était là un compliment détourné destiné à se faire une alliée de la gouvernante.

Un cri les interrompit.

— Spencer !

Amelia leva les yeux vers l'escalier, en haut duquel se tenait une jeune fille.

— Spencer, tu es rentré !

Ce devait être Claudia. N'était-elle pas censée séjourner chez des parents à York ? Pourtant ce ne pouvait être qu'elle. L'air de famille, quoique discret, était indéniable. Les cousins avaient les mêmes boucles noires, ainsi que les mêmes pommettes saillantes. L'expression encore innocente de l'adolescente contrastait avec sa silhouette. Elle était à l'âge charnière où une jeune fille commence à se métamorphoser en femme.

— Que fais-tu ici ? s'écria Spencer. Tu devais rester à York une semaine de plus.

— Je les ai suppliés de me renvoyer à la maison plus tôt que prévu. Et comme la vieille chouette ne voulait rien entendre, je me suis mal comportée si bien qu'elle était ravie de se débarrasser de moi. Nous avons envoyé une lettre à Londres mais vous deviez déjà être en route.

La jeune fille dégringola l'escalier de marbre dans un envol de mousseline rose pâle. Tandis qu'elle se hâtait vers le duc, tout dans son attitude – de ses poings crispés d'excitation à ses joues empourprées – disait sa joie et son affection. Il était évident qu'elle l'adorait.

— Incorrigible gamine.

Ces paroles étaient peut-être censées exprimer sa désapprobation, mais Amelia ne fut pas dupe. Une étincelle affectueuse s'était allumée dans le regard de son mari. À sa manière réservée, lui aussi l'adorait visiblement.

Amelia éprouva un sentiment équivoque. C'était à la fois rassurant de découvrir qu'il était capable d'éprouver une authentique affection, et décourageant de constater quelle différence de traitement il réservait à sa pupille par rapport à sa femme.

Une fois en bas de l'escalier, Claudia se rua vers son tuteur, puis s'arrêta net et jeta un regard à Amelia.

— Est-ce ma nouvelle dame de compagnie ?

Amelia, qui avait déjà l'estomac noué, faillit faire un malaise. Voilà qui n'augurait rien de bon.

— Non, fit Spencer.

— Évidemment, répliqua Claudia avec un sourire. J'ai su immédiatement qu'il ne pouvait s'agir que de la femme de chambre de la nouvelle dame de compagnie. Mais je préférais d'abord être sûre. Ç'aurait été grossier de ma part de supposer le contraire, non ?

Amelia pivota vers Spencer d'un mouvement si lent qu'elle entendit ses propres vertèbres craquer. Puis elle haussa les sourcils. Ce fut la seule réaction dont elle fut capable.

Oublieuse, Claudia poursuivit :

— Ma nouvelle dame de compagnie voyage-t-elle séparément ?

Spencer crispa les mâchoires.

— Il n'y a pas de nouvelle dame de compagnie.

Elle se rembrunit.

— Mais... tu m'avais promis qu'à ton retour de Londres, tu me ramènerais...

— Claudia, l'interrompit-il, sec et impérieux.

La jeune fille tressaillit et afficha une mine de chien battu. Seigneur ! La situation partait à vau-l'eau.

Spencer prit la main d'Amelia qu'il coinça au creux de son coude. Elle regarda d'un air hébété ses doigts posés sur son bras.

— Lady Claudia, commença-t-il, instaurant un semblant d'étiquette, je te présente Amelia d'Orsay Dumarque, duchesse de Morland, mon épouse.

— Ton...

Claudia fixa Amelia en battant des paupières, avant de se tourner vers Spencer, les yeux écarquillés :

— Ton...

— Mon épouse. La duchesse. Ta nouvelle cousine. Que tu dois traiter avec déférence et à qui tu dois présenter tes excuses. Tout de suite, ajouta-t-il avec un regard appuyé.

Claudia fit une révérence tout en bafouillant quelques mots d'excuses. Puis elle regarda de nouveau Spencer, avec cette fois l'expression pleine de ressentiment d'un chiot qu'on aurait battu à maintes reprises.

— Je suis... je suis ravie de faire votre connaissance, Claudia, fit Amelia après s'être éclairci la voix. Le duc m'a parlé de vous en termes très élogieux.

— C'est étrange, rétorqua la jeune fille. Il ne vous a mentionnée dans aucune de ses lettres.

— Claudia, fit Spencer d'un ton menaçant.

Amelia lui pressa le bras avant de dégager sa main.

— J'espère vraiment que nous pourrons devenir amies, dit-elle, joviale, en posant la main sur le poignet de la jeune fille.

C'était sans doute un geste futile, mais ne disait-on pas que la fortune souriait aux audacieux ?

Un silence embarrassant s'ensuivit. Et alors qu'Amelia se disait que la situation ne pouvait être pire, elle le devint.

Claudia fondit en larmes.

— Tu t'es marié ? s'écria-t-elle, ignorant complètement Amelia. Sans même m'en avertir ? Comment as-tu pu...

— Chut, marmonna-t-il en prenant sa pupille à part. Ne fais pas de scène.

Amelia faillit éclater de rire. Le conseil arrivait un peu tard. En vérité, elle ne pouvait blâmer la jeune fille. Des fiançailles ordinaires leur auraient permis d'apprendre à se connaître avant le mariage. Claudia aurait eu des semaines, voire des mois, pour se préparer à l'arrivée d'une nouvelle duchesse à Braxton Hall. Au lieu de quoi, on lui en imposait une du jour au lendemain, sans avertissement. Non, elle ne pouvait reprocher à la jeune fille son ressentiment. C'était Spencer qu'elle tenait pour responsable. Un nouvel exemple de l'arrogance du duc, prompt à prendre des décisions sans se soucier des sentiments d'autrui.

— Eh bien, vous avez sans doute beaucoup de choses à vous raconter, déclara-t-elle en tournant le dos à Spencer. Madame Bodkin, auriez-vous la gentillesse de me conduire à mes appartements ? Nous en profiterons pour réfléchir au menu du dîner.

Le visage de la gouvernante s'éclaira.

— Bien sûr, milady. Le cuisinier sera enchanté de recevoir vos consignes. Avez-vous des recettes préférées ?

Un sourire sincère éclaira les traits d'Amelia.

— J'en ai un livre entier.

Les quelques heures qui suivirent passèrent en un clin d'œil. Indisposée ou pas, Amelia n'eut quasiment pas le temps de souffler. C'était sa première soirée en tant que maîtresse de Braxton Hall. Sans doute avait-elle fait mauvaise impression à son arrivée, mais lorsqu'elle redescendrait pour le dîner, elle était résolue à assumer pleinement son rôle de duchesse.

Personne ne la confondrait plus avec la dame de compagnie, ou, pire, la femme de chambre.

Organiser le dîner ne fut pas tâche aisée. Amelia élabora un menu simple mais raffiné qui tenait compte de la liste approximative des réserves de denrées fournie par Mme Bodkin et du temps dont ils disposaient. Par chance, la gouvernante semblait ravie de l'assister. Après l'avoir envoyée en cuisine munie d'une liste de plats, de quelques recettes, et de nombreuses recommandations pour le cuisinier, Amelia s'autorisa une petite sieste de dix minutes sur une méridienne recouverte d'un somptueux brocart. Ses appartements – elle avait compté six pièces jusque-là – étaient décorés dans des tons bleu roi, crème et or. Dans sa position, elle avait tout le loisir d'examiner les moulures grecques ornant le plafond. En inclinant la tête, elle apercevait une table ravissante dont le plateau de marbre reposait sur des pieds en bois magnifiquement sculptés. Un gros bouquet de fleurs fraîchement coupées dans un vase chinois bleu et blanc y trônait.

Des orchidées. Elle avait enfin ses orchidées !

Tout ici n'était que beauté, élégance, harmonie. Le simple fait de le contempler l'emplissait d'une joie tranquille. Des années durant, elle avait dû supporter en silence les moulures en forme de coquillages, le rose à outrance et les chérubins obèses de Winifred. À présent, elle savourait de nouveau le bon goût de ses ancêtres.

Pendant une dizaine de minutes du moins. Après quoi, elle se remit au travail.

Une fois que sa femme de chambre eut préparé son bain, elle l'envoya repasser la robe gris tourterelle qu'elle portait pour son mariage. C'était sans conteste la plus belle de sa garde-robe. Or l'occasion exigeait une tenue irréprochable.

Amelia pouvait prendre son bain seule – elle l'avait fait pendant des années –, mais l'horloge tournait et le dîner approchait. Elle ne pouvait se permettre d'être en retard. Surtout ce soir, où elle comptait bien montrer à Claudia et à Spencer qu'elle n'était pas dépourvue de talents.

Elle se dépêcha d'ôter sa tenue de voyage, puis s'immobilisa. Pas question de jeter le vêtement poussiéreux sur un lit impeccable. Une autre qu'elle l'aurait simplement abandonné sur le sol, mais Amelia était trop ordonnée pour cela. La chambre contenait certainement une penderie…

Parcourant la pièce du regard, elle repéra un panneau coulissant. Il se fondait si bien dans la cloison qu'elle ne l'avait pas remarqué la première fois qu'elle avait inspecté les lieux.

Elle s'en approcha d'un pas vif. Il lui opposa plus de résistance que prévu mais, en s'y appuyant de tout son poids, elle parvint à le faire glisser.

Spencer se tenait de l'autre côté.

Il était en train d'enlever sa chemise mais se figea en la voyant.

— Oh ! s'écria-t-elle.

De surprise, elle lâcha la robe. Elle était à présent en chemise et corset devant le duc, ce qui ne fit qu'accroître son embarras.

— Je suis désolée, bredouilla-t-elle, les yeux rivés sur son abdomen musclé et le sillon de poils sombres qui partait du nombril. Je croyais que c'était une penderie.

Il rabattit sa chemise, perplexe.

— Non, ce n'est pas une penderie, rétorqua-t-il en jetant un coup d'œil derrière lui.

C'était manifestement la chambre du duc, en tout point semblable à la sienne, à ceci près que les teintes étaient plus masculines. La porte coulissante reliait leurs appartements.

— Bien sûr. C'est juste que je ne m'attendais pas… C'est très…

— Pratique ?

— J'allais dire inhabituel.

Embarrassée, elle dansa d'un pied sur l'autre. Le regard de Spencer se fixa sur sa poitrine.

Amelia sentit ses joues s'enflammer. Elle recula, faillit se prendre les pieds dans la robe au sol. Se fût-elle baissée pour la ramasser, elle lui aurait offert une vue plongeante sur son décolleté. Aussi se contenta-t-elle de la pousser discrètement du pied.

— Nous nous verrons au dîner, fit-elle en commençant à faire coulisser le panneau de bois.

Spencer s'approcha et tendit la main pour le retenir.

— À propos de Claudia. Elle est très… jeune, soupira-t-il. J'aurais aimé que votre rencontre se passe autrement.

Cherchait-il à lui présenter des excuses ? Il avait encore des progrès à faire.

— Moi aussi.

À présent, il examinait son bassin. Ses lèvres se retroussèrent en un sourire approbateur. Mais oui, elle avait les hanches larges, son corps était fait pour porter des enfants, comme le lui avaient dit maintes matrones autrefois.

Amelia se racla la gorge, ce qui revenait à peu près à lui dire : « Coucou, je suis là. »

Le regard de Spencer remonta jusqu'à son visage, quoique sans se presser. Et tandis qu'il la caressait des yeux, une agréable chaleur frémit dans ses veines. C'était sans espoir ! Non seulement elle était devenue un objet de convoitise, mais en plus elle aimait cela. Inutile de le nier. Ce qui ne l'empêchait pas de vouloir aussi son affection. Même s'il n'en avait jamais été question, et qu'elle eût accepté de l'épouser en connaissance de cause.

Spencer étant un homme, il faisait la distinction entre ses besoins charnels et ses sentiments. Pour Amelia, les deux étaient étroitement imbriqués. Ce qui signifiait qu'il avait l'avantage sur elle.

Sans parler du fait qu'il la dominait physiquement. Tandis qu'ils se tenaient là – elle poussant sur le panneau, lui le bloquant d'une main –, elle se rendit compte à quel point il lui serait facile de la maîtriser s'il le désirait.

Elle posa les yeux sur la poignée.

— Il n'y a qu'un seul verrou, dit-il, lisant dans ses pensées. Il est de mon côté.

— Je vois.

— N'ayez crainte, je ne le fermerai jamais.

Un sourire arrogant aux lèvres, il lâcha la porte et recula.

Amelia repoussa le panneau qui se ferma bruyamment.

Elle crut alors entendre un éclat de rire.

11

Le dîner fut un désastre.

Contre toute attente, Spencer avait espéré une amélioration rapide dans le comportement de Claudia, que ce mariage avait de toute évidence prise de court. Il avait cru que quelques heures de réflexion aideraient la jeune fille à en accepter l'idée, et que, peut-être, elle verrait d'un œil plus favorable l'entrée d'Amelia dans leur famille.

Il s'était trompé.

Spencer se tenait en bout de table, tandis qu'Amelia et Claudia étaient installées face à face. Leurs regards ne se croisaient jamais. La violence avec laquelle Claudia poignardait le poisson dans son assiette donnait à penser qu'on le lui avait servi encore frétillant.

— Comment s'est passé ton séjour à York ? s'enquit Spencer. Puis-je m'attendre à des comptes rendus positifs de tes précepteurs ?

— Je ne sais pas, répondit-elle. Mon professeur d'allemand était plutôt déçu.

— Et les cours de musique ?

— Le maître de musique était plutôt décevant, répliqua-t-elle en reposant sa fourchette. En revanche, les boutiques étaient charmantes.

— Si je t'ai envoyée à York, c'est pour que tu t'y instruises, pas pour que tu distribues ton argent de poche aux commerçants du coin. Pourquoi me donner la peine d'engager des précepteurs si tu n'en apprends rien ?

— Peut-être que tu ne devrais pas te donner cette peine, rétorqua-t-elle en lui jetant un regard plein de rancœur.

— Vous n'avez pas faim ? intervint Amelia d'un ton conciliant en indiquant le poisson abandonné. Vous n'avez pas touché à votre soupe non plus.

La jeune fille refusait toujours de la regarder.

— Je vous prie de m'excuser, dit-elle en repoussant sa chaise. Je n'ai pas beaucoup d'appétit ce soir.

Sur ce, elle sortit à grands pas. Spencer commença à se lever, puis hésita. Devait-il lui courir après ou cela ne ferait-il qu'envenimer la situation ?

— Laissez-la, fit Amelia, qui avait lu dans ses pensées. Elle a besoin de temps.

Il se rassit.

D'un geste, Amelia ordonna aux serviteurs de débarrasser le poisson.

— Que comptez-vous faire à son sujet ? risqua-t-elle.

— Je ne sais pas, avoua-t-il honnêtement.

Cela faisait quelque temps déjà qu'il l'ignorait.

— Quel âge avait-elle quand ses parents sont morts ?

Il s'apprêtait à répondre quand un domestique vint déposer le rôti d'agneau au centre de la table. Spencer attrapa la fourchette et le couteau à découper d'un geste impatient. Les ducs n'avaient pas pour habitude de découper eux-mêmes leur viande, mais il parlait plus facilement lorsqu'il avait les mains occupées.

Étonnamment, d'ailleurs, il avait envie d'aborder le sujet.

— Elle n'était encore qu'un nourrisson lorsque sa mère est morte. C'était peu de temps avant que mon oncle me fasse venir du Canada. Comme il n'avait nulle envie de se remarier et d'engendrer un héritier, mon père et lui se sont entendus pour que je vienne ici afin de me préparer à assumer les devoirs liés au titre. Claudia avait neuf ans à la mort du duc. Mon père étant lui-même décédé entre-temps, le duché m'est donc revenu directement, en même temps que la charge de tuteur de Claudia.

Et il avait presque aussitôt manqué à ses engagements envers elle. Du moins en avait-il eu l'impression. Il avait pourtant essayé. Suite à la mort de son père, il l'avait gardée auprès de lui pendant un ou deux ans. L'avait emmenée en voyage, lui avait appris à monter à cheval, lui lisait le soir Shakespeare, Homère et Milton – sans lui laisser deviner que ces classiques étaient pour lui aussi une découverte. C'était une enfant intelligente, avide d'affection. Il lui avait dispensé autant d'attention que possible eu égard aux lourdes responsabilités qui lui incombaient, mais il avait toujours su qu'elle en méritait davantage. Et plus elle grandissait, moins il savait comment la prendre. Elle avait besoin d'instruction, d'un modèle à suivre, de raffinement, et d'un contact avec la société – autant de choses qu'il ne pouvait lui apporter.

— J'ai bien sûr employé des gouvernantes au fil des ans, continua-t-il. Et ces dernières années, je l'ai envoyée passer l'hiver chez sa grand-tante à York, où des professeurs étaient censés l'instruire.

— Pas étonnant qu'elle m'en veuille, la pauvre, commenta Amelia.

— Pourquoi vous en voudrait-elle ?

Amelia écarquilla les yeux. Franchement, Spencer ne comprenait pas. Il avait cru que Claudia serait heureuse d'avoir une présence féminine sous le même toit, d'autant qu'elle n'avait pas connu sa propre mère.

— Spencer, vous êtes le seul adulte à avoir partagé sa vie. Pour elle, vous êtes à la fois un cousin, un frère, un tuteur, et Dieu Lui-même. Elle vous adore, cela saute aux yeux, et vous l'envoyez au loin. C'est pour vous voir qu'elle a écourté son séjour, et voilà qu'elle apprend que vous vous êtes marié sans même l'en avertir. Pour la première fois de sa vie, elle va devoir partager votre attention. Il est clair qu'elle m'en veut. Elle me considère comme une rivale.

Il avait le vague sentiment d'avoir mis Amelia dans une position embarrassante. Le morceau de viande qu'il déposa dans son assiette lui parut être une bien maigre compensation.

— L'idée ne vous a jamais effleuré que Claudia avait peut-être l'espoir d'être un jour votre épouse ? suggéra-t-elle en s'emparant de sa fourchette.

Le couteau à découper lui échappa des mains.

— Sacrebleu, non ! Nous sommes cousins. Je suis son tuteur. Pour l'amour du ciel, elle n'a que quinze ans ! C'est encore presque une enfant.

Il réprima un frisson. Épouser Claudia ? Cette idée lui donnait la nausée.

— Je sais... concéda Amelia en découpant son morceau d'agneau. Mais des unions de ce genre ne sont pas si rares. Du reste, elle n'est pas si jeune que cela. Lorsque je me suis fiancée pour la première fois, j'étais à peine plus âgée qu'elle.

Elle prit une bouchée.

— Vous avez été fiancée ? À qui ?

Il dut patienter le temps qu'elle finisse de mâcher son satané bout de viande.

— Personne de votre connaissance, répondit-elle enfin. Un propriétaire terrien fortuné du Gloucestershire.

— Que s'est-il passé ?

— Il était si vieux... Disons que je n'ai pas pu aller jusqu'au bout.

Elle repoussa sa viande du bout de sa fourchette, l'air tendu. Spencer ressentit une haine si viscérale à l'encontre de ce propriétaire terrien du Gloucestershire qu'il craignit, s'il la questionnait, de... briser un objet.

Ce qui risquait de ne pas la rassurer quant à sa nature non violente.

— Vous ne mangez pas ? demanda-t-elle soudain.

Il secoua la tête.

— Je n'aime pas l'agneau.

— C'est absurde. Tout le monde aime l'agneau.

— Non, pas moi.

Amelia poussa un soupir.

— Claudia a besoin de vous. Nous devrions être aux petits soins pour elle.

— Aux petits soins ?

Bien qu'il lui fût reconnaissant de changer de sujet, il appréhendait la suite de la conversation.

— Que voulez-vous dire ? reprit-il.

— Il faudrait passer du temps avec elle, pour commencer. Lui parler. L'écouter. Toutes les jeunes filles de son âge ont besoin d'une confidente. Je vais essayer de me rapprocher d'elle, mais cela risque de prendre du temps. Elle a besoin d'évoluer dans un cercle moins restreint. Si vous avez l'intention de l'emmener à Londres pour lui faire faire ses débuts dans le monde, il va falloir la sortir de son isolement. J'imagine qu'il n'est pas envisageable de l'emmener à Bath ou à Brighton ?

— Nous venons à peine d'arriver. Mon bureau croule sous les papiers. En outre, c'est la saison de l'accouplement, et j'ai des juments à…

— Très bien, très bien, coupa-t-elle. Ce n'était qu'une simple suggestion. Pas de voyage. Alors, une fête, déclara-t-elle. Je peux organiser une charmante fête, et Claudia pourra m'aider…

— Non. Pas de fête.

— Je ne vous parle pas d'une réception. Il n'y aura pas de danse. Nous nous contenterons d'inviter quelques bonnes familles, avec des jeunes filles de son âge. Un concert, peut-être. Elle joue d'un instrument, n'est-ce pas ? Ce serait pour elle l'occasion de pratiquer devant…

— Non, fit-il en abattant son poing sur la table.

Cette discussion devait cesser immédiatement. Braxton Hall – son foyer, son refuge – envahi par une nuée d'écervelées accompagnées de leurs parents obséquieux ? Rien que d'y penser, la tête lui tournait. Comme si Dante avait ajouté un dixième cercle concentrique à l'enfer.

— Écoutez. Claudia est ma pupille. Elle est sous ma responsabilité, et je l'éduquerai comme bon me semble. Elle n'est pas encore prête à évoluer dans la société.

— Mais je pensais que…

— Ce que vous pensez ne m'intéresse pas. Du moins en ce qui concerne ce sujet.

— Très bien.

Elle baissa les yeux, apparemment matée.

Fichtre ! Spencer attrapa son verre de vin et le vida d'un trait.

— J'ai un appétit d'oiseau, ce soir. Ce doit être la fatigue du voyage.

Sans se départir de son flegme, elle reposa ses couverts en argent sur son assiette, plia sa serviette et la mit de côté. Quand elle se leva, il l'imita.

— Pouvez-vous me reconduire à mes appartements ? Ou faut-il que je demande à une domestique de m'indiquer le chemin ? Je ne suis pas encore familiarisée avec ce méandre de couloirs.

Il lui offrit le bras et ils quittèrent la salle à manger en silence. Ils traversèrent le hall d'entrée, gravirent l'escalier et empruntèrent le couloir qui menait à leurs chambres. Ils n'étaient plus qu'à quelques pas de la sienne lorsque Amelia s'immobilisa.

— Qu'y a-t-il ? fit-il en s'arrêtant à son tour.

— Maintenant que nous sommes seuls…

Elle parcourut rapidement le couloir du regard, puis lui lâcha le bras, et articula, les yeux étincelants de rage :

— Ne me faites plus jamais cela. J'ai attendu toute ma vie d'être maîtresse chez moi. Comme si ce n'était pas déjà assez humiliant qu'on me confonde avec une employée à mon arrivée, faut-il en plus que vous me rabaissiez en présence des domestiques ? Si vous devez me réprimander et me rabaisser, ayez au moins la courtoisie d'attendre que nous soyons seuls.

Il ne sut pas comment réagir. Verbalement du moins. Car son corps s'exprimait avec une éloquence primaire. Les battements de son cœur s'accélérèrent ; le sang afflua dans sa virilité. Enfin, il retrouvait Amelia – la femme pleine d'audace et d'esprit qui le provoquait de toutes les manières possibles.

— Et ce que je pense sur le sujet ne vous intéresse peut-être pas, poursuivit-elle, mais je vais quand même vous le dire. Dès que je vous ai rencontré, j'ai su que vous pouviez vous montrer arrogant et égocentrique, mais c'est la première fois que je vous découvre stupide. Cette petite vous adore. En y mettant un peu du vôtre, vous la rendriez très heureuse. Au lieu de cela, vous l'envoyez au loin. Lorsque vous jugerez que cette relation mérite que vous vous y consacriez, il sera peut-être trop tard.

« Qui plus est, je pourrais vous aider. Je sais ce que Claudia ressent. Si vous vous en donniez la peine, qui sait, vous découvririez que j'ai d'autres qualités hormis celles de génitrice.

Elle posa la main sur sa tempe.

— Vous n'avez pas idée de ce que je pourrais vous apporter.

— M'apporter ? On dirait que vous passez un entretien d'embauche. Je croyais que vous aviez été offensée que l'on vous prenne pour une dame de compagnie.

— Je l'ai été, se hérissa-t-elle. Vous disiez vous marier pour protéger Claudia. Vous tenez beaucoup à elle, c'est évident. Quand le lui avez-vous dit pour la dernière fois ?

Seigneur, il aurait été bien en peine de le dire ! Jamais ?

— Si c'est évident, pourquoi le lui dire ? Je veille à ce qu'elle ne manque de rien, reçoive une éducation, et je lui fixe des limites dans son propre intérêt.

— Ah, oui ! Vous êtes tellement généreux. Vous lui donnez tout sauf de l'affection.

— Dites-moi, si l'affection est la recette miracle, comment se fait-il que votre frère soit le dernier des vauriens ?

Elle le fusilla du regard, fulminante de rage. Quelques secondes s'écoulèrent avant qu'elle lâche :

— Allons-nous faire une partie de cartes ce soir ou pas ?

S'il s'était attendu à cela !

— Vous m'invitez ? répliqua-t-il.

— Dans le boudoir, pas plus loin.

Il passa devant elle et ouvrit la porte avant de s'effacer.

— Cela va de soi.

Elle pénétra dans la pièce et s'installa sur le divan. Ayant déniché un jeu de cartes dans un tiroir, il approcha une table et un fauteuil du canapé.

— Piquet ? demanda-t-il en feignant l'indifférence tandis qu'il battait les cartes.

— Comme vous voulez.

La veille, ses progrès rapides au piquet l'avaient agréablement surpris. Au fil des parties, elle avait su adapter son jeu en y intégrant peu à peu de nouvelles stratégies. La pratique aidant, elle pourrait se révéler un adversaire de taille. Mais jusque-là, il avait dû saborder son jeu en écartant ses meilleures cartes pour que la partie conserve un minimum d'intérêt.

Alors si elle croyait pouvoir le battre ce soir, elle se faisait des illusions. Cela n'arriverait que s'il décidait de perdre.

Peut-être devrait-il la laisser gagner. Du moins la première manche.

Comme il s'apprêtait à distribuer, elle l'arrêta.

— Une seule partie, ce soir. Voulez-vous décider de la mise dès à présent ?

— Très bien, répondit-il, étonné. Que choisissez-vous ? Quatre cents livres ?

— Plus la permission d'organiser un concert pour Claudia.

— Soit. Et si je gagne, vous viendrez vous asseoir sur mes genoux et vous me déshabillerez jusqu'à la taille.

Elle déglutit péniblement. Son regard parut se fixer sur les boutons de son gilet.

— Et... et ensuite ?

— Vous aviserez.

— Dix minutes, comme hier ?

Il acquiesça d'un signe de tête.

Tandis qu'il distribuait les cartes, la culpabilité le rongeait. Il avait prévu de la laisser remporter la première manche. La nuit passée, la victoire l'avait ragaillardie. Et cela lui allait à merveille.

Mais ce soir, l'enjeu était trop important. Recevoir une horde de gamines persuadées de savoir chanter et jouer d'un instrument ? Diable ! Il n'avait pas le moindre désir de donner un concert sous son toit. En revanche, il avait très envie de sentir les mains d'Amelia sur sa peau. À un point tel que cela l'inquiétait.

Amelia ramassa ses cartes. Et fronça les sourcils comme elle étudiait son jeu. Bien entendu, elle ne pensait pas au plaisir charnel. C'était le dernier de ses soucis. Elle s'inquiétait pour son frère et Claudia – venir en aide à l'un, distraire l'autre, et peut-être se distraire elle aussi par la même occasion. Bon sang, elle voulait simplement se rendre utile, et il allait entraver ses projets !

Son propre jeu, découvrit-il, comprenait trois as et une quatrième au roi. Sa victoire était assurée.

Il se défaussa de son as de cœur avant de changer d'avis. Voilà ! Il jouerait pour gagner, certes, mais elle avait désormais une chance raisonnable.

Durant la partie, elle fut distraite et négligente. Elle commit des erreurs stupides. Aurait-il voulu perdre qu'il aurait eu du mal. En définitive, il gagna haut la main.

Elle lui lança un regard accusateur qui semblait signifier : « J'espère que vous êtes satisfait. »

En réalité, il ne l'était pas. La victoire lui laissait un goût amer dans la bouche. La nuit passée, il avait manipulé Amelia. Si elle n'avait pas affiché tant de fougue une fois dans ses bras, il n'aurait sans doute pas laissé les choses aller aussi loin.

— Amelia, commença-t-il tout en sachant qu'il le regretterait aussitôt, il se fait tard, et nous sommes tous deux exténués. Oublions la mise.

— Sûrement pas, protesta-t-elle en se levant pour contourner la table. Il ne sera pas dit qu'un d'Orsay n'honore pas ses dettes ! Vous allez devoir vous lever si je dois vous débarrasser de votre veste.

Il obtempéra. C'était un homme, pas un saint.

Elle fit remonter ses mains le long de son torse, écartant sa veste de son gilet. Malgré les épaisseurs de tissus, cette caresse faillit avoir raison de lui. Arrivée aux épaules, elle repoussa l'étoffe le long de ses bras. L'ayant débarrassé de sa veste, elle la mit de côté non sans l'avoir pliée avec soin À ce stade, il piaffait déjà d'impatience.

Elle s'attaqua ensuite à sa cravate, déboutonna son gilet, qui rejoignit bientôt la veste.

Spencer avait le souffle court et le sexe durci. Il n'y avait rien de timide ni de séducteur dans sa façon de le déshabiller, mais c'était indéniablement féminin, et terriblement excitant. Ce n'étaient pas les gestes d'une amante, mais ceux d'une épouse. *Son* épouse.

En tirant brusquement sur sa chemise pour la sortir de son pantalon elle faillit perdre l'équilibre. Il la rattrapa par la taille, puis, comme mue par une volonté qui leur était propre, ses mains glissèrent sur ses hanches et se refermèrent sur sa croupe rebondie.

Avec un haussement de sourcil réprobateur, elle lui attrapa les mains et les écarta de force.

— Ce n'est pas compris dans le gage.

Elle le repoussa légèrement et ajouta :

— Asseyez-vous.

Il ne se fit pas prier.

Comme la veille, elle se mit à califourchon sur ses genoux après avoir retroussé ses jupes. À la différence près que, cette fois, le nuage de tissu s'amoncelant entre eux était beaucoup moins épais. Il percevait déjà la chaleur de sa peau.

Sa virilité se mit à palpiter dans son pantalon. Si innocente fût-elle, elle ne pouvait manquer de le remarquer. Cependant, au lieu d'avancer le bassin, elle recula sur ses genoux pour éviter tout contact. Les doigts tremblants, elle saisit le bas de sa chemise et la souleva lentement.

— Levez les bras, ordonna-t-elle dans un souffle.

Il obéit en silence. Elle se redressa, fit passer l'encolure de sa chemise par-dessus sa tête et, cette fois, se contenta de jeter le vêtement au sol.

Sous son regard, Spencer avait l'impression de se consumer. Elle respirait à petits coups rapides, la gorge et la poitrine empourprées. Quelles qu'aient été ses réticences à honorer son gage quelques minutes plus tôt, elle avait désormais le cœur à l'ouvrage, et son désir ne faisait qu'alimenter celui de Spencer.

Pourtant, elle eut une hésitation.

— Faites tout ce que vous voulez, laissa-t-il échapper.

Elle posa les mains sur les siennes, lui caressa les doigts, et sourit – amusée sans doute de le voir agripper les accoudoirs du fauteuil. Tant mieux. Qu'elle se rende compte de l'effet qu'elle lui faisait. « Oui, Amelia, je me retiens de vous sauter dessus, songea-t-il. Et si je ne vous possède pas bientôt, je risque de perdre la tête pour de bon. »

Elle lui effleura les poignets, remonta le long de ses avant-bras, pressa doucement ses biceps. Il les contracta pour la provoquer un peu. Elle le récompensa d'un tressaillement. En général, les femmes aimaient explorer ses bras et son torse. Le travail avec les chevaux lui avait sculpté un corps d'athlète, ce qui était plutôt rare parmi les hommes de son rang.

Ses mains s'arrêtèrent sur ses épaules. Un nouvel afflux de sang se précipita dans son entrejambe.

Comme elle lui effleurait la nuque, une décharge brûlante suivit le trajet de sa colonne vertébrale. Elle se vengeait de la nuit passée en lui rendant caresse pour caresse – exactement comme il l'espérait. Demeurer ainsi immobile lui était une torture, mais son inaction était précisément ce que la situation requérait. Il devait se montrer patient... même si c'était insupportable.

Elle posa les yeux sur son torse.

Il se retint de s'emparer de ses doigts pour les guider, de glisser la main derrière sa tête pour attirer sa bouche entrouverte vers diverses zones de son corps – ses lèvres, son cou, son torse, son...

Elle se pencha et lui chuchota au creux de l'oreille :

— La nuit dernière, vous disiez que vous mouriez d'envie de... de me lécher. De me mordre.

Ces mots si crus dans une bouche si innocente... La vision de ses petites dents lui mordillant le lobe de son oreille, de sa langue glissant sur sa peau... Son bassin bascula spontanément en avant, cherchant une friction qui le soulagerait. Sa virilité lui frôla le ventre – mais ce n'était pas assez. Ce léger contact ne fit qu'accroître son appétit.

— Il se trouve qu'il y a aussi une chose dont je meurs d'envie, poursuivit-elle.

Son souffle chaud caressa le cou de Spencer.

Par les cornes du diable ! Pourvu que cela implique deux corps nus et un matelas. Était-ce trop demander ? Car si tel était son désir, Spencer était tout disposé à se montrer conciliant.

Comme elle hésitait, il ne put s'empêcher de murmurer :

— De quoi avez-vous envie ?

— Vous allez vous moquer.

— Non, je vous le jure.

— Ai-je votre parole ?

— Oui.

Il dut faire un effort pour ne pas bouger. Son imagination grouillait d'images obscènes. À quel acte charnel songeait-elle pour être aussi intimidée ? Quel qu'il soit, cela s'annonçait prometteur. Très prometteur.

Lentement, Amelia remonta les mains, jusqu'à les nouer derrière sa nuque. Elle pencha la tête et sa poitrine moelleuse vint s'écraser contre son torse. Spencer frémit d'excitation. Son être entier se tint aux aguets dans l'attente du délicieux baiser qui n'allait pas manquer de suivre.

Hélas, elle ne l'embrassa pas ! Elle posa sa joue sur son épaule, enfouit le visage au creux de son cou. Puis elle exhala un profond soupir et cessa de bouger.

Spencer était perplexe. Avait-elle changé d'avis ?

— Vous voulez me serrer dans vos bras ? soufflat-elle en frottant le nez contre son cou. S'il vous plaît ? Ma maison me manque, je suis éreintée, et j'ai passé une très mauvaise journée.

L'innocente petite. Quel effroyable obsédé il était ! Amelia ne s'était pas ravisée à la dernière seconde. En réalité, elle n'avait jamais eu d'intentions impures. Elle cherchait simplement du réconfort.

— Ce n'est pas si compliqué, poursuivit-elle Il suffit de mettre vos bras autour de moi. Les maris font cela tout le temps.

Comment aurait-il pu le lui refuser ?

Il l'enlaça et l'attira contre lui. Elle était douce et chaude, et il crut qu'elle allait fondre au contact de son torse. Ils étaient si proches, à présent, que la cuisse d'Amelia effleurait son érection. Une sorte de lot de consolation. Elle ne tressaillit ni ne s'écarta. Ils demeurèrent ainsi un moment. Lui sur le fauteuil, elle sur ses genoux, et entre eux, une érection des plus tenaces. Voilà ce qui s'appelait un doux supplice. Il l'avait voulu, il l'avait eu.

À mesure que les secondes s'égrenaient, il perçut avec acuité des sensations nouvelles : ses seins moelleux ; ses cils qui s'agitaient doucement contre son cou ; son parfum divin qui mêlait la lavande à une touche de vanille.

Il lui caressa le dos, une fois. Elle se blottit davantage contre lui, ronronnant presque. Une tendresse inconnue lui gonfla le cœur. Encouragé, il réitéra son geste. Monta et redescendit, ses doigts glissant sur chacune de ses vertèbres comme s'il comptait les perles d'un collier. La cadence lente et régulière de sa caresse opéra comme une sorte de berceuse. Leurs souffles se calèrent sur le même rythme et se mirent à fonctionner en harmonie.

C'était incroyablement intime. Et plus excitant que tout ce qu'il avait connu jusqu'à présent.

— Vos parents, murmura-t-elle. S'aimaient-ils ?

— Je... je n'en suis pas sûr.

Quelle question ! Il n'avait pas beaucoup de souvenirs de sa mère, mais il se rappelait qu'à sa mort, son père avait pleuré. En fait, ils avaient pleuré ensemble. Le jeune garçon perdu et le soldat endurci. Après quoi, ils n'en avaient plus jamais reparlé. En apprenant le décès de son père des années plus tard, Spencer n'avait pas versé une larme. L'idée de pleurer lui était tellement insupportable qu'il avait préféré exprimer son chagrin avec ses poings.

— Les miens s'aimaient, souffla-t-elle. J'ai toujours considéré que j'avais eu de la chance de grandir avec un tel modèle sous les yeux. À présent, je n'en suis plus aussi certaine, ajouta-t-elle en frissonnant. Cela ne m'a peut-être que mieux préparée aux déceptions.

Il resserra son étreinte. Il sentait fondre en lui les derniers îlots de résistance. Il aurait préféré qu'on lui arrache le cœur plutôt que de l'avouer, mais en son for intérieur il savait pourquoi il l'avait emmenée de force hors de la salle de bal. Pourquoi il lui avait demandé sa main quelques heures à peine après l'avoir rencontrée. Cette femme manifestait une telle loyauté envers son vaurien de frère qui n'était qu'un parmi cinq autres. Peut-être parviendrait-elle à trouver dans cette réserve de dévouement sans bornes une infime partie à lui consacrer. Il ne le méritait pas, mais il le voulait quand même.

— Amelia, regardez-moi.

Sans décroiser les mains de sa nuque, elle leva la tête, et se figea. À croire qu'elle avait cessé de respirer.

Il l'embrassa. Sans la prévenir, sans lui en demander la permission. Spontanément. Parce que c'était plus fort que lui.

Ses lèvres étaient chaudes et douces. Encadrant son visage de ses mains, il lui inclina doucement la tête afin d'approfondir leur baiser. Elle se tortilla sur ses genoux, mais il la maintint, se fit plus avide. Ses dents heurtèrent les siennes comme il explorait sa bouche de la langue avec ardeur. Sapristi, il avait beau savoir qu'il allait l'effrayer et la faire fuir, il n'arrivait plus à s'arrêter.

Il referma la main sur son sein, le pressa durement parce qu'une partie de lui désirait la punir. Quelque chose en lui se fissurait et se déplaçait tels des amas de neige se détachant d'un glacier. Des poches vides se remplissaient ; de nouveaux gouffres de désirs s'ouvraient. C'était douloureux. Des transformations avaient eu lieu dans les profondeurs oubliées de son être, et c'était la faute de cette femme. Il lui pétrit la poitrine sans douceur pour qu'elle ait mal à son tour. Car d'une certaine façon, elle avait réussi à s'insinuer en lui avant même qu'il se soit glissé en elle.

Elle poussa un cri et il retomba brutalement sur terre. Il se pétrifia, brisa leur baiser.

— Dix minutes, dit-elle, pantelante. Vous devez me laisser partir.

— Je ne peux pas.

Se débattant dans ses bras, elle ravala un sanglot.

— Spencer, je vous en prie.

— Si je vous lâche, me rejoindrez-vous ce soir ?

— Non.

— Ne me dites pas que je vous fais toujours peur.

— Plus que jamais.

Il réprima un grognement de contrariété. Bon sang ! Ne lui avait-il pas prouvé qu'il savait se tenir ? Mis à part le petit écart qui venait juste d'avoir lieu ? Comment pouvait-elle rester dans ses bras si elle le prenait pour un meurtrier ?

Jurant dans sa barbe, il laissa retomber ses mains.

— Partez.

Fermant les paupières, il s'efforça de maîtriser sa respiration. Il agrippa les accoudoirs si violemment que ses articulations s'engourdirent.

— Partez. Nom de Dieu, descendez tout de suite de mes genoux ou je ne réponds plus de rien !

Elle obéit en hâte. Une fois qu'elle se fut levée, il poussa un soupir de soulagement. Se penchant en avant, il enfouit le visage dans ses mains, le souffle laborieux

— Bonne nuit, Spencer, dit-elle d'une voix calme.

Il entendit une porte s'ouvrir, mais ne leva pas le nez. La pièce comportait trois portes. Il préférait ignorer laquelle elle avait empruntée de peur de se ruer dessus deux secondes après.

Quand il eut enfin réussi à dompter son désir, il releva la tête. Son regard tomba sur la table où étaient encore étalées leurs cartes. Lorsqu'il avait sabordé son jeu en écartant l'as, Amelia avait eu de vraies chances de gagner. Or, non seulement elle avait mal calculé ses points, mais elle s'était montrée négligente. Sur une impulsion, il attrapa la pile de cartes dont elle s'était défaussée et la retourna.

Un valet lui fit un clin d'œil, accompagné de deux rois.

Elle n'était pas stupide au point d'écarter de si bonnes cartes ! Il n'y avait qu'une explication possible. Elle n'avait même pas essayé de gagner. Tout ce qu'elle avait dit au sujet du concert, de Claudia, n'était que beau discours... En réalité, tout ce qu'elle voulait, c'était qu'il la serre dans ses bras. Et, bien entendu, il lui avait fait peur.

Un nœud se forma dans sa gorge. Il était à bout de nerfs et se sentait minable. Mais il était certain d'une chose : la prochaine fois qu'il prendrait Amelia dans ses bras...

Il ne la laisserait pas partir.

12

L'été de ses douze ans, Amelia commit l'erreur de hurler en apercevant un crapaud, alors que ses frères se trouvaient à proximité. Ces derniers passèrent naturellement le mois suivant à dissimuler des crapauds dans ses affaires. Dans son armoire, dans son nécessaire à couture, dans son pot de chambre, et même sous son oreiller… Les grenouilles qui envahirent l'Égypte de Pharaon n'étaient rien en comparaison de toutes les bestioles qu'Amelia dut chasser de sa chambre, cet été-là. Elles lui faisaient horreur, pourtant, elle ne pouvait se résoudre à les jeter par la fenêtre. Elle les recueillait donc dans le creux de sa main et les déposait dans le jardin au beau milieu de la nuit. C'était dans sa nature. Elle ne pouvait s'empêcher de prendre soin de toutes les créatures, fussent-elles infâmes ou indésirables.

Surtout si elles l'étaient, à vrai dire.

C'était pervers et irrationnel, et probablement le signe qu'elle souffrait de quelque problème mental – mais plus Spencer se montrait insensible, plus elle éprouvait de sympathie pour lui. Plus il cherchait à la mettre mal à l'aise, plus elle lui voulait du bien. Et plus il la maintenait à distance – sur le plan affectif, du moins –, plus elle mourait d'envie de se rapprocher.

Le lendemain matin, lorsqu'elle se réveilla seule dans son lit, Amelia dut se rendre à l'évidence : elle avait repoussé l'instant fatidique dans l'espoir de protéger son cœur. Mais elle savait désormais que c'était peine perdue. Leur étreinte l'avait profondément remuée. Et lorsque Spencer était passé de l'étreinte chaste aux baisers impérieux et aux caresses expertes, le désir qu'il avait fait naître en elle avait gagné son être entier. À lui refuser son corps, c'était son cœur qu'elle risquait.

C'était décidé : elle irait le trouver le jour même.

Se redressant brusquement, elle s'assit au bord du lit et chercha ses mules à tâtons.

Finies les aspirations romantiques ! Et si jamais sa résolution chancelait, que pouvait-il lui arriver de pire, franchement ? Elle gâcherait quelques mois à donner de l'affection sans en recevoir en retour. Inutile de larmoyer, ce ne serait pas la fin du monde. Un bébé ne tarderait pas à remplir ce vide affectif. Et plus tôt elle partagerait la couche de Spencer, plus tôt cet enfant arriverait.

Elle traversa la pièce à pas feutrés. Maintenant que sa décision était prise, elle ne voulait pas perdre une minute. Le soir venu, leurs tête-à-tête prenaient un tour trop intime. En revanche, dans la lumière vive du matin, l'acte paraîtrait tout sauf romantique.

Rassemblant ses forces, elle fit coulisser le panneau reliant les deux chambres.

Spencer n'était pas là.

En revanche, elle tomba nez à nez avec deux femmes de chambre occupées à faire le lit. En l'apercevant, les domestiques se figèrent, un oreiller à la main, et la dévisagèrent, bouche bée.

— Bonjour, milady, firent-elles avec une brève révérence avant de reprendre leur activité.

Amelia se redressa et s'éclaircit la voix.

— Mon époux…

— Il n'est pas là, milady, fit la plus jeune. M. Fletcher a dit que le duc était parti avant l'aube pour régler des affaires.

L'aînée des domestiques foudroya la jeune fille, qui continua sur sa lancée :

— Il paraît que le duc ne rentrera que très tard.

— Je suis au courant, mentit Amelia, qui nota mentalement de toucher un mot à Mme Bodkin à propos des commérages du personnel. Je m'apprêtais à vous dire que mon époux ne supporte pas que ses draps soient amidonnés. Il faudra veiller à ne plus en utiliser. Changez ces draps.

Sur ce, elle fit une sortie aussi gracieuse que possible étant donné les circonstances.

Ayant porté sa belle robe gris tourterelle la veille au soir, il ne lui restait plus que ses tenues fades et élimées. Même sa plus jolie robe – celle en mousseline à rayures confectionnée l'année passée – paraissait terne dans le décor de Braxton Hall. Pas du tout digne d'une duchesse.

Pour ne rien arranger, lorsqu'elle pénétra dans la salle à manger, elle tomba sur Claudia vêtue d'une robe de mousseline assez similaire, sauf que la sienne s'enorgueillissait de volants de dentelle. C'était vraiment une charmante jeune fille, à la beauté très prometteuse. Mais elle avait besoin que quelqu'un lui apprenne en douceur comment se comporter, et Spencer n'était pas taillé pour ce rôle.

— Bonjour, la salua Amelia avec un sourire.

Elle se servit des harengs et des œufs brouillés, et s'installa à table.

Claudia fixa son assiette d'un air dégoûté. Amelia était à peine assise que la jeune fille se leva d'un bond et se dirigea vers la porte.

— Claudia, attendez.

Celle-ci s'arrêta, la main sur l'encadrement de la porte.

Amelia carra les épaules.

— Ce n'est peut-être pas à moi de vous le dire, mais quand vous mangez, que ce soit avec votre famille ou des étrangers, il est très grossier de quitter la table sans vous être excusée.

— Je suis indisposée, rétorqua Claudia d'un ton morose. Et, en effet, ce n'est pas à vous de me le dire.

Amelia soupira. Cette fille était une véritable... adolescente de quinze ans. Et elle semblait avoir grand besoin d'affection.

— Vous me semblez aller fort bien. Vous ne voulez pas vous asseoir ? Nous devons parler. De femme à femme.

Claudia lâcha l'encadrement et pivota lentement.

— À quel propos ?

— Je sais que vous ne m'appréciez pas.

La jeune fille rougit.

— Je... Eh bien, je ne vois pas du tout...

— Vous ne m'appréciez pas. Et c'est tout naturel. Vous ne me connaissez pas. À vos yeux, je suis l'intruse qui a envahi votre demeure sans prévenir et pris la place de votre défunte mère. Place que vous souhaitiez peut-être occuper un jour ?

— Je ne vois pas ce que vous voulez dire, répliqua Claudia, les yeux rivés sur le tapis.

— Je ne peux pas vous reprocher d'être en colère, poursuivit Amelia d'une voix calme. À votre place, je ressentirais la même chose. Pour être franche, je ne me targue pas de valoir mieux que vous. Si cela peut vous soulager, sachez que moi non plus, je ne vous apprécie pas particulièrement.

Claudia leva les yeux.

— Vous ne m'appréciez pas ? Que me reprochez-vous ?

— Rien du tout. Mais vous êtes jeune et jolie, et les rayures vous vont mieux qu'elles ne m'iront jamais, déclara Amelia avec un sourire vaillant. Quand je vous regarde, je me revois à quinze ans, lorsque le monde apparaissait romantique et regorgeant de possibilités.

— Vous ne savez rien de moi. Ne parlez pas comme si vous me connaissiez.

— Soit. Pour le moment, je reconnais que nous sommes à peine plus que des étrangères. Avec le temps, j'aimerais devenir votre amie. Même si je sais que c'est beaucoup demander pour l'instant, étant donné les circonstances. C'est pourquoi je n'ai pas l'intention de m'immiscer dans votre quotidien. Je vous laisserai vivre votre vie.

Elle attrapa le plateau de tartelettes à la confiture posé sur le dressoir et le lui tendit.

— Vous ne pouvez toutefois pas continuer à sauter les repas. Vous devez manger, j'insiste.

— Vous *insistez* pour que je mange ?

La jeune fille lorgna les tartelettes. Au lieu d'en prendre une, ce fut le plateau qu'elle arracha des mains d'Amelia.

— D'accord, répondit-elle avant d'enfourner une tartelette dans sa bouche. Je vais manger.

Sur ces mots, elle quitta la salle en emportant le plateau.

C'était un début, décida Amelia. Au moins ne se laisserait-elle pas mourir de faim.

Tandis qu'elle mangeait, elle s'interrogea sur l'endroit où Spencer avait pu se rendre. Il avait passé tant de mois à Londres qu'il avait dû accumuler une quantité d'affaires pressantes dans ses différents domaines. Mais, où qu'il fût, elle se demandait s'il lui en voulait pour la nuit passée. Si elle l'avait déçu. S'il avait envie d'elle.

Non. Spencer était un homme occupé. Il était peu vraisemblable qu'il lui accorde une pensée.

Amelia tâcha elle aussi d'occuper son temps. Elle s'entretint avec chaque domestique séparément et se familiarisa avec Braxton Hall – du moins l'intérieur.

Les jardins devraient attendre. Tandis qu'elle faisait un tour complet du château avec la gouvernante, elle nota les changements et améliorations à apporter qui lui semblaient indispensables. Malgré quinze années sans femme à sa tête, la demeure était bien tenue, mais le style commençait à s'en ressentir. Elle se contenta de passer en revue les pièces communes et celles où l'on recevait, de peur d'empiéter sur l'intimité de Spencer et de Claudia.

Cette tâche l'occupa toute la journée, et une partie de la soirée, si bien qu'elle n'eut pas le temps d'organiser le dîner. Spencer étant absent et Claudia cloîtrée dans sa chambre, c'était un moindre mal. Elle partagea un repas froid en compagnie de Mme Bodkin tandis qu'elles discutaient des travaux nécessaires dans les cuisines. Après quoi, elles commencèrent à inventorier l'argenterie. La table de la salle à manger disparaissait sous les couverts rutilants lorsqu'elles entendirent un cavalier approcher au galop. La pendule indiquait presque minuit.

Inquiète, Amelia agrippa instinctivement le bord de la table.

— Ce doit être le duc, fit la gouvernante en réprimant un bâillement.

— Comme le cœur d'Amelia s'emballait dans sa poitrine, elle se rendit compte qu'elle avait attendu son retour toute la journée. Ne s'était-elle pas affairée pour éviter de penser à lui ? Et n'était-elle pas en train d'inventorier l'argenterie au milieu de la nuit dans l'espoir de le voir apparaître ? Et cette pauvre Mme Bodkin qu'elle avait contrainte à veiller avec elle !

— Vous pouvez prendre congé, lui dit-elle. Nous terminerons demain matin. Pour cette nuit, nous nous contenterons de verrouiller la porte de la salle. Merci infiniment pour votre aide.

Amelia sortit de la pièce en toute hâte, lissant ses cheveux et sa robe froissée. Combien de temps avait-elle avant que Spencer rentre ? Il allait sûrement se contenter de remettre sa monture à un valet d'écurie. Elle gagna le hall et attendit.

Plusieurs minutes s'écoulèrent. Se pouvait-il qu'il soit passé par une autre porte ? Peut-être celle de la cuisine... Sans doute aurait-il faim après avoir sillonné la campagne.

Elle se rendit à l'arrière de la maison en empruntant un étroit couloir qui reliait le corps de logis à l'aile de service. Le passage était carrelé de marbre et flanqué de fenêtres si bien qu'il y faisait très froid pendant la nuit. Amelia accéléra le pas. Elle aurait pu monter attendre Spencer dans ses appartements, tout simplement, mais elle voulait le rencontrer en terrain neutre. Elle comptait se montrer aussi calme et impassible que possible.

Première étape : effectuer une brève déclaration dénuée d'émotion. « Merci de votre patience, milord. Je suis maintenant prête à consommer notre mariage. »

Seconde étape : s'allonger sur le dos et penser à Briarbank.

Par la fenêtre, l'éclat d'une torche attira son regard. Elle s'immobilisa, s'approcha du carreau, et mit les mains autour de ses yeux pour percer l'obscurité. Au bout d'une allée de gravier jalonnée de flambeaux se dressait un bâtiment à la toiture pentue. La lumière émanant de l'intérieur dessinait une gigantesque porte carrée par laquelle des hommes entraient. La remise et les écuries, devina-t-elle. Spencer y avait peut-être emmené son cheval lui-même.

Amelia fit quelques pas de côté. Et découvrit une porte à l'extrémité du couloir. Elle avait encore son trousseau de clés à la taille. Elle les testa tour à tour, et finit par dénicher la bonne. La porte s'ouvrit avec un grincement, et elle sortit dans la nuit.

Plutôt que de suivre l'allée, elle traversa directement la pelouse. Les écuries l'attiraient comme un aimant. Elle avait hâte de voir cet endroit auquel Spencer consacrait tant d'efforts et d'attention. C'était sans doute la plus grande écurie qu'elle ait jamais vue. Et la plus belle.

Quelques palefreniers s'affairaient devant l'entrée principale tout en discutant. L'évitant, elle se glissa dans l'ombre sur le côté du bâtiment. Une écurie avait toujours plusieurs entrées. Elle en repéra bientôt une, à taille humaine. Elle en franchit le seuil, et se retrouva dans une sellerie impeccablement tenue, quoique à peine éclairée. L'odeur du cuir se mêlait à celle des chevaux dans l'air où flottaient des particules de poussière de foin. Amelia enfouit le visage entre ses mains pour étouffer un éternuement.

Dans le silence qui s'ensuivit, elle se figea, s'attendant que quelqu'un l'ait entendue et vienne jeter un œil. Mais personne n'apparut. Elle perçut toutefois une voix qui semblait descendre des chevrons – un murmure tout proche, pareil à l'écoulement de l'eau.

Elle quitta la sellerie à pas de loup et gagna une large galerie bordée de box de part et d'autre. Un cheval allongé poussa un faible hennissement tandis qu'elle se dirigeait vers l'endroit éclairé d'où provenait la voix hypnotique. Parvenue au dernier box, elle s'arrêta, veillant à rester dans l'ombre, et tendit prudemment le cou.

C'était une zone plus vaste consacrée au pansage. Spencer se tenait au centre, occupé à brosser une pouliche couleur de jais.

Dessellée et débridée, celle-ci était attachée à un anneau par un simple licol. Spencer portait une chemise dont le col était déboutonné, des bottes et une culotte de cheval en daim. Les flancs sombres de la pouliche luisaient de transpiration tout comme les boucles sur la nuque de Spencer. Les coutures intérieures de ses cuisses étaient également trempées de sueur. Cette vision procura d'étranges frissons à Amelia.

Le souffle de la pouliche était audible. Une serviette à la main, Spencer lui épongeait le garrot et le dos d'un geste circulaire tout en lui parlant. En fredonnant, plus exactement. Amelia comprenait à peine ses paroles, mais elles étaient tendres. Affectueuses.

— Doucement, dit-il en se postant face au cheval pour lui essuyer le chanfrein et les oreilles. Encore un peu de patience, ma douce.

En guise de réponse, la pouliche s'ébroua. Spencer éclata d'un rire bon enfant. Après quoi il suspendit la serviette à un crochet et se baissa pour inspecter les sabots de la bête sans cesser de fredonner. Il faisait preuve de plus de patience avec ce cheval qu'avec n'importe quel être humain, songea Amelia, s'adressant à lui en termes civilisés tandis qu'il lui demandait de lever le sabot : « Celui-ci, s'il te plaît. » Ou encore « Merci, mon petit. »

Son cœur vacilla. Elle découvrait ce soir une facette de sa personnalité dont elle n'aurait jamais soupçonné l'existence : il était tendre et attentionné. Ayant grandi au milieu de garçons, elle comprenait ce paradoxe chez les hommes, qui trouvaient plus facile de montrer leurs sentiments lorsqu'il s'agissait d'animaux. Laurent, par exemple, avait été aussi solide qu'un roc à l'enterrement de leurs parents, mais lorsque son chien s'était éteint à l'âge de quatorze ans, il avait pleuré comme un enfant.

Et voir la patience avec laquelle Spencer s'occupait de sa bête lorsqu'il se croyait à l'abri des regards confirma ce qu'Amelia soupçonnait depuis le jour de leur mariage. Cet homme n'était pas un assassin.

— C'est presque fini, ma chère.

Il brossa la pouliche, ôta les saletés de sa crinière tout en lui murmurant des mots doux. Amelia éprouva une sensation désagréable. Depuis le début, elle savait que le duc accordait plus d'importance aux chevaux qu'aux êtres humains. Mais cette scène lui apportait un éclairage nouveau. Que cet homme soit capable de tendresse et de sollicitude, c'était indéniable. Seulement, il ne pouvait pas – ou ne voulait pas – qu'elle le découvre.

Juste ciel ! Les femmes étaient censées s'aigrir lorsque leur mari s'égaraient dans le lit d'autres femmes. Mais elle allait passer le restant de ses jours à jalouser des *chevaux* ! Le grotesque de la situation lui donna la chair de poule.

Il fallait qu'elle parte, et vite. Pas question qu'il la surprenne, car elle devrait non seulement s'expliquer sur les raisons de sa présence ici, mais aussi sur ses larmes. Elle s'éloigna lentement à reculons. Mais elle n'y voyait rien, et ses souliers étaient trempés de rosée. Elle glissa sur le sol.

Zut, zut, et zut !

Elle se rattrapa de justesse à la porte d'un box, et se pétrifia, le cœur battant, craignant que Spencer n'apparaisse à tout instant, ce qui achèverait de l'humilier.

Il n'en fut rien. Pour une fois, la chance lui souriait. Ses acrobaties étaient passées inaperçues.

De Spencer, du moins. Car on ne pouvait en dire autant du cheval derrière la porte. Amelia l'entendit s'ébrouer, puis se lever.

Affolée, elle claqua de la langue et murmura des paroles apaisantes. Peut-être aurait-elle simplement dû prendre ses jambes à son cou, mais l'instinct lui soufflait de calmer l'animal plutôt que d'exciter l'ensemble de l'écurie.

Dans la pénombre, elle distinguait tout juste le cheval. Il balançait la tête de droite à gauche, les oreilles aplaties, les naseaux dilatés. Son souffle se fit plus bruyant. D'agité, l'animal devint menaçant. Voilà pourquoi elle n'avait jamais appris à monter. Les chevaux l'effrayaient, leur puissance l'intimidait. En outre, ils ne réagissaient jamais comme elle le souhaitait. La preuve.

— Je t'en prie, le supplia Amelia entre ses dents. Tiens-toi tranquille.

Bam !

Le cheval flanqua un violent coup de sabot dans la partie inférieure de la porte. La vibration se répercuta dans le bras d'Amelia, qui laissa échapper un cri de surprise et bondit en arrière. Ce faisant, elle buta contre un obstacle invisible. Elle fit volte-face. Des mains puissantes l'empoignèrent par les épaules. D'instinct, elle commença à se débattre, jusqu'à ce qu'elle se rende compte que les mains en question appartenaient à Spencer.

S'ensuivit une vague de soulagement qui la laissa sans forces.

— Juste ciel ! s'exclama-t-elle en s'efforçant de rassembler suffisamment de courage pour croiser le regard de son mari. Je suis désolée.

— Encore heureux. Que diable faites-vous ici ?

Derrière elle, le cheval donna un nouveau coup de sabot dans la porte. Elle sursauta violemment.

Spencer la lâcha en émettant un chapelet de jurons. Après l'avoir repoussée sans douceur, il s'approcha du box et tendit la main vers le cheval. Ce dernier lui renifla les doigts, puis se mit à piaffer. Sans se laisser démonter, Spencer murmura une litanie de paroles apaisantes. Finalement, la jument – les termes employés par Spencer ne laissaient aucun doute sur le sexe de l'animal – secoua la tête et lui présenta le côté gauche pour qu'il la caresse.

Pendant ce temps-là, Amelia se tenait gauchement à l'écart, les bras croisés, se demandant pourquoi elle était surprise que Spencer, confronté à une femme apeurée et à une jument effrayée, ait préféré calmer cette dernière.

Se tournant vers elle, il lui demanda d'une voix froide, presque dédaigneuse :

— Qui vous a laissée entrer ?

— Personne.

— Bon sang, répondez-moi...

Son ton hargneux fit sursauter la jument. Il fit une pause le temps de la calmer, avant de reprendre d'un ton plus modéré, faisant visiblement un effort sur lui-même :

— Quel qu'il soit, il vient de perdre son emploi.

— Puisque je vous dis que personne ne m'a laissée entrer ! Je suis passée par la sellerie.

La colère dans le regard qu'il posait sur elle comparée à la tendresse qu'il manifestait à la jument... C'était plus qu'elle n'en pouvait supporter. C'était insultant, et décourageant.

— Mais enfin, Amelia, à quoi diable avez-vous pensé ?

— Je ne sais pas. Je vous ai entendu arriver à cheval. Je croyais que vous rentreriez directement, mais ça n'a pas été le cas. J'étais lasse de vous attendre, lasse tout court, et je voulais vous parler, alors j'ai pensé...

Elle porta la main à sa bouche comme elle éclatait soudain de rire. S'il savait ce qu'elle était venue lui dire !

Il se rembrunit et le rire d'Amelia redoubla. La situation lui apparaissait tout à coup du plus haut comique. Sa jalousie absurde ! La manie qu'avait Spencer de toujours dire ce qu'il ne fallait pas ! Leur satané mariage !

— À quoi diable, je pensais ? À vous, espèce d'affreux, dit-elle en pouffant de rire avant de s'essuyer les yeux avec le dos de la main. Toute la journée, j'ai pensé à vous.

Spencer la dévisageait, les mâchoires crispées, tout en cherchant une réplique. La journée avait été longue, éreintante, et peu fructueuse. S'il lui répondait que lui aussi, il avait pensé à elle, cela ne semblerait-il pas banal et hypocrite ? Cela rendrait-il seulement justice à la vérité ? Sans doute pas. Dans ce cas, comment disait-on à sa femme qu'on s'était démené comme un beau diable toute la journée pour elle ? Il aurait pu lui dire, supposait-il, qu'à force de penser à elle il s'était cru victime d'hallucinations en la voyant agrippée au box de Junon. Que lorsqu'il l'avait saisie aux épaules, rassuré sur le fait qu'il s'agissait bien d'elle, il avait failli perdre tout contrôle au contact de son corps ?

Mais il n'eut pas le temps de dire un mot qu'elle avait tourné les talons et s'était enfuie.

De mieux en mieux !

Le temps de s'essuyer les mains et de donner un ordre bref au valet d'écurie posté à l'entrée de l'écurie, il s'élança à sa suite. Elle était à mi-chemin de la maison quand il la rattrapa. La tête baissée, les bras croisés, elle traversait la pelouse à grandes enjambées.

— Écoutez-moi, dit-il en adoptant son rythme. Vous êtes libre de visiter les écuries à votre guise, mais ne venez pas seule en cachette. La jument que vous avez surprise peut devenir très agressive quand on la provoque. Non seulement elle botte, mais elle mord. Certains y ont déjà laissé des doigts.

— Ah. C'est donc cela la clé pour gagner votre affection ? Peut-être qu'en vous malmenant je serai mieux traitée.

Il se mit à rire à son tour.

— N'est-ce pas précisément ce que vous faites depuis le début ?

— Apparemment, la méthode n'a pas porté ses fruits.

— Que voulez-vous dire ? Je vous ai épousé, non ?

Elle ralentit pour repartir de plus belle. Puis s'arrêta.

— Certes. Et lorsque vous m'avez demandé ma main, vous disiez avoir besoin d'une duchesse et non pas d'une poulinière. Quelle sotte j'ai été de supposer qu'une duchesse valait plus qu'une jument dans votre échelle des valeurs.

Il ravala sa réponse ; elle n'aurait fait qu'ajouter de l'huile sur le feu.

Contrariée par son silence, elle se remit en marche, le distançant. Spencer commençait à trouver la conversation fort plaisante.

Elle était jalouse. Or la jalousie était à l'opposé de la peur. Ce qui signifiait qu'elle attendait plus de lui et non pas moins. Elle était venue le trouver. Elle avait pensé à lui toute la journée.

— Pour un couple marié depuis à peine quatre jours, fit-il remarquer en la rattrapant, nous nous disputons beaucoup, me semble-t-il.

— Vous attendez que je vous présente des excuses ?

— Non, car cela n'est pas pour me déplaire.

Et en effet, il aimait le côté donnant-donnant de leur relation, leurs duels verbaux, les réactions qu'elle suscitait en lui. Elle le forçait à dialoguer comme peu de gens y parvenaient. Et puis, la façon dont ses joues se coloraient, ou dont elle bombait la poitrine quand elle le défiait lui plaisait aussi.

— Mais, à la réflexion, je pense que nos disputes nous servent de substitut.

— De substitut ? Et à quoi ?

— À ce que l'on ne fait pas.

Il haussa un sourcil et laissa son regard courir sur son corps.

— Ma parole, c'est une idée fixe ! Vous ne pensez donc qu'à me mettre dans votre lit ?

— Dernièrement, oui. Plus ou moins.

Elle eut beau le foudroyer du regard, il sentit qu'il avait marqué un point. Il la laissa prendre de l'avance afin de profiter du spectacle de ses hanches qui se balançaient gracieusement tandis qu'elle s'éloignait. Après tout, la journée n'avait peut-être pas été si infructueuse que cela.

Il la suivit jusqu'à l'aile de service, où elle se dirigea vers une petite porte à l'arrière. Elle choisit une clé dans son trousseau et l'introduisit dans la serrure. Comment avait-elle réussi à se familiariser aussi vite avec les lieux ? Spencer vivait à Braxton Hall depuis quinze ans et il n'avait jamais utilisé cette porte !

— Où allons-nous ? s'enquit-il comme ils remontaient un couloir étroit.

Elle lui jeta un coup d'œil par-dessus son épaule.

— Dans la cuisine, évidemment.

— Évidemment, répéta-t-il en secouant la tête.

Une fois dans la cuisine, elle alla droit à un placard dont elle sortit deux plats recouverts. Elle les posa sur la grande table au milieu de la pièce, puis récupéra une assiette, une fourchette et un couteau sur une étagère.

— Vous avez faim ? demanda-t-il tandis qu'elle installait un couvert et remplissait un grand verre de vin.

— Moi non, mais vous oui, apparemment.

Elle retira prestement le couvercle d'un plat de viande froide. Du jambon, du rôti de bœuf, des cuisses de poulet, de la langue...

— Pas d'agneau, dit-elle. Et il y a du pain.

Il fixa du regard la nourriture qu'elle disposait devant lui.

— Vous vouliez me dire quelque chose ?

— Je vous demande pardon ? fit-elle en repoussant une mèche de son front.

— Dans l'écurie. Vous avez dit que vous souhaitiez me parler.

— Cela pourra attendre demain matin. Voilà des cornichons.

— Non, répliqua-t-il. Cela n'attendra pas. C'était assez important pour que vous veilliez jusqu'à mon retour, et que vous partiez à ma recherche en pleine nuit. De quoi s'agit-il ?

Ignorant sa question, elle posa bruyamment un petit pot sur la table.

— Du beurre.

— Nom d'une pipe, je me fiche de votre beurre !

— Très bien.

Elle reprit le pot.

— Bon sang, Amelia, qu'y a-t-il ? s'exclama-t-il en se passant la main dans les cheveux.

— Vous ne mangez pas ?

— Qu'est-ce que cela peut vous faire ?

— Pourquoi ne me traitez-vous pas comme vous traitez vos chevaux ?

Interloqué, Spencer la dévisagea sans répondre.

L'air un peu embarrassée, elle croisa les bras et regarda le plafond.

— Pourquoi je ne vous traite pas comme… répéta-t-il, les sourcils froncés. Peut-être parce que vous n'êtes pas un cheval ?

— Non, et apparemment c'est bien dommage. Car à vos yeux, il semblerait que je sois une créature bien inférieure. Au moins, les chevaux ont droit à une promenade de temps en temps.

Saisissant le pot de beurre, elle le posa de nouveau sur la table et attrapa un couteau.

— Personne ne mange dans cette maison, marmonna-t-elle en commençant à étaler du beurre sur un morceau de pain. Je n'ai peut-être pas de talents extraordinaires. Je ne suis sans doute pas très gracieuse ni très belle. Mais cela, je sais le faire, déclara-t-elle en pointant le couteau dans sa direction. Dresser des menus, gérer l'intendance d'une demeure, recevoir. M'occuper des gens. Et vous me privez de la joie de faire tout cela.

— Je ne vous prive de rien du tout.

Juste ciel ! S'il y en avait un, dans ce mariage, qui souffrait de privation, c'était lui et non l'inverse.

— Vous m'avez privée de tout ! J'ai dû déménager, loin de ma famille et de mes amis. On dédaigne les repas que j'organise, de même que mes offres d'amitié. Je ne suis pas autorisée à recevoir des invités. Et vous ne me permettez même pas de confectionner un stupide coussin ! s'écria-t-elle en laissant son couteau retomber bruyamment sur la table. Qu'est-ce que cela peut bien vous faire, de toute façon ?

— Amelia…

— Il y a autre chose. Les chevaux ont droit à de charmants qualificatifs. Alors que moi, je suis juste « Amelia ».

Elle prononça son nom en imitant sa voix grave.

Spencer tressaillit. Ainsi, elle l'avait entendu lorsqu'il s'occupait de son cheval ? Combien de temps était-elle restée dans l'ombre ? L'idée qu'elle l'ait épié accrut sa colère.

— *Juste* Amelia, répéta-t-il. Très bien, je l'avoue, je suis coupable du crime monstrueux de vous appeler par votre prénom.

Elle serra les dents.

— Vous voudriez vraiment que je vous appelle « mon petit », « ma chérie », « ma douce », alors que je ne peux pas encore vous appeler officiellement ma femme ?

— Non. Vous avez raison. Il n'y a rien de pire que de débiter des termes affectueux quand ils ne sont pas sincères. Oubliez, je vous en prie, mes doléances, fit-elle, irritée, avant d'avaler une gorgée de vin, puis une autre. J'en ai assez de me quereller avec vous.

— Moi aussi.

Il se leva, contourna la table et se campa devant elle. En lui prenant le verre des mains, il lui effleura les doigts. Ce simple contact suffit à le galvaniser. Seigneur, elle le rendait absolument fou de désir.

Sans la quitter des yeux, il vida le reste de vin d'une traite. Elle s'humecta les lèvres. Il reposa le verre d'un geste désinvolte. La tension entre eux était presque palpable.

— Alors ? dit-il sombrement.

Le changement de ton n'échappa pas à Amelia, qui afficha une expression anxieuse. Battant des paupières, elle regarda frénétiquement autour d'elle, attrapa le pot de beurre et déclara :

— Je ferais mieux de ranger tout cela.

Il lui saisit le poignet.

— Laissez.

Elle réprima un petit cri qui ne fit qu'aviver son désir. Il voulait la faire crier encore et encore. Et gémir, et geindre, et murmurer son prénom.

Les yeux pleins d'appréhension, elle tenta de se libérer.

— Dans ce cas, je vais aller me coucher, fit-elle.

En un éclair, il l'avait soulevée dans ses bras.

— Pas sans moi.

13

— Vous n'avez pas le droit, protesta Amelia tandis que Spencer gravissait les marches.

Parvenu en haut de l'escalier, il se dirigea vers sa chambre.

— Vous m'avez donné votre parole, reprit-elle, le souffle court. Si vous la rompez maintenant, je ne pourrai plus jamais vous faire confiance.

— Bon sang, Amelia ! gronda-t-il en poussant la porte de sa suite d'un coup d'épaule. Cessez de prétendre que vous n'en avez pas envie. Vous êtes tellement humide sous vos jupes que je le sens d'ici.

Seigneur ! Si elle ne s'était pas déjà consumée de désir, cette déclaration y aurait suffi.

— Je ne veux pas que cela se passe de cette manière, dit-elle d'une voix mal assurée.

Oui, elle avait eu l'intention de partager son lit, mais pas dans le feu de la passion.

Comme il franchissait le seuil de ses appartements, elle se recroquevilla contre son torse pour ne pas se cogner la tête contre le chambranle. Sa féminité palpitait frénétiquement, comme en écho aux battements du cœur de Spencer.

Il traversa l'antichambre et le boudoir pour se rendre directement dans la chambre à coucher.

S'arrêtant net au pied du lit, il la reposa sur le sol.

La tête lui tournait ; elle vacilla.

— Vous... vous feriez mieux de partir, bégaya-t-elle.

Il poussa un soupir exaspéré.

— Amelia, tournez-vous.

Elle s'exécuta. Et se le reprocha aussitôt. Pourquoi lui obéissait-elle aussi aveuglément ? Il lui ordonnait de s'asseoir, elle s'asseyait. Il lui disait de se lever, elle se levait. Il lui demandait d'ôter son corsage, et elle s'en débarrassait en moins de temps qu'il n'en faut à un cuisinier pour dépecer une anguille. Une chance qu'il ne lui ait pas encore demandé de s'allonger sur le lit, de soulever ses jupes et de rester tranquille.

— Regardez à droite. Que distinguez-vous juste à côté de la cheminée ?

— Une chaise ? risqua-t-elle, perplexe.

— Non, entre la cheminée et la chaise.

— Oh !

Un petit cadre argenté qu'elle ne se rappelait pas avoir vu était accroché au mur. Elle s'empara d'une chandelle sur sa coiffeuse et s'approcha du mur.

Juste ciel ! C'était son ouvrage de broderie – la scène bucolique qu'elle avait achevée à l'auberge. Le cadre était assorti aux fils d'argent qu'elle avait tissé dans le ruisseau. L'ensemble était tout à fait... charmant.

— Vous l'avez fait encadrer ? murmura-t-elle sans quitter le tableau des yeux. Je croyais vous avoir entendu dire que vous n'en vouliez pas sous votre toit ?

— J'ai dit que je ne permettrais pas que vous en fassiez un coussin, rectifia-t-il en s'approchant d'elle, la voix soudain plus grave.

— Vous me l'aviez arraché des mains !

— Naturellement. Vous menaciez de le transformer en galette de chaise.

Il posa les mains sur ses épaules. Leur pression était comme un reproche.

— Une galette de chaise, nom d'une pipe ! enchaîna-t-il. C'est de l'art. Sous ce toit, on ne s'assied pas sur une œuvre d'art. On la suspend à un mur et on l'admire.

Amelia ne savait que dire. Un « merci » lui vint aux lèvres, mais elle ignorait s'il avait eu l'intention de lui faire un compliment. En fait, ses paroles la bouleversaient étrangement.

Il la fit pivoter vers lui.

— Vous cherchez toujours à vous définir par rapport aux autres. La sœur de Jack, la marraine de Claudia, la maîtresse de cette maison. Vous me reprochez de ne pas vous traiter comme l'un de mes chevaux, autrement dit comme l'un de mes biens. De ne pas estimer votre valeur à l'aune des plats que vous élaborez, ou des concerts que vous pourriez organiser. Depuis que je vous connais, vous n'avez cessé de me tenir tête, de me provoquer, d'exiger mon respect. Puis nous arrivons à Braxton Hall, et une fois ici... vous faites comme si vous vouliez être un coussin et vous m'en voulez parce que je refuse de m'asseoir sur vous.

Elle tenta de se dégager.

— Vous n'avez pas le droit...

— Au contraire, j'ai tous les droits.

Il se rapprocha, lui prit la chandelle des mains, et la posa sur le manteau de cheminée.

— Je suis votre époux, et en tant que tel, je dispose de tout un éventail de droits que j'ai choisi de ne pas exercer. Pour le moment.

La dernière phrase la fit frissonner.

Il la fixa d'un regard ardent.

— Ces jolis yeux bleus recèlent bien des secrets. Toutefois, entre ces oreilles délectables et ce cerveau remarquable le lien ne se fait visiblement pas si, lorsque je vous appelle « Amelia », vous le faites précéder d'un « juste » qui n'existe pas. Croyez-moi, si j'avais voulu épouser n'importe qui, je l'aurais fait voilà des années.

Ses jambes se dérobèrent sous elle.

Le croire, disait-il ? Croire qu'elle avait de jolis yeux, des oreilles délectables et un cerveau remarquable ? Elle ? Croire qu'un duc riche et séduisant qui avait évité le mariage pendant des années ait pu changer d'avis en l'espace d'une nuit pour les beaux yeux d'une vieille fille impertinente et désargentée ?

Ces propos firent vaciller toutes ses convictions – l'image qu'elle avait d'elle-même, ainsi que ce qu'elle savait de Spencer.

— Quelle arrogance ! fit-elle. Et quelle hypocrisie. Vous avez le culot de vous tenir là, devant moi... et de vous livrer à une analyse de ma personnalité comme si vous compreniez la façon de fonctionner de mon esprit. Vous, un homme qui prodigue sans compter son affection à ses chevaux, mais ignore comment étreindre son épouse ?

Un éclair de surprise traversa le regard de Spencer.

— De quel droit me jugez-vous ? enchaîna-t-elle en abattant le poing sur son torse. C'est vrai, j'attache de la valeur à la famille, aux amis, et j'aime recevoir. Et alors ? Est-ce une raison pour me rabaisser ? Simplement parce que vous êtes vous-même incapable de vous préoccuper des autres ? D'ailleurs, comment osez-vous me reprocher de chercher à me rendre utile, alors que c'est vous qui m'avez fait venir uniquement pour vous donner un héritier ? Vous m'avez épousée pour le motif le plus terre à terre qui soit.

— Croyez-moi, quand nous partagerons un lit, ce sera tout sauf terre à terre. Savez-vous où j'ai passé ma journée, Amelia ? demanda-t-il en lui prenant le menton.

Elle secoua la tête, à peine car il la tenait d'une main ferme.

— Dans des maisons closes.

— Dans des...

Sa voix mourut sur ses lèvres. *Dieu du ciel !*

— Oui. Je me suis levé à l'aube et j'ai galopé jusqu'à Londres, épuisant trois chevaux en chemin. Puis j'ai passé l'après-midi à retourner les établissements les plus malfamés de Whitechapel à la recherche de la prostituée qui a découvert le corps de Leo. J'ai parlé à toutes sortes de catins. Des brunes, des blondes, des grosses, des minces, des laides, des jolies... et quelques rares authentiques beautés. En échange d'un shilling, n'importe laquelle d'entre elles se serait mise à genoux ou aurait retroussé ses jupes pour mon bon plaisir. Mais ce n'était pas d'elles dont j'avais envie. Toute la journée, je n'ai pensé qu'à vous.

Il vrilla son regard au sien.

— Je pensais à vous sur le chemin du retour. Et au lieu de changer de monture à Cambridge, comme j'aurais dû le faire, j'ai poussé ma jument. Alors oui, elle méritait quelques caresses et quelques excuses. Je n'ai jamais maltraité mes bêtes, mais aujourd'hui il s'en est fallu de peu. Et si j'ai fait cela, ce n'était pas parce que j'avais envie d'une partie de jambes en l'air terre à terre, Amelia. Ou d'un morceau de rôti froid et d'une tartine beurrée. Tout cela, je l'ai fait pour mettre la main sur ce fichu jeton. Pour vous prouver que je ne suis pas un meurtrier. Pour gagner votre confiance et vous convaincre que vous n'avez rien à craindre.

Laissant échapper un rire amer, il lui lâcha le menton.

— Le pire, c'est qu'en ce moment même vous *devriez* être effrayée. Terrifiée.

Il s'avança, la forçant à reculer jusqu'à ce qu'elle heurte le mur. Spencer la déshabilla du regard.

— Vous devriez trembler comme une feuille, car je suis fatigué et contrarié, et à deux doigts de vous jeter sur le lit, de vous arracher votre robe et de vous posséder, avec ou sans votre consentement.

— Vous ne feriez pas cela.

Il appuya les mains de part et d'autre de son visage, la piégeant entre ses bras. Sa chaleur et son odeur enveloppèrent Amelia.

— Vous avez raison. Le lit est facultatif. Je vous prendrais ici même.

Son regard était sombre, sauvage, avide, et si intense qu'elle avait l'impression qu'il était déjà en elle. Fini l'homme qui l'avait embrassée avec douceur dans le bureau de Laurent. À présent, il ne cherchait plus à la séduire, mais à la posséder.

Bien que frissonnant de la tête aux pieds, elle s'efforça de soutenir son regard. La chaleur accumulée entre leurs deux corps aurait pu faire fondre de l'acier.

Finalement, sa patience fut récompensée. Exhalant un soupir, il se détendit. Il était visiblement épuisé, physiquement et mentalement.

— Sapristi, Amelia…

Profitant de l'occasion, elle plongea sous son bras et se précipita à l'autre bout de la pièce.

Lâchant un juron, il se lança à sa poursuite. Au lieu de contourner le lit comme elle, il se jeta dessus pour lui barrer la route. Il tomba à genoux, se pencha en avant et tenta de l'agripper au passage. Il parvint juste à accrocher sa jupe qui se déchira quand elle se dégagea.

Elle se rua vers la porte de communication tout en jetant un coup d'œil par-dessus son épaule. Il était vautré sur le lit, un bout de mousseline à la main, l'air furieux.

— Sacrebleu, vous n'avez pas intérêt à vous échapper !

Elle fit coulisser le panneau en toute hâte. Le grincement du bois fut immédiatement suivi par celui du matelas. Spencer avait bondi du lit. Avec un petit cri alarmé, elle se faufila par l'ouverture et repoussa le panneau. Spencer glissa la main dans la brèche juste avant qu'il se referme. Trop tard. Le bois lui écrasa les doigts contre l'encadrement.

Rugissant de douleur, il extirpa sa main. Le panneau acheva sa course, et Amelia rabattit le loquet, se barricadant dans la chambre de Spencer.

Pantelante, elle s'adossa à la porte et laissa échapper un soupir de soulagement.

Bang !

Elle sursauta. Il avait frappé contre la porte. Il recommença.

— Ouvrez-moi, ordonna-t-il.

— Non.

— Qu'est-ce qui m'empêche de faire le tour et d'entrer par l'autre porte ?

— Je l'ai fermée à clé, mentit-elle en agitant son trousseau.

Des jurons lui parvinrent, étouffés par l'épais panneau de bois. Puis le fracas d'un objet s'écrasant contre le mur.

Elle serra les bras autour d'elle pour tenter de maîtriser ses tremblements. Le panneau remua dans son dos, comme s'il s'était appuyé dessus.

Puis le silence retomba.

Dans la pièce, du moins. Car dans la tête d'Amelia retentissait une symphonie. Les pulsations de son cœur lui martelaient les tympans. Un violoniste fantôme pinçait les cordes tendues de ses nerfs, jouant des mélodies sauvages. Et dans sa poitrine, un chœur entonnait des chants glorieux.

Spencer la voulait. Désespérément. Elle, Amelia. Pour elle, il s'était abaissé à ratisser les quartiers les plus miteux de la capitale. Il avait mis en danger l'un de ses précieux chevaux.

Un bonheur grisant la submergea. Elle voulait le savourer seule quelques instants encore sinon… sinon elle risquait de tomber si violemment amoureuse qu'elle…

— Amelia ?

Sa voix était toute proche, et enrouée de fatigue. Elle appuya l'oreille contre la porte.

— J'espère que vous n'étiez pas trop attachée à la bergère en porcelaine.

Elle sourit. Des excuses typiques du personnage !

— Je suis fourbu, reprit-il. Je vais aller me coucher dans votre lit.

La porte ne remua pas. Il n'avait pas bougé.

Approchant les lèvres de la cloison, Amelia demanda d'une voix si basse qu'il ne l'entendrait qu'à condition d'avoir l'oreille collée au panneau :

— Comment va votre main ?

— Bien, je crois.

— Je l'examinerai demain matin.

— À la réflexion, elle est peut-être cassée.

Souriant de nouveau, elle se redressa. Le panneau remua légèrement : lui aussi s'était redressé. Elle releva le loquet et fit coulisser la porte. Il l'attendait de l'autre côté.

— Faites-moi voir, dit-elle en tendant le bras.

Il posa sa main blessée dans la sienne, paume en l'air. Tandis qu'elle l'examinait, elle perçut son souffle rauque. Il avait la peau sèche et chaude, un peu calleuse par endroits, mais il pouvait plier les doigts. Elle ne remarqua ni gonflement ni sang.

— Tout va bien, conclut-elle.

— Je sais.

Ils demeurèrent silencieux, les yeux rivés sur sa main, comme si elle était en train de lui prédire l'avenir.

— Je ne suis pas un assassin, Amelia, reprit-il d'une voix posée. Certes, je me suis battu sous vos yeux et comporté comme une brute depuis le soir de notre rencontre. Mais, Dieu m'en est témoin, je n'avais pas eu recours à la violence depuis quatorze ans. J'ignore quel sort vous m'avez jeté, mais vous me faites perdre tout contrôle. Vous me faites rire. Vous me rendez bavard. Vos regards et vos paroles me troublent. Et je serais quasiment prêt à tout, en ce moment même, pour vous posséder. Mais je vous en prie, ne me fuyez pas comme si j'étais le dernier des vauriens, et ne vous avisez plus de verrouiller votre porte. Je n'ai pas tué Leo, je vous le jure.

Elle leva la tête et leurs regards s'aimantèrent. Enfin, il dévoilait son jeu, ne cherchait plus à dissimuler sa vulnérabilité. Il avait besoin que quelqu'un lui accorde sa confiance. Comment aurait-elle pu la lui refuser ?

— Je sais, Spencer. Je n'ai jamais douté de votre innocence.

Elle déposa un baiser au creux de sa paume avant de la presser contre sa joue.

Il prit une longue inspiration tremblante.

— Dans ce cas, pourquoi…

— J'avais peur que vous ne me fassiez du mal d'une autre manière. Pour être franche, je le crains toujours.

Il lui caressa la joue du pouce.

— Jamais je ne vous ferai de mal.

— Je ne pense pas que vous puissiez me faire une telle promesse, murmura-t-elle en pressant ses doigts meurtris. Mais de savoir que je peux moi aussi vous blesser rend la situation un peu plus équitable.

Il posa les yeux sur ses lèvres.

— Vous me torturez, dit-il sans la moindre trace d'ironie.

D'un pas, il franchit la porte pour la prendre dans ses bras. Ils s'effondrèrent ensemble sur le lit et il s'empara de ses lèvres. Il explora sa bouche avec ardeur. Elle se cramponna à lui, s'abandonnant à la passion sauvage de leur baiser.

Relevant la tête, il plongea son regard dans le sien.

— Nous allons le faire.

— Oui, souffla-t-elle.

— Ce soir, pas de craintes. Demain, pas de regrets.

— Aucun.

Il se redressa et l'aida à se relever afin qu'ils se retrouvent tous deux à genoux au milieu du lit. Après s'être attaqué à la rangée de boutons dans son dos, il rabattit le haut de sa robe, et elle l'aida en glissant les bras hors de ses manches. Puis il attrapa les lacets de son corset, tira dessus d'un geste impatient et le jeta de côté pour recueillir avidement sa poitrine entre ses paumes, à travers le tissu de sa chemise.

Le souffle court, il admira ses seins, les soupesa, les pétrit doucement, faisant saillir leurs pointes qui se dressèrent douloureusement.

Il tira sur son encolure, mais l'échancrure n'était pas suffisamment large pour qu'il puisse accéder à ses mamelons. Baissant alors la tête, il en aspira un à travers l'étoffe. Sentir sa langue sur son sein était tellement délectable qu'elle ne put retenir un gémissement.

Spontanément, elle attrapa le bas de sa chemise, la tira hors de son pantalon, puis, glissant les mains dessous, les fit courir sur son abdomen musclé. Il laissa échapper un grondement de plaisir. Enhardie, elle s'aventura plus bas, plaça la main en coupe sur le renflement de son pantalon.

— Vous allez devoir me guider, chuchota-t-elle en palpant avec douceur les contours de sa virilité.

Il abandonna sa poitrine le temps d'ôter sa propre chemise.

— Il n'y a pas de règles. Si ce que je fais vous procure du plaisir, il y a de grandes chances pour que le même geste me plaise aussi.

Alors, tandis qu'il déboutonnait son pantalon, elle se pencha vers lui et aspira son mamelon entre ses lèvres.

Il tressaillit si violemment qu'elle s'écarta.

— Ce n'est pas bon ?

— Si, assura-t-il en glissant la main sur son cou. C'est même très bon.

Ragaillardie, elle réitéra l'expérience. Cette fois, elle commença par lécher le petit bouton jusqu'à ce qu'il durcisse sous sa langue, puis se mit à le mordiller.

— Nom de Dieu ! siffla-t-il.

Un flot de chaleur envahit l'entrecuisse d'Amelia. Elle ne s'était jamais sentie si sensuelle, investie d'un tel pouvoir. Elle avait poussé un homme au blasphème, et tenait à présent la preuve de son désir au creux de sa main. Tout en administrant le même traitement à son autre mamelon, elle le caressa timidement de haut en bas.

— Assez, fit-il en plaquant la main sur la sienne.

— Vous n'aimez pas ? s'inquiéta-t-elle en relevant la tête.

— Au contraire, rétorqua-t-il en repoussant sa main, le visage crispé. J'attends cela depuis trop longtemps, je ne veux pas prendre le risque de finir avant même d'avoir commencé. Allongez-vous.

Docile, elle se débarrassa de ses pantoufles, et rabattit le couvre-lit avant de s'étendre. L'air concentré, il lui ôta sa robe, ses bas, son jupon et ses dessous, ne lui laissant que sa chemise. Le tissu moite collait à sa poitrine qui se soulevait frénétiquement. Assis au bord du lit, Spencer se débarrassa de ses bottes. Il se leva brièvement, le temps de faire glisser son pantalon et ses sous-vêtements.

Nu comme un ver, il se mit à califourchon sur ses cuisses sans chercher à dissimuler son sexe érigé. L'espace de quelques secondes, des vestiges de pudeur la poussèrent à détourner les yeux, puis, cédant à la tentation, elle le contempla ouvertement.

— Ne soyez pas timide, fit-il d'un ton légèrement amusé.

Elle sentit ses joues s'enflammer. Il lui prit la main et ajouta dans un murmure :

— Touchez-moi.

Il lui enroula les doigts autour de son sexe, et guida doucement sa main de haut en bas et de bas en haut. La peau à cet endroit était aussi douce qu'un pétale de rose, découvrit-elle. Cette douceur, cette vigueur ne tarderait pas à se mouvoir en elle. À cette pensée, son entrecuisse se mit à palpiter délicieusement.

Une goutte translucide perla à l'extrémité engorgée, qu'elle cueillit du bout de l'index. La main de Spencer se crispa sur la sienne, l'immobilisant.

— Ça suffit.

Il lui écarta les doigts et se pencha pour attraper la bordure de sa chemise, qu'il retroussa lentement, dévoilant ses cuisses, son ventre, et le renflement de ses seins. La chemise s'amoncela sous ses bras. Devait-elle se redresser pour lui permettre de la lui ôter complètement ?

Il était apparemment trop impatient pour s'en préoccuper. Ses mains parcoururent son corps avec avidité, seins, hanches, cuisses. Il insinua les doigts entre ses jambes, écarta les replis de son intimité pour l'explorer doucement, le souffle saccadé. De plus en plus embarrassée, elle aurait préféré qu'il l'embrasse tandis qu'il la caressait ainsi. Mais lorsqu'il trouva la petite crête sensible source de tous les plaisirs, cela n'eut plus aucune importance. Comme elle cambrait le dos, il se pencha, happa la pointe de son sein dans sa bouche et la suça résolument tout en glissant un doigt en elle. Ses muscles intimes se contractèrent en réaction à cette invasion.

Un lent mouvement de va-et-vient provoqua en elle des sensations d'une volupté insoutenable, la conduisant inexorablement vers l'orgasme. Elle oscillait au bord du gouffre, mais quelque chose la retenait, l'empêchait de s'abandonner complètement.

Il dut le sentir, car il murmura :

— Je veux vous voir jouir. J'en ai rêvé, savez-vous ? De nuit comme de jour. J'ai imaginé votre visage, votre corps en feu, vos seins dressés…

Une nouvelle vague de volupté déferla en elle. Elle se couvrit les yeux du poignet.

Il le repoussa de sa main libre tandis que l'autre continuait de la fouailler impitoyablement.

— Non, ne vous cachez pas. Je suis égoïste, je veux vous voir. En fait, je devrais me pencher entre vos cuisses et vous faire atteindre la jouissance avec ma langue. Mais je ne le ferai pas, car je veux vous voir jouir.

Quoiqu'elle eût du mal à se représenter la scène qu'il lui décrivait, son corps réagit avec enthousiasme, se liquéfiant littéralement au rythme de son doigt.

Oh, Seigneur ! Elle était au bord... au bord... Elle se mit à gémir et à laisser échapper des sons inarticulés...

— Dites-moi, la pressa-t-il. Dites-moi ce que vous voulez.

Les mots, les phrases lui échappaient.

— Doucement... parvint-elle à murmurer.

Il relâcha la pression de son pouce, se contentant de titiller le petit bourgeon charnu.

— Comme cela ?

— Oui, souffla-t-elle.

Elle se cabra, puis se mordit la lèvre tout en agrippant les draps de toutes ses forces.

Oui, oui, oui... Oui.

S'abandonnant enfin au plaisir, elle jouit avec une telle violence que son bassin se décolla du lit. Spencer glissa un deuxième doigt en elle tandis que les vagues se succédaient sans fin. Amelia était encore secouée de spasmes lorsqu'il retira la main et se positionna entre ses cuisses.

— Il faut que je vous possède, marmonna-t-il en lui écartant les jambes. Maintenant, ajouta-t-il en plongeant au cœur de son intimité encore toute palpitante.

Elle laissa échapper un cri étouffé comme une vive douleur se mêlait au plaisir atténué qu'elle éprouvait encore.

Il jura, mais continua de s'enfoncer en elle.

— Je ne peux pas m'arrêter... C'est trop bon.

Amelia sentit sa chair s'étirer douloureusement. Et lorsqu'elle crut qu'il lui serait impossible de l'accepter davantage en elle, il lui empoigna les fesses à deux mains et orienta son bassin de manière à plonger encore plus profondément.

Quand il fut entièrement fiché en elle, il demeura quelques instants immobile, le visage pressé au creux de son cou.

— Vous n'imaginez pas ce que j'ai enduré à cause de vous, haleta-t-il en donnant un coup de reins. Mais sachez que le jeu en valait largement la chandelle.

Il l'embrassa, puis commença à aller et venir en elle. Doucement. Le corps d'Amelia s'était adapté au sien, et il se mouvait aisément. Au bout d'une poignée de secondes, l'acte devint moins douloureux, et même plutôt agréable. Elle se détendit, ouvrit largement les cuisses pour le prendre plus profondément en elle. Elle savoura le poids de son corps sur le sien, la fermeté de ses épaules et de ses bras, la douceur de son dos. Tandis qu'il accélérait la cadence, elle laissa ses mains glisser jusqu'à son postérieur qu'elle empoigna sans hésiter.

Il émit un grognement et elle sentit un changement se produire en lui. Finies les petites marques d'attention. Le besoin physique prit le dessus. S'agenouillant, il la saisit aux hanches et la souleva. Elle vit les tendons de son cou saillir. Il s'engouffra en elle de plus en plus vite, avec avidité, à la recherche de son propre plaisir.

À présent, elle comprenait pourquoi il avait insisté pour la voir jouir. Même s'il avait les yeux fermés, son expression lui disait sans la moindre ambiguïté qu'en cet instant, il aurait préféré mourir plutôt que de se retirer. Se sentir à ce point désirée, plus indispensable encore que l'air qu'il respirait fut pour Amelia le moment le plus extraordinaire de cette union.

Il poussa soudain un cri rauque, entre grondement et gémissement, puis s'effondra sur elle, tremblant de la tête aux pieds. Avec tendresse, elle l'enveloppa de ses bras, repoussa une mèche humide de son front. La tête reposant sur sa poitrine, il murmura son prénom dans un soupir.

Elle avait peut-être parlé un peu vite. Et si c'était maintenant l'instant le plus extraordinaire de l'acte ? Cette fusion, ce sentiment d'être aussi proches que deux êtres pourront jamais l'être ?

Trop rapidement à son goût, il se retira.

— Vous avez très mal ? s'inquiéta-t-il.

— C'est supportable.

— Tant mieux, fit-il en roulant sur le dos. Je ne me suis pas comporté exactement comme un gentleman.

— J'ai remarqué, fit-elle en rabattant sa chemise. C'est sans importance

Il l'attira contre lui. Elle posa la tête sur son torse, et écouta, fascinée, les battements sourds de son cœur.

— Avec le temps, ce sera meilleur, vous verrez, marmonna-t-il d'une voix ensommeillée. Ça n'est douloureux que la première fois.

Le bras autour d'elle se relâcha et il sombra dans le sommeil.

Elle frissonna malgré la chaleur qu'il dégageait. Se rendait-il compte de ce qu'elle venait de lui abandonner ? Non seulement son corps, mais sa confiance, et son avenir. Elle ne tarderait pas à tomber amoureuse de lui, si ce n'était déjà fait. À partir de maintenant, il avait le pouvoir de la rendre infiniment heureuse, comme celui de l'anéantir totalement. Ce soir, certes, il lui avait dévoilé une facette vulnérable et sensible de son être, mais il était rongé par le désir et la frustration. Comment se comporterait-il demain ? Elle espérait de toute son âme que son désir survivrait à son assouvissement.

14

Amelia se réveilla avec les premiers rayons du soleil. Elle avait terriblement envie... de trouver le pot de chambre.

Une fois le problème résolu, elle se dirigea vers la table de toilette à pas feutrés, se lava le visage, se rinça la bouche et se coiffa. Savoir Spencer allongé dans le lit juste à côté l'émoustilla. Même s'il était endormi. Tout en se brossant, elle imagina qu'il s'était réveillé et la contemplait, et que la vue de sa poitrine se balançant librement sous sa chemise provoquait en lui une délectable érection.

Après avoir achevé sa toilette, elle risqua un regard du côté du lit. À cet instant, il roula sur le dos, et elle put constater que ce qu'elle s'était amusée à imaginer s'était en partie réalisé. Sous le drap qui lui couvrait le ventre, son sexe était dressé comme un mât. Cette vision lui rappela aussitôt les scènes de passion de la nuit, et une onde de chaleur se déploya en elle.

Mais elle ne voulait pas le réveiller. Pas encore. Pas alors qu'elle avait l'occasion d'explorer ses appartements.

Ce qu'elle fit. Oh, elle ne fouina pas ! Ç'aurait été trop avilissant pour eux deux. Elle n'ouvrit pas un seul tiroir ni une seule armoire. En revanche, rien de ce qui s'offrait aux regards ne lui échappa.

En examinant les tableaux accrochés au mur, elle comprit pourquoi il avait apprécié sa broderie. Il avait un penchant pour les paysages, en particulier les scènes sauvages et accidentées.

À côté de la chambre se trouvait un petit cabinet de travail doté d'un bureau qu'il n'utilisait visiblement jamais. Il devait lui préférer la bibliothèque. Il semblait toutefois qu'un coin de la pièce soit interdit aux domestiques. Là, à côté d'un confortable fauteuil placé près de la cheminée se trouvait un guéridon couvert de journaux sportifs, de registres, de cartes et de livres.

Juste ciel, cet homme possédait une quantité incroyable de livres !

Chacune des six pièces constituant ses appartements recelait des ouvrages. Y compris le dressing, où des étagères encastrées, vraisemblablement prévues pour ranger les chapeaux, avaient été converties en bibliothèque. Pour autant qu'elle puisse en juger, les livres étaient disposés au petit bonheur la chance.

Si certains titres lui étaient familiers, la plupart lui étaient inconnus. Néanmoins, elle se sentait dans son élément. Elle ne se serait jamais décrite comme une érudite ou un bas-bleu ; juste une grande lectrice. Une amoureuse des livres. Et, visiblement, Spencer partageait son penchant. Elle trouva de la fiction, de la philosophie, des ouvrages d'agriculture, un traité scientifique égaré là, et de la poésie. Les plis et les craquelures au dos des livres indiquaient qu'il avait lu la majorité d'entre eux, et la grande variété de disciplines laissait supposer que leur propriétaire possédait un esprit ouvert et curieux.

Elle regagna la chambre sur la pointe des pieds et se percha au bord du lit en prenant garde de ne pas réveiller Spencer.

La pâle lumière du petit matin lui était favorable. Il était certes beau en toutes circonstances, mais l'aube illuminait ses traits en douceur sans jeter d'ombres sévères sur ses yeux et ses pommettes saillantes. Il paraissait si jeune. Si désirable. Comment avait-elle pu croire qu'un tête-à-tête semblerait moins intime à la lumière du jour ?

Le regard d'Amelia quitta son visage, s'attarda sur son bras qui reposait en travers de son ventre, biceps saillant, muscles sinueux de l'avant-bras. Avec une douceur infinie, elle suivit de l'index le chemin d'une veine proéminente sur son poignet. Il remua, marmonnant des paroles incompréhensibles, puis redevint immobile.

Il s'en était fallu de peu, pourtant, elle ne put s'empêcher de jouer encore avec le feu. Son corps était si fascinant, si viril. Redoublant d'audace, elle dessina du bout du doigt les contours de son sexe à travers les draps.

— Que...

Sa main s'abattit sur son poignet. Il se redressa d'un bond et la plaqua sur le matelas. Il la dévisagea en cillant, à la fois perplexe et inquiet.

— C'est moi, dit-elle, haletante, secouée par la brutalité de sa chute. Amelia.

« Pourvu qu'il veuille encore de moi », implora-t-elle en silence.

— Amelia.

Son expression s'adoucit.

Il murmura son prénom avec un respect mêlé de désir, et elle se demanda pourquoi elle avait voulu qu'il l'appelle autrement. Aucun terme affectueux n'aurait pu être prononcé avec davantage de tendresse.

Ils se dévisagèrent quelques instants, le souffle court. Sous sa chemise, ses seins durcirent, et un frisson de plaisir anticipé la parcourut. Lui lâchant le poignet, Spencer se hissa sur elle, et lui écarta les jambes du genou. Il prit son visage entre ses mains tout en pressant son bassin contre le sien. Alors même qu'une décharge de plaisir la traversait, elle tressaillit.

— Bon sang, marmonna-t-il en se retirant. Vous avez mal. C'est trop tôt.

Elle était en train de se demander comment le persuader du contraire lorsqu'un grondement sourd attira son attention. Elle crut tout d'abord qu'il s'agissait de son estomac ou du sien, qui criait famine. Mais le son s'amplifia, et il fut bientôt évident qu'il provenait de l'extérieur.

— Un véhicule dans l'allée, expliqua-t-il en remarquant son air distrait. Probablement une commande que j'attendais.

— En rapport avec des chevaux, je suppose ?

En guise de réponse, il lui tira gentiment l'oreille et se redressa en position assise.

— Vous devez vraiment descendre ? risqua-t-elle en glissant l'index le long de son dos nu.

— Non, pas vraiment. Mais il me semble que ce serait plus sage.

Sans lui laisser le temps de protester, il se leva, traversa la chambre et disparut dans la pièce contiguë. Elle en demeura sans voix.

— Amelia ? appela-t-il.

— Oui ?

— Sortez. Regagnez votre chambre et fermez la porte.

Confuse, elle s'assit dans le lit.

Spencer s'encadra brièvement sur le seuil.

— Sortez, ou je risque de vous sauter dessus. Or, je préférerais que nous accomplissions l'acte avec un peu plus de délicatesse la prochaine fois.

Il disparut de nouveau, la laissant le sourire sur les lèvres. L'idée qu'il lui saute dessus n'était pas pour lui déplaire, mais s'il lui promettait de la délicatesse, elle pourrait se laisser convaincre de prendre un long bain chaud.

Elle se leva, s'approcha du seuil de la pièce où il se trouvait. Appuyant l'épaule contre le chambranle sans pour autant risquer un regard à l'intérieur, elle lui glissa avec coquetterie :

— Je m'en irai à une condition.

— Ah oui, et laquelle ? répliqua-t-il d'une voix étouffée semblant indiquer qu'il enfilait une chemise.

— Je voudrais apprendre à monter.

Il y eut un long silence. À vrai dire, elle était aussi surprise que lui de sa requête. Elle qui détestait les chevaux. Qui les craignait, pour être exact. Mais elle voulait le comprendre, et pour cela, elle n'avait d'autre choix que d'apprendre à comprendre les chevaux également.

Soudain, la tête et les épaules de Spencer apparurent. Il avait en effet revêtu une chemise propre, mais il avait les cheveux plus en bataille que jamais, et elle sentait encore sur lui... *leur odeur*. Il était assez proche pour qu'elle l'embrasse, mais elle se retint. Son expression était par trop amusante.

— Ai-je bien entendu ? Vous voudriez apprendre à monter ? reprit-il en arquant un sourcil.

Il parcourut son corps d'un lent regard, et Amelia rougit en se rendant compte de ce que sa formulation avait d'ambigu.

— À cheval ! précisa-t-elle, alors même que ses seins pointaient sous sa chemise.

Il agrippa le chambranle avec une telle force que ses phalanges blanchirent.

— Femme, vos chances que je vous prenne avec délicatesse diminuent à chaque seconde. Sortez. Maintenant.

Elle s'en alla avec le sourire. Et en se déhanchant parce qu'elle savait qu'il la suivait du regard.

Une fois dans ses appartements, elle sonna sa femme de chambre et ordonna qu'on lui prépare un bain. Puis elle se laissa choir sur son lit, l'esprit en ébullition, le corps vibrant d'énergie.

Lorsque la porte se rouvrit une demi-heure plus tard, elle s'attendait qu'on lui annonce que son bain était prêt. Au lieu de quoi, un convoi de domestiques, les bras chargés de paquets et de boîtes à chapeaux, pénétra dans la pièce.

— Qu'est-ce que c'est que tout cela ?

— Votre nouvelle garde-robe, milady, répondit sa femme de chambre. Tout juste arrivée de Londres.

La fameuse commande, devina-t-elle.

En examinant les paquets, Amelia reconnut le ruban d'emballage. Ils provenaient de la couturière londonienne qui avait conçu sa robe de mariée. Spencer avait dû commander une garde-robe entière. Et à en juger par la montagne de paquets, il devait y avoir au moins une douzaine de robes. Si celles-ci étaient aussi jolies que l'exquise robe tourterelle de son mariage, elle serait la femme la mieux habillée du Cambridgeshire.

La tête lui tourna quand elle défit le premier ruban. Elle allait ouvrir chaque paquet l'un après l'autre, et elle avait l'intention de prendre son temps. Elle avait devant elle l'équivalent d'une vie de cadeaux d'anniversaire.

Une femme de chambre l'interrompit pour lui tendre un petit papier plié.

Amelia l'ouvrit et lut ce qui suit :

Parmi ces paquets se trouve une tenue d'équitation. Retrouvez-moi aux écuries à 10 heures.

S.

Amelia fixa la note un long moment, de même qu'elle avait fixé le registre de paroisse après l'échange des serments. L'écriture de son mari l'intriguait. Quoique parfaitement lisible, elle était très différente de celle que les précepteurs enseignent aux enfants de bonne famille. Chaque coup de plume révélait une bonne dose d'assurance.

Une lettre raturée retint son attention. Un « s », apparemment. Et quoiqu'il existât une quantité incalculable de mots et expressions commençant par la lettre « s », Amelia ne put s'empêcher d'imaginer l'impensable.

Spencer avait failli écrire « s'il vous plaît ».

— Oh, elle est prête, milord ! Un peu agitée, certes, mais c'est encore une pouliche.

La jument poussa soudain un hennissement et fit un écart. Le valet d'écurie la corrigea d'un mot tout en tirant sur la longe.

— C'est une nerveuse, ajouta-t-il.

Spencer secoua la tête. Ses propres bêtes étaient parfaitement dressées, aussi cela l'agaçait-il lorsqu'on envoyait des chevaux qui ne l'étaient pas dans son haras. S'il existait un animal naturellement enclin à plaire, c'était le cheval. Qu'un propriétaire échoue à obtenir la confiance et la coopération de sa bête lui semblait aussi incompréhensible que s'il n'arrivait pas à la nourrir ou à la désaltérer.

Il caressa le garrot de la pouliche tout en murmurant :

— Vous l'avez mise en présence de l'allumeur ?

— Oui, répondit le valet. Elle était plutôt réceptive, mais elle s'est cabrée quand il a voulu la couvrir. Il faudra l'entraver, autrement elle bottera.

Spencer hocha la tête. Certains étalons dits « allumeurs » servaient à vérifier si la jument était en chaleur et disposée à l'accouplement de manière à ne pas fatiguer inutilement un étalon-donneur de grande valeur. L'allumeur la poursuivait dans le paddock, comme le voulait le rituel de la parade nuptiale, puis chevauchait la jument pour tester sa réceptivité – les dresseurs intervenaient alors pour l'écarter avant l'accouplement proprement dit. C'était courant dans les haras, aussi Spencer n'avait-il jamais pris le temps d'y réfléchir. Toutefois, ce matin, il était d'humeur méditative.

D'une part, il se demandait si cette pratique n'était pas néfaste à la santé physique ou mentale de ses étalons. Il se sentait lui-même beaucoup mieux depuis qu'il ne jouait plus le rôle d'allumeur. D'autre part, les reproches d'Amelia étaient fondés. Il accordait plus d'importance au confort de ses poulinières qu'à celui de sa propre épouse. En repensant à la brutalité avec laquelle il l'avait prise, la nuit passée, alors qu'il s'agissait de leurs premiers ébats, il éprouva un pincement de culpabilité.

Comme le valet rentrait la jument dans son box, Spencer s'appuya contre le mur, et feignit d'ôter la paille de ses bottes en les tapant tour à tour contre ce dernier. Pour ne pas avoir l'air d'attendre. Un duc n'avait pas à subir cela. C'était lui qui faisait patienter son entourage.

— Spencer ?

Sa botte retomba lourdement sur le sol. Il leva les yeux. Dans l'encadrement de la grande porte se tenait Amelia. Du moins une version nouvelle et lumineuse de son épouse.

— Vous...

Il ravala son compliment, se rappelant à temps qu'il n'était pas le genre d'homme à sortir des « Dieu, vous êtes ravissante » au beau milieu d'une écurie. Ou ailleurs, du reste. Il s'éclaircit la voix.

— Vous êtes venue.

— Vous avez l'air surpris, s'étonna-t-elle. Merci, ajouta-t-elle en désignant sa tenue d'équitation, un sourire timide aux lèvres.

Spencer chassa ses remerciements d'un geste. En réalité, c'est lui qui aurait dû la remercier. La jupe de velours bleu nuit tombait superbement. Quant à la veste confectionnée dans un tissu chamarré, elle captait si bien la lumière qu'Amelia irradiait littéralement, tel un saphir serti des boucles d'or de sa chevelure, et...

Bon sang ! Qu'est-ce qui lui prenait ?

Et plus il la fixait sans mot dire, plus le sourire d'Amelia s'élargissait.

— Je suis prête pour ma première leçon, déclara-t-elle.

Elle s'avança vers lui et il s'aperçut de sa méprise. Ce n'était pas tant l'habit qui la rendait séduisante que sa manière de le porter où la confiance en elle le disputait à la sensualité.

Il se racla la gorge.

— Nous n'allons pas précipiter les choses. Je n'ai pas l'intention de vous mettre en selle dès aujourd'hui, pas après...

Nouveau raclement de gorge. Le visage lui brûlait. Sapristi ! Se pouvait-il qu'il *rougisse* ?

— Vous pensez que c'est une mauvaise idée ? demanda-t-elle, subitement embarrassée. Il vaudrait peut-être mieux attendre un peu.

— Non, au contraire. Toute lady devrait savoir comment se comporter avec un cheval. Ne serait-ce que pour des questions de sécurité.

En outre, il était content de passer du temps en sa compagnie en dehors de la chambre. En lui faisant découvrir cet aspect de sa vie, peut-être comprendrait-elle ce que ce haras signifiait à ses yeux, mais aussi qu'il n'était pas tout à ses yeux. Bien que la jalousie dont elle avait fait montre la nuit passée l'ait flatté, il n'avait nulle envie d'endurer sa rancœur jusqu'à la fin de ses jours.

Elle examina le plafond voûté.

— Cet endroit est tout à fait différent à la lumière du jour. Vous me faites visiter ?

— Volontiers.

Il lui offrit le bras et elle l'accepta. Tandis qu'ils parcouraient les écuries et ses dépendances, Spencer lui raconta l'histoire du bâtiment – érigé par son grand-père, agrandi par son oncle, puis par lui – et lui décrivit les activités du haras. Quoique rares, ses questions comme ses remarques reflétaient un intérêt sincère doublé d'une véritable curiosité.

Lorsqu'elle demanda à voir les poulains, il accepta volontiers. Et songea qu'il aurait dû commencer par là tandis qu'elle s'extasiait devant les petites créatures aux jambes frêles... Quand elle s'accroupit pour caresser une pouliche blanche à travers la clôture, Spencer envisagea de se faire escorter par la bête dans l'enceinte de Braxton Hall afin que sa femme lui réserve toujours un accueil chaleureux.

— Quel âge a-t-elle ? s'enquit Amelia comme la pouliche filait à l'autre bout du paddock.

— Elle aura bientôt trois mois. Et elle se donne déjà en spectacle.

— Elle est magnifique. Puis-je l'avoir ? dit-elle en se tournant vers lui, le sourire aux lèvres. Pour mes leçons d'équitation.

— Pas question.

Elle parut contrariée.

— À douze mois, elle vaudra des milliers de guinées. En outre, il faudra attendre un moment avant de la seller et ce sera tout de même une monture trop risquée pour vous. Elle est issue d'un lignage de chevaux de course élevés pour foncer. Le dernier poulain de cette ascendance a remporté Newmarket. Non, ce qu'il vous faut, c'est un hongre d'âge mûr.

— Vous en avez un qui est joli, au moins ?

Il s'esclaffa.

— Faites votre choix et je demanderai au valet d'écurie de lui tresser des rubans dans la crinière.

— Des milliers de guinées, dit-elle, songeuse. Pour une seule pouliche. Diantre, ce haras doit rapporter une véritable fortune chaque année.

— Nous ne sommes pas à plaindre. Pour vous donner un exemple, cela fait six ans que je n'ai pas demandé de loyer à mes fermiers.

Spencer ne put masquer sa fierté. À l'époque, son oncle n'était pas d'accord pour développer le haras, et transformer de bonnes terres agricoles, qui rapportaient des loyers, en pâturages. Spencer était convaincu que le haras serait plus que rentable, et il ne s'était pas trompé.

— Je fais également travailler beaucoup d'habitants de la région, et plusieurs fermiers tirent la totalité de leurs revenus de l'avoine et du foin qu'ils nous fournissent. Mais rien de tout cela ne serait rentable si nous n'élevions pas les meilleurs chevaux de course d'Angleterre. Bien qu'ils ne l'admettent pas ouvertement aux réunions du Jockey Club, les fanatiques de course hippique se servent tous chez moi.

— Mais vous n'êtes pas membre du Jockey Club ? Vous ne faites pas courir vos chevaux ?

— Non.

— Pourquoi ? Vous êtes à deux pas de l'hippodrome de Newmarket.

Il haussa les épaules.

— Cela ne m'a jamais tenté. Je n'aime pas assister aux courses.

Comme elle ouvrait la bouche pour le questionner, il ajouta :

— Je ne fais pas cela pour la gloire.

— Et pas pour l'argent non plus, je suppose. Alors pourquoi ?

— Parce que je suis doué. Et que j'aime cela.

Ils observèrent les poulains quelques instants, et il éprouva un indéniable bien-être. D'une certaine manière, il avait senti qu'elle comprendrait sa passion. La profonde satisfaction que l'on ressent à accomplir quelque chose avec talent, sans chercher la reconnaissance publique. Il comprit soudain pourquoi elle tenait tant à dresser les menus, à recevoir, à s'occuper de son entourage. Elle était naturellement douée pour cela, et en tirait une véritable joie.

— Et Osiris ? fit-elle. Vous seriez prêt à tout pour l'acquérir. J'imagine que c'est pour garantir la supériorité de vos élevages. S'il est trop disponible, votre haras ne sera plus exceptionnel et les commandes risquent de décliner.

Elle avait l'esprit vif. Elle avait compris les principes de base du commerce équin d'instinct. Spencer achetait fréquemment d'anciens chevaux de course qu'il n'avait pas l'intention d'utiliser pour la reproduction uniquement pour empêcher leur descendance de faire concurrence à ses propres chevaux. Il leur assurait une retraite paisible, si bien que les deux partis y trouvaient leur compte.

— En effet, admit-il. Limiter la reproduction d'Osiris sera l'un des bénéfices.

— Mais ce n'est pas pour cette raison que vous le voulez. Ce bénéfice ne justifie pas de dépenser des dizaines de milliers de livres.

Il se rendit compte que la conversation avait pris un tour trop personnel, et qu'elle risquait de se heurter à de vieux secrets. Il se raidit.

— Quel rapport avec vos leçons d'équitation ?

— Aucun. Mais je ne suis pas vraiment là pour les chevaux, Spencer. Je veux apprendre à vous connaître. À vous comprendre.

Elle posa la main près de la sienne sur la barrière. Son auriculaire frôlait à peine le sien. Mais le léger contact commença à faire fondre son armure. Et sa conscience acheva de le faire.

Longtemps avant la mort de son oncle, il s'était promis d'assumer son titre et les responsabilités qui allaient avec, mais selon ses propres règles. Peu lui importait l'opinion des gens. Jamais il ne se justifierait auprès de qui que ce soit. Mais à présent qu'Amelia avait rempli sa part du contrat en acceptant de lui offrir non seulement son corps, mais sa loyauté et sa confiance, il aurait trouvé injuste de refuser ce qu'elle lui demandait.

— Très bien, dit-il. Je vais vous répondre, mais à l'intérieur.

Ils regagnèrent la grange et remontèrent la galerie. Lorsqu'ils approchèrent du box de Junon, il la sentit se crisper.

— Je regrette de m'être énervé, hier soir, reprit-il en s'arrêtant à quelques mètres du box. Mais j'ai eu peur pour votre sécurité. Je vous l'ai dit, Junon mord et botte. Elle n'aime pas les nouveaux visages. En fait, elle n'aime pas grand monde, ajouta-t-il en soupirant. C'est une fichue bourrique !

— Dans ce cas, pourquoi la garder ?

— Parce que personne d'autre n'en voudrait. C'est le tout premier cheval que j'ai acheté dans ce pays. Mon père m'a laissé un petit héritage. À ma majorité, j'ai rassemblé mes fonds, je me suis rendu à une vente aux enchères et je suis rentré chez moi avec cette créature. J'étais jeune et stupide. Au lieu de prendre en compte le caractère de la bête, je ne me suis fié qu'à son pedigree. Elle avait quatre ans, elle était issue de nobles lignées et elle avait remporté quelques courses. Je croyais avoir fait une affaire. Ce que j'ignorais, c'est que de fougueuse elle pouvait devenir dangereuse en fonction du cavalier qui la montait, et qu'elle avait passé un an en pension à la campagne, entre les mains d'un palefrenier incompétent qui l'avait enfermée dans un box humide, s'occupait à peine d'elle et la rudoyait.

Il s'interrompit le temps de prendre une longue inspiration. Encore maintenant, la colère s'emparait de lui lorsqu'il évoquait cette période.

— Lorsque je l'ai achetée, reprit-il, elle n'avait plus aucune confiance en l'homme. Personne ne pouvait la seller. Personne ne pouvait s'approcher d'elle sans risquer d'y laisser un doigt. Il était évident qu'il serait impossible de l'accoupler. Mon oncle voulait l'abattre, mais je m'y suis opposé.

— Vraiment ? fit Amelia.

— Oh, c'est un geste moins noble qu'il n'y paraît ! C'est par fierté que j'ai refusé. Je ne voulais ni perdre mon investissement ni admettre mon échec.

Il s'approcha du box pour présenter sa main à Junon. Elle lui renifla les doigts avec une tendresse rude avant de tourner la tête. Elle aimait qu'on la gratte sous l'oreille gauche, aussi accéda-t-il à sa requête.

— J'en ai assumé l'entière responsabilité et je l'ai envoyée au pré pendant toute une année. Je n'ai pas tenté de la dresser, je ne lui ai rien demandé. Je l'ai nourrie et pansée autant qu'elle me le permettait. Et même après être parvenu à gagner sa confiance, il m'a fallu un an avant de réussir à la monter. Peu à peu, je l'ai habituée au licol, à la bride, et enfin à la selle. Étrangement, c'est là que son caractère s'est adouci. À croire qu'elle ne demandait que cela : porter un cavalier et galoper à travers champs. Aussi, plus je la montais, plus son humeur s'améliorait. À tel point que c'est devenu un rituel. Elle permet aux palefreniers de la nourrir et de la nettoyer, mais à ce jour, je suis le seul à pouvoir la monter.

Il regarda Amelia, qui le gratifia d'un petit sourire désarmant. Il s'aperçut qu'il avait beaucoup parlé, contrairement à son habitude, tandis qu'elle l'écoutait patiemment.

— Elle se fait vieille. Trop vieille pour qu'on la monte. Surtout un homme de ma corpulence. J'ai toujours été un peu lourd pour son gabarit. Mais dès que je diminue la fréquence de nos promenades, elle redevient irascible, refuse de manger, flanque des coups de sabots dans les parois de son box. Cela m'ennuie de continuer à la monter, mais je crains davantage les conséquences si j'arrêtais complètement.

Il frotta vivement l'encolure de la jument, puis recula et croisa les bras.

— C'est là qu'intervient Osiris.

— Osiris ? répéta Amelia, déconcertée.

— C'est compliqué.

De nouveau, elle attendit en silence, patiemment.

Une fois lancé, il se rendit compte que ce n'était pas si difficile.

— J'ai fouillé dans le passé de Junon dans l'espoir de trouver une manière de l'apaiser, une personne qu'elle aurait appréciée. Un valet d'écurie, peut-être un jockey. Ça n'a pas été aisé, mais j'ai fini par retrouver le haras où elle avait grandi jusqu'à ses premières courses. Le palefrenier en chef avait pris sa retraite, mais il vivait dans les environs. Il se souvenait d'elle, bien sûr. Selon lui, elle avait toujours été difficile, mais au cours de sa deuxième année elle s'était liée avec un poulain. Les chevaux ressemblent beaucoup aux hommes, vous savez. Ils nouent des liens d'amitié qui résistent à la séparation. Ainsi, nous avons eu un couple de hongres qui ne s'étaient pas vus pendant des années, mais qui...

Il s'interrompit comme elle ouvrait de grands yeux. Bon sang, il savait que cette histoire semblerait ridicule.

— Ce poulain avec lequel elle s'était liée... c'était Osiris ? devina-t-elle.

— Oui. Si absurde que cela paraisse, je ne vois pas d'autre solution, se défendit-il. Junon ne s'est jamais mêlée aux autres chevaux. J'ai pensé qu'en revoyant Osiris, elle renouerait avec lui et que le fait d'avoir un compagnon... l'apaiserait enfin.

Ils se dévisagèrent un long moment, puis Amelia murmura :

— C'est pour cette raison que vous voulez Osiris. Vous êtes prêt à dépenser des dizaines de milliers de livres, à changer votre vie, à risquer la fortune des autres – dont mon frère – simplement pour que votre jument ombrageuse retrouve son camarade d'enfance ?

— Oui.

À en juger par son expression, elle s'était attendue qu'il proteste, mais il n'avait rien d'autre à ajouter.

— Oui, répéta-t-il. Oui, tout cela pour pouvoir offrir un peu de répit à ma vieille jument grincheuse. Pensez-en ce que vous voulez.

— Oh, mais je vais vous dire ce que j'en pense !

Elle s'approcha lentement.

— Spencer… Philip… St. Alban… Dumarque, reprit-elle en plantant l'index dans son torse, vous êtes un incorrigible romantique.

Il aurait voulu se défendre, mais l'air lui manqua.

— Oh oui ! continua-t-elle. Inutile de le nier. J'ai vu votre bibliothèque et vos peintures de paysages tempêtueux. D'abord, *Waverley*, à présent cette histoire…

— Nom d'une pipe, ce n'est pas du romantisme. C'est… c'est de la gratitude, tout simplement.

— De la gratitude ?

— Ce cheval et moi nous sommes mutuellement secourus. J'avais dix-neuf ans, mon père était mort. J'avais passé toute ma jeunesse en pleine nature canadienne, et soudain je me retrouvais en Angleterre, pour me préparer à hériter d'un duché. J'en voulais au monde entier, je me sentais déraciné et je ne tenais pas en place, tout comme ce cheval, et… et nous nous sommes apprivoisés l'un l'autre, d'une certaine manière. Je lui en suis redevable.

— Vous vous enfoncez, fit-elle remarquer avec un sourire. Continuez ainsi, et je vais finir par vous prendre pour un grand sentimental.

Il s'apprêtait à répliquer quand elle posa la paume sur son torse et la glissa sous sa veste. Elle se pencha en avant, pressa ses seins ronds contre sa poitrine. Peut-être devrait-il y réfléchir à deux fois avant de tout nier en bloc…

D'un doigt sous le menton, il lui fit doucement lever le visage vers lui. Une question lui vint subitement à l'esprit :

— Vous connaissez tous mes prénoms ?

— Je les ai lus dans le registre paroissial.

Il se rappela comment, durant quelques interminables secondes, elle s'était penchée sur le registre, plume à la main. Il avait cru qu'elle hésitait. En fait, elle mémorisait son nom. L'émotion lui gonfla la poitrine et, l'espace d'un instant, il se demanda s'il n'était pas un grand sentimental, après tout.

Il glissa la main sur le cou d'Amelia, sentit son pouls s'emballer sous ses doigts. Esquissant un sourire, il s'inclina et captura sa bouche avec tendresse. Elle l'enlaça. C'était très différent de tous les baisers qu'ils avaient échangés jusque-là. Depuis leur étreinte enflammée, dans le bureau de Laurent, ils ne s'étaient pas embrassés debout. Et il se demandait pourquoi. Dans cette position, elle paraissait petite. Il devait se pencher pour atteindre sa bouche, et la soutenir pour qu'elle ne bascule pas en arrière. Quand il la tenait ainsi, elle lui semblait fragile. Il savait qu'Amelia était tout sauf fragile, mais pour quelque mâle raison il aimait à prétendre le contraire. La bercer, la réchauffer, la gratifier de baisers délicats... comme si sa bouche était une fleur dont les pétales risquaient de se disperser s'il osait respirer trop fort.

Il se prit à imaginer qu'elle avait confiance en lui. Qu'elle avait besoin de lui. Cette pensée lui plaisait. D'autant que, dans un recoin de son esprit, il commençait à craindre que ce ne soit le contraire.

Elle se raidit soudain dans ses bras et rompit leur baiser.

— À la réflexion, vous n'êtes peut-être qu'un idiot. Vous est-il venu à l'esprit qu'au lieu de ruiner mon frère pour acquérir ce cheval – et de passer pour un meurtrier dans la foulée –, vous auriez tout bonnement pu avouer la vérité à lord Ashworth et à M. Bellamy ?

— J'ai essayé. Je leur ai dit que j'étais prêt à cesser de tenter de me procurer les jetons restants à condition qu'ils me permettent de prendre Osiris en pension à Braxton Hall. Ils n'ont rien voulu entendre.

— Leur avez-vous expliqué vos véritables motifs ?

C'est cela, oui. Pour entendre Bellamy et Ashworth le traiter d'incorrigible romantique !

— C'est le dernier de leurs soucis. Pourquoi me rendraient-ils service à moi ? Et à une vieille jument maltraitée ?

— Parce que ce sont vos amis.

— Qu'est-ce qui vous a donné cette impression ? Le fait que Bellamy m'accuse de meurtre ? Ou le coup de poing que je lui ai assené en pleine figure ? Quant à Ashworth, je lui ai réglé son compte il y a des années, inutile de revenir sur ces prouesses.

— Vous n'êtes peut-être pas encore amis, mais si vous vous donniez la peine de passer du temps avec eux pour apprendre à les apprécier, ils vous aideraient.

— Vous avez perdu la tête ? Ils croient que j'ai tué Leo !

— Pas lord Ashworth. Et l'enquête de M. Bellamy vous disculpera.

— Nous l'ignorons. Amelia, j'ai passé le quartier au peigne fin. Il se peut que l'on ne retrouve jamais les meurtriers de Leo.

— Dans ce cas, vous leur prouverez qu'ils se trompent et gagnerez leur confiance. Donnez-leur une chance d'apprendre à vous connaître, comme vous l'avez fait avec moi.

Elle esquissa un sourire.

— Si impensable que cela vous paraisse, vous vous simplifieriez beaucoup la vie en leur révélant votre secret le plus profondément enfoui.

— Et à quel secret faites-vous allusion ?

Elle lui effleura la joue.

— En dépit de tout ce que les gens racontent, vous êtes un homme bien, gentil, terriblement sympathique. En tout cas, moi, je commence à vous apprécier beaucoup.

Elle avait le cœur sur la main. Seule une âme généreuse pouvait concevoir pareille réconciliation – trois hommes passant outre à leurs origines sociales, conflits d'argent, ressentiments et méfiance pour devenir amis et se raconter leurs secrets autour d'un verre de porto.

Même des hommes que rien n'opposait ne le faisaient pas. Raison pour laquelle ils étaient des hommes et non des femmes.

En plongeant les yeux dans ce regard bleu, il aurait presque voulu rendre cela possible. Juste pour elle.

Soudain, une brillante idée lui vint à l'esprit.

— Je peux vous demander une énorme faveur ? fit-il, incapable de réprimer un sourire de satisfaction.

— Dites toujours.

— J'aimerais donner une fête. En petit comité, s'empressa-t-il d'ajouter pour refréner son enthousiasme. J'inviterai Ashworth et Bellamy, ce qui nous permettra de régler cette histoire une fois pour toutes.

Non pas comme Amelia se le figurait, mais inutile de le lui préciser. Cette partie de la soirée se déroulerait en privé, à l'abri des regards. Toutefois, pour mettre son plan à exécution, il fallait d'abord que les deux hommes soient détendus et conciliants.

— Voulez-vous vous charger de l'organiser ?

— J'en serai ravie, et vous le savez très bien. Mais vous ne voulez recevoir que deux invités, dans une si grande demeure ?

— Non, ce ne sera pas à Braxton Hall. Il vaut mieux que nous nous retrouvions en terrain neutre.

C'était là tout le génie de son plan.

— J'envisage de louer une propriété pour l'été. Or j'ai entendu dire qu'un cottage était disponible dans le Gloucestershire. Le prix est exagéré. Quatre cents livres, pour un cottage ? À ce tarif, il vaut mieux qu'il n'y ait pas trop de courants d'air.

— Briarbank est le cottage le plus charmant que vous ayez jamais vu, dit-elle avant de se jeter dans ses bras. Oh, Spencer, vous allez adorer ! La région est magnifique. Vous pourrez emmener les hommes pêcher. Puis-je inviter Lily ? Elle a l'intention de retourner à Harcliffe Manor, qui se trouve dans les environs. Elle sera heureuse d'avoir de la compagnie, j'en suis sûre.

— Je n'ai rien contre.

En vérité, cela tombait à pic. S'il y avait une personne capable de raisonner cet imbécile de Bellamy, c'était bien Lily Chatwick.

— Claudia nous accompagnera ?

— Naturellement.

Impossible de laisser Claudia toute seule.

— Parfait. Dans ce cas, il y aura à ma table le même nombre d'hommes et de femmes. Sans oublier que cela lui fera le plus grand bien. À vous aussi d'ailleurs. Personne ne peut être malheureux à Briarbank. C'est tout simplement inconcevable. Quand partons-nous ?

Son impatience le fit rire.

— Pas avant quelques semaines. Je dois m'organiser, et vous aussi, j'imagine. Entre-temps, fit-il en lui caressant le dos, nous avons du pain sur la planche avec vos leçons d'équitation. Le Gloucestershire est à trois jours de route. Si vous n'en faites pas une partie à cheval, vous risquez d'être très malheureuse.

Elle hocha la tête en se mordillant la lèvre inférieure. Il mourait d'envie de l'embrasser.

Mais ce fut elle qui prit les devants. Les bras noués autour de son cou, elle s'empara de sa bouche, la taquina de la langue. Un flot de désir brut le submergea. Ensemble, ils pénétrèrent en titubant dans un box vide. Il tendit le bras pour atténuer le choc lorsque le dos d'Amelia entra en contact avec la paroi.

Au diable, la délicatesse ! Elle lui griffa le cuir chevelu tandis que leurs lèvres se cherchaient avec avidité. Il lui palpa les seins, les hanches, les fesses.

— Amelia, il vaudrait mieux arrêter maintenant si…

— J'ai envie de vous, souffla-t-elle en frottant son bassin contre le sien.

Seigneur, Spencer crut qu'il ne pourrait pas se retenir une seconde de plus ! Il agrippa sa jupe, la fit remonter jusqu'aux genoux, et glissa la main dessous. Elle disait avoir envie de lui, mais il voulait en avoir la preuve.

Elle exhala un soupir lorsqu'il effleura l'intérieur de sa cuisse.

Si tenté fût-il de la provoquer, de prendre tout son temps, il en était incapable. Ses réserves de patience étaient taries depuis plusieurs jours. Il prit son sexe en coupe. Elle laissa échapper un gémissement de plaisir. Bon sang, elle était plus que prête ! Son intimité était moite et chaude et palpitait sous ses doigts.

Il avait beau avoir envie de la prendre sans attendre, l'idée de le faire ici le rebutait. Une étreinte rapide contre un mur, dans une écurie empestant le fumier, pour leur deuxième rapport intime, alors qu'il avait eu l'intention de s'y prendre convenablement ? Il avait passé les derniers jours l'esprit embrumé de désir, mais à présent que le brouillard commençait à se lever, il prenait conscience du fait qu'Amelia avait peut-être des besoins qui lui étaient propres.

— Spencer ? chuchota-t-elle en ondulant doucement contre sa main. La nuit dernière, vous me menaciez de me prendre contre le mur. Vous pourriez le faire maintenant ?

Si c'était ce qu'elle voulait, sans l'ombre d'un doute ! Et si elle l'aidait à déboutonner son pantalon, ce serait l'affaire de quelques secondes.

— Ohé ? cria une voix à l'autre bout de la grange. Il y a quelqu'un ? Amelia, tu es là ?

— Oui...

Son regard s'illumina. Elle s'empressa de rabattre ses jupes et de lisser son corsage.

— Oui. Nous sommes là.

Que diable ? Spencer s'agita dans tous les sens, glissa une main fébrile dans ses cheveux tout en ajustant son pantalon de l'autre. Bien que cette voix lui fût familière, il n'arrivait pas à y mettre un visage.

— Ne me dis pas que ce sont les appartements de la duchesse, reprit la voix qui se rapprochait. Je n'ai rien contre les mariages de raison, mais je m'attendais que Morland te loge mieux que cela.

Spencer ignorait toujours à qui appartenait cette voix, mais il aurait volontiers flanqué une correction à son propriétaire. Amelia, de son côté…

Amelia éclata de rire en rougissant, avant de s'élancer dans la galerie pour accueillir le nouvel arrivant. Spencer lui emboîta le pas. À l'instant où il aperçut l'auteur des remarques irrévérencieuses, il comprit que l'après-midi qui avait débuté sous les meilleurs auspices s'en allait à vau-l'eau.

Ravalant un juron, il regarda sa femme se jeter dans les bras de son frère.

— Jack, s'écria-t-elle, je suis tellement heureuse que tu sois venu !

15

— Je dois avouer que ta visite est une surprise, fit remarquer Amelia un peu plus tard en indiquant au valet de déposer le service à thé sur la table.

— Heureuse, j'espère, répliqua Jack, en repoussant une mèche blonde de son front.

S'il avait la blondeur d'Amelia – de même que tous leurs frères –, il avait hérité des traits fins de leur mère. On l'avait toujours considéré comme le plus beau de la fratrie. Bien avant qu'il ne devienne le « bon à rien ».

— Bien sûr, répliqua-t-elle. Claudia, auriez-vous la gentillesse de servir le thé ?

L'arrivée d'un mystérieux invité avait poussé la pupille de Spencer à quitter sa tanière. C'est à contre-cœur qu'elle s'exécuta, quoiqu'on ne lui laissât pas le choix. D'une part, elle devait s'habituer à servir le thé, d'autre part, Amelia avait besoin de réfléchir.

Que diable Jack faisait-il à Braxton Hall ?

Certes, elle espérait qu'il lui rendrait visite. Cela faisait des mois qu'elle cherchait un moyen de l'éloigner de Londres, raison pour laquelle elle lui avait envoyé un mot le jour de son mariage, l'invitant à venir à Braxton Hall quand il le souhaitait. Mais elle ne pensait pas qu'il arriverait dans la foulée !

— Je serais venu plus tôt si j'avais su que le Cambridgeshire offrait de si jolis paysages.

Ce disant, il gratifia Claudia d'un sourire éblouissant. Amelia ressentit une soudaine inquiétude. Le sourire de Jack n'avait que trop d'effet sur les jeunes filles impressionnables.

Pas sur Claudia, cependant. Elle écarquilla légèrement les yeux avant de détourner le visage.

Parfait.

Haussant les épaules, Jack attrapa un sandwich dans lequel il mordit à pleines dents.

— Rien de tel qu'un voyage de nuit en malle-poste pour vous ouvrir l'appétit. La nourriture qu'on nous sert dans les auberges de relais n'arrive pas à la cheville de tes petits plats, Amelia.

— Allons, ce n'est qu'un morceau de jambon froid. En revanche, j'ai commandé tes mets favoris pour le déjeuner.

— Je m'en doutais ! Même recluse dans le fin fond du Cambridgeshire, tu restes la meilleure sœur que l'on puisse rêver d'avoir.

Profitant de ce que Claudia servait le thé, Amelia se pencha vers son frère pour lui chuchoter sur un ton confidentiel :

— Le duc va nous rejoindre d'une minute à l'autre. Osé-je espérer que cette visite signifie que tu as trouvé de quoi le rembourser ?

— Tu veux parler de ma dette ? dit-il en attaquant son deuxième sandwich. L'affaire est réglée. La location du cottage, tu te rappelles ?

Amelia cilla.

— Oui, bien sûr. Eh bien, cela aura été… rapide.

Pourquoi Spencer ne le lui avait-il pas dit ? Il n'avait peut-être pas encore reçu le paiement. Tant pis pour leurs projets de fête à Briarbank. Toutefois, même si elle n'aimait pas l'idée que des inconnus occupent son cottage, elle était soulagée que Jack se soit acquitté de sa dette. C'était sans doute la raison de sa soudaine nonchalance.

— Combien de temps comptes-tu rester ? demanda-t-elle.

— Quelques semaines, si tu arrives à me supporter. Je me disais que je pourrais me rendre à Cambridge un de ces jours, pour voir si je ne peux pas reprendre mes études.

Le cœur d'Amelia se logea dans sa gorge ; elle eut du mal à avaler sa gorgée de thé. La matinée frisait désormais la perfection. D'abord, sa conversation avec Spencer. Puis l'arrivée imprévue de Jack, et son merveilleux projet.

S'il restait à Braxton Hall quelques semaines, Spencer aurait une influence très positive sur lui. Il pourrait même envisager de vivre ici lorsqu'il reprendrait ses études. Après tout, Cambridge n'était qu'à une quinzaine de kilomètres. Avec le temps, Spencer finirait par lui trouver un endroit où vivre : un presbytère, quelques centaines de livres par an. C'était certes modeste, mais ce serait une vie agréable – à la hauteur de ce que pouvait raisonnablement espérer le quatrième fils d'une famille de nobles désargentés. Si l'été se passait ainsi, Briarbank lui manquerait à peine.

Débordante d'optimisme, Amelia demanda :

— À qui avez-vous loué Briarbank en fin de compte ?

Au lieu de lui répondre, Jack se leva. Elle en comprit vite la raison.

Spencer se tenait sur le seuil du salon, fraîchement lavé, et impeccablement vêtu.

En un éclair, la tension sexuelle de leur tête-à-tête dans l'écurie ressurgit. À l'arrivée de Jack, Amelia avait dû étouffer son désir. L'apparition soudaine de Spencer était le tisonnier ravivant la flamme. Un seul regard à sa silhouette athlétique, et une onde brûlante déferla en elle. Des perles de transpiration se formèrent dans l'échancrure de son corsage ainsi qu'à l'intérieur de ses cuisses. Ses choix étaient simples : soit elle détournait le regard, soit elle se liquéfiait sur place. Elle choisit la première solution dans l'espoir d'épargner le brocart de son fauteuil.

— Milord, fit Jack en le gratifiant d'une élégante révérence.

Quand il le voulait, il avait des manières très raffinées.

— Monsieur d'Orsay.

— Allons, Morland, appelez-moi Jack ! s'écria ce dernier en se rasseyant. Nous sommes frères maintenant.

Amelia se risqua à regarder Spencer. À en juger par son expression, il n'appréciait pas la familiarité subite de Jack. Il avait le regard dur. Et envoûtant.

— Très bien, Jack, fit-il en traversant la pièce à grands pas pour venir s'installer dans un fauteuil droit. Trêve de plaisanteries. Que voulez-vous ?

— Comment cela ? intervint Amelia. Il est venu nous rendre visite.

— Ah, vraiment ?

— Oui, bien sûr, répondit son frère en ricanant nerveusement. Et voilà une drôle de façon de m'accueillir !

Spencer haussa les sourcils, visiblement sceptique.

— Je suis peut-être venu voir comment vous traitiez ma sœur, reprit Jack, à présent sur la défensive. Vous nous l'avez enlevée si brutalement. En outre, des bruits circulent à votre sujet, ajouta-t-il en se penchant.

— Quel genre de bruits ? demanda Claudia.

Tout le monde se figea, pris de court. Selon toute apparence, cela faisait plusieurs minutes qu'elle arrangeait des lamelles de citron dans les soucoupes à l'aide de pinces à sucre sans prêter attention à la conversation.

— Les bruits habituels ? fit-elle avec intérêt. Ou des commérages récents ?

Amelia se mordit la lèvre, à la fois consternée par la grossièreté de Claudia et impatiente d'entendre la réponse de Jack. Manifestement, Claudia ignorait tout de la mort de Leo et des circonstances mystérieuses qui l'entouraient. Mais elle se demanda si Julian Bellamy avait répandu ses soupçons à travers la capitale. Pourvu que non ! Spencer finirait par laver son honneur, mais un pareil scandale laissait des traces. La rumeur d'une implication dans un meurtre risquait d'éclabousser ses proches. Claudia plus que quiconque.

— Claudia, fit Spencer sans même la regarder. Laisse-nous.

— Mais...

— Je t'ai dit de nous laisser. Maintenant.

Il s'était exprimé d'un ton coupant, et si Amelia comprenait qu'il la congédie, elle ne put s'empêcher de compatir pour elle. Personne ne méritait d'être traité ainsi, surtout devant un invité.

— Tout va bien, murmura-t-elle à la jeune fille en lui effleurant le poignet. Nous vous verrons au déjeuner.

Les yeux brillants de larmes, Claudia se leva abruptement.

— Non, car je n'y serai pas.

— Comme elle se ruait hors de la pièce, Spencer tressaillit imperceptiblement. Amelia nota pour plus tard : « Apprendre au duc à parler aux jeunes gens. » S'il faisait des merveilles avec les poulains, c'était une vraie catastrophe avec les jeunes filles.

— Au fait, à présent.

Spencer posa les coudes sur ses genoux et appuya le menton sur ses mains croisées.

— Ainsi, vous êtes venu voir comment je traitais Amelia ?

Jack s'agita dans son fauteuil.

— Oui.

— Vous, le frère dévoué, qui abandonne sa sœur à un bal, sans chaperon, sans moyen de transport, sans un sou. Qui joue l'argent qu'il n'a pas sans se soucier de ses projets à *elle*. Qui n'a pas daigné assister à son mariage. Vous osez remettre en question ma manière de la traiter. C'est bien cela ?

— Jack cligna des yeux.

Spencer se tourna brusquement vers Amelia.

— Trouvez-vous que je vous traite convenablement ?

D'abord surprise, elle finit par répondre :

— Oui, tout à fait.

— Voilà, vous avez votre réponse, Jack. Vous passerez la nuit à Braxton Hall, et demain, vous retournerez d'où vous venez.

— Demain ? répéta Amelia. Il a voyagé toute la nuit par malle-poste. J'espérais qu'il pourrait rester au moins quelques semaines. Il a l'intention de se rendre à Cambridge pour voir s'il...

— Demain.

C'était un verdict, pas une suggestion. Fin de la discussion. Mais leurs regards se croisèrent, et le dialogue se poursuivit en silence.

« Pourquoi ? demanda-t-elle. Pourquoi ce comportement froid et arrogant après la merveilleuse matinée que nous venons de partager ? Si vous tenez vraiment à moi, pourquoi êtes-vous incapable de témoigner un minimum d'égards envers ma famille ? »

Les yeux de Spencer contenaient des réponses qu'elle fut incapable de déchiffrer.

Quelque chose claqua soudain sur la table avec un bruit métallique, mettant fin à leur échange muet. Amelia baissa les yeux et découvrit, stupéfaite, un petit disque de cuivre sur lequel était gravée une tête de cheval.

Le jeton de Leo.

— Juste ciel ! s'écria-t-elle en tendant la main.

Jack plaqua la main sur le jeton.

— J'ai ce que vous cherchez, Morland. Et je sais la valeur qu'il a à vos yeux.

— J'en doute fort, répliqua Spencer.

Les deux hommes se regardèrent en chiens de faïence. Adieu l'été idyllique dont rêvait Amelia !

— Comment t'es-tu procuré ce jeton ? demanda-t-elle. Des hommes sont en train de retourner la capitale pour le retrouver.

— Eh bien, ces hommes ne sont pas venus frapper à ma porte, rétorqua Jack avec un étrange petit sourire.

Une peur fulgurante transperça Amelia. Dieu du ciel ! Il ne pouvait pas être impliqué dans le meurtre de Leo ! Pas son propre frère. C'était tout bonnement impossible !

Elle se repassa mentalement la succession des événements, et eut un soupir de soulagement. Jack avait passé la soirée au bal en sa compagnie. Certes, il était parti de bonne heure, aux environs de 23 h 30. Mais lord Ashworth et M. Bellamy s'étaient présentés à peine une heure plus tard, et Leo était mort depuis un moment déjà. Il était impossible que Jack fût impliqué dans le meurtre. Dieu merci ! Mais la question demeurait...

— Comment t'es-tu procuré ce jeton ?

— Par le plus grand des hasards, répondit son frère en s'adressant à Spencer. J'étais en compagnie d'une...

Il jeta un coup d'œil à Amelia.

— ... d'une connaissance, il y a quelques jours à peine. Nous avons échangé quelques pièces et, dans sa bourse, j'ai repéré ce jeton. J'ai aussitôt proposé de le lui acheter en échange d'une guinée.

L'estomac d'Amelia se retourna. Cette « connaissance » était sans doute la prostituée qui avait découvert le corps de Leo. Elle savait que Jack tombait de plus en plus bas... mais cela dépassait de loin ses pires appréhensions.

Comme à son habitude, Spencer n'y alla pas par quatre chemins.

— Et où se trouve la putain à présent ? Vous pourriez la retrouver ?

— Euh... écoutez, mon vieux, fit Jack en se levant, nous pourrions peut-être en discuter seul à seul.

— Pourquoi ? Amelia n'est pas une simple d'esprit. Elle sait pertinemment que vous avez dépensé son argent dans les lieux les plus malfamés, fit Spencer en se levant à son tour. Il est un peu tard pour songer à épargner ses sentiments, Jack. Si vous souhaitez vous racheter, commencez par répondre : où avez-vous trouvé cette femme ? Où vous a-t-elle emmené ? À quoi ressemble-t-elle ? Que vous a-t-elle dit au sujet de l'attaque ? De Leo ?

— Pourquoi devrais-je vous donner ces renseignements ? Pour que vous la retrouviez en premier et la fassiez taire ?

Il y eut un silence pesant.

Jack s'approcha de Spencer.

— Julian Bellamy pense que vous avez tué Leo.

— Je me fiche de ce que Bellamy pense.

— Peut-être, mais il y en a que cela intéresse. Lorsqu'il parle, le beau monde tend l'oreille. Et il n'est pas aisé d'étouffer des rumeurs de cette envergure. Il se peut que votre jolie petite pupille en pâtisse. Tout comme ma sœur.

— Si vous vous souciez à ce point d'Amelia, vous avez dans la main la preuve capable de m'innocenter. Julian Bellamy croit que j'ai tué Leo pour récupérer le jeton. De toute évidence, ce n'est pas moi qui l'ai en ma possession.

— Non, en effet, rétorqua Jack en lançant en l'air le petit disque de cuivre avant de le rattraper. C'est moi.

Le cœur d'Amelia flancha. Naturellement ! Il avait besoin d'argent. Bien qu'il ait remboursé Spencer, il avait dû se retrouver entre-temps dans une situation encore plus inextricable, et il espérait s'en sortir grâce au jeton.

— Jack, fit-elle en s'approchant de lui, dis-nous juste dans quelle fâcheuse situation tu t'es encore fourré. Inutile de chercher à extorquer l'aide du duc. Comme tu l'as dit, nous formons une famille à présent. Nous trouverons sûrement un moyen de te secourir.

— Il n'obtiendra pas un sou de moi, lâcha Spencer.

— Vous vous méprenez, Morland, reprit Jack. Je ne suis pas un maître chanteur. Même moi, je ne m'abaisserais pas à cela. En outre, d'après le règlement du club, il est interdit de vendre ou d'acheter les jetons. Tout le monde le sait.

— Vous voulez le miser, fit Spencer.

Jack hocha la tête.

— Bon Dieu, vous êtes vraiment un imbécile. Un imbécile bouffi d'orgueil et entêté, répliqua Spencer. Mais puisque vous insistez... ajouta-t-il en haussant les épaules. Suivez-moi dans la bibliothèque.

Il quitta le salon au pas de charge, Jack dans son sillage. Amelia demeura un moment, interdite. Puis, empoignant ses jupes, elle s'élança derrière eux.

— Jack, fit-elle en attrapant son frère par la manche. Que se passe-t-il ? Tu t'es encore endetté ?

Il ne répondit pas, mais son silence était une réponse en soi.

— Ne fais pas cela, le supplia-t-elle. J'ai des fonds disponibles à présent. Nous trouverons un autre moyen. Le duc ne va faire qu'une bouchée de toi.

— Tu n'en sais rien, rétorqua-t-il en se libérant sans même daigner s'arrêter. C'est un jeu de hasard. C'est d'ailleurs tout l'intérêt de la chose.

Non, songea-t-elle. Le hasard n'entrait pas en ligne de compte. Pas lorsque l'on avait Spencer pour adversaire.

Renonçant à faire entendre raison à son frère, Amelia rattrapa son mari et le dépassa. S'il manquait de compassion du moins était-il raisonnable. Elle s'arrêta devant la porte de la bibliothèque pour lui en barrer l'entrée.

— Je vous en prie, murmura-t-elle. Ne faites pas cela.

— Restez en dehors de cela, Amelia.

— Nous savons que Jack n'a aucune chance de gagner contre vous. Or il est évident qu'il s'est fourré dans de sales draps. S'il part d'ici vaincu, il risque de tomber encore plus bas.

— Ce n'est pas mon problème.

— Non, c'est le mien. Et si vous...

Les mots moururent sur ses lèvres. La fin de la phrase était évidente : « Si vous avez un tant soit peu d'affection pour moi, vous ferez ce que je vous demande. »

— Pour l'amour du ciel, Amelia ! s'exclama Jack. C'est une affaire d'hommes. Pour une fois, ne te mêle pas de ma vie !

Avant même qu'elle ait ouvert la bouche, Jack se retrouva étalé de tout son long sur le sol, gémissant de douleur, tandis que Spencer secouait le poing.

— Vous... vous l'avez frappé ! s'écria-t-elle.

— Pas assez fort à mon goût. Bon sang, d'Orsay ! Je vous ai à peine touché. Relevez-vous. Vous n'êtes pas une femmelette.

Jack se redressa en vacillant et se frotta la bouche.

— Maintenant présentez vos excuses.

— Désolé, marmonna-t-il, les lèvres déjà enflées.

— Pas à moi, espèce de crétin. À Amelia.

Découvrant une goutte de sang sur son doigt, Jack poussa un juron inarticulé, puis bafouilla des excuses à l'adresse de sa sœur.

Spencer ouvrit la porte de la bibliothèque en grand.

— Terminons-en, dit-il sèchement.

Ce fut l'affaire de vingt minutes.

Amelia patientait à l'extérieur de la bibliothèque, arpentant nerveusement le couloir. Son appréhension augmentait à chaque minute qui passait. Spencer aurait pu battre Jack en une manche s'il l'avait voulu. Peut-être jouait-il avec lui comme il avait joué avec elle.

L'attirant plus avant dans le jeu, le poussant à prendre des risques, stimulant sa confiance en lui. Naturellement, Jack serait incapable de se fixer des limites.

La porte finit par se rouvrir. Jack sortit. Amelia se rua vers lui, cherchant à déchiffrer son expression.

— Ça va aller ? s'enquit-elle.

Inutile de lui demander s'il avait perdu.

Il regardait devant lui d'un air absent tout en se massant le cou. Un hématome impressionnant s'épanouissait sur sa mâchoire.

— Je ne sais pas. J'ignore ce que je vais devenir maintenant. Je m'étais dit…

Il expira lentement, se tourna vers elle et lui adressa un sourire déconfit.

— Je te souhaite d'avoir plus de chance que moi, Amelia. Je crains que tu n'en aies besoin, avec un époux pareil.

Il déposa un baiser sur sa joue avant de s'éloigner à grands pas.

— Attends ! cria-t-elle. Tu ne pars pas déjà ?

Il ne ralentit pas.

— Jack !

Il s'arrêta sans se retourner.

— Tu as assez d'argent pour la malle-poste ?

— Tout juste.

— Quand te reverrai-je ?

— Bientôt, répliqua-t-il en lui jetant un regard énigmatique par-dessus son épaule. Ou jamais.

Il fourra la main dans sa poche et se remit en marche. Au bout du couloir, il bifurqua en direction du hall, et disparut.

Amelia pivota et se précipita dans la bibliothèque.

— Comment avez-vous pu ? Avez-vous pensé un seul instant à moi ?

D'un geste délibérément calme, Spencer referma le tiroir de son bureau et se leva. Il avait ôté sa veste pour jouer et le tissu de sa chemise sur ses épaules se tendit quand il se redressa.

— Comment y résister ? répliqua-t-il baissant les yeux sur le jeton de cuivre posé sur son buvard. Il n'était pas question de le laisser repartir avec cela, ajouta-t-il en le ramassant. Dieu sait où ce jeton aurait fini ? Imaginez qu'il se soit ensuite retrouvé entre de mauvaises mains.

— Certes, mais pourquoi le lui avoir pris de cette manière ? D'un côté, Jack est aux abois ; de l'autre, vous voulez ce jeton à n'importe quel prix. Pourquoi ne pas trouver un compromis ?

— Vous avez entendu votre frère. Il ne voulait pas le vendre. Il voulait jouer. Qu'étais-je censé faire ? Refuser son offre ?

— Oui ! Il manque peut-être de jugeote, mais pas vous.

— Comment voulez-vous qu'il mûrisse si vous continuez à penser à sa place, rétorqua-t-il. Cette fois, il aura peut-être retenu la leçon.

— Vous rêvez. Tout ce qu'il aura retenu, c'est qu'il ne faut plus venir me rendre visite !

— Je mentirais si je vous disais que cela m'afflige, admit-il en contournant son bureau.

— Vous non, mais moi oui.

Elle n'osait imaginer ce qu'il adviendrait de Jack une fois qu'il serait de retour à Londres.

— Bon sang, Jack n'est qu'un vaurien ! Il vous prend votre argent et ne vous cause que des tourments en remerciement. Pourtant, vous trouvez encore le moyen de prendre sa défense, de le cajoler et de le récompenser.

— C'est faux, protesta-t-elle d'une voix tremblante. Je l'aime malgré ses défauts. Et je ne perds pas espoir qu'un jour, il s'amendera. Personne ne vous demandait de lui donner de l'argent. Jack m'a avoué qu'il aimerait reprendre ses études à Cambridge. Pour entrer dans les ordres.

Certes, il ne lui avait pas dit expressément qu'il s'imaginait pasteur, mais cela allait de soi.

— Vous pourriez lui offrir un presbytère, enchaîna-t-elle. Ou lui donner par un autre moyen la possibilité de rembourser ses dettes.

— Mes fermiers sont sous ma responsabilité. Vous tenez vraiment à ce que je place le bien-être de leurs âmes entre les mains de Jack ? C'est inconcevable, fit-il en secouant la tête. En outre, il n'est pas venu ici parce qu'il avait l'intention de reprendre ses études ou d'entrer dans les ordres, Amelia. Il est venu quémander de l'argent. Il a retourné sa veste à l'instant où je lui ai tenu tête.

— Il a changé de discours parce que vous l'avez mis à la porte ! Sans même me demander mon avis, d'ailleurs. Je croyais qu'après la matinée que nous avions passée, vous aviez compris l'avantage qu'il y avait à parler ouvertement à votre femme. Vous auriez au moins pu en discuter avant de le dépouiller de son jeton et de l'expulser sans un sou en poche.

Comme Spencer se contentait de pousser un soupir, elle continua :

— Vous êtes responsable de vos fermiers, dites-vous. Eh bien, moi, je suis responsable de mes frères.

Elle avait dix ans à la naissance du petit William. L'accouchement avait tellement affaibli sa mère qu'elle pouvait à peine s'occuper du nourrisson. À l'époque, Hugh et Jack avaient respectivement sept et six ans. « Tu vas devoir te transformer en petite maman, Amelia, lui avait dit sa mère. Occupe-toi des garçons. » Et depuis, elle avait fait de son mieux pour répondre à ce souhait.

— Spencer, je vous en prie. J'ai déjà perdu Hugh. Je ne supporterai pas de perdre aussi Jack.

Il vint se camper devant elle, le visage assombri par l'émotion. Sa simple proximité physique réveilla ses sens. Elle repensa à ce qui s'était passé dans l'écurie…

Malgré sa colère, elle était prête à se jeter dans ses bras, à le supplier de la serrer fort, de l'embrasser, de prendre soin d'elle.

De l'aimer et de la comprendre.

— Vous l'avez déjà perdu, Amelia, dit-il d'un ton posé.

Amelia le dévisagea, bouche bée. Des larmes brûlantes lui piquèrent les yeux. En épousant Spencer, elle s'était imaginé secourir son frère, pas le condamner. Son mari était prêt à gaspiller sa fortune pour un fichu cheval coléreux, mais il rayerait Jack de sa vie d'un simple mot.

— Je vous interdis de dire cela, articula-t-elle. Vous ne le connaissez pas. Hugh et Jack avaient à peine un an d'écart. Ils étaient comme les deux doigts de la main. Une partie de Jack est morte en même temps que Hugh. C'est comme s'il tentait de combler ce vide en buvant et en jouant. Vous ne savez pas comment il était avant.

— Et vous refusez d'ouvrir les yeux sur ce qu'il est devenu. J'en ai croisé beaucoup des jeunes gens qui aiment jouer gros et sont dépourvus de bon sens. Il se peut qu'il s'amende un jour, mais ce sera en lui qu'il devra puiser la volonté et la force qui l'y aideront. Rien de ce que vous direz ou ferez n'y changera quoi que ce soit. Vous devez couper les liens qui vous relient, pour votre bien à tous les deux. Cessez de le couver et de l'entretenir. Si vous ne vous en sentez pas la force, je m'en chargerai à votre place.

— Couper les liens avec ma propre chair, mon propre sang ?

Elle n'en croyait pas ses oreilles. Où était passé le Spencer avec qui elle avait conversé de manière si plaisante dans les écuries le matin même ? Il savait l'importance qu'elle accordait à sa famille. Comment pouvait-il seulement suggérer pareille abomination ?

— Vous avez un cœur de pierre…

— Ah, la coupa-t-il avec un rire sans joie, à présent, c'est moi le méchant. Jack débarque endetté jusqu'au cou, muni d'un jeton qu'il a récupéré auprès d'une prostituée. Il porte atteinte à mon honneur, menace la réputation de ma cousine, et vous insulte en vous regardant droit dans les yeux…

— Vous l'avez frappé !

— … et c'est moi qui suis le sale type, enchaîna-t-il avant de lâcher un juron. J'ai passé une semaine à être victime de soupçons sans fondement. Je suis à bout de patience. Je me suis démené jour et nuit pour prouver la fausseté de ces accusations, et bien que mes efforts n'aient pas payé, vous disiez me croire sur parole. Jack surgit soudain en possession de la preuve de mon innocence, je redeviens le grand méchant ! Si ingrat soit-il, c'est envers *lui* que va votre loyauté. Vous prenez systématiquement sa défense.

La douleur qu'elle lut dans ses yeux lui tordit le cœur. Mais que répondre à cela ?

— C'est mon frère.

— Je suis votre mari !

Il avait dit ces mots d'une voix si forte qu'elle recula d'un pas. L'étincelle prédatrice dans son regard la fit reculer de deux pas supplémentaires. Son cœur lui martelait furieusement les côtes.

— Je suis votre mari. Nous avons échangé des serments, au cas où vous l'auriez oublié.

Il brandit le jeton tout en s'approchant d'elle.

— Et la nuit de notre mariage, vous m'avez fait une promesse. Une fois ce jeton retrouvé, vous ne me refuserez rien.

— Que voulez-vous dire ? Vous me menacez de me séparer de force de ma famille, et vous vous attendez que je fasse comme si de rien n'était ? Que je m'allonge sur le lit comme une gentille épouse docile ?

— Non.

Dans un élan, il l'attrapa par la taille et la força à reculer jusqu'à ce que son dos heurte le mur.

— Je n'ai pas besoin d'un lit pour vous prendre.

Il la souleva légèrement et logea ses jambes entre les siennes, laissant reposer son poids sur ses cuisses. Tandis qu'il retroussait sa jupe jusqu'à la taille, elle se mit à haleter, mais n'opposa aucune résistance tant elle était interloquée. Il trouva son sexe, encore moite de leur entrevue dans l'écurie et endolori par leurs ébats de la veille. Une onde de volupté submergea Amelia. Sans attendre, il insinua deux doigts en elle. Ses muscles intimes se contractèrent en réponse.

Il se figea, le souffle court.

— Vous en aviez envie.

— Oui, souffla-t-elle.

Il retira ses doigts, et commença à déboutonner son pantalon à tâtons, les dents serrées. Amelia laissa ses bras pendre le long de ses flancs. Elle ne voulait ni l'assister ni le repousser. En dépit de sa colère, elle désirait ardemment le plaisir qu'il pouvait lui procurer. C'était comme si son cœur s'en était allé avec Jack, mais que son corps, déraisonnable, fût resté dans cette pièce, consumé par le désir.

Ayant enfin fini de lutter avec ses boutons, il attrapa la main d'Amelia et la referma autour de son érection. Sa peau était brûlante.

— Montrez-moi à quel point vous en avez envie, fit-il en la forçant à serrer la main autour de sa virilité.

La pression combinée de leurs deux mains devait être douloureuse.

— Guidez-moi en vous.

Il lui lâcha la main, lui empoigna les cuisses et la souleva tout en les lui écartant.

Haletante, elle approcha sa virilité palpitante de sa féminité. Mais au lieu de le conduire là où il voulait être, elle l'amena là où *elle* voulait qu'il soit. Elle frotta la tête engorgée contre la petite crête au sommet de sa fente. Une vague de plaisir brut déferla en elle.

Avec un grondement, il enfonça les doigts dans ses cuisses et lui inclina le bassin tout en se cabrant. Sa virilité glissa entre les replis moites de son intimité. Elle le repoussa. Il lui avait donné le contrôle et elle n'avait pas l'intention d'y renoncer. Jamais elle n'aurait imaginé que l'on puisse éprouver un si grand plaisir à faire l'amour alors même que l'on était en colère.

Ondulant des hanches, elle se rapprocha peu à peu du précipice. Tandis que la délicieuse tension augmentait, elle laissa échapper un gémissement.

— Bon sang, guidez-moi en vous, grommela-t-il en plaquant son bas-ventre contre elle.

Et elle céda. Non pas parce qu'il le lui avait ordonné, mais parce que c'était ce dont elle avait envie à cet instant précis. Elle voulait le sentir en elle, qu'il l'emplisse et la pilonne férocement.

Elle se cramponna à son cou et sa tête bascula en arrière. Il pressa son visage contre sa gorge. Finis les regards langoureux et les mots tendres. Rien qu'un rythme frénétique, des sensations grandissantes, et une jouissance si violente qu'Amelia faillit crier de bonheur.

Il continua de s'enfoncer en elle encore et encore jusqu'à l'explosion finale, qui le laissa pantelant, le corps secoué de convulsions. Et un miracle se produisit. Amelia posa les mains sur ses épaules. Et le repoussa. L'extase physique qui l'avait balayée comme un fétu de paille n'avait en rien entamé sa colère. Elle n'avait aucune envie de l'étreindre, de le bercer ou de lui caresser les cheveux. Aucun désir inavoué de l'entendre lui susurrer des mots doux et des louanges. Elle s'était servie de lui, et elle était repue.

Ils étaient finalement sur un pied d'égalité. Elle avait appris à lui donner son corps tout en préservant son cœur.

Mais son triomphe avait un goût amer.

Épuisé et encore tremblant, Spencer se retira. Quand il reposa sa femme sur le sol, ses genoux se bloquèrent.

— Et vous qui m'aviez promis de la délicatesse.

Il tressaillit. Il n'était pas particulièrement fier de sa performance. Elle avait été brutale, brève, furieuse… et fabuleuse, pour ne rien arranger.

— Je vous dois des excuses ?

— Ne soyez pas ridicule, rétorqua-t-elle. Nous en avons profité tous les deux.

Elle affichait un regard de glace.

Il se tourna de côté pour rajuster ses vêtements et échapper à ce regard. Il venait de connaître l'expérience charnelle la plus intense de sa vie, avec la participation active de son amante passionnée et créative, or il se sentait plus bas que terre.

— Quand aurai-je accès à mon argent ? demanda-t-elle en secouant ses jupes.

— Pardon ?

Venait-elle vraiment de lui demander de l'argent ? Telle une catin retroussant ses jupes dans une ruelle sombre pour un coup rapide contre un mur ? Elle avait beau être en colère, elle n'avait pas besoin de se montrer vulgaire. Il y avait une nuance.

— Comme vous venez de me le rappeler, nous avions conclu un arrangement le jour de notre mariage. Je vous donne des enfants, et en contrepartie, vous me procurez la sécurité financière. Ce sont là vos paroles, Spencer. Pour être précise, vous m'avez promis vingt mille livres. J'aimerais savoir quand je pourrai disposer de cet argent. Si vous m'interdisez de revoir mon frère, je l'aiderai de mon côté. Je… je… bafouilla-t-elle, gagnée par l'émotion… je trouverai une solution. Je pourrai peut-être l'envoyer à l'université, ou lui acheter un presbytère, ou lui trouver tout bonnement un endroit loin de la capitale…

Spencer porta la main à sa tempe. Quoique sa loyauté envers Jack fût admirable, à force de le couver, elle lui faisait plus de mal que de bien. Il était absolument hors de question qu'il lui remette des milliers de livres qu'elle dilapiderait par personne interposée dans les bordels les plus miteux de Londres, voire pire.

— L'argent est placé en fidéicommis. Je ne peux pas vous le donner comme cela. C'est compliqué.

— Vous pourriez simplifier les choses si vous le vouliez, j'en suis sûre. Vous usez plutôt librement de votre chéquier quand cela vous arrange. Je remplis ma part du marché, ajouta-t-elle en jetant un coup d'œil au mur contre lequel ils étaient appuyés un instant plus tôt.

— Si l'on suit votre logique, je ne vous dois rien tant que vous ne m'avez pas donné un fils, rétorqua-t-il d'un ton acerbe.

— Je veux la moitié de la somme en acompte ou il n'y aura pas de fils du tout.

— Que diable vous arrive-t-il ? Échanger vos faveurs contre de l'argent comme une vulgaire fille de joie ? Cette conversation n'est pas digne de vous, Amelia. Elle n'est pas digne de nous.

— Vous ne me laissez pas le choix ! s'écria-t-elle tandis qu'une larme roulait sur sa joue. Êtes-vous donc incapable d'éprouver la moindre empathie ? Leo s'est fait attaquer dans le quartier où traîne mon frère. Jack aurait pu se faire tuer à sa place. Je ne vais pas me contenter d'attendre gentiment qu'il s'amende parce que cela pourrait se produire trop tard. Alors, oui, je troquerai volontiers mon corps pour le sauver. Je serais prête à donner ma vie, s'il le fallait.

Elle se détourna à demi et enfouit le visage entre ses mains.

Avec un soupir, Spencer s'approcha d'elle et lui entoura les épaules du bras. Elle tressaillit, mais il la maintint fermement. Il n'était peut-être pas naturellement doué pour consoler les gens, mais il apprenait vite.

— Jack ne mérite pas un tel dévouement.

— Qui le mérite vraiment ? hoqueta-t-elle en pivotant pour presser le visage contre son torse. Mais vous ne pouvez pas me demander de cesser de l'aimer. Ce n'est pas juste.

Il l'enlaça et la serra contre lui tandis qu'elle s'abandonnait aux sanglots. Il s'efforça d'accepter la dure réalité : il ne pouvait pas demander à sa femme de cesser d'aimer son crétin de frère, pas plus qu'il ne pouvait la forcer à éprouver le même amour pour lui. Il se laissa aller à imaginer, l'espace d'un traître instant, ce qu'il éprouverait en sachant qu'Amelia serait prête à tout pour lui. S'il était l'heureux bénéficiaire d'une telle affection, il ne passerait certes pas son temps à poursuivre des plaisirs futiles dans des salles de jeu et des maisons closes.

S'il voulait être de nouveau dans ses bonnes grâces, il lui suffisait de lâcher un peu d'argent à Jack. Mais c'était là un cercle vicieux. Tôt ou tard – plutôt tôt que tard d'ailleurs –, Jack referait surface après avoir tout dilapidé, en promettant de s'amender à condition qu'ils lui concèdent encore une petite somme. Il serait alors obligé de refuser et Amelia pleurerait...

Pour le moment, tenter de la raisonner était inutile. Elle compatissait trop avec Jack, et elle avait le cœur trop tendre pour sortir de ce schéma. Pour son bien, il n'avait d'autre choix que d'assumer le rôle du méchant dépourvu de sentiments.

— Spencer, je vous en prie, si vous pouviez simplement discuter avec...

— Non, coupa-t-il fermement. Il n'y a rien à ajouter, Amelia. Ma décision est prise. Je ne peux, en conscience, donner de l'argent à votre frère. Et maintenant qu'il l'a compris, vous verrez, ce sera lui qui coupera les ponts avec vous.

Elle versa d'autres larmes. Il l'aurait volontiers gardée dans ses bras, mais elle s'écarta. Alors il se tint bêtement devant elle, l'air gauche, réduit à la position de spectateur. Ce fut un quart d'heure déplorable.

— Eh bien, fit-elle au bout d'un moment en croisant les bras. Que va-t-il se passer à présent ?

— Nous allons à Briarbank. Dès que possible.

Au moins était-il en mesure de lui offrir cette maigre consolation.

— Le jeton de Leo étant maintenant en ma possession, cela ne va pas arranger mes rapports avec Bellamy. Il est plus que jamais primordial que je les réunisse, Ashworth et lui, pour mettre les choses au clair.

Elle fixa le tapis. Elle était de toute évidence écartelée entre le désir de revoir son cottage et celui de se rebeller.

Spencer connaissait néanmoins sa faiblesse, celle dont Jack avait dû si souvent tirer parti.

— Amelia, je vais avoir besoin de votre aide.

Les épaules de la jeune femme s'affaissèrent aussitôt. Sapristi, c'était si facile qu'il se sentit presque coupable. Amelia vivait pour se rendre utile à son entourage. Au point qu'elle sacrifierait volontiers son bonheur pour assurer celui des autres. C'était mesquin d'en tirer avantage, mais c'était soit cela, soit la perdre complètement...

Elle s'essuya les yeux avec le dos de la main.

— Jack ne vous a pas dit ? Briarbank a déjà été loué pour l'été. Vous allez devoir revoir vos projets.

— Non.

Elle fronça les sourcils.

— Comment cela ?

— Je...

Il soupira. Merveilleux ! Voilà qu'il allait devoir lui mentir. Il abhorrait le mensonge, mais s'il lui disait la vérité maintenant, elle ne comprendrait pas. Elle avait déjà si peu d'estime pour lui.

— Je leur ferai une meilleure offre, finit-il par dire. Vous souhaitez toujours apprendre à monter à cheval ?

Ce qui revenait à lui demander si elle voulait toujours passer du temps avec lui.

Elle secoua la tête.

— Puisque nous devons partir dès que possible, je vais être très occupée. Je ferais mieux de commencer à rédiger des lettres dès maintenant, ajouta-t-elle en tournant les yeux vers la porte.

Elle demeura pourtant immobile, comme si elle attendait qu'il parle. Il avait l'impression de subir un oral d'examen, lui qui avait passé sa jeunesse à les redouter. Il ne savait jamais ce qu'il fallait dire.

— Amelia, soupira-t-il, si vous ne souhaitez plus vivre avec moi après m'avoir donné un fils, j'honorerai ma parole.

Cette idée le rebutait, mais il lui restait encore quasiment toute une année pour la faire changer d'avis.

— Je vous donnerai alors accès à l'intégralité de vos fonds en fidéicommis et vous achèterai une demeure à votre nom.

Sa bouche se mit à trembler. Elle se mordit la lèvre inférieure.

Quel imbécile ! Il aurait vraiment mieux fait de se taire.

C'était une chaude journée d'été, mais il eut l'impression qu'un courant d'air glacial traversait la pièce.

— Oui, répondit-elle en évitant son regard. C'était le marché, n'est-ce pas ? Je n'aurais jamais dû en attendre plus.

— Je voulais simplement…

Bon sang ! Comment la situation avait-elle pu virer au cauchemar en si peu de temps ? Ce matin encore, ils étaient à l'orée de quelque chose de merveilleux. Ils étaient proches. Complices. Intimes. À présent, un mur infranchissable les séparait.

— Amelia, tout ce que je veux, c'est que vous soyez heureuse.

— Oh, je le serai ! assura-t-elle en relevant le menton. Je serai bientôt à Briarbank pour y préparer une partie de campagne. Bien sûr que je serai heureuse, ajouta-t-elle en affichant un sourire contraint tandis qu'elle se dirigeait vers la porte. L'affaire étant réglée, si vous voulez bien m'excuser, j'ai le menu d'un dîner à planifier.

16

Les semaines défilèrent à toute allure. Amelia passait la majeure partie de la journée avec Mme Bodkin, avec qui elle réglait les problèmes d'intendance. L'après-midi, elle consacrait un peu de temps à sa correspondance, puis trouvait parfois une heure ou deux pour se promener dans le parc et les jardins de Braxton Hall.

La nuit venue, elle gagnait le lit de Spencer. Ils se parlaient peu, que ce soit dans la chambre ou en dehors. Leur union ressemblait à s'y méprendre à un mariage de convenance. Finies les parties de cartes, les discussions littéraires. Finies les disputes et les moments d'émotion. Ils vivaient séparément durant le jour, partageaient le même lit durant la nuit, et affichaient une distance polie. Les non-dits qui s'étaient accumulés au fil des jours avaient fini par former un imposant mur de protection autour du cœur d'Amelia.

Car elle avait besoin de préserver son cœur, du moins ce qu'il en restait. Elle avait commis l'erreur de le déposer aux pieds de Spencer après une nuit de passion suivie d'une matinée idyllique, et il l'avait piétiné. S'il tenait un tant soit peu à elle, comment pouvait-il la forcer à couper les ponts avec son frère ? C'était un véritable mystère pour elle, et Spencer ne semblait pas enclin à s'expliquer.

Il ne restait donc plus que le silence.

Claudia était plus distante que jamais. Sa présence aux repas était imprévisible, de même que son humeur. Elle avait repoussé toutes les tentatives d'approche d'Amelia, aussi cette dernière avait-elle baissé les bras. Tôt ou tard, la jeune fille finirait par changer d'attitude, mais en attendant, Amelia avait des problèmes plus urgents à régler. Rédiger des invitations, par exemple, ou envoyer du personnel à Briarbank avec une liste de tâches à accomplir et une montagne de linge propre.

Elle était tellement occupée que le jour du départ la prit par surprise. Au lieu d'emprunter le trajet le plus long, par Londres, Spencer avait choisi de piquer directement à l'ouest, jusqu'à Oxford, pour rejoindre ensuite Gloucester. Mais les routes étant plus étroites et moins bien entretenues, Amelia et Claudia furent ballottées d'un bout à l'autre du trajet, et la bassine passa sans répit de l'une à l'autre.

Au matin de la troisième journée, tandis qu'ils pénétraient dans l'Oxfordshire, Amelia retrouva un peu de vigueur. Elle avait écrit à une cousine éloignée, qui se faisait désormais appeler lady Grantham, pour arranger une halte à Grantham Lodge. Amelia n'était pas particulièrement proche de Venetia, qu'elle ne portait pas spécialement dans son cœur. Mais celle-ci avait un goût prononcé pour la noblesse, aussi Amelia espérait-elle recevoir bon accueil.

Le soleil était encore haut dans le ciel quand Grantham Lodge fut en vue. C'était un manoir d'apparence chaleureuse, et d'architecture assez moderne. Sir Russell avait l'air de s'en sortir plutôt bien, songea Amelia. Cela dit, les Grantham avaient toujours été très ambitieux.

Lorsque Amelia et Claudia descendirent de voiture, sir Russell et lady Grantham se tenaient prêts à les accueillir. Vêtue d'une robe de soie abricot, Venetia arborait ce sourire à peine esquissé dont Amelia avait gardé le souvenir. Sa cousine avait une théorie sur les sourires trop larges qui provoquaient des rides prématurées. Pour sa part, Amelia préférait mille fois avoir l'air flétri et heureuse que lisse et momifiée.

— Amelia, ma chère enfant, cela fait tellement longtemps !

D'après les calculs d'Amelia, cela faisait à peine deux mois. Elle étreignit cependant sa cousine et accepta qu'elle l'embrasse sur la joue.

— Oh, mais je dois t'appeler milady dorénavant, n'est-ce pas ? s'écria Venetia avec un petit rire.

— Bien sûr que non, la rassura Amelia. Nous sommes en famille.

Mais elle ne put s'empêcher de se demander si lady Grantham ne s'était pas trompée volontairement. Était-elle vouée à n'être jamais considérée comme une véritable duchesse ? À passer encore et toujours pour une cousine désargentée ou une dame de compagnie ?

Elle leur présenta Claudia, dont la pâleur servit de prétexte à demeurer sur son quant-à-soi. Spencer les rejoignit après avoir confié sa monture à un valet d'écurie.

— Milord, le salua lady Grantham en plongeant dans une gracieuse révérence, c'est un honneur de vous accueillir à Grantham Lodge.

Personne ne prenait jamais Spencer pour moins qu'un duc. À raison. Il était impressionnant, comme toujours. Grand, beau, noble, et encore plus séduisant quand il avait passé la journée à chevaucher au soleil. Il se comporta du mieux qu'il put. Autrement dit, il hocha brièvement la tête et s'abstint de tout commentaire désagréable.

— Je vous en prie, entrez, fit sir Russell, qui eut du mal à refréner son enthousiasme.

Venetia glissa le bras sous celui d'Amelia tandis qu'elles emboîtaient le pas aux hommes.

— C'est tellement bon de te revoir, ma chère. Lorsque nous avons appris ton mariage, nous avons été terriblement déçus de ne pas pouvoir y assister. J'imagine que tu as dû l'être également, toi qui avais attendu ce jour si longtemps. Mais vous êtes là aujourd'hui, et tout le monde est ravi de vous recevoir.

— Tout le monde ? répéta Amelia comme elles franchissaient le seuil.

En guise de réponse, lady Venetia indiqua le hall d'un large geste. Amelia ouvrit de grands yeux.

Il devait y avoir là au moins la moitié de l'Oxfordshire.

Une salve d'applaudissements retentit. Juste ciel ! Amelia reconnut quelques personnes, mais il s'agissait sans doute pour la plupart de membres de la noblesse locale, attirés par la promesse de rencontrer un duc et une duchesse.

Elle croisa le regard de Claudia. Celle-ci déglutit à grand-peine ; elle avait l'air vraiment malade.

Spencer, quant à lui, jeta sur le groupe un regard dédaigneux.

— N'est-ce pas merveilleux ? murmura Venetia. Tu as peut-être été privée de bal de fiançailles et d'un repas de noces, mais il ne faut jamais désespérer. Lady Grantham est là. Une soirée de festivités vous attend : dîner, musique, danse, tout est prévu.

— Comme... c'est gentil, balbutia Amelia en laissant sa cousine l'entraîner au centre de la pièce.

Elle s'efforça de garder Claudia près d'elle. Face à cette horde, la jeune fille avait besoin d'être protégée.

— Nous allons maintenant procéder aux présentations, annonça Venetia.

Du coin de l'œil, Amelia vit sir Russell administrer une tape amicale dans le dos de Spencer. Les présentations commencèrent. Et se poursuivirent. Et s'éternisèrent. Amelia afficha un sourire affable et salua chaleureusement chaque personne sans distinction, tout en gardant un œil sur Spencer, qui n'appréciait visiblement pas la familiarité de sir Russell. Au milieu du brouhaha, elle n'entendait pas ce qu'il disait, mais il faisait grise mine. Elle poussa un soupir. Si ce genre de rassemblement ne lui plaisait pas, ne pouvait-il au moins faire l'effort de ne pas le montrer ?

Alors que lady Grantham l'entraînait vers un autre groupe, Amelia vit un vieillard de grande taille s'approcher de Spencer. Après que sir Russell eut fait les présentations, le vieil homme se courba en deux, comme on le faisait autrefois à la cour. Il ne s'était pas redressé que Spencer tournait les talons et s'éloignait.

Amelia était folle de rage. Son mari venait-il d'abandonner ce vieux gentleman en pleine révérence ? C'était le comble de la grossièreté. Sans oublier qu'ils étaient les invités de ses cousins... Cette indifférence à l'égard de sa famille était insupportable.

Un murmure de consternation parcourut l'assemblée. Amelia ne savait plus où se mettre.

— Lady Grantham, vous voudrez bien m'excuser ? murmura-t-elle. Je viens de me rappeler qu'il y a un paquet parmi mes affaires qui requiert un soin tout particulier. Je ne serai pas longue. Entre-temps, pourriez-vous présenter votre fille à Claudia ? ajouta-t-elle avant que lady Grantham puisse riposter.

Laissant Claudia entre les mains de sa cousine, Amelia se précipita vers la porte par laquelle Spencer avait disparu. Ne le voyant nulle part, elle prit à gauche et remonta l'allée menant aux écuries.

Elle n'avait pas fait vingt pas qu'un son étranglé la fit s'arrêter. Cela venait du jardin.

— Spencer, est-ce vous ?

Sapristi ! Il savait qu'il aurait dû s'éloigner davantage de la maison.

Il tira violemment sur sa cravate pour desserrer ce fichu nœud, puis se racla la gorge.

— J'avais besoin d'un peu d'air, dit-il en s'efforçant d'apparaître calme. On étouffait à l'intérieur.

— Vous trouvez ? Moi pas, rétorqua-t-elle d'une voix crispée. Hormis votre attitude, tout était parfaitement supportable dans cette pièce.

Il exhala lentement dans l'espoir d'apaiser les battements frénétiques de son cœur.

— Vous ne m'aviez pas dit qu'il y aurait une fête, Amelia.

— Je n'étais pas au courant.

— Vraiment ? répliqua-t-il sur un ton accusateur.

Il s'en voulut aussitôt.

— Vraiment, articula-t-elle en croisant les bras. Et quand bien même ? Ce n'est pas la crème de la haute société londonienne qui est réunie là, je vous l'accorde, mais ce sont des gens sincères et bien intentionnés. Qu'ont-ils fait pour mériter votre dédain ?

— Rien.

Visiblement, elle ne comprenait pas. Aurait-il voulu lui expliquer, qu'il n'était pas en état de le faire. La tête lui tournait. Il doutait de tenir sur ses jambes s'il se levait. Tant de gens dans un espace aussi confiné... Sans compter qu'il avait été pris au dépourvu. Quand il assistait à un bal à Londres, il passait les heures qui précédaient à s'y préparer mentalement et physiquement. Et il avait toujours une flasque de cognac sur lui. Bon sang, que ne donnerait-il pas pour une gorgée de cognac !

— Retournez là-bas, fit-il. Je vous rejoins dans une minute.

Un peu de solitude, voilà ce dont il avait besoin pour recouvrer ses esprits. Encore qu'une minute ne suffirait pas. Il lui faudrait plutôt des heures...

Elle s'assit à côté de lui sur le banc.

— Vous vous sentez vraiment mal, n'est-ce pas ?

— Non, répondit-il, trop promptement pour être crédible.

Nom de Dieu !

— Vous tremblez. Et vous êtes blanc comme un linge.

— Je vais bien.

— Spencer...

Sa voix avait changé. Elle semblait à présent moins fâchée qu'inquiète. Il aurait encore préféré qu'elle se fâche. Il aimait bien quand elle se fâchait. Cette Amelia-là lui avait d'ailleurs manqué au cours des dernières semaines.

— Vous paraissez aussi mal en point que la nuit du bal chez les Bunscombe. Que se passe-t-il ? Qu'est-ce qui ne va pas ?

Merveilleux ! Pourquoi avait-il fallu qu'il épouse une femme à la fois intelligente et curieuse ? Deux choix s'offraient à lui à présent : soit il lui avouait tout maintenant à sa manière, soit il la laissait lui tirer les vers du nez, lentement mais sûrement.

— Tout va bien, dit-il en enfouissant le visage entre ses mains. Cela... arrive parfois quand il y a trop de monde autour de moi. Je n'aime pas la foule.

Elle posa la main sur son épaule.

— Vous n'aimez pas la foule.

— En fait, je ne la supporte pas. Je ne l'ai jamais supportée. Cela me rend malade. Physiquement.

Voilà, il l'avait dit ! C'était la première fois de sa vie qu'il le disait à quelqu'un à voix haute – il n'était même pas sûr de se l'être jamais vraiment avoué à lui-même. Curieusement, cet aveu fut suivi d'une sensation de soulagement. Son pouls ralentit ; il releva la tête. Il n'avait jamais compris pourquoi il réagissait ainsi. Il était solide, intelligent et compétent à tout point de vue, et cette unique faiblesse l'avait rendu fou sa vie durant. Peut-être Amelia pourrait-elle l'aider à mettre le doigt sur ce qui n'allait pas.

— Si je me prépare, j'arrive à surmonter mon malaise pendant un certain temps. Une demi-heure au maximum. Mais si je reste plus longtemps, où si l'on me prend au dépourvu... je commence à avoir des bouffées de chaleur et des vertiges ; mon cœur s'emballe. L'air s'épaissit subitement et j'étouffe. C'est comme si mon corps m'exhortait à sortir sur-le-champ.

— Ce que vous faites.

— Oui.

— Même si cela vous oblige à entraîner une vieille fille impertinente dans votre fuite.

Il haussa un sourcil tout en ébauchant un sourire.

— Vous l'aviez cherché. Si je suis averti, reprit-il après s'être éclairci la voix, j'arrive à surmonter l'épreuve. Mais je m'arrange toujours pour partir avant que les choses se gâtent.

— C'est donc pour cette raison que vous ne restiez que le temps d'un quadrille ? Toute cette mascarade autour du « Duc de Minuit »...

— Ce n'était pas volontaire de ma part. Je ne cherchais qu'à limiter la durée de mes apparitions. Or il est plus facile de s'esquiver après le dîner. Malheureusement, cette histoire a pris de l'ampleur...

Elle partit d'un rire léger en secouant la tête.

— Les commérages que cela aura suscités ! Les suppositions... Tout cela pour rien.

— Non, pas pour rien. Je me moque des commérages. Ce que les gens pensent de moi m'indiffère. C'est amusant – et parfois utile – d'être craint.

Du moins, ça l'avait été jusqu'à ce que des rumeurs de meurtre viennent s'ajouter au portrait qu'on brossait de lui, et qu'il perde la confiance de sa femme avant même d'avoir eu vraiment l'occasion de la gagner.

— Spencer, puisque nous en sommes à révéler nos secrets, je dois vous avouer que je suis à l'origine d'une des pires rumeurs qui soient vous concernant. J'ai déclaré à un groupe de jeunes femmes impressionnables que vous vous transformiez en hérisson les nuits de pleine lune.

Comme il luttait pour observer un silence réprobateur, elle enchaîna :

— Si cela peut vous consoler, je le regrette, aujourd'hui.

— Vraiment ?

— Oh, oui ! C'était une insulte aux hérissons.

Il éclata d'un rire rauque qui lui fit un bien infini.

— Donc, vous avez ce problème depuis toujours, reprit-elle.

— Du plus loin qu'il s'en souvienne.

— Cela ne vous arrive pas uniquement dans les salles de bal ?

Si seulement c'était si simple !

— Non. Il suffit qu'il y ait du monde dans un espace réduit. Arènes, théâtres, concerts… mariages, ajouta-t-il en lui lançant un regard entendu.

L'expression d'Amelia s'adoucit.

— Ah. Et les salles de classe ?

Il haussa les épaules. Bon sang, quel gâchis, songea-t-il soudain. Il avait sacrifié tant de choses au fil des ans.

— Je sais. La plupart des gens s'accommodent de tout cela sans problème. Croyez-moi, ce constat me rend d'autant plus furieux. J'ignore ce qui cloche chez moi. J'ai passé ma vie à me sentir comme… comme un poisson qui ne saurait pas nager.

Elle lui caressa doucement les cheveux au niveau de la tempe.

— Oh, Spencer…

— Non, coupa-t-il en écartant sa main. Pour l'amour de Dieu, Amelia, ne vous apitoyez pas sur mon sort. Je peux tout supporter sauf cela. C'est ennuyeux, je vous l'accorde, mais je ne ressens pas de manque. Au lieu d'assister à des fêtes frivoles, j'ai développé des talents très utiles. Aux cartes. En équitation.

— Vous avez beaucoup lu.

— Aussi. Je n'ai pas à me plaindre, je suis heureux ainsi.

— Vraiment ? dit-elle d'un air dubitatif.

— Oui, répondit-il avec sincérité.

En cet instant, il était effectivement heureux. Depuis la visite de Jack, leurs rapports avaient été tendus, c'était le moins que l'on puisse dire. Il en avait presque oublié combien il aimait parler avec elle tout simplement. Rire avec elle. Elle avait une manière bien à elle d'exorciser ses démons. Non pas en les ignorant ou en les transformant en chérubins, mais en leur tirant gentiment les oreilles. Elle les regardait droit dans les yeux avec ce mélange de bon sens et d'humour pince-sans-rire qui n'appartenaient qu'à elle.

Des bruits de pas résonnèrent sur le gravier.

— Quelqu'un approche, murmura-t-elle. Nous ferions mieux de...

Il captura ses lèvres. Fermement d'abord – le temps qu'elle se rende compte de ce qui lui arrivait –, puis avec une douceur empreinte de tendresse. Lui maintenant le menton entre le pouce et l'index, il l'incita à entrouvrir les lèvres pour lui permettre d'introduire la langue. Cette femme aurait mérité une légion de soupirants. Comment se faisait-il qu'elle soit restée seule toutes ces années, à faire tapisserie dans les bals ? Pourquoi ne l'avait-il jamais remarquée ?

Il était vraiment idiot ! Mais un idiot chanceux.

Trop rapidement, elle s'écarta de lui.

— Je crois qu'ils sont partis.

Elle jeta un regard par-dessus son épaule et ses joues s'empourprèrent délicatement.

— Vous avez réagi promptement, observa-t-elle. Vous êtes vraiment doué pour dissimuler votre problème. On pardonne tout aux jeunes mariés, même les comportements les plus grossiers.

— Eh bien, voilà donc la solution. Nous n'avons qu'à faire de notre existence une perpétuelle lune de miel.

Elle éclata de rire comme si c'était ridicule. Il aurait aimé que ça ne le soit pas.

— Franchement, Spencer, je ne peux pas m'empêcher de me demander... Il y a sûrement un remède. Avez-vous tenté de...

— Oui.

— Mais je n'ai pas fini ma phrase...

— Peu importe. J'ai tout essayé. Rien n'a marché. Je suis ainsi, Amelia. Je me suis fait à cette idée il y a des années.

Elle baissa les yeux, visiblement déçue.

— Je vois.

Contrarié, Spencer se frotta le visage. La donne avait certes changé. Il était désormais marié et il avait une pupille. Pouvait-il exiger d'Amelia qu'elle vive en recluse ? Et comment éviter les mondanités avec les débuts prochains de Claudia en société ? Un goût amer lui emplit la bouche.

— N'y a-t-il rien que je puisse faire ? risqua-t-elle.

— Non. Laissez-moi tranquille, c'est tout.

— Je pourrais envoyer chercher...

— Laissez-moi tranquille, répéta-t-il avec force. Quand cela me prend, j'ai juste besoin d'être seul, ajouta-t-il plus doucement.

— Très bien, fit-elle en se levant. Je vous laisse. Restez ici autant que vous le souhaitez, je me charge de trouver une excuse pour nos hôtes.

Sur ce, elle regagna le manoir d'un pas rapide. Spencer poussa un soupir. Il se sentait plus coupable que jamais. Ces dernières minutes, il s'était senti plus proche d'Amelia qu'au cours des dernières semaines, mais son satané problème l'avait rattrapé une fois de plus. Et quoi qu'elle dise ou fasse, il ferait toujours obstacle entre eux. Pour être heureuse, elle avait besoin de compagnie, alors que lui ne se sentait bien que dans une relative solitude.

Avait-il vraiment *tout* tenté ? Honnêtement... non. Dans sa jeunesse, il avait certes essayé de remédier au problème par différents moyens – impliquant surtout alcool et volonté. Mais ce qui l'avait surtout aiguillonné, c'étaient ses désirs égoïstes et ses besoins physiques. Aller à l'école. Courir après les filles. La frustration face à son handicap.

Mais il n'avait pas encore tenté de vaincre son problème pour Amelia. Or il lui devait au moins d'essayer.

— Vous en êtes sûr ?

Amelia scruta le visage de son mari pour y déceler des signes de réticence.

— Pour la cinquième fois, Amelia, oui, j'en suis sûr.

— Cela ne vous dérange vraiment pas ?

— Non.

Elle enfila ses gants.

— Nous ne sommes pas obligés de descendre, vous savez.

— Oui, je le sais.

— Je vous aurais bien proposé de patienter jusqu'à ce que la musique ait commencé, mais ils vont sûrement nous attendre pour ouvrir le bal. Nous ne resterons que le temps d'une danse ou deux. Dès que vous voulez partir, faites-le-moi savoir. Inutile de dire quoi que ce soit. Nous n'avons qu'à convenir d'un signal. Vous pouvez toucher le premier bouton de votre gilet, par exemple.

— Un signal ? Vous nous prenez pour des espions au service de la Couronne ? Et si je me contentais de vous prendre à bras-le-corps et de vous emporter ? La méthode a plutôt bien marché la dernière fois.

Elle lui adressa un regard réprobateur. Ce qui n'était pas facile, car il n'y avait absolument rien à reprocher à son apparence. En dépit de sa robe de soie et de ses perles, Amelia se sentait piteuse à côté de Spencer, absolument époustouflant en costume de soirée noir et chemise blanche.

— Inutile de me lancer ce regard. Vous avez aimé, ne dites pas le contraire. Pour ma part, j'en garde un excellent souvenir, ajouta-t-il, les yeux assombris.

Elle rougit. Leur départ très remarqué du bal des Bunscombe lui avait en effet laissé un souvenir inoubliable.

— Ce soir, vous vous contenterez d'un signal, décréta-t-elle. Le bras-le-corps sera pour plus tard, en privé.

Ils échangèrent un sourire, et elle en fut toute troublée.

Un changement s'était produit depuis leur tête-à-tête dans le jardin. Il s'était ouvert à elle, lui avait révélé sa vulnérabilité, ce qui ne s'était pas produit depuis leur conversation dans les écuries de Braxton Hall. Cet homme, qui avait choisi, sa vie durant, d'être incompris, avait accepté de lui avouer son secret. À présent, chaque fois que leurs regards se croisaient, un message silencieux passait entre eux. Ils se comportaient comme un couple, et non plus comme deux individus qui se trouvaient être mariés.

Sa soudaine franchise avait redonné espoir à Amelia. Elle était d'autant plus optimiste qu'elle savait quel sacrifice il faisait en acceptant de l'assister à cette soirée. Son cœur était en danger, mais elle ne pouvait se résoudre à ériger de nouveau une muraille tout autour. Elle espérait juste qu'il reviendrait sur sa décision. Qu'il comprendrait, une fois à Briarbank, à quel point son foyer et sa famille comptaient pour elle – cette famille qui avait fait d'elle la personne qu'elle était devenue. Qu'il se rendrait compte qu'être séparée de Jack la rendait infiniment malheureuse.

Spencer la parcourut de la tête aux pieds, et se rembrunit soudain.

Gênée, elle porta la main à sa gorge.

— Quelque chose ne va pas ?

— Non, rien.

Mais, tandis qu'il la fixait, son froncement de sourcils s'accentua. Il semblait perplexe, comme s'il s'était attendu à une image différente de celle qu'il avait devant les yeux.

— Comment trouvez-vous ma robe ? demanda-t-elle en pivotant, dans l'espoir qu'il la complimente au moins sur sa tenue, ce qui lui redonnerait un peu d'assurance avant de descendre se mêler aux invités.

— Très bien, fit-il d'un air songeur. Cela dit, le bleu vous va toujours à ravir.

Apparemment, c'était tout ce à quoi elle aurait droit en guise de compliment.

Nerveuse, elle jeta un dernier coup d'œil à son reflet dans le miroir, puis rejoignit Spencer qui l'attendait près de la porte. Elle s'immobilisa le temps de lisser les revers de sa veste.

Leurs regards s'accrochèrent. Elle garda les mains à plat sur son torse. Ç'aurait été le moment rêvé pour un baiser... À supposer qu'il ait voulu l'embrasser. Dans le jardin, il l'avait gratifiée d'un baiser si doux.

Mais après l'avoir longuement dévisagée, il ouvrit la porte.

— Nous y allons ?

La soirée se révéla moins insupportable qu'un bal londonien. Non seulement le cadre bucolique fournissait un décor plus aéré mais, par la force des choses, le nombre d'invités était plus limité.

Malgré tout, en pénétrant dans la modeste salle de réception des Grantham, Amelia sentit le bras de son époux se crisper sous sa main. Elle brûlait de lui murmurer quelques paroles encourageantes, mais elle se l'interdit, sachant que cela ne ferait que l'irriter davantage. La dernière chose dont il avait envie, c'était qu'on le dorlote.

Évidemment, dès leur apparition, ils furent assaillis de toutes parts. Par chance, Amelia s'était familiarisée avec quelques-uns des invités plus tôt dans l'après-midi, si bien qu'elle se chargea de faire la conversation. Et tandis qu'ils passaient d'un groupe à l'autre, et que Spencer jouait les ours mal léchés, elle s'occupait volontiers du reste. Elle demandait des nouvelles des uns, échangeait quelques mots de condoléances avec d'autres, détournait habilement les remarques impertinentes sur son mariage précipité, et accueillait avec grâce les vœux de bonheur sincères. En se plaçant sur le devant de la scène, elle épargnait les regards curieux à Spencer.

À mesure que la soirée avançait, elle se rendit compte qu'elle aimait l'attention qu'on lui portait. C'était leur première apparition en public depuis leur mariage, et elle s'aperçut que ce n'était pas rien d'être au bras du duc de Morland. En dépit de son expression morose, Spencer n'avait pas encore touché le bouton supérieur de son gilet, pas plus qu'il ne l'avait jeté sur son épaule pour s'enfuir. Contre toute attente, la soirée se déroulait plutôt bien. Amelia s'épanouissait tandis qu'elle riait, conversait et plaisantait en toute liberté.

À vrai dire, elle ne s'était jamais autant amusée.

Levant le nez au terme d'une discussion, elle découvrit que M. Twither, un vieil ami de son père, avait acculé Spencer dans un coin et l'accablait de questions portant sur les maréchaux-ferrants, Amelia eut alors recours à une nouvelle tactique de diversion : le flirt éhonté. Se faufilant vers le vieillard, elle le couvrit de compliments, puis entraîna Spencer à sa suite, laissant le vieil homme tout rougissant et flatté.

Avant qu'un autre invité les approche, elle se plaignit à voix haute de la chaleur étouffante, puis attrapa deux verres sur le plateau d'un serviteur qui passait, et tira Spencer à l'écart.

— Il y a une alcôve juste là, murmura-t-elle en faisant mine de siroter son verre.

Il lui prit l'autre verre de la main.

— Après vous.

À cet instant, les musiciens entamèrent un quadrille, et tandis que les gens s'alignaient sur la piste de danse, Spencer et Amelia se glissèrent derrière le paravent.

L'espace était en grande partie occupé par un palmier en pot.

Spencer vida son verre d'un trait, fit la grimace.

— Alors ? demanda-t-elle prudemment, scrutant ses traits pour y déceler les signes d'un malaise.

— Ce truc est infect, déclara-t-il en posant le verre. Et je ne parle pas des musiciens.

— Certes, mais comment vous sentez-vous ? Je suis navrée pour M. Twither. Il n'est pas méchant, mais une fois qu'il vous a mis le grappin dessus, il ne vous lâche plus. Oh, et les jumelles Wexler ! Quelles effrontées ! Ai-je rêvé ou Flora vous a bel et bien pincé les fesses ?

Il ne répondit pas, mais l'un de ses si rares sourires canailles lui retroussa les lèvres. La liqueur aidant, elle sentit une douce chaleur se répandre en elle.

— Vous vous amusez, fit-il remarquer.

— En effet. Je sais que vous détestez ce genre d'événement, et que c'est sans doute pour vous la soirée la plus éprouvante que l'on puisse imaginer…

— Oh, je n'irais pas jusque-là !

Quelqu'un heurta le paravent, de sorte qu'elle sursauta. Spencer glissa le bras autour de sa taille pour l'attirer en arrière. Elle pivota et se retrouva face à lui, sa main reposant à la base de sa colonne vertébrale. Soudain aussi troublée qu'une jouvencelle, elle fixa le regard sur sa cravate.

— Alors, vous vous amusez ? risqua-t-elle.

— Maintenant, oui.

— Vous m'avez…

« Tais-toi, espèce d'idiote, s'ordonna-t-elle. Il est là pour toi. Jamais tu n'aurais cru que cela se passerait aussi bien. Alors, ne gâche pas tout. »

— Oui ? l'encouragea-t-il en lui caressant machinalement le creux des reins.

Elle se força à le regarder droit dans les yeux. La liqueur avait dû lui donner de l'audace. Ou la rendre stupide. Les deux, vraisemblablement.

— Vous m'avez regardé si bizarrement tout au long de la soirée. En fait, je crains de vous avoir déçu.

Son léger froncement de sourcils laissa la place à une expression d'une sévérité impénétrable.

Amelia se mit alors à débiter un flot de niaiseries, de propos irrationnels quoique douloureusement vrais.

— Vous êtes si séduisant. C'en est presque ridicule. Je ne suis pas assez bien pour être votre duchesse. Et même si vous vous moquez de l'opinion des autres, moi pas. Je n'y peux rien. En fait, j'attache beaucoup trop d'importance, je le crains, à ce que *vous* pensez, alors…

— Chut, l'interrompit-il en posant l'index sur ses lèvres.

Mais il n'ajouta rien. Ne savait-il pas ce que l'on répondait dans ce genre de situation ?

« Mentez. Dites-moi que je suis jolie, je feindrai de vous croire, et nous oublierons cette conversation », l'implora-t-elle en silence.

Il inclina la tête en direction de la salle et ses lèvres articulèrent : « *Écoutez.* »

— C'est bien joué de la part de lady Grantham, disait une matrone derrière le paravent. Apparemment, il s'agit de leur première apparition publique depuis leur mariage.

— À présent, répondit son compagnon d'un ton bourru, vous n'avez plus de raison de vous demander quels sont les « véritables » motifs de ce mariage.

— Visiblement, c'est un mariage d'amour. Mais je n'en ai jamais douté.

Son compagnon laissa échapper un reniflement dubitatif.

— Je vous assure, protesta la matrone. Amelia a toujours été une charmante enfant, mais vous admettrez que le mariage lui réussit. Quant au duc, il s'est complètement entiché d'elle, cela saute aux yeux. Il ne la quitte pas d'une semelle.

Amelia faillit éclater de rire. Spencer plaqua la main sur sa bouche.

— Certes, elle a des atouts indéniables, concéda le compagnon de la matrone. N'importe quel homme vous le dirait. D'autant qu'elle les exhibe.

Amelia écarquilla les yeux. Spencer jeta un coup d'œil à ses seins.

L'homme baissa la voix pour ajouter :

— À la place du duc, moi non plus, je ne la lâcherais pas d'une semelle. Si elle ose flirter avec tant d'effronterie sous ses yeux, imaginez un peu de quoi elle est capable quand il a le dos tourné.

— Oh, ne dites pas n'importe quoi ! s'écria son interlocutrice. Amelia n'est pas ce genre de femme. Et s'ils sont collés l'un à l'autre, je ne vois pas où est le mal. Ce sont de jeunes mariés, après tout.

Les épaules d'Amelia étaient secouées de tremblements tant elle avait envie de rire. Spencer la fustigea du regard, et elle s'efforça de se calmer. Sans succès. Elle pouffa dans sa main, pleurant de rire, les joues inondées de larmes. Finalement, l'orchestre attaqua un air plus allègre, et le couple s'éloigna.

Elle ne pouvait plus s'arrêter de rire. Car si elle s'arrêtait, ce serait comme si elle prenait au sérieux les propos qu'ils venaient de surprendre. Elle serait ensuite contrainte d'avouer à quel point elle aurait aimé qu'ils le soient. Et elle finirait par fondre en larmes.

Au bout d'un moment, Spencer l'interrogea du regard pour savoir s'il pouvait retirer sa main.

Elle hocha la tête.

— Juste ciel ! s'exclama-t-elle en essuyant ses larmes. Désolée, c'était trop...

Elle hoqueta de rire.

— Imaginez s'ils savaient...

— S'ils savaient quoi ?

Cette fois, il ne posa pas le doigt sur ses lèvres mais sur sa joue. Il orienta son visage vers lui.

— La vérité ? poursuivit-il.

Soudain, elle n'eut plus du tout envie de rire. C'était à peine si elle respirait.

— Amelia, murmura-t-il, je ne crois pas que vous reconnaîtriez la vérité si elle vous pinçait les fesses.

Il écrasa un baiser sur son front. Elle n'aurait su dire ce qu'il signifiait ni même s'il lui plaisait.

— Voilà ce que nous allons faire, enchaîna-t-il. À la fin de cette danse, nous allons sortir discrètement de cette alcôve et nous séparer. Je vais inviter l'une des jumelles à la main baladeuse à danser, au nom des bonnes manières. Avec de la chance, ce sera Flora.

Amelia réprima un rire. Il lui effleura la joue du bout des doigts.

— Ensuite, continua-t-il, je m'éclipserai pour trouver un peu de calme et de cognac. Personne ne s'en apercevra. Je reviendrai vous chercher dans une heure. Entre-temps, profitez de chaque minute, dansez, amusez-vous.

— Mais...

— Ne discutez pas. Contentez-vous de vous amuser.

Sans lui laisser le temps d'objecter, il avait disparu. Deux secondes à peine s'étaient écoulées, et il lui manquait déjà.

Son verre de liqueur était à moitié plein. Après l'avoir vidé d'un trait, elle tamponna ses joues humides, puis se glissa hors de sa cachette. Elle se prépara à passer l'heure suivante sans son accessoire le plus clinquant au bras – à savoir, le duc. Une heure agréable, sans plus. À discuter avec les dames sur le bord de la piste de danse. À être simplement Amelia.

Autrement dit à faire tapisserie.

17

Sa femme était la reine de la soirée.

De son recoin sombre surplombant la salle de réception, Spencer sirotait son cognac en observant Amelia qui dansait le quadrille écossais avec son quatrième cavalier de la soirée. Elle sautillait allégrement, un sourire radieux aux lèvres. Lorsqu'elle eut regagné sa place dans la ligne, elle échangea une brève remarque avec sa voisine, et les danseurs présents dans son cercle immédiat éclatèrent de rire. Toutes les oreilles étaient tendues vers elle. Tous les yeux étaient rivés sur elle – et sur la robe de soie bleu cobalt qui mettait en valeur ses courbes généreuses, et le bleu étincelant de ses yeux.

Certes, elle était désormais duchesse, et, d'une certaine manière, la fascination collective qu'elle exerçait ce soir sur l'assemblée n'était pas sans rapport avec sa nouvelle position sociale. Mais le titre seul n'aurait pas suffi à les captiver à ce point. C'était tout simplement le charme d'Amelia qui opérait. Elle était ouverte et sociable. Vive et enthousiaste. Et terriblement séduisante. C'en était fini de la célibataire quelconque et effacée. Ce soir, la quintessence de son être s'était libérée et pétillait comme un champagne grand cru. Tout le monde se disputait son attention, pour rire avec elle ou simplement goûter à son charme.

Spencer y était plus sensible que quiconque. Savourer un cognac en solitaire était sans conteste l'un de ses grands plaisirs. Sans oublier qu'il avait une réputation de misanthrope à préserver. Seulement, il n'avait pas éprouvé le besoin physique de partir. Il n'avait pas ressenti le moindre vertige ni la moindre migraine. En fait, c'est à peine s'il avait prêté attention à la foule.

Comme tout le monde, il n'avait eu d'yeux que pour son épouse.

— Que fais-tu là ? demanda une voix dans son dos.

Il pivota.

— Je te retourne la question.

— J'observe la fête. Comme toi.

Claudia le rejoignit près de la balustrade. Ensemble, ils observèrent les danseurs évoluant sur la piste.

— Je suis lasse de Bea Grantham, lâcha sa pupille. Elle est vraiment sotte.

— Je croyais que vous aviez le même âge.

— L'âge ne fait pas tout, rétorqua-t-elle en appuyant le coude sur la balustrade, le menton dans la main. Amelia est jolie ce soir, ajouta-t-elle d'un air plutôt surpris.

— En effet.

Le soir de leur rencontre, lui eût-on demandé de brosser un portrait d'Amelia d'Orsay qu'il l'aurait décrite comme une jeune femme quelconque. Banale dans le meilleur des cas. Le lendemain matin, il en était venu à la trouver passable, voire jolie selon la lumière. En revanche, sensuellement parlant, il l'avait toujours trouvée attirante.

Mais quand elle était entrée dans leurs appartements, un peu plus tôt, vêtue de cette robe... Bon Dieu ! Il avait eu l'impression de recevoir un direct à l'estomac. Son cœur avait bégayé un instant, puis une douleur s'était logée dans sa poitrine. Il s'était brusquement rendu compte que sa femme était l'une des plus belles qu'il ait jamais vue. Quand ce revirement s'était-il produit ? Il avait passé la soirée à se demander si le changement venait d'elle ou de lui.

À présent, il avait sa réponse. Il venait d'elle. Elle n'avait pas changé à proprement parler, elle s'était révélée.

— Elle a du succès auprès des gentlemen, commenta Claudia d'un ton taquin. Je devrais peut-être lui demander des conseils.

Il ressentit comme un malaise. Depuis qu'Amelia avait suggéré que Claudia puisse envier son mariage, il était gêné en présence de sa pupille. Bien qu'il doutât de la justesse de cette supposition, il préférait ne rien demander tant il craignait la réponse. De manière générale, il ne savait plus comment communiquer avec Claudia. Il n'avait jamais été expert en la matière, certes, mais, ces temps derniers, elle s'était montrée particulièrement irritable et difficile. Il détestait la voir grandir et s'éloigner de lui.

— Tu devrais être au lit depuis longtemps, lui dit-il.

Elle poussa un soupir exagéré.

— Tu as l'intention de me traiter comme une petite fille jusqu'à la fin de mes jours ?

— Oui. C'est à cela que sert un tuteur. Bonne nuit, conclut-il face à la mine boudeuse de sa pupille.

Une fois celle-ci partie, il pivota de nouveau vers la salle. Il n'eut aucun mal à repérer Amelia. Il lui suffit de chercher l'attroupement de mâles avec la langue pendante.

Il n'était pas son seul admirateur, et cette idée ne le réjouissait pas. Si humiliant cela fût-il de l'admettre, il aimait à penser qu'il était ce qu'elle aurait pu espérer de mieux en termes de mari. Que même s'il avait tendance à tout gâcher, il ne risquait pas de la perdre au profit d'un autre.

Il avala une autre gorgée de cognac. Ce soir, il se faisait du souci. Beaucoup de souci. Derrière le paravent, elle lui avait jeté un regard dubitatif. Ne se rendait-elle donc pas compte de ce qu'elle signifiait pour lui ? Bon sang ! N'assistait-il pas à un bal en ce moment même pour ses beaux yeux ? Dans l'Oxfordshire. Ces détails auraient dû lui mettre la puce à l'oreille.

Apparemment non. Il allait devoir lui expliquer deux ou trois choses. Et pour un homme qui s'était juré de ne jamais avoir à se justifier auprès de personne…

Il était plutôt impatient de le faire.

Il regagna la salle de bal à l'instant où l'orchestre entonnait la première mesure d'une valse. Amelia avait déjà un cavalier – un gentleman-farmer dont il avait oublié le nom –, mais il feignit de l'ignorer.

— Je crois que cette danse m'est réservée, fit-il en tendant la main à sa femme.

Celle-ci lui lança un regard réprobateur, mais le gentleman s'était déjà incliné. Spencer enlaça sa femme et l'entraîna sur la piste de danse.

— Il est déjà minuit ? le taquina-t-elle.

— Quasiment, répondit-il en la faisant tournoyer. Vous m'avez posé une question tout à l'heure et je vous dois une réponse.

— Oh, mais… ce n'est pas la peine ! balbutia-t-elle. J'ai été sotte de…

— Vous disiez que je vous avais regardée bizarrement toute la soirée.

— Eh bien… un petit peu.

— Vous aviez raison. Je vous ai regardée, comme tous les hommes ici présents. Ne me dites pas que vous n'avez rien remarqué.

— C'est l'attrait de la nouveauté, rien de plus.

— La nouveauté ? Vraiment ? fit-il en jetant un coup d'œil à son décolleté.

Elle s'empourpra.

— J'imagine qu'une femme se sent plus sûre d'elle quand elle porte une robe bien coupée.

— Si vous voulez mon avis, cela n'a aucun rapport avec votre robe, ou l'attrait de la nouveauté. Ils sont attirés par vous, tout simplement. Vous cherchiez à vous faire remarquer, ce soir. Badinant, dansant et riant avec tous les hommes que vous croisiez. Et vous aimez être au centre de l'attention, ne le niez pas.

— Très bien, je ne le nierai pas. Vous êtes fâché ? demanda-t-elle, l'air soudain inquiet.

Excellente question. Il se l'était justement posée. Mais il n'avait pas prévu d'y répondre ici.

— Il faut que nous sortions, dit-il. Immédiatement.

Elle écarquilla les yeux, alarmée.

— Oh, bien sûr ! acquiesça-t-elle aussitôt. Pouvez-vous attendre la fin de la valse ? Nous nous ferions moins remarquer...

— Immédiatement, s'entêta-t-il en s'immobilisant abruptement

— Très bien. Partez devant, je vous rejoins. Le temps de nous excuser auprès de lady Grantham.

— Je vous emmène avec moi.

— Mais je dois...

Diantre, cesserait-elle un jour de contester ses décisions ? Avec un soupir impatient, Spencer plaqua un bras dans son dos, et se baissa pour glisser l'autre sous ses genoux. Et la souleva dans ses bras. Elle laissa échapper un petit cri haletant qui lui échauffa les sangs.

Autour d'eux, tous les couples cessèrent de danser.

— Nous partons. Ensemble. Maintenant, fit-il en réprimant un sourire.

Cet homme était un rustre.

Amelia le lisait sur le visage des invités. Car, évidemment, tous les regards étaient braqués sur eux. Les gens paraissaient à la fois choqués et amusés. C'était précisément dans l'espoir d'assister à ce genre de spectacle qu'ils étaient venus. Elle eut pitié de la pauvre lady Grantham. Avec l'agitation causée par leur départ précipité, la soirée risquait de s'achever plus tôt que prévu.

Les invités s'empresseraient de filer pour discuter de l'incident entre eux, avant d'en parler autour d'eux. En quelques heures, la réputation de sauvage de Spencer serait faite. Bravo !

Lorsqu'ils passèrent devant une lady Grantham bouche bée, Amelia tenta de prendre congé.

— Merci mille fois pour cette charmante soirée. Nous nous verrons au petit-déjeuner.

Spencer resserra son étreinte.

— Ne faites pas de promesses que vous ne pourrez pas tenir, dit-il, suffisamment fort pour que tout le monde l'entende.

Amelia ne put s'empêcher de rire.

Elle s'attendait qu'il la repose sur le sol au pied de l'escalier. Après tout, s'il avait dû sortir de toute urgence, c'est qu'il ne se sentait pas bien.

— Franchement, murmura-t-elle comme il commençait à gravir les marches, je peux marcher.

Il accéléra l'allure en guise de réponse, et Amelia n'insista pas.

Une fois parvenus devant leurs appartements, il la remit sur ses pieds. Et lorsqu'ils furent dans leur chambre, il traversa la pièce à grandes enjambées tout en tirant sur sa cravate.

Pour lui donner le temps de se ressaisir, Amelia se dirigea vers la coiffeuse et retira ses gants. Elle dégrafa ensuite le fermoir de son bracelet qu'elle posa sur un plateau.

— Merci pour ce soir, dit-elle d'un ton posé en observant le reflet de Spencer dans le miroir.

Il se débarrassa de sa redingote et la jeta de côté.

— Je sais quelle épreuve cela a dû être pour vous, continua-t-elle.

— Vraiment ?

Il s'approcha et s'immobilisa derrière elle. Leurs yeux se croisèrent dans le miroir de la coiffeuse. Le sien était sombre et intense.

Embarrassée, Amelia s'apprêta à ôter ses boucles d'oreilles.

— Gardez-les.

Surprise par le timbre autoritaire de sa voix, elle se figea et scruta le reflet de son mari dans la glace. Il n'avait pas l'air malade du tout. Au contraire, il irradiait vigueur et virilité. À vrai dire, c'était elle qui frissonnait et transpirait.

— Gardez vos perles, répéta-t-il en la prenant par les hanches. Je veux que vous soyez exactement comme dans la salle de bal.

Elle laissa retomber ses mains, les posa à plat sur la coiffeuse.

— Voilà, fit-il d'une voix rauque. Offrez-moi une vue plongeante sur ce que vous avez montré aux autres hommes toute la soirée.

Il tira ses hanches en arrière d'un geste brusque. Dans cette position, son poids reposait sur ses bras et sa poitrine était projetée en avant.

Il lui caressa les hanches et la croupe d'un geste possessif.

— Avez-vous vraiment idée de l'épreuve que ç'a été pour moi d'observer de loin ma femme en train de danser et de flirter avec tous les hommes présents ?

« Naturellement, eut-elle envie de lui rétorquer. Je sais ce que l'on éprouve à se sentir invisible tandis que vous accaparez l'attention de toutes les femmes. »

Elle se demanda soudain si elle ne s'était pas amusée en partie par esprit de vengeance.

— Dites-moi ce que vous avez ressenti ? demanda-t-elle pour le provoquer.

Il captura son regard dans la glace tandis que ses mains se permettaient des privautés.

— Si je vous disais que cela m'a rendu incroyablement fier, ce ne serait pas un mensonge. Mais ce ne serait pas non plus l'entière vérité.

Ses jupes remontèrent jusqu'au creux de ses genoux.

— En vérité… cela m'a aussi rendu furieux, ajouta-t-il.

Ses doigts remontèrent à l'intérieur de sa cuisse jusqu'à son sexe, qu'il caressa. Elle était déjà prête à le recevoir, et cette découverte leur arracha un gémissement étouffé.

— J'ai eu envie de vous donner une petite leçon.

Il lui écarta brusquement les jambes et se campa entre elles. Un frisson d'excitation la parcourut. Le souffle de Spencer s'accéléra tandis qu'il lui retroussait ses jupes jusqu'à la taille tout en déboutonnant son pantalon.

Quelques secondes plus tard, elle le sentit à l'orée de son corps. Son corps qui brûlait de l'accueillir.

Il la pénétra si brutalement que la coiffeuse vibra. Surprise par la violence de l'assaut, elle se raidit, mais il ne lui accorda aucun répit. Il se retira lentement, presque complètement, avant de s'enfoncer de nouveau jusqu'à la garde.

— Vous êtes à moi, fit-il en l'empoignant aux hanches. À moi.

Il l'emplissait toute, à présent, et plus rien n'existait que son sexe dur en elle.

Lui soulevant le bassin, il commença à aller et venir à une cadence effrénée. Le bracelet d'Amelia cliquetait sur son plateau. Dans le miroir, ses seins tressautaient en rythme, menaçant de jaillir de sa robe à tout moment. Comme ses coups de reins gagnaient en force, la pointe dressée d'un sein apparut au bord de son décolleté.

Et en elle… Oh, Seigneur ! Il atteignait des endroits dont elle ignorait jusqu'à l'existence. Un nœud de volupté durcit dans son ventre, intense et instable. L'explosion semblait inéluctable. Ses forces l'abandonnèrent, et elle se pencha en avant, pliant les avant-bras. Ce changement de position lui valut un grognement approbateur de Spencer, qui augmenta la cadence de ses va-et-vient.

— Spencer, haleta-t-elle avant d'appuyer le front sur son avant-bras.

— Non, fit-il et, glissant les doigts dans sa chevelure, il la força à relever la tête.

La brutalité de son geste envoya une déferlante de frissons à la fois agréables et douloureux dans tout son corps.

— Regardez-vous, ordonna-t-il. N'importe quel homme peut vous voir telle que vous étiez dans la salle de bal. Spirituelle. Désirable. Charmante. Élégante, énuméra-t-il, accompagnant chaque qualificatif d'un coup de reins. Mais c'est maintenant que vous êtes la plus belle. Et cette beauté m'est réservée, à moi et à moi seul. Vous m'entendez ?

Elle n'aurait pas cru cela possible, mais ses mouvements redoublèrent de vigueur. Un flacon d'eau de Cologne tomba et se brisa sur le sol.

— À moi, répéta-t-il en plongeant en elle.

Elle contempla son reflet, hypnotisée. Elle avait les joues en feu, les lèvres gonflées. Elle plongea le regard dans le saphir de ses propres yeux tandis qu'elle s'élevait peu à peu vers l'extase. Il avait raison : il y avait de la beauté dans ce visage.

— Oui. Oh, Spencer. *Oui.*

Elle ferma les yeux comme la jouissance explosait en elle, puissante, brutale, aussi dévastatrice qu'une éruption volcanique tandis qu'il continuait d'aller et venir en elle sans relâche.

Lorsque la vague voluptueuse reflua, elle sentit se produire un changement en lui – ses mouvements avaient perdu de leur fluidité, lui indiquant qu'il avait passé le point de non-retour.

Elle rouvrit les yeux et l'observa dans le miroir : il avait les mâchoires crispées, les traits empreints d'une tension presque douloureuse. Il ferma les paupières et arqua le cou.

Un cri rauque lui échappa comme il déversait sa semence en elle à grands traits brûlants, les doigts enfoncés dans la chair de ses hanches. Elle aurait sans doute des bleus à cet endroit le lendemain. Elle les chérirait.

Ils demeurèrent dans cette position, unis, haletants et secoués de tremblements. Ils étaient en nage.

Lorsqu'il se retira, elle frissonna. Ses genoux refusaient de la porter.

— Amelia, finit-il par dire d'une voix enrouée, venez par ici.

Il la conduisit jusqu'au lit. Elle s'y allongea, sans force, et le laissa la déshabiller. Il s'approcha ensuite de la table de toilette pour humidifier un linge avec lequel il lui tamponna le front et le cou avant de le glisser plus bas, là où sa chair intime était endolorie.

Cela fait, il s'étendit près d'elle.

— Ça va ? murmura-t-il.

Elle hocha la tête.

Il lui caressa les cheveux, déposa un baiser sur sa joue. Sur son cou, là où battait son pouls. Il la couvrit de baisers tendres : creux du coude, ventre, genoux, hanches. Elle n'eut pas même un tressaillement. Alors, il s'installa entre ses cuisses, les écartant largement, puis il repoussa doucement les pétales de son sexe et l'embrassa… à cet endroit.

Elle se cabra.

— J'attends cela depuis une éternité, avoua-t-il avant de donner un coup de langue. Vous avez un goût divin.

Ces paroles eurent raison d'elle. Elle glissa les doigts dans ses cheveux en bataille tandis qu'il la caressait langoureusement et se laissa emporter dans un tourbillon de volupté. Elle sentait son désir se ranimer, mais ne voulait rien précipiter. Elle tenta de retarder la montée du plaisir pour prolonger l'instant.

Mais elle ne put lutter très longtemps. Il referma les lèvres sur le petit bourgeon charnu, et avant qu'elle ait eu le temps de souffler, l'extase la cueillit comme une fleur. D'abord aigu, le plaisir s'adoucit et elle eut l'impression de flotter sur un nuage vaporeux.

Spencer posa la tête sur son ventre.

— Cela m'a manqué, murmura-t-il.

Il n'avait encore jamais fait « cela » à proprement parlé, mais elle savait ce qu'il voulait dire. Il voulait dire : « Vous m'avez manqué. »

L'émotion lui noua la gorge.

— Spencer ?

Il leva vers elle un regard interrogateur.

— Je vous en prie, parlez, le supplia-t-elle. C'est un moment charmant, et c'est là que vous gâchez tout, d'ordinaire. C'est là que vous êtes censé faire un commentaire désagréable. Vous savez, pour m'empêcher de tomber complètement sous votre charme.

Il se contenta de lui sourire.

— Seigneur ! s'exclama-t-elle. C'est trop tard ! Je viens de tomber amoureuse de vous.

— À l'instant ? demanda-t-il en riant.

Il s'écarta d'elle et s'assit.

— Ce n'est pas trop tôt, ajouta-t-il en se passant la main dans les cheveux. Il vous en aura fallu du temps. Plus qu'à moi.

— Quoi ? s'écria-t-elle en se redressant comme un ressort. Que… ? Depuis quand ?

— Depuis le début, Amelia. Depuis le tout premier jour.

— Non, je ne vous crois pas.

— Ah bon ?

Il baissa les yeux sur la poche de son gilet. Un morceau de tissu blanc en dépassait.

— Comment se fait-il que vous soyez encore vêtu ? le taquina-t-elle tout en tirant sur ledit tissu.

Interdite, elle fixa ce dernier. C'était son mouchoir. Celui qu'elle lui avait fourré dans la main le soir de leur rencontre sur la terrasse des Bunscombe. L'avait-il vraiment gardé sur lui durant tout ce temps ?

— Spencer... commença-t-elle.

Il rougit légèrement, l'air embarrassé.

— Allez-y, ne m'épargnez pas. Vous m'avez déjà traité de romantique. Je ne vois pas ce que vous pourriez dire de pire pour me discréditer.

— Vous êtes adorable.

— Et voilà ! vociféra-t-il en s'écroulant comme s'il venait de recevoir une flèche en plein cœur. Si jamais vous le répétez à qui que ce soit, je vous poursuis pour diffamation.

— Je préfère que ce soit notre secret, répliqua-t-elle

— Suis-je autorisé à employer un terme affectueux ou m'accuserez-vous de vous traiter comme l'un de mes chevaux ? s'enquit-il en se redressant.

— Tout dépend du terme, je suppose. À quoi songez-vous ?

— Ma chère ? Ma chérie ? Ma douce ? suggéra-t-il d'un ton sceptique.

— Trop galvaudés ; ils n'ont plus de sens.

— Que diriez-vous de ma perle ? Ma fleur ? Mon trésor ?

Elle s'esclaffa.

— À présent, vous vous moquez.

Se penchant, il recueillit son visage au creux de ses mains. L'intense émotion qu'elle découvrit dans ses yeux noisette lui coupa le souffle.

— Ma femme, proposa-t-il, recouvrant son sérieux. Mon cœur.

Il inclina la tête, réfléchit.

— Ma plus chère amie, reprit-il.

Émue au-delà des mots, elle répondit doucement :

— Celui-ci me plaît assez.

— À moi aussi, Amelia, murmura-t-il avant d'attirer son visage à lui pour s'emparer de ses lèvres.

18

— Et voilà Briarbank, annonça Amelia en tendant le bras.

Sa monture caracola comme Spencer la rejoignait. En contrebas de la falaise escarpée coulait une rivière formant un coude, découvrit-il. Un vieux cottage en pierre dont la cheminée crachait des volutes de fumée était niché sur la berge boisée.

— C'est un charmant tableau, n'est-ce pas ? reprit-elle.

En effet, songea-t-il. Plus que charmant même.

Sur le plateau tapissé de verdure qu'ils traversaient se dressaient les ruines de Beauvale Castle. Depuis sa falaise, le château surplombait la vallée où serpentait la rivière Wye, offrant une vue panoramique sur la région : des étendues de bois et de terres cultivées déployant une palette de verts aux nuances infinies ; des vallons plongés dans l'ombre ; des champs de luzerne caressés par une brise légère.

— Vous êtes bien silencieux, fit-elle remarquer en le dévisageant. À quoi pensez-vous ?

Sa monture s'agita, sensible à l'inquiétude qui perçait dans sa voix. Pour une première leçon, elle se débrouillait plutôt bien, mais pour maîtriser complètement son cheval, il lui manquait encore l'assurance nécessaire. Il attendrait quelques semaines avant de l'autoriser à monter seule.

Spencer calma le hongre d'Amelia en émettant des claquements de langue. Puis il mit pied à terre pour donner un peu de répit à Junon. Il n'aurait probablement pas dû utiliser une jument de son âge sur un si long trajet. Mais il avait vu les dégâts qu'elle causait dans son box et les blessures qu'elle s'infligeait par la même occasion quand il ne l'emmenait pas avec lui. Il fallait vraiment qu'il récupère Osiris, et vite.

— C'est beau, se contenta-t-il de dire en contemplant la vallée.

Le paysage sauvage qui s'étendait en contrebas, la forêt primitive dans son dos et le ciel d'azur au-dessus de sa tête... Spencer fut saisi par ce spectacle. Il se remémora la demeure de son enfance, et une douleur lui transperça le cœur. Le Canada offrait des paysages similaires. Dans sa jeunesse, il s'échappait et galopait à perdre haleine pour les découvrir. Mais l'adulte qu'il était devenu ne s'autorisait que rarement à penser à la beauté de la nature qu'il avait laissée derrière lui, et qui lui manquait tant.

C'était un recoin sombre de son esprit où il évitait de s'aventurer, mais Amelia y était parvenu directement et avait tiré les rideaux pour faire entrer la lumière. S'il n'était pas particulièrement sentimental, il était un vrai romantique, dans la lignée de Wordsworth et de ses semblables. Il n'avait jamais pu s'asseoir sur le banc d'une église comble sans ressentir autre chose que de la détresse et de l'impuissance. En revanche, la Nature était sa cathédrale. Dans un endroit comme celui où il se trouvait en cet instant, il sentait la présence du divin. C'était à la fois une leçon d'humilité et un réconfort.

Un duc avait parfois besoin d'une bonne leçon d'humilité. Et même s'il avait du mal à l'admettre, il avait aussi besoin de réconfort de temps à autre. Par chance, il avait épousé une femme qui lui prodiguait les deux.

Et il l'aimait pour cette raison. Apprendre à aimer était pour Spencer un nouveau défi. Intimidant, qui plus est, sachant qu'il était le genre d'homme à exceller dans quelques rares domaines, et à échouer lamentablement dans tout le reste.

— Depuis quand le château est-il dans cet état ? s'enquit-il.

— Pas si longtemps. D'après mon père, il était encore très bien il y a quelques générations de cela. Il y a eu un incendie, à la suite duquel il a commencé à se délabrer. Si la plupart des murs sont toujours debout, il n'y a pour ainsi dire plus de toits ni de sols.

Elle tourna un regard brillant d'émotion vers l'entrée du château où une arche en pierre reliait deux tourelles.

— Sauf dans le corps de garde, poursuivit-elle, où mes frères préparaient leurs mauvais tours.

— Et vous ? Où prépariez-vous les vôtres ?

— J'étais une fille sage, répliqua-t-elle en haussant les sourcils. Je ne préparais jamais de mauvais tours.

— Il n'est jamais trop tard pour bien faire, répondit-il avec un clin d'œil.

Pour détendre sa jument, il la fit marcher autour du château. Dommage que ces pierres fassent partie des biens inaliénables du frère d'Amelia, car il aurait volontiers reconstruit le château pour en faire le foyer qu'elle méritait. Il aurait aimé se réveiller chaque matin face à ce paysage verdoyant.

Il rejoignit Amelia, et suivit la direction de son regard.

— Ce cottage est bien situé, commenta-t-il. Mais il est affreusement petit.

— Oui, et il sera bientôt plein de monde. Je comprendrai que vous ayez besoin de vous éclipser, fit-elle en esquissant un sourire. De toute façon, la région gagne à être explorée. Nous pourrions nous rendre à Tintern à cheval. Ce serait très instructif pour Claudia.

Spencer se rembrunit. Visiter les ruines de l'abbaye médiévale de Tintern serait sans doute instructif pour Claudia, encore faudrait-il qu'elle accepte de les y accompagner. Elle n'était pas montée à cheval depuis son retour de York. Et il ignorait encore si c'était là une expression du ressentiment qu'elle éprouvait à l'égard d'Amelia ou de lui.

— Allons, poursuivit Amelia qui avait pris son froncement de sourcils pour de la réticence. Vous mourez d'envie de voir la vue de Tintern, inutile de le nier. *Lorsque l'agitation stérile du monde, et sa fièvre ont menacé mon cœur palpitant...* ajouta-t-elle, taquine, citant un poème de Wordsworth.

Elle arqua un sourcil d'un air de défi.

— *Combien de fois, en pensées, me suis-je tourné vers toi*[1], acheva-t-il dans un murmure en regardant autour de lui comme s'il craignait d'être entendu.

— J'en étais sûre ! s'écria-t-elle. J'ai épousé un romantique.

— N'oubliez pas que c'est notre secret, dit-il en adoptant un ton faussement menaçant.

Quatre jours plus tard, Spencer était installé dans la petite bibliothèque de Briarbank, où il venait de terminer une lettre, lorsqu'on frappa à la porte.

— Entrez.

Amelia pénétra dans la pièce, referma la porte derrière elle et s'approcha du bureau d'une démarche ondulante tout à fait prometteuse – s'il interprétait les signes correctement.

Ici elle s'épanouissait. À l'instant où ils avaient posé le pied à Briarbank, un changement s'était produit en elle. Elle était dans son élément, confiante et joyeuse. Et

1. William Wordsworth, « Tintern Abbey », *Ballades lyriques*, 1798. *(N.d.T.)*

Spencer en avait été récompensé dans l'intimité de leur chambre. Et dans le dressing, le bain, et même le salon. Pas encore dans la bibliothèque, mais il espérait que l'interruption d'Amelia avait pour but de remédier à cet oubli.

Il scella la lettre et la mit de côté.

— Oui ?

— Un cavalier vient d'arriver de Harcliffe Manor. Lily et ces messieurs sont en route. Ils devraient arriver d'ici à une heure ou deux.

Spencer accueillit cette nouvelle de manière étonnamment ambivalente. S'il était venu ici, c'était certes dans l'intention de régler cette histoire de jeton avec Ashworth et Bellamy. Mais il s'était habitué à passer du temps en tête à tête avec Amelia, et l'idée que leur lune de miel prenne fin le contrariait.

À l'évidence, elle partageait son avis. Contournant le bureau, elle vint s'installer sur ses genoux.

— Bientôt, la maison sera pleine, fit-elle remarquer, et je n'aurai plus une minute à moi. Ce sont sûrement nos derniers moments seul à seul avant longtemps.

Elle ne perdit pas de temps. Sa main plongea vers son sexe.

— Déjà ? le taquina-t-elle en caressant son érection à travers son pantalon.

— Depuis que vous avez franchi le seuil de cette pièce, avoua-t-il avant de la gratifier d'un baiser à la fois espiègle et fougueux.

Insinuant la main entre eux, elle déboutonna son pantalon et son caleçon d'un geste habile, libéra son sexe, et entreprit de le caresser sans retenue. Seigneur, elle apprenait vite ! Elle savait déjà exactement ce qu'il fallait faire pour lui plaire.

On gratta à la porte, et il sursauta.

— Ne bougez pas, ordonna-t-elle en glissant à terre. C'est sans doute un domestique. J'en ai pour une seconde.

Il lui obéit, car il se voyait mal accueillir qui que ce fût avec une érection aussi imposante. Il ne prit du reste pas la peine de se rendre présentable, mais se contenta de rapprocher son siège du bureau. Amelia s'entretint un instant avec l'intrus à voix basse, referma la porte et tourna la clé dans la serrure. Le petit déclic suffit à ranimer le désir de Spencer.

Alors qu'Amelia s'empressait de retraverser la pièce, il s'interrogea : allait-il l'allonger sur le bureau, ou la faire se pencher dessus ?

Elle avait apparemment une autre idée en tête, car à peine l'eut-elle rejoint qu'elle s'agenouilla devant lui et empoigna son sexe. Ses délicieuses lèvres pulpeuses se refermèrent sur l'extrémité engorgée de sa virilité. Un plaisir fulgurant le traversa.

— Amelia, attendez.

Elle releva la tête.

— Vous êtes sûre… ?

Il n'avait pas prévu de la soumettre à cette expérience si vite.

Ses yeux pétillèrent de malice.

— Vous m'avez dit que si ce que vous me faites me procure du plaisir, il y a de grandes chances pour que le même geste vous plaise aussi.

— En l'occurrence, c'est une certitude.

— Alors cessez de m'interrompre.

Elle le prit de nouveau dans sa bouche, et il laissa échapper un juron.

Elle était un peu hésitante, et tant mieux. Car si elle s'était montrée plus entreprenante, il aurait sans doute joui au bout de dix secondes, ce qui aurait été des plus embarrassant.

Il s'adossa au fauteuil et s'abandonna au plaisir grandissant. Levant les yeux, Amelia s'aperçut qu'il la regardait ; elle poussa un soupir sensuel qui eut raison de lui.

Doux Jésus ! Peut-être ferait-il mieux de la prévenir. C'était la première fois qu'elle faisait cela, elle ne savait probablement pas qu'elle avait le choix, mais... pourquoi le lui donner ? Fallait-il vraiment qu'il prouve sa noblesse en un moment pareil ?

— Amelia, grogna-t-il.

Voilà. Ce serait le seul avertissement qu'il lui donnerait. Il savait qu'elle décèlerait le désespoir dans sa voix.

Dieu merci, elle redoubla d'efforts. Et ils furent efficaces.

— Bon Dieu ! éructa-t-il en soulevant le bassin, le corps secoué de spasmes.

Amelia avait raison, songea-t-il tandis qu'il s'efforçait de récupérer. Ce petit cottage plein de courants d'air était le paradis sur terre.

Elle se redressa et se percha sur le bureau devant lui avec une petite moue exprimant une extrême satisfaction.

La coquine. Il lui donnerait une raison d'être satisfaite. Dès qu'il aurait retrouvé son souffle. Tendant le bras, il lui attrapa la cheville.

— À votre tour.

Elle secoua la tête.

— Non, merci. Je ne veux pas être toute froissée. Nos invités ne vont plus tarder. Les lits sont faits, mais j'avais l'intention de préparer des bouquets pour agrémenter les chambres. Et il me manque toujours une idée de légumes pour accompagner le dîner de ce soir, ajouta-t-elle en fronçant les sourcils. Des navets, cela vous dit ?

— Je me fiche complètement de vos navets, répliqua-t-il en remontant la main le long de son mollet. En revanche, j'ai très envie de vous goûter.

Elle émit un petit rire, et l'arrêta d'un geste.

— Pas maintenant. J'ai vraiment trop à faire.

— Quelle importance si vous ne terminez pas à temps ? Amelia, vous avez une fâcheuse tendance à faire passer le bien-être des autres avant le vôtre.

Haussant les épaules, elle coula un regard vers son entrejambe.

— Seriez-vous en train de dire que vous auriez préféré que je ne…

— Bien sûr que non ! s'exclama-t-il avec un grand sourire. Avez-vous perdu la tête ?

Il rajusta son pantalon, se redressa sur son siège et reprit d'un ton plus sérieux.

— Une question me taraude. Au bal des Grantham, vous étiez radieuse. Envoûtante. Le centre de l'attention. Comment se fait-il que je n'aie jamais vu cette Amelia-là à Londres ?

Elle se mordilla la lèvre.

— Vous m'avez donné confiance en moi. Je mets au défi n'importe quelle femme de faire tapisserie avec un si bel homme à son bras, déclara-t-elle. Mais avant de vous connaître… Je vous ai déjà parlé de M. Poste, n'est-ce pas ? L'homme à qui j'étais fiancée.

Il hocha la tête.

— Mon père lui devait une grosse somme d'argent, mais il était prêt à oublier la dette en échange de… eh bien, de moi. Il m'avait repérée depuis longtemps, avoua-t-elle d'une voix faible. J'étais encore très jeune. Trop jeune. Mon corps s'est développé très tôt par rapport à celui des autres jeunes filles. J'avais à peine douze ans quand je l'ai surpris en train de me lorgner. Je me suis sentie souillée, et je n'étais encore qu'une gamine.

Spencer fut pris d'une bouffée de rage.

— Vous a-t-il touchée ?

— Quelques petits pincements, ici ou là. Rien de plus. Mais j'ignorais toutefois comment faire face à ce type d'attention, et je n'osais pas en parler à mes parents de peur qu'ils refusent ensuite que je l'épouse. Je voulais tellement les aider… Pourtant je me suis défilée au dernier moment. Par pur égoïsme : simplement parce que je rêvais de vivre une véritable histoire d'amour. Mais il m'a ensuite fallu des années pour accepter l'idée qu'un homme pose les yeux sur mon corps.

Sacrebleu ! Il n'y avait rien de plus terrible pour un mari que d'écouter, impuissant, sa femme lui avouer une blessure passée.

— Alors, si personne ne me remarquait lors de ces bals, j'imagine que c'était parce que je ne voulais pas que l'on me voie, conclut-elle en lui adressant un sourire doux-amer. M. Poste est mort peu après l'annulation de nos fiançailles. Si seulement je l'avais épousé, j'aurais épargné bien des soucis à ma famille. Et aujourd'hui, je serais une riche veuve.

— Vous ne vous considérez pas comme responsable des déboires de votre famille, j'espère ?

Elle haussa une épaule.

Pauvre petite. Se sentir coupable d'avoir regimbé à épouser un vieillard lubrique ! Il comprenait mieux, à présent, cette propension qu'elle avait à se sacrifier pour aider ses frères.

Il lui prit la main et la serra.

— Je suis très heureux que vous ne l'ayez pas épousé.

Elle détourna le regard.

Il attendit dans l'espoir qu'elle lui dise qu'elle aussi était ravie de la tournure prise par les événements. Qu'elle préférait mille fois être la duchesse de Morland qu'une riche veuve, et qu'elle ne renoncerait à lui pour rien au monde – pas même pour racheter la dette de son père.

— Je vous aime, fit-elle à la place.

Une légère déception lui tirailla la poitrine. Il savait qu'elle était sincère. Seulement, il y avait beaucoup de gens qu'Amelia aimait sincèrement. Et il ne s'était jamais senti à l'aise au milieu d'une foule.

Désireux de changer de sujet, il demanda :

— Qui a frappé à la porte tout à l'heure ?

— Claudia. Je lui ai dit que vous n'en auriez que pour une minute. Une estimation étonnamment exacte, en fin de compte.

Il lui administra une tape affectueuse comme elle descendait du bureau.

— Autre chose, dit-elle en se retournant avant de sortir. Vous emmènerez les hommes pêcher dès leur arrivée. Je compte sur vous pour me rapporter du saumon frais pour le dîner.

— Et de deux !

D'un mouvement sec du poignet, Ashworth sortit le poisson de l'eau.

Spencer le félicita, et lança de nouveau sa propre ligne, songeant encore, émerveillé, combien sa femme était intelligente. Il avait organisé cette escapade dans le Gloucestershire afin de dissoudre une fois pour toutes le Stud Club. Pour mettre son plan à exécution, il fallait qu'il réussisse à s'entretenir avec Ashworth à l'insu de Bellamy. Or Amelia lui avait fourni le prétexte idéal. La pêche était un sport de gentleman, un loisir champêtre. En tant que fils d'aristocrates, Rhys avait sans doute passé ses après-midi d'été à pêcher à la ligne, tout comme Spencer.

Tandis que Julian Bellamy… C'était sans doute la première fois de sa vie qu'il s'approchait d'une rivière autre que la Tamise. Plus Spencer en apprenait sur son compte, plus il était convaincu que Bellamy était issu des bas-fonds de la capitale. Ses bouffonneries et ses vêtements à la mode lui permettaient peut-être de s'immiscer dans la bonne société londonienne, mais dans le Gloucestershire, il lui serait plus difficile de donner le change. Ici, il apparaissait comme l'imposteur qu'il était. Il avait suffi de parler de pêche à la ligne pour qu'il se dérobe sous le prétexte minable qu'il voulait accorder le pianoforte !

Spencer se demanda ce que Leo avait su du véritable passé de cet homme. D'après ce que l'on racontait, ils étaient très liés.

— J'ai besoin d'argent, déclara Ashworth tout de go, épargnant à Spencer le soin d'aborder le sujet en douceur. C'est pour cette raison que je suis venu. Une fois que nous en aurons fini ici, je file dans le Devonshire pour voir ce que je peux faire de mon domaine.

— Il se trouve que j'ai de l'argent, observa Spencer d'un air nonchalant.

— Et il se trouve que j'ai un jeton. Je te proposerais volontiers un simple échange, mais…

— Mais Bellamy refuse d'en entendre parler, je sais, coupa Spencer d'une voix où perçait l'ironie. Pas question de manquer au code de bonne conduite du Stud Club !

Ils s'autorisèrent un rire discret. Discret car cette plaisanterie avait trait à Leo.

— Qu'à cela ne tienne, nous le jouerons, déclara Spencer.

Sa ligne s'agita, accaparant son attention un instant. Mais alors qu'il commençait à rembobiner, sa prise s'échappa.

— Un de ces soirs, nous persuaderons Bellamy de faire une partie de cartes, reprit-il. Il n'y a pas grand-chose d'autre à faire dans le coin. Cela ne devrait pas durer longtemps. Laisse-moi prendre la partie en main, je sais comment mener le jeu dans ce genre de situation. Je perdrai dix mille livres lors de la première manche, et toi, tu perdras le jeton lors de la revanche.

— Je veux vingt mille livres.

— Quinze mille. C'est à prendre ou à laisser.

— Tu as pourtant proposé vingt mille à Lily.

— Elle est en deuil et elle est jolie. Toi, tu es laid et déplaisant.

Ashworth haussa les épaules.

— Soit.

Il y eut un silence.

— Il y a une conversation que nous aurions dû avoir voilà des années, j'imagine, fit Spencer en accrochant l'appât à son hameçon avec une extrême minutie. À propos d'Eton... Ce n'était pas dirigé contre toi, ce jour-là.

Il n'irait pas plus loin en matière d'excuse. Après tout, ce n'était pas lui qui avait commencé la bagarre.

— Ce n'était pas non plus après toi que j'en avais, finit par lâcher Ashworth.

— Nous n'avons pas besoin d'entrer dans les détails.

Hors de question qu'ils partagent leurs états d'âme. Spencer se demanda soudain si ce n'était pas pour cette raison qu'Amelia les avait envoyés pêcher en tête à tête. La petite sournoise.

— Si ce n'était pas à moi que tu en voulais, reprit Ashworth, c'était à qui ?

Spencer soupira. Et lui qui pensait s'en tirer sans plus d'explications. Ç'aurait été trop facile. Si seulement un poisson mordait, lui permettant d'esquiver le sujet !

Hélas, aucune touche ne vint à sa rescousse.

— Je ne sais pas, finit-il par dire. J'en voulais au destin.

Spencer avait été très malheureux à Eton. À dix-sept ans, quoiqu'il fût l'un des étudiants les plus âgés de l'école, il avait le niveau d'un élève de cinquième en latin. À cela s'ajoutait le fait qu'il avait dû lutter pour dompter ses accès de sueurs froides dans les salles de cours bondées. Le seul garçon aussi revêche que lui était un dénommé Rhys St. Maur. De un an son cadet, il pesait une douzaine de kilos de plus que lui. Les deux garçons se disputaient de manière tacite le titre de pire élève de l'école. Spencer ignorait pourquoi Rhys se donnait tant de mal pour inciter ses camarades à la violence. Quant à lui, il avait un but bien précis : s'il se comportait suffisamment mal, son oncle le renverrait peut-être au Canada. Du moins l'espérait-il.

Puis, un jour, une lettre était arrivée. On était allé le chercher au beau milieu d'un cours de grec pour la lui remettre. Il avait d'abord été ravi de sortir de la salle.

Toutefois, la lettre contenait une triste nouvelle : son père était décédé au Canada, un mois plus tôt. Un mois qu'il était orphelin à son insu ! Désormais, il aurait beau faire pis que pendre, cela n'avait plus d'importance. Car il ne retournerait plus jamais chez lui. Il n'y avait plus de « chez lui ».

Cette nouvelle l'avait anéanti. Il en voulait à la terre entière.

Et Rhys St. Maur avait choisi ce jour précis pour le provoquer.

— Tu en voulais au destin ? répéta Rhys. Je te croyais plus futé. Un homme ne peut rien contre son destin.

— Possible, admit Spencer. En fin de compte, je ne vais pas me plaindre du mien.

Quels que fussent les regrets d'Amelia à propos de son passé, lui n'en avait aucun. Il était duc, possédait les privilèges et l'argent qui allait avec, son affaire était florissante et il avait épousé une femme intelligente et désirable, qui était également sa meilleure amie. Il ne changerait rien à sa vie. Il aurait juste aimé que sa femme ressente la même chose.

Quelques semaines plus tôt, il aurait tout donné pour qu'Amelia lui déclare un amour inconditionnel, semblable à celui qu'elle éprouvait pour ses frères. Maintenant qu'elle le lui avait offert, cela ne lui suffisait plus. Il était insatiable. Il voulait avoir la première place dans sa vie.

Rhys tira un autre saumon du fleuve.

— Et de trois !

— Parfait, déclara Spencer en rembobinant sa ligne. Remballons et rentrons. Amelia sera enchantée de notre pêche.

— Tu vas lui dire que c'est moi qui ai tout attrapé ?

— Bien sûr que non. Toi non plus d'ailleurs, si tu tiens à tes quinze mille livres, riposta Spencer en ouvrant la boîte contenant son matériel de pêche.

Quinze mille livres, c'est une coquette somme. C'est assez pour te trouver une épouse.

— Une épouse ? répéta Rhys, l'air sombre, tandis qu'il aidait Spencer à démêler les lignes. C'est la pire idée que l'on m'ait jamais suggérée.

— Pourquoi ? Parce que, ensuite, tu risquerais de te mettre à sourire ? Bellamy a beau être un crétin, pour une fois il n'a peut-être pas tort. Lily aurait besoin de la protection d'un mari.

Rétrospectivement, il avait peut-être un regret : la grossièreté avec laquelle il avait rejeté l'idée d'épouser la sœur de Leo. Sur le coup, il avait refusé sans même se demander pourquoi. Cela dit, il était loin d'imaginer qu'il s'était déjà entiché d'Amelia.

Rhys lâcha un ricanement moqueur.

— Lily n'a pas besoin d'un protecteur, elle en a déjà un. Bon sang, le trajet en voiture avec ces deux-là était insupportable ! Je n'ai jamais vu un homme se donner autant de mal pour avoir l'air si désintéressé et échouer si lamentablement.

Spencer avait donc vu juste. Il se passait quelque chose entre Bellamy et Lily Chatwick.

Rhys lui lança un regard espiègle.

— J'évoquerai peut-être l'idée de l'épouser, simplement pour voir la tête de Bellamy.

Voilà qui promettait d'être amusant.

— Rends-moi service, fit Spencer en ramassant les cannes à pêche. Attends que je sois présent pour le faire.

19

— C'est mon imagination qui me joue des tours, fit Amelia en pétrissant une boule de pâte à pain, ou est-ce un peu tendu entre M. Bellamy et toi ?

Lily s'esclaffa.

— Tendu ? Le mot est faible. Julian fait pression sur moi pour que je me marie.

— Mais cela fait à peine un mois que... commença Amelia.

— Que Leo est mort, acheva Lily à sa place. Je sais. Et son héritier est en Égypte. Il n'a pas encore appris la nouvelle. Je ne suis donc pas à la rue. Je vais pouvoir profiter de l'hôtel particulier de Londres et du domaine campagnard pendant encore quelques mois. Julian insiste néanmoins sur le fait qu'il me faut un protecteur. Tu fais ton pain toi-même ? s'étonna Lily, sautant du coq à l'âne.

— Seulement pour les grandes occasions.

Ou, comme dans le cas présent, elle était si nerveuse qu'elle avait englouti l'intégralité d'une miche de pain que la cuisinière avait préparé le matin même. Elle avait la fâcheuse manie de s'empiffrer quand elle était anxieuse.

Dans la pièce voisine, Julian Bellamy frappait sur le pianoforte avec vigueur. Il plaquait des accords si violents que les assiettes tremblaient sur les étagères. Amelia aurait préféré qu'il aille pêcher avec les autres, mais il était résolu à ne pas quitter la maison. Elle trouvait intéressant qu'il ait choisi de s'occuper du pianoforte. Une occupation qui lui permettait de rester près de Lily sans éveiller ses soupçons.

Comme si elle avait lu dans ses pensées, Lily jeta un coup d'œil au mur qui séparait la cuisine du salon.

— Je l'entends, dit-elle. Ou plutôt, je le sens. Il joue toujours avec passion, mais avant, il jouait des morceaux plus gais.

— Comment arrives-tu à...

— Faire la différence ? compléta Lily en portant le regard sur les étagères. Les airs joyeux ne font pas vibrer les assiettes.

Amelia malaxa la pâte à pain d'un air songeur.

— Lily, as-tu envisagé que M. Bellamy puisse être amoureux de toi ?

— Oh oui ! Je crois en effet qu'il pense l'être.

— Que veux-tu dire ?

— Nous sommes amis depuis des années, mais cela n'a jamais été au-delà. Puis Leo est mort... Et je pense que le chagrin et la culpabilité de Julian étaient tels qu'il en est venu à exagérer la profondeur de ses sentiments à mon égard. Il n'a pas pu sauver Leo, aussi se sent-il responsable de moi.

— Et tu ne penses pas qu'il suivra son inclination ?

Lily secoua la tête.

— C'est aussi bien, commenta Amelia, en espérant que son amie ne partageait pas les sentiments de Bellamy.

Rien de bon ne pourrait sortir d'une telle union. Lily était une jeune femme raffinée et délicate issue de l'une des familles les plus nobles d'Angleterre. Bellamy était un libertin aux origines incertaines. Cela seul n'aurait certes pas suffi à le faire baisser dans l'estime d'Amelia, mais elle se méfiait de lui. S'il était avec une autre femme la nuit où Leo s'était fait assassiner, c'est qu'il n'était pas très amoureux de Lily.

— Tu sais que tu ne seras jamais à la rue, reprit Amelia. Tu seras toujours la bienvenue sous notre toit.

— C'est très gentil à toi. Et à Spencer, répondit Lily en lui glissant un regard en coin. Ne t'avais-je pas dit qu'il ferait un bon mari ?

Les joues brûlantes, Amelia retourna la pâte et l'aplatit sur la table.

— Si, en effet. Il lui aura fallu du temps, mais en fin de compte, il t'a donné raison.

— Je suis tellement heureuse pour toi.

Amelia aussi était heureuse. Mais la délicatesse voulait qu'elle ne s'en vante pas devant Lily qui était encore en deuil.

Elle pensa à son propre frère et son cœur flancha. Si seulement ce séjour avait pu permettre à Spencer et à Jack de se réconcilier. Quoique son mari demeurât réservé, comme à son habitude, Amelia avait perçu un changement dans son comportement. Il se laissait peu à peu gagner par le décor bucolique et l'atmosphère chaleureuse de Briarbank. À présent, elle le cernait mieux. Il était passé d'un fort britannique au Canada à la gigantesque demeure de Braxton Hall sans jamais connaître la douceur d'un foyer et la chaleur d'une famille. Après avoir passé un peu de temps ici, il finirait par comprendre pourquoi sa femme ne pouvait tourner le dos à son frère.

— Tu es sûre que cela ne te dérange pas de partager la chambre de Claudia ? demanda-t-elle. Ce cottage est tellement petit. Mais si cela t'ennuie, nous pouvons mettre quelqu'un dans le...

— C'est très bien, l'interrompit Lily. J'aime la compagnie, si taciturne soit-elle.

Amelia poussa un soupir.

— Elle n'ouvre jamais la bouche, n'est-ce pas ? Je ne sais plus comment la prendre.

Elle éprouva une pointe de culpabilité à l'idée de l'avoir chassée de la bibliothèque un peu plus tôt. Elle se demanda si Spencer avait eu l'occasion de lui demander ce qu'elle était venue lui dire. Leurs invités étaient arrivés si rapidement qu'il n'en avait probablement pas eu l'occasion.

— Je dois avouer que c'est pour cette raison que je vous ai mises dans la même chambre. Peut-être auras-tu plus de chance que moi. J'ai tenté de me rapprocher d'elle à maintes reprises. Résultat : elle n'a jamais été aussi distante.

Son échec auprès de Claudia la contrariait et, oui, lui causait une certaine rancœur. Promenades le long du fleuve, quatre mains au pianoforte, ou visite des boutiques de la ville voisine – la jeune fille rejetait toutes ses propositions en bloc. Amelia était désormais à court d'idées.

Après avoir mis la boule de pâte de côté pour la laisser reposer, elle se frotta les mains pour en faire tomber la farine, puis se tourna vers la cuvette pour les laver.

Elle entendit Lily s'exclamer derrière elle :

— Quelle surprise ! J'ignorais que vous vous joindriez à nous !

Les hommes étaient-ils déjà de retour de leur partie de pêche ? En tout cas, il ne pouvait s'agir de M. Bellamy car elle entendait toujours la sombre mélodie dans la pièce voisine. Tout en secouant ses mains pour les sécher, elle pivota.

Ses jambes faillirent se dérober sous elle.

— Bonjour, Amelia.

— *Jack ?*

Un instant, elle crut qu'elle avait une hallucination. Le fantôme de Jack durant l'été de ses quatorze ans, quand il avait poussé de dix centimètres en six semaines, et qu'il dévorait toutes les réserves de nourriture de la maison. Mais ce n'était ni un gamin ni un fantôme qui se tenait devant elle, évidemment. C'était bel et bien son frère, debout au milieu de la cuisine, l'air embarrassé, tel un étranger sous son propre toit. Il flottait dans ses vêtements, son visage était pâle et creux sous la barbe de trois jours, et ses yeux affreusement cernés.

Les larmes roulèrent sur les joues d'Amelia avant même qu'elle puisse les retenir.

— Allons, est-ce une manière d'accueillir son frère favori ?

— Jack.

Elle le serra dans ses bras.

« Que t'est-il arrivé ? » brûlait-elle de lui demander. Comment avait-il pu tomber si bas ? Elle l'avait abandonné, manquant à la promesse qu'elle avait faite à sa mère. Trahissant la mémoire de Hugh.

— Que c'est bon de te revoir, souffla-t-elle en l'étreignant avec force.

Cette fois, elle ne le laisserait pas repartir, quoi que Spencer dise ou fasse. Pas avant qu'il se soit confié à elle et qu'ils aient trouvé ensemble une solution pour le remettre dans le droit chemin. Elle avait déjà perdu un frère, et si elle devait en perdre un autre, elle ne s'en remettrait pas.

— Tous les lits sont occupés, expliqua-t-elle en séchant ses larmes et en s'efforçant d'adopter un ton guilleret. Tu sauras te contenter du grenier le temps de ton séjour ?

— Bien sûr. À supposer que Morland...

— À supposer que Morland quoi ? les interrompit une voix grave.

Spencer pénétra dans la cuisine au pas de charge, muni d'un lot de poissons luisants.

— Trois saumons, comme vous l'avez ordonné.

Il les jeta sur la table et se tourna vers Jack.

Amelia sentit son estomac se nouer.

Lord Ashworth entra à son tour. En apercevant le géant, Jack leva les mains en signe de trêve.

— Je ne suis pas là pour semer la pagaille. J'apporte les papiers de la part de Laurent.

— Les papiers ? s'étonna Amelia. Quels papiers ?

Personne ne releva sa question. Tandis que Spencer parcourait d'un œil méfiant les vêtements sales et la silhouette amaigrie de Jack, Amelia retint son souffle. Allait-il insulter son frère ? Le chasser ? L'accueillir ? Cela semblait fort improbable, mais elle ne put s'empêcher de l'espérer.

Finalement, il n'adressa pas la parole à Jack.

— Ashworth, voici Jack d'Orsay, le frère de ma femme, fit-il en croisant le regard d'Amelia. Il va rester avec nous quelque temps.

Des larmes de soulagement lui piquèrent les yeux. Comme elle l'aimait ! Comme elle les aimait tous les deux. Elle était si reconnaissante à Spencer de ne pas la forcer à choisir. « Merci », articula-t-elle en silence à l'adresse de son mari.

— Jack, lord Ashworth est le lieutenant-colonel St. Maur, précisa-t-elle après s'être éclairci la voix. Il a servi aux côtés de Hugh dans l'armée.

— Alors, je suis d'autant plus heureux de faire votre connaissance, milord. Mon frère évoquait votre courage dans ses lettres avec admiration, fit Jack en s'inclinant. Milord, enchaîna-t-il à l'adresse de Spencer tout en sortant une liasse de papiers d'un sac, pourrait-on discuter de cela dans la bibliothèque ?

— Qu'est-ce que tu racontes ? intervint Amelia. Le dîner sera bientôt prêt. Quelles que soient les affaires que vous avez à régler, elles attendront que nous ayons mangé.

En outre, d'ici à la fin du dîner, elle aurait pris Spencer à part pour le questionner sur ces fameux papiers.

— Un bon bain ne serait pas du luxe, poursuivit-elle en jaugeant les hommes du regard. Allez, ouste, sortez de ma cuisine ! Allez vous rendre présentables pour le dîner, et laissez-moi finir mes préparatifs en paix.

Lily se leva également.

— Je vais aller me reposer un peu, si tu n'y vois pas d'inconvénient. Le voyage m'a épuisée.

— Veux-tu que je t'accompagne à l'étage ?

— Non, merci. Je devrais réussir à trouver mon chemin.

Une fois seule, Amelia posa les mains à plat sur la table. Elle prit une profonde inspiration. Avant de fondre en larmes. Merveilleux ! Que diable lui arrivait-il ? Elle ne pouvait plus s'arrêter de pleurer, et elle ignorait pourquoi. Jack était là, Spencer ne l'avait pas jeté dehors, et l'occasion de les réconcilier s'offrait enfin à elle. Elle aurait dû s'en réjouir. Alors pourquoi ces sanglots ?

Dans la cuvette, un saumon la fixait de son œil vitreux. Elle allait devoir préparer les filets pour le dîner. Mais en attrapant le poisson, elle eut un haut-le-cœur. Délaissant ce dernier, elle saisit le premier récipient à portée de main et rendit son déjeuner.

Elle avait la tête qui tournait, mais parvint à effectuer un calcul rapide en comptant sur ses doigts. Et l'évidence la frappa. Ses crises de larmes, ses nausées subites, ses fringales récentes – et son appétit sexuel... Le vide se fit dans sa tête. Elle en oublia ses invités, son mari, et même son frère dépenaillé et cette mystérieuse histoire de papiers.

Elle était enceinte.

Au dîner, Spencer se retrouva assis en face de Claudia. Il n'apprécia pas de la voir tenir ses couverts comme une enfant. Et détesta ces regards fascinés qu'elle portait sur Ashworth, Bellamy, et Jack d'Orsay, personnages peu convenables s'il en fut. Quand Jack passa le plat de légumes à la jeune fille, profitant de la situation pour lui glisser un sourire nonchalant, Spencer se demanda s'il était sage de mettre sa pupille en présence de trois hommes dont il pouvait dire qu'ils étaient ses ennemis.

Il tenta de capter le regard d'Amelia, mais elle semblait avoir développé un soudain intérêt pour son verre d'eau, qu'elle ne quittait pas des yeux. Cela ne lui ressemblait pas d'être aussi distraite.

— Dieu, que cette salle est silencieuse ! s'exclama soudain Jack. Bellamy, vous n'avez pas une histoire drôle sous le coude ? À Londres, vous savez toujours comment mettre de l'ambiance à une fête.

— Nous ne sommes pas à Londres, rétorqua Bellamy. Et je ne me sens pas vraiment d'humeur à plaisanter, ces derniers temps.

C'était un euphémisme. À les voir ainsi réunis, on aurait cru que Jack et Bellamy jouaient à celui qui ressemblerait le plus à un spectre.

Sortant de sa torpeur, Amelia se força à faire la conversation.

— Comment trouvez-vous la région, lord Ashworth ?

Ce dernier fronça ses épais sourcils, puis répondit d'un laconique :

— Charmante.

— J'ai cru comprendre que vous aviez un domaine dans le Devonshire, reprit-elle.

— En effet, au cœur du Dartmoor. On ne peut pas qualifier la campagne de charmante. Inhospitalière serait un terme plus adéquat.

— Je me souviens d'avoir traversé la région pour rendre visite à des cousins. Quel mélange de beauté et de désolation ! Et vous, monsieur Bellamy, enchaîna-t-elle en se tournant vers ce dernier, où avez-vous grandi ?

Bellamy prit une gorgée de vin. Lorsqu'il reposa son verre, il parut contrarié de constater qu'elle attendait toujours sa réponse.

— Dans la partie la plus au nord du Northumberland, dit-il. Au milieu de nulle part. Je ne crois pas que ce soit le genre d'endroit où vous ayez des cousins.

— Je possède des terres dans le Northumberland, intervint Spencer.

— Vraiment ? fit Bellamy d'un ton las.

— Oui. Des mines. Vos parents travaillaient-ils dans l'industrie minière ?

— Qu'y a-t-il d'autre dans le Northumberland ? rétorqua Bellamy.

— Du charbon, je suppose ?

Bellamy le gratifia d'un regard froid. Spencer se pencha en avant, attendant la suite. Cela faisait un moment qu'il cherchait à le prendre la main dans le sac.

— Non, du cuivre.

— Foutaises ! Il n'y a pas une once de cuivre dans tout le Northumberland, s'écria Spencer. Et si vous avez l'accent du Northumberland, dans ce cas moi je parle comme un roi ottoman. De quel droit m'accusez-vous de meurtre, vous qui n'êtes qu'un imposteur ?

Bellamy jeta un coup d'œil à Lily.

Spencer répéta ses propos en articulant pour que celle-ci lise sur ses lèvres.

— Vous êtes un foutu menteur, Bellamy.

— Écoutez...

— Comment avez-vous dépensé l'argent que je vous ai donné ? L'enquête de grande envergure dont je vous ai chargé n'a donné aucun résultat.

— Peut-être parce que l'assassin n'est pas en ville, rétorqua Bellamy d'une voix tendue. Peut-être parce que le coupable s'est réfugié dans le Cambridgeshire.

— Bon sang, on pourrait pas changer de refrain ? gronda Ashworth. Morland n'est pas un assassin. Ce n'est pas dans sa nature.

— Qu'en sais-tu ? rétorqua Bellamy.

— Parce que si c'était le cas, je ne serais pas assis à cette table. Je serais six pieds sous terre depuis quatorze ans.

Un silence pesant s'abattit sur l'assemblée.

Spencer dévisagea Ashworth.

— Tu fais référence à Eton ?

Il se rappelait l'acharnement avec lequel ils s'étaient battus, sous le regard des autres élèves, et des professeurs impuissants qui n'osaient intervenir car tous deux étaient plus costauds que tous les adultes présents. S'ils étaient l'un comme l'autre vigoureux, Spencer avait l'avantage de l'âge, et de la force que donnent la tristesse et la colère. Mais il avait eu beau dominer Rhys, celui-ci refusait de capituler. Relevant chaque fois sa carcasse ensanglantée, il en redemandait. Jusqu'à ce qu'il ne fût plus en mesure de frapper. Il s'était approché d'un pas lourd, les jambes flageolantes, prêt à encaisser le coup suivant. À l'époque, Spencer avait pris sa persévérance pour une forme stupide d'orgueil, et il aurait volontiers continué à le frapper... l'orgueil poussé à ce degré de bêtise étant une offense comme une autre.

Mais lorsque Rhys s'était relevé, l'œil tuméfié et la cage thoracique affaissée – Spencer avait senti ses côtes craquer lors de son dernier coup –, il n'avait pu se résoudre à frapper de nouveau cet imbécile. Il avait préféré abandonner. Question d'orgueil.

À en juger par l'expression de Rhys, lui aussi se remémorait la scène.

— Je voulais que tu me tues, lâcha-t-il.

Autour de la table, tout le monde ouvrit des yeux comme des soucoupes.

— Pardonnez mon franc-parler, lança Rhys à la cantonade. Je n'ai jamais été très doué pour les conversations distinguées.

— Tu voulais que je te tue ? répéta Spencer, interdit.

— Je voulais mourir. Or je savais qu'à force de te provoquer, tu finirais par me tuer. Tu avais la force et la colère nécessaires. Mais il ne l'a pas fait, ajouta-t-il à l'intention de Bellamy.

— C'est écœurant, fit Spencer. Tu m'aurais laissé vivre avec le poids de ton meurtre sur la conscience ? Qu'est-ce qui ne tourne pas rond chez toi ?

Rhys haussa les épaules.

— La liste serait trop longue à énumérer pour ce soir. Tu as été le premier avec qui j'ai tenté cette expérience, mais pas le dernier. Il m'a fallu un certain temps avant de renoncer à provoquer des bagarres dans l'espoir d'en finir.

— Combien de temps ?

— Je ne sais pas. Jusqu'au mois dernier. Dans l'infanterie, on me décorait sans cesse pour avoir réchappé à la mort. J'ai fini par comprendre que seuls les hommes bien mouraient jeunes. En tout cas, Bellamy, je peux t'assurer que Morland est incapable de commettre un meurtre.

— C'était il y a des années, fit remarquer Bellamy. Cela ne prouve rien.

— Possible, admit Spencer. En revanche, ceci est une preuve.

Sur ce, il sortit le jeton de Leo de sa poche et le jeta sur la table.

— C'est le sien, fit-il pour répondre à la question silencieuse de ses invités. J'en ai sept autres à l'étage si vous désirez compter.

— J'en étais sûr ! s'exclama Bellamy, le visage virant au cramoisi. Je savais que tu…

— Ce n'est pas lui, coupa Jack, c'est moi. Enfin, ce n'est pas moi qui ai tué Leo, mais c'est moi qui ai trouvé son jeton. Il était entre les mains d'une pu…

Spencer écrasa le poing sur la table.

— Pas maintenant, gronda-t-il en indiquant Claudia.

Sapristi ! Il se rendit compte qu'ils n'avaient cessé de parler de bagarres et de meurtre devant sa pupille.

— Il n'est pas question d'avoir une telle conversation en présence de cette enfant.

— Je ne suis plus une enfant ! protesta Claudia. Quand t'en apercevras-tu enfin ? ajouta-t-elle, les larmes aux yeux.

— Mange ton saumon, ordonna-t-il.

— Non, je ne mangerai pas ce fichu saumon ! Je te déteste, marmonna-t-elle.

Spencer soupira. Cette dernière remarque n'était sans doute pas destinée au poisson. Il porta les yeux sur Amelia dans l'espoir qu'elle intervienne et sauve ce dîner désastreux en usant de son charme d'hôtesse. Mais impossible de croiser son regard, qui demeurait fixé sur son assiette. En fait, elle avait eu l'air préoccupée durant toute la soirée.

— Envoyez cette jeune fille au lit s'il le faut, fit Bellamy. Je me bats depuis des semaines pour trouver les assassins de Leo, alors si quelqu'un autour de cette table sait quelque chose, qu'il le dise.

— J'ai trouvé le jeton, expliqua Jack. Il était entre les mains d'une p...

Il se ravisa en croisant le regard noir de Spencer.

— ... d'une personne qui a assisté à l'attaque de Leo, reprit-il. Celle qui a appelé le fiacre.

— Quand l'avez-vous récupéré ?

— Le lendemain de sa mort.

— Et vous n'avez pas eu l'idée d'en parler ?

Jack haussa les épaules.

— À ce moment-là, j'ignorais que vous le recherchiez. Je ne savais même pas qu'il appartenait à Leo. J'ai rencontré la demoiselle à Covent Garden, mais j'imagine qu'elle s'était déplacée à Whitechapel tout spécialement pour le combat de boxe, le soir en question. Bref, lorsque j'ai cherché à la retrouver, elle avait disparu. En échange du jeton, je lui avais donné une guinée. Il semblerait qu'elle en ait profité pour rendre visite à sa mère à Douvres.

Spencer croisa le regard de Bellamy.

— Je comprends mieux pourquoi aucun d'entre nous n'a réussi à mettre la main sur elle.

— « Aucun d'entre nous » ? répéta Bellamy. Que veux-tu dire ?

— Plus tard.

Il n'allait sûrement pas raconter sa journée passée à écumer les maisons closes et les tavernes de Whitechapel en présence de Claudia.

— En tout cas, nous sommes désormais sûrs d'une chose, reprit-il : le jeton n'intéressait pas le tueur. Sinon il n'aurait pas atterri entre les mains d'une passante. Vous avez fini par la dénicher ? ajouta-t-il à l'adresse de Jack.

— Oui. Je me suis dit que ça pourrait être utile.

Intéressant, songea Spencer. Voilà qu'à présent Jack voulait lui être utile. Ce qu'il demanderait en contrepartie semblait évident.

— Et vous l'avez laissée filer de nouveau ? s'écria Bellamy en fourrageant dans ses cheveux en bataille. Où est-elle à présent ?

— Elle se détend dans un logement comme elle n'en a jamais connu, répondit Jack. N'ayez crainte, elle ne va pas prendre la poudre d'escampette. Quelqu'un la surveille.

— A-t-elle pu fournir des informations ? A-t-elle vu les agresseurs ?

— Elle les a entraperçus alors qu'ils prenaient la fuite. Sa description est plutôt vague. Grands, larges d'épaules vêtus de vêtements grossiers. Elle n'a pas pu donner de détails significatifs. Ce qui est intéressant, en revanche…

Il fit une pause dramatique en arquant un sourcil.

— … c'est la description qu'elle a faite du compagnon de Leo.

Silence.

— Quoi ? finit par articuler Bellamy. Mais… mais il était seul.

— Non. Leo était en compagnie d'un homme quand on l'a attaqué. Cette femme se souvient fort bien de lui – cheveux, taille, vêtements, traits.

Jack posa sur Bellamy un regard dur.

— D'après sa description, l'homme en question vous ressemblait à s'y méprendre.

20

Bellamy devint pâle comme la mort.

— Il me ressemblait ?

Spencer buvait du petit-lait. Non seulement il était à présent lavé de tout soupçon, mais il allait également pouvoir rendre à Bellamy la monnaie de sa pièce.

— Tiens, tiens, fit-il. Voilà qui est intéressant.

— Je n'étais pas avec Leo cette nuit-là, se défendit Bellamy. Je donnerais tout pour l'avoir été, mais ce n'était pas le cas.

— Et tu ne trouves pas étrange que Leo ait été vu en compagnie d'un homme qui correspond à ta description ?

— Je lance les modes ! Les hommes font tout pour me ressembler. Tous les dandys sans cervelle de la capitale s'efforcent de copier mon style. Bon sang, vous en avez un exemple sous les yeux, ajouta-t-il en pointant Jack du doigt. Du reste, pourquoi prendre ce qu'il raconte pour argent comptant ?

— Peut-être parce que le dandy en question a réussi à localiser en quelques jours la personne que tu recherches depuis près d'un mois ? suggéra Spencer en récupérant le jeton sur la table. En outre, ton implication dans cette affaire expliquerait bien des choses : pourquoi le corps de Leo a été envoyé à ton domicile cette nuit-là, par exemple. Pourquoi ton enquête n'a rien donné. Et pourquoi tu étais si prompt à me faire porter le chapeau.

— Je n'étais pas avec Leo, répéta Bellamy d'une voix crispée. J'ai un alibi.

— Ah, oui, j'oubliais ! répliqua Spencer en étrécissant les yeux. Comment s'appelle-t-elle déjà ? Lady Carnelia ? J'imagine qu'elle ne s'empressera pas de confirmer ta version des faits. Tu crois vraiment qu'une aristocrate mariée serait prête à se compromettre pour sauver ta misérable peau ?

Bellamy jeta un rapide coup d'œil à Lily, comme s'il espérait qu'elle n'avait pas compris les paroles de Spencer.

Lily baissa brusquement la tête et s'écarta de la table.

— Lady Claudia, fit-elle, auriez-vous la gentillesse de me reconduire à notre chambre ? Quelle tête de linotte, je suis ! Je ne me souviens plus où elle se trouve.

Claudia répugnant visiblement à s'exécuter, Lily lui attrapa le poignet et dut quasiment la traîner hors de la pièce. Les hommes se levèrent, par respect des bonnes manières. Amelia, quant à elle, ne bougea pas. Elle était pâle et paraissait secouée.

— Alors ? fit Spencer.

Il ne croyait pas vraiment à la culpabilité de Bellamy. Il avait vu sa réaction la nuit du drame, et ses traits tirés disaient mieux que des mots combien cette affaire avait laissé des traces. Si bon acteur fût-il, Julian Bellamy n'était pas assez doué pour simuler le fidèle ami éperdu de chagrin de manière aussi convaincante. Que Leo ait été seul ou pas, il avait été probablement la victime malheureuse d'un vol fortuit. Mais que Bellamy découvre, ne serait-ce qu'un moment, ce que l'on éprouve à être accusé à tort. Qu'il sache ce que l'on ressent en voyant la femme que l'on aime en proie au doute.

— Nous devons discuter de cela en privé, Morland, décréta Bellamy. Dans ta bibliothèque.

— Nous n'allons pas simplement en discuter, fit Spencer en agitant le jeton. Nous allons faire une partie de cartes. Il est temps de dissoudre le club une fois pour toutes. Ashworth vient aussi.

Il n'avait pas prévu d'amener le sujet si tôt, mais c'était l'occasion ou jamais : les nerfs étaient à vif, et les rivalités à leur paroxysme.

— Ça me va, répondit Ashworth.

Spencer fixa sur Bellamy un regard de défi. À moins que ce vaurien ne se dérobe, ce soir, la victoire serait sienne.

— Très bien, céda Bellamy, le regard empli de haine. Finissons-en. Ensuite, tu me diras où loge cette gourgandine. Je rentre à Londres demain matin. Il faut que je l'interroge au plus vite.

— Dans la bibliothèque, alors, fit Spencer, qui s'effaça pour laisser passer Ashworth et Bellamy.

Quand Jack voulut leur emboîter le pas, il tendit le bras pour lui barrer le chemin.

— Pas vous.

— Allons, Morland, marmonna Jack. Laissez-moi jouer.

— Où est la prostituée ?

— À l'auberge *Blue Turtle* à Hounslow.

— Et les papiers ?

— Les voilà.

Jack les sortit de la poche intérieure de sa veste, les jeta sur la table, puis reprit à voix basse :

— Maintenant, laissez-moi jouer. J'ai trouvé le jeton. J'ai trouvé la femme. Vous me devez une place à la table de jeu.

— Je ne vous dois rien du tout.

L'autoriser à jouer ? Pour qu'il s'endette de plusieurs milliers de livres alors qu'il était sur le point de s'acquitter d'une autre dette ? C'était la dernière chose dont Amelia avait besoin.

— Vous avez fait ce pour quoi vous étiez venu, déclara Spencer. Vous repartez ce soir.

— Ce soir ? s'écria Amelia, sortant enfin de ses pensées. Il vient à peine d'arriver. Sans oublier qu'il est ici chez lui. C'est notre maison de famille. Vous n'avez pas le droit de le mettre à la porte.

— *Notre* maison de famille ? répéta Jack en adressant un regard accusateur à Spencer. Vous ne lui avez même pas dit, n'est-ce pas ?

— Même pas dit quoi ? demanda Amelia en se levant.

Spencer poussa un soupir. Pourvu qu'elle ne prenne pas la mouche. Après tout, il n'avait que de bonnes intentions.

— J'avais prévu de vous en parler ce soir. Je suis en train d'acheter le cottage.

— Quoi ? *Ce* cottage ? Briarbank ?

— Oui.

— Mais c'est impossible ! C'est un bien inaliénable.

— Non, ça ne l'est pas. Les terres qui entourent le château le sont, mais pas le cottage.

— Alors, avec ces papiers...

— Je deviens le propriétaire de cette maison, déclara-t-il. *Nous* le devenons, rectifia-t-il en hâte.

— Mais... mais elle appartient à la famille d'Orsay depuis des siècles ! s'exclama-t-elle en battant furieusement des paupières.

Bon sang ! Elle ne le prenait pas bien du tout.

— Vous auriez mieux fait de la prévenir, commenta Jack.

— Sortez ! aboya Spencer.

Il avait besoin d'en parler seul à seul avec Amelia.

— Non, reste, protesta Amelia en attrapant son frère par le bras. Ne le laisse pas te chasser de cette maison.

— Bon Dieu ! Vous me fatiguez tous les deux ! s'exclama Jack. Je vais aller me coucher si vous le permettez.

Une fois que son beau-frère eut quitté la pièce, Spencer posa les mains sur les épaules d'Amelia et se mit à la masser avec une tendresse qui venait un peu tard.

— Amelia, j'ai mené ma petite enquête ces dernières semaines. Votre frère est très endetté. Il doit des milliers de livres à un homme beaucoup moins indulgent que moi.

Il ne lui révéla pas le nom du créancier. Cela ne lui aurait pas dit grand-chose. Quoi qu'il en soit, il s'agissait du propriétaire de salles de jeu parmi les plus infâmes de Londres ; il était réputé pour son intransigeance. À vrai dire, on ne se hissait pas au sommet de ce genre de commerce sans se montrer impitoyable.

Les larmes montèrent aux yeux d'Amelia.

— Il fait peur à voir, souffla-t-elle. Il a l'air si tourmenté.

— Il doit probablement vivre entre la rue et les tavernes de peur de rentrer chez lui. S'il ne rembourse pas sa dette au plus vite...

Il n'acheva pas sa phrase mais, visiblement, Amelia avait compris.

— Si je lui donnais directement l'argent dont il a besoin, ce serait comme si je cautionnais son attitude. En revanche, je peux acheter ce cottage. Pour vous.

— Pourquoi diable voudrais-je ce cottage pour moi ?

De toute évidence, elle avait complètement oublié leur marché initial, ce qui lui redonna espoir.

— J'avais prévu de l'acquérir au cas où vous décideriez de vivre de votre côté. Après la naissance d'un enfant, s'entend. Évidemment, je préférerais désormais que ce cottage nous serve de refuge à tous les deux pour la saison estivale, ajouta-t-il en essuyant une larme sur la joue d'Amelia.

— Spencer, cet endroit fait partie du passé des d'Orsay. Nous avons perdu notre hôtel particulier de Londres depuis longtemps, quant au château de

Beauvale, vous en avez vu les ruines. Ce cottage est tout ce qui nous reste. L'orgueil familial est le mortier qui nous permet de maintenir ces pierres debout. Je ne peux pas croire que vous ayez la cruauté de nous en déposséder.

— La cruauté ? Cet endroit appartient peut-être au domaine de Beauvale, mais vous êtes la seule à y être véritablement attachée. Et *notre* famille dans tout cela ? Pourquoi ne pas entamer ensemble un nouveau chapitre de l'histoire de cette maison ?

— Et vous commenceriez ce chapitre en livrant mon frère en pâture aux loups ? lâcha-t-elle en repoussant ses mains.

Diable, il en avait plus qu'assez de l'entendre lui rebattre les oreilles avec son frère !

— Combien de temps encore allez-vous continuer à prendre sa défense ? articula-t-il d'une voix vibrante de colère. Une fois la transaction effectuée, Jack se sera débarrassé de sa dette. Mais vous l'avez entendu, il n'a qu'une idée en tête : se remettre à jouer, pour sombrer de nouveau. S'il continue ainsi, il va droit à sa perte. Et il vous entraînera à sa suite sans le moindre remords. S'il reste ici, il va vous amadouer à force de cajoleries et de promesses… Et un beau matin, vous vous réveillerez pour vous apercevoir qu'il a filé avec vos perles. En vous laissant une nouvelle fois anéantie par le chagrin.

— Il ne ferait pas cela, protesta-t-elle. Et si vous étiez si sûr de faire mon bonheur en achetant Briarbank, pourquoi ne m'en avez-vous pas parlé ? Non, vous avez préféré agir dans mon dos, et manipuler tout le monde pour parvenir à vos fins. Nous n'étions pas mariés depuis une semaine que… vous vous êtes servi de la dette de mon frère pour me pousser à jouer aux cartes et poser les mains sur…

Elle s'interrompit, essoufflée. Puis reprit à voix basse en indiquant la bibliothèque :

— C'est pour cette partie de cartes que vous avez lancé des invitations, pas vrai ? Vous avez organisé nos vacances dans le seul but de récupérer les jetons et d'acquérir ce satané cheval !

Spencer haussa les épaules, incapable de réfuter ses accusations.

— Et vous me reprochez de ne pas savoir choisir mes priorités ? Vous m'avez fait croire que vous désiriez réserver un accueil chaleureux à ces gens. Je croyais que vous vouliez être honnête avec eux, gagner leur confiance et leur coopération. Mais non. Vous préférez de loin les manigances à la franchise. Tout ce que je vous demande, c'est de donner une chance à Jack. Parlez avec lui, ouvrez-lui les yeux, permettez-lui d'apprendre à partir de votre exemple. Mais vous ne voulez rien entendre. Cela dit, quand je vois comment vous traitez votre propre famille, je ne suis pas surprise. Vous n'avez pas parlé à Claudia en fin de compte, je me trompe ?

— Non.

Il eut un soupir contrit. Non, il ne lui avait pas parlé. Il aurait certes pu trouver une excuse, mais ç'aurait été un mensonge.

— Je m'en doutais. Mon frère a peut-être des problèmes, mais vous êtes loin d'avoir un comportement exemplaire. Vous êtes tellement muré en vous-même que c'est un miracle que vous arriviez à voir plus loin que le bout de votre nez. Le duc intelligent et fortuné qui préfère passer pour un rustre plutôt que d'avouer qu'il se sent mal à l'aise en public ? Qui préfère se laisser accuser de meurtre plutôt que d'admettre qu'il a un cœur ?

Comment pouvait-elle dire cela ? Il était certes réservé avec les autres, mais pas avec elle. Elle lui avait donné envie de sortir de son fichu isolement. À présent, il brûlait de faire partie d'une famille, de fonder un foyer. Ne comprenait-elle donc pas que c'était pour eux qu'il voulait ce cottage ?

— Amelia… commença-t-il.

Mais sa voix se brisa. Il se racla la gorge et recommença, cette fois d'une voix claire et posée :

— Vous êtes tout pour moi. Et je ne m'en cache pas.

— Et vous croyez qu'il suffit de m'enlever d'une salle de bal et de distribuer des coups de poing en ma présence pour me le prouver ? Vous êtes sur le point d'arracher cette maison à ma famille, de mettre un terme à une histoire vieille de plusieurs siècles.

Elle ravala un sanglot.

— Entre-temps, vous vous êtes servi de moi et de mon amour pour cet endroit afin de vous approprier un cheval. Et aujourd'hui, vous mettez mon frère à la porte, une fois de plus.

— Mais c'est vous qui laissez Jack s'immiscer entre nous ! Vous vous complaisez dans le rôle de la martyre dévouée. Mais je sais que quelque part sous cette carapace se cache la jeune fille de seize ans qui croyait mériter le bonheur. La femme qui m'a captivé au premier regard et que je n'ai pas pu laisser partir. J'ai fait de mon mieux pour me montrer compréhensif, mais…

— *De votre mieux* ? Oh, Spencer, vous n'allez pas me faire croire cela ! Vous m'accusez de masquer ma vraie nature, mais vous ne faites pas mieux. Je n'ai jamais connu un homme aussi remarquable, compliqué certes, mais attentionné… et aussi résolu à le dissimuler.

Si c'était censé être un compliment, il ne le perçut pas comme tel.

— Dites ce que vous voulez, Amelia. Vous ne pouvez nier que je fais des efforts. Et j'en ai assez de passer toujours après Jack. Moi au moins, j'essaie de faire votre bonheur.

— Comment pourrais-je être heureuse en sachant que mon frère n'ose rentrer chez lui parce qu'il craint pour sa vie ?

— Je ne sais pas, mais vous allez devoir apprendre à faire avec. Parce que Jack n'est pas près de changer. Tôt ou tard, vous devrez choisir à qui va votre loyauté. À lui ou à moi ?

Elle le regarda comme s'il était une sorte de monstre. Bon sang, il n'était qu'un être humain qui désirait savoir si sa femme l'aimait plus que tous les autres hommes ! N'était-ce pas naturel pour un mari ?

— Si vous me connaissiez un tant soit peu, dit-elle d'une voix tremblante, vous sauriez à quel point ma famille compte à mes yeux. Si vous me demandez de la renier... vous faites vous-même un choix.

Elle saisit la liasse de papiers et la plaqua contre sa poitrine.

— Ils n'ont pas encore été signés. Tant que cette maison appartient aux d'Orsay, Jack reste.

— Rien de bon ne sortira de cela, la prévint-il. Votre frère recommencera à vous faire souffrir.

— Ce ne pourra être pire que ce que vous me faites subir en ce moment même.

— Amelia...

Il tendit le bras vers elle, mais elle se déroba.

— Allez-y, reprit-elle en indiquant la bibliothèque. Allez remporter votre stupide cheval. Nous savons tous deux à qui va *votre* loyauté.

Elle était à fleur de peau, et s'était mis un tas de fausses idées en tête... Autrement dit, il était inutile de discuter avec elle.

Aussi se plia-t-il à son souhait. Il sortit.

La bibliothèque était petite. Ils s'installèrent autour du bureau. Ils optèrent pour le poker quoique Spencer eût préféré le piquet, auquel il excellait, mais qui se jouait à deux.

Il lui fallut du temps et une patience infinie pour tendre un piège. La tâche la plus ardue fut de recréer l'illusion du hasard. Pendant la première heure, il remporta quelques plis tout en faisant en sorte d'en perdre certains autres. En quelques occasions, l'habileté de ses adversaires le prit carrément au dépourvu. Il savait qu'il devait observer Bellamy attentivement. Tous les joueurs, si doués fussent-ils, laissaient échapper malgré eux des indices sur leur jeu. Mais Spencer n'arrivait pas plus à se concentrer sur les haussements de sourcils de Bellamy que sur le tambourinement de ses doigts. Il revoyait les beaux yeux bleus d'Amelia brillants de larmes et entendait ses paroles cinglantes. Il se rappelait aussi ce qui s'était passé plus tôt dans la journée, alors qu'il était installé sur ce même siège. Il était en pleine confusion.

En un sens, elle n'avait pas tort. En organisant cette escapade dans le Gloucestershire, il l'avait effectivement manipulée, elle, ainsi que tous les autres. S'arrangeant pour racheter le cottage dans le plus grand secret, conspirant avec Rhys pour amener Bellamy à cette table. Mais qu'est-ce qu'elle s'imaginait ? Qu'en adoptant sa vision des choses, cette petite partie de campagne aurait été une réussite ? Qu'elle aurait ouvert sa maison, ses bras et son cœur à tout le monde ? Spencer aurait révélé de vieux secrets assez embarrassants, et, entre pêche à la ligne et jeux de salon, le conflit aurait été résolu. Les trois hommes seraient devenus amis.

Quelle vision naïve de la vie.

Tandis que Bellamy battait les cartes, Spencer demanda à brûle-pourpoint :

— Dis-moi, Ashworth... nous ne sommes pas amis, n'est-ce pas ?

Ce dernier fronça les sourcils.

— Je ne sais pas. En tout cas, nous ne sommes pas ennemis.

— Il y a d'autres traumatismes dont tu aimerais que nous parlions ?

— Pas particulièrement. Et toi ?

Spencer secoua la tête.

Bellamy commença à distribuer.

— Puisque nous en sommes aux confidences, j'en profite pour vous avouer que je vous méprise tous les deux. Et, autant que vous le sachiez, je suis né dans un groupe de chevriers nomades en Albanie.

Voilà qui était dit. Adieu, rêves d'amitié ! Spencer rassembla ses cartes. Pas de paires, peu de potentiel. L'heure était venue de mettre à exécution le plan convenu avec Rhys.

— Très bien, venons-en aux choses sérieuses dans ce cas. Dix mille.

Il griffonna la somme sur un bout de papier qu'il jeta au centre de la table.

— Je ne possède pas cette somme, annonça Rhys.

— J'accepte ton jeton en contrepartie.

— Dix mille ? répéta Rhys en soutenant son regard l'air de dire « nous étions convenus de quinze mille ». Vingt mille, et nous serons quittes.

Le sournois ! Spencer n'avait pas envie de marchander. Il voulait en finir, et modifia la somme indiquée sur le papier.

Ashworth sortit le jeton de son porte-monnaie et le posa sur la table devant lui en adressant un regard énigmatique à Spencer.

— C'est entre les mains du destin, à présent.

— Je préfère prendre mon destin en main, merci, fit Bellamy en soulevant le coin de ses cartes posées sur la table.

Son visage demeura impassible. Spencer pensait qu'il se mettrait en retrait et attendrait de voir comment la partie se déroulait entre Ashworth et lui avant d'y risquer des plumes.

Mais Bellamy n'était pas à ce point intelligent. Il glissa la main dans la poche de sa veste et en sortit un jeton.

— Allons-y. J'en ai assez de miser des pennies. Il faut à tout prix que je parle à cette catin avant qu'elle oublie tout. Je dois découvrir avec qui Leo se trouvait cette nuit-là. Son compagnon pourra peut-être me mener sur la piste des tueurs.

— Peut-être que cet homme est mort lui aussi, suggéra Ashworth.

— Si un autre gentleman avait disparu ou s'était fait tuer la même nuit, nous le saurions à l'heure qu'il est. À moins qu'il ne soit complice de l'attaque, ajouta-t-il, songeur.

— Bon sang, cesse de chercher à tout prix une conspiration ! s'énerva Spencer. C'est un coup de malchance bête et méchant. Peut-être que la prostituée a menti, ou peut-être qu'elle s'est simplement trompée.

— Possible, admit Bellamy. Mais plus vite je lui parlerai, plus vite j'en aurai le cœur net, pas vrai ? fit-il en jetant le jeton au centre de la table. Une seule partie. Les dix jetons. Le vainqueur les remporte tous.

— J'ai déjà misé vingt mille livres, protesta Spencer. Tu voudrais que je rajoute tous mes jetons en plus ?

— Tu veux ce cheval, oui ou non ? rétorqua Bellamy avec un regard dur. C'est ta seule chance. Que tu gagnes ou que tu perdes, à la fin de la partie, je me lève et je m'en vais.

Spencer le dévisagea, cherchant en vain à déceler un tic dans la mâchoire ou une dilatation des pupilles significative. Diantre ! Il aurait dû se concentrer davantage. Il saurait à présent si Bellamy possédait réellement de quoi étayer sa mise ou s'il bluffait pour effrayer ses adversaires et quitter la table avec son jeton et sa dignité.

Quel que soit le jeu de Bellamy, Spencer savait que le sien ne valait rien. Certes, il restait encore des cartes à distribuer, et il se pouvait que la chance tourne en sa faveur, mais s'il relevait ce pari, il risquait de tout perdre.

Enfin, pas *tout*. Il prit soudain conscience de sa démesure. Quel était le véritable enjeu de la partie ? Quelques rondelles de cuivre et un étalon sur le déclin ? Tout à coup, rien de tout cela ne semblait avoir de valeur à ses yeux. En revanche, sa femme était irremplaçable.

Cela faisait si longtemps qu'il poursuivait ce but qu'il n'avait jamais envisagé de capituler. Après tout ce temps, il avait pratiquement oublié pourquoi il voulait cet étalon. Au départ, il s'était persuadé qu'en renonçant à Osiris, il renonçait à Junon. Or renoncer à Junon, c'était un peu renoncer à lui-même. Mais c'était avant. Aujourd'hui, il pensait différemment. Il envisageait l'avenir. S'ils étaient réunis ce soir, c'était parce que leur ami, Leo Chatwick, était mort bien trop jeune. Spencer tenait-il vraiment à lire cette épitaphe sur sa tombe : *Joueur émérite, amoureux des chevaux* ?

L'espace d'un instant, il imagina sa défaite. Il laisserait tous les jetons sur la table, abandonnerait toute revendication sur Osiris, puis monterait à l'étage demander pardon à sa femme. Il lui jurerait de faire d'elle sa priorité tout en espérant qu'un jour, elle partage son sentiment. Il la couvrirait de baisers, murmurerait des mots doux contre sa peau, lui ferait l'amour jusqu'à ce qu'ils s'effondrent, à bout de forces.

Quel goût aurait la défaite ? Un goût savoureux ! Pareil à celui de la victoire.

L'heure était venue de tirer sa révérence.

Apparemment, Bellamy avait pris la même décision. Ramassant son jeton, il le fourra de nouveau dans sa poche et se leva.

— Bon, eh bien, si tu n'as pas le cran de…

— Assieds-toi, fit Spencer en jetant le jeton de Leo sur la table. Nous allons en finir ce soir. Les autres jetons sont dans un coffret à l'étage. Je vais envoyer un valet le chercher.

Il se leva, mais avant qu'il atteigne la porte, celle-ci s'ouvrit à la volée et Amelia entra en trombe, Lily sur ses talons. Les deux femmes paraissaient affolées.

— Dieu du ciel, que se passe-t-il ? s'exclama Spencer en s'avançant vers Amelia.

Au diable les chevaux et les cartes ! À cet instant précis, rien d'autre ne comptait que prendre sa femme dans ses bras. Elle avait besoin de lui et elle était venue le trouver. Il ne laisserait rien ni personne lui faire du mal.

Mais alors qu'il s'apprêtait à l'enlacer, elle le repoussa.

— Nous n'avons pas le temps, articula-t-elle. Claudia est partie.

21

— Partie ? répéta Spencer dont le visage vira au gris. Vous en êtes sûre ? Peut-être est-elle seulement...

— Non. Elle est bel et bien partie. Et pas seule.

Amelia fit une pause, ne sachant comment lui annoncer la nouvelle. Mais elle n'avait pas le choix. Le temps leur était compté.

— Elle s'est enfuie avec Jack. Ils ont laissé un mot.

Elle lui tendit ce dernier. Elle l'avait trouvé fixé au montant de la porte de la cuisine, à l'endroit où ses frères avaient l'habitude de lui laisser des messages. Le bureau de poste des d'Orsay, l'appelaient-ils. Fidèle à son habitude, Jack était bref :

Sommes en route pour Gretna Green[1].

Tous deux l'avaient signé.

— Depuis quand ? demanda Spencer avec brusquerie.

— Nous... nous ne savons pas précisément. De toute évidence, entre la fin du dîner et maintenant. Tous les chevaux sont là, ils ont dû donc partir à pied. C'est la dot qui l'intéresse, j'imagine.

---

1. Village d'Écosse qui offrait aux couples mineurs de s'y marier sans autorisation des parents. *(N.d.T.)*

— Je suis tellement navrée, fit Lily dans son dos. Je me suis couchée de bonne heure et, bien sûr, je ne l'ai pas entendue sortir.

— Ne vous excusez pas, dit Spencer. Vous n'êtes pas responsable de Claudia.

Il posa sur Amelia un regard acéré. Bien sûr, Claudia était en partie sous sa responsabilité à elle. Et Jack n'aurait pas été là si elle n'avait pas insisté pour qu'il reste.

— Je suis vraiment désolée, dit-elle d'une voix faible. Qu'il se soit enfui avec elle en plein milieu de la nuit... je n'arrive pas à le croire.

— Évidemment ! Vous n'avez pas voulu écouter mes mises en garde. Vous prenez systématiquement sa défense. Pourquoi changeriez-vous de discours maintenant ?

— Peut-être est-ce un malentendu, hasarda-t-elle, alors même qu'elle en doutait.

Les mâchoires serrées, Spencer se dirigea vers le bureau.

— Je vous avais bien dit que s'il restait ici, rien de bon n'en sortirait.

— En effet.

Mais elle avait préféré prendre le risque, supposant bêtement que seuls ses sentiments étaient en jeu. Que si Jack préparait encore un coup fourré, elle serait la seule victime. Jamais elle n'aurait pensé que ses actions puissent également nuire à Spencer et à Claudia.

Bellamy et Ashworth s'étaient levés.

— Que se passe-t-il ? s'enquit Bellamy.

— Mon frère s'est enfui avec Claudia, répondit Amelia.

Spencer la foudroya du regard. Elle s'empressa d'ajouter :

— Ce n'est pas comme si nous pouvions le leur cacher. Pour l'amour du ciel, Spencer, laissez-les nous aider !

— Morland, quelle route ont-ils prise selon toi ? demanda Ashworth.

— Amelia ? interrogea Spencer. Vous connaissez mieux la région que moi.

Elle haussa les épaules d'un air impuissant.

— Il y a plusieurs routes possibles. Ils se sont vraisemblablement dirigés vers Gloucester pour prendre une malle-poste en direction du Nord. Mais pour se rendre à Gloucester, ils ont pu passer au nord par Colford, ou à l'est vers Lydney. Ils ont aussi pu marcher vers le sud, traverser la Severn en bac jusqu'à Aust pour continuer ensuite à pied jusqu'à Londres. C'est là qu'ils trouveront les diligences les plus rapides en partance pour l'Écosse. Ou alors, ils ont peut-être tenté d'embarquer à bord d'un navire...

Sa voix mourut en même temps que ses espoirs. Les possibilités étaient infinies, les chances de les rattraper minces.

— Quelle que soit la direction choisie, ils n'ont pas plus d'une dizaine de kilomètres à parcourir pour trouver un moyen de transport.

— Bon, nous sommes trois, déclara Ashworth.

— Je vais faire seller mes chevaux les plus rapides, déclara Spencer en ouvrant un tiroir du bureau. Nous allons prendre chacun une route différente.

— Quand ai-je proposé mon aide ? intervint Bellamy.

— À l'instant, répliqua Spencer en sortant un pistolet du tiroir.

Il fourra l'arme dans la ceinture de son pantalon d'un geste sans doute destiné à impressionner Bellamy.

— D'accord, d'accord, acquiesça ce dernier. Je file au sud en direction de la Severn et de la capitale. Si jamais je les trouve, vous en serez informés. Sinon, je poursuivrai ma route jusqu'à Londres.

— Très bien. Tu la trouveras au *Blue Turtle* à Hounslow. On te demandera sûrement de régler la note.

Si Amelia n'avait aucune idée de ce que cette dernière phrase signifiait, Bellamy, lui, parut comprendre.

— Je monte au nord, déclara Ashworth. S'ils ont emprunté une voie carrossable, quelqu'un les aura aperçus sur la route de Gloucester.

— Dans ce cas, je file à l'est, conclut Spencer. Par la forêt.

— Je vais chausser une paire de bottes dignes de ce nom, annonça Bellamy avant de quitter la pièce.

Lily lui emboîta le pas.

Ashworth sortit à son tour.

— On se retrouve aux écuries, lança-t-il par-dessus son épaule.

Amelia se retrouva seule avec son mari. Elle le regarda sortir des cartouches d'un sac pour les compter.

— Je suis tellement navrée.

— Épargnez-moi vos excuses.

Avec un soupir, il attrapa sa redingote suspendue au dossier de son siège et l'enfila.

— Donnez-moi l'itinéraire. Route, noms, bornes, points de repère. Tout ce dont vous vous rappelez.

Elle fit de son mieux quoiqu'elle n'eût pas traversé la forêt de Dean depuis des années.

— Bon sang, marmonna soudain Spencer en jetant un coup d'œil par la fenêtre. Voilà qu'il se met à pleuvoir.

Il ne manquait plus que cela ! Amelia s'imagina Jack et Claudia marchant sous une pluie battante... sans oublier les trois cavaliers lancés à leur poursuite sur un terrain glissant qui ne leur était pas familier, alors qu'il faisait nuit noire.

Comme Spencer passait près d'elle pour gagner la porte, elle le retint par la manche et le força à pivoter vers elle.

— Attendez, Spencer. Vous me reprochez ce qui est arrivé ?

— Je n'ai pas le temps de discuter pour savoir qui est à blâmer, Amelia. Il faut que je les retrouve avant que la réputation de Claudia soit ruinée. Voire pire.

Elle tressaillit, ne sachant que trop bien ce qu'il insinuait. Jack était certes désespéré, mais il n'allait tout de même pas déflorer une innocente de quinze ans ? Encore qu'à ce stade, elle ne savait plus quoi penser.

— N'y a-t-il rien que je puisse faire pour me rendre utile ?

— Ne bougez pas d'ici. Vous m'entendez ? insista-t-il en lui prenant le menton d'un geste brusque pour la forcer à croiser son regard. Restez là au cas où ils rentreraient.

Elle lâcha sa manche.

— Que ferez-vous si vous les retrouvez ?

— Ce qu'il faudra pour protéger Claudia.

Autrement dit, il n'hésiterait pas à employer la force. Vu les circonstances, elle ne lui aurait pas demandé de se montrer clément… le ravisseur de Claudia eût-il été un autre que son frère.

— Je vous en prie, supplia-t-elle d'une voix étranglée. Ne le tuez pas. Je ne supporterais pas de…

— De perdre votre frère, acheva-t-il à sa place d'un ton amer. Je sais ce qu'il représente pour vous, Amelia. Croyez-moi, je ne le sais que trop bien.

Durant les deux heures qui suivirent, Amelia tourna dans le salon comme un ours en cage. Elle était morte d'inquiétude. Plus le temps passait, plus elle avait de mal à imaginer une issue heureuse à cette affaire. Si jamais Claudia et son frère passaient la nuit dehors, la jeune fille serait perdue – peu importait qu'on les retrouve avant qu'ils aient atteint l'Écosse, ou que Jack ne l'ait pas touchée. Spencer n'aurait d'autre choix que de les laisser se marier pour préserver ce qu'il restait de la réputation de Claudia. Les deux jeunes gens le regretteraient sans doute jusqu'à la fin de leurs jours.

En admettant que Spencer épargne la vie de Jack.

Un frisson la secoua. La seule idée de devoir choisir entre eux deux l'avait désolée. Cette nuit, le destin risquait de faire ce choix à sa place. S'il arrivait malheur à Claudia, Spencer ne le lui pardonnerait jamais.

Dans un fauteuil non loin d'elle, Lily dormait d'un sommeil agité. L'esprit en ébullition, Amelia cherchait désespérément une réponse aux questions qui la taraudaient. Si elle comprenait pourquoi Jack avait jeté son dévolu sur Claudia, en revanche, elle ne s'expliquait pas que celle-ci ait accepté de le suivre. Jack était certes beau garçon, et il lui arrivait d'être charmant quand il le voulait... mais en ce moment, il n'était pas au mieux de sa forme, et Claudia l'avait à peine côtoyé depuis leur rencontre. Elle avait du mal à accepter le mariage de Spencer, aucun doute, mais était-elle furieuse au point de s'enfuir avec un jeune homme ?

Et que penser de l'Écosse ? Jack n'était pas assez ingénieux pour avoir organisé une fugue à Gretna Green. C'était un voyage long, éprouvant et coûteux. Il n'avait pas un sou, et l'argent de poche de Claudia ne les mènerait pas loin. Peut-être avaient-ils emporté des objets qu'ils espéraient revendre.

Dans un accès de frayeur, elle s'empara d'un chandelier et se précipita à l'étage, dans leur chambre à coucher. Elle ouvrit le petit placard d'angle et fit coulisser le panneau du fond...

Là. Le petit sachet de bijoux de leur mère n'avait pas bougé. Son contenu – un collier de perles et des boucles d'oreilles en topaze – n'avait de valeur que sentimentale, c'est pourquoi Amelia y tenait comme à la prunelle de ses yeux.

Elle remit le panneau secret en place et se redressa.

Pour s'accroupir presque aussitôt. Son cœur battait la chamade et la tête lui tournait.

Juste ciel ! Subitement, tout fit sens.

Restez là au cas où ils rentreraient. C'était tout ce qu'il lui avait demandé.

— Pardonnez-moi, Spencer, marmonna Amelia en sortant du cottage, un châle drapé sur les épaules.

La pluie tombait moins drue à présent, mais la température avait chuté. La lune fit une percée entre les nuages, mais Amelia savait que ce serait de courte durée. Elle attrapa la lanterne suspendue à proximité de la porte d'entrée. Pataugeant dans des flaques d'eau peu profondes, elle gagna l'écurie.

Si elle avait deviné juste – et la petite voix dans sa tête le lui assurait –, Claudia était davantage en danger que Spencer ne l'imaginait. En revanche, elle n'était peut-être pas très loin.

Une fois dans l'écurie, elle se rendit compte, sotte qu'elle était, que Capitaine, son vieil hongre, n'était pas sellé. De toute façon, monter en pleine nuit, dans son état, était trop risqué. Eh bien, il ne lui restait plus qu'à marcher.

Elle s'engagea sur le sentier sinueux qui grimpait jusqu'en haut de la falaise. Le sol, recouvert de pierre calcaire et de mousse, devenait très glissant par temps de pluie. Elle trébucha à plusieurs reprises, mais parvint à atteindre le promontoire entière.

Elle s'octroya quelques secondes pour reprendre son souffle, puis fonça vers les ruines de Beauvale Castle. C'était là que les fils d'Orsay préparaient leurs mauvais tours autrefois. Tout en couvrant la distance qui la séparait des murs à demi éboulés, elle pria pour que les vieilles habitudes aient perduré.

Parvenue au corps de garde, elle haletait. Son cœur s'allégea quand elle vit la porte entrouverte. Elle poussa le panneau de chêne et brandit la lanterne à bout de bras.

Au centre de la tour plongée dans la pénombre se tenait Jack. Ses cheveux trempés étaient plaqués sur son crâne. Il parut à peine surpris de la voir.

— Je ne savais pas, Amelia, fit-il en jetant un œil par-dessus son épaule.

Elle aperçut Claudia, recroquevillée dans un coin.

— Je te jure que je ne savais pas, répéta-t-il.

— Tu es un imbécile, répliqua-t-elle en suspendant sa lanterne à une applique.

Elle passa devant lui.

— Tu pensais vraiment qu'elle acceptait de s'enfuir avec toi pour tes beaux yeux ? Tu n'es pas à ce point irrésistible.

Elle rejoignit Claudia à la hâte et s'agenouilla près d'elle. Elle grelottait, les lèvres bleuies, le regard vide, les joues striées de larmes.

Amelia ôta son châle pour l'en envelopper.

— Tout va bien, Claudia. Ne vous inquiétez pas, murmura-t-elle en cherchant son regard. Tout va bien. Je sais tout.

L'adolescente s'effondra dans ses bras, le corps secoué de sanglots. Amelia l'enlaça en lui chuchotant des paroles rassurantes. La pauvre petite. Absorbée par ses propres soucis, Amelia n'avait pas compris que la grossièreté de Claudia à son endroit n'était pas due à un quelconque ressentiment, mais au fait qu'elle redoutait que l'on ne découvre son secret.

Sa réserve, ses sautes d'humeur, ses variations d'appétit, ses nausées durant le voyage…

Claudia attendait un enfant.

— Pauvre petite, fit Amelia en caressant sa chevelure mouillée. Je suis tellement navrée. C'est arrivé à York, n'est-ce pas ?

Claudia hocha la tête contre elle.

— Mon professeur de musique. Je me sentais tellement seule là-bas, et il était si gentil, au début. Il m'avait promis que je n'aurais pas…

Sa voix se brisa. Amelia resserra son étreinte.

— Oh, Amelia, j'ai été si stupide ! Comment trouverai-je le courage de le lui avouer ?

Amelia savait qu'elle ne faisait pas allusion au professeur de musique.

— Je ne pourrai pas, sanglota Claudia. Il sera tellement furieux contre moi.

— Chut, fit Amelia en la berçant doucement. Je le lui dirai moi-même. Et s'il se met en colère, ce ne sera pas contre vous. Il tient tellement à vous.

— Je pensais… qu'en m'enfuyant, et en me mariant…

— … tout le monde croirait que l'enfant était de Jack, devina Amelia. Et que vous n'auriez jamais à avouer la vérité.

— C'est elle qui a eu l'idée, intervint Jack. J'ignorais qu'elle était enceinte jusqu'à ce qu'il se mette à pleuvoir des cordes. Il faut que tu me croies. Elle est venue me trouver, et j'étais si désespéré…

Il était allé s'adosser à un mur. Lentement, il se laissa glisser le long de la paroi.

— Je ne l'ai pas touchée, je te le jure.

— Je te crois, Jack, mais comment as-tu pu me faire cela ? Je me suis battue bec et ongles pour toi. Je t'ai soutenu envers et contre tout, j'ai cru en toi. Et c'est ainsi que tu me remercies ? En t'enfuyant avec la pupille de mon mari ?

— Je suis dans de sales draps, Amelia.

— Spencer m'a raconté.

— C'est encore pire que ce qu'il pense. C'est soit l'exil, soit la mort, fit-il. Je préférerais presque la deuxième option.

Cet aveu transperça le cœur d'Amelia. Elle aurait voulu consoler son frère, mais Claudia avait besoin d'elle.

— Il ne faut pas lui en vouloir, murmura cette dernière. Il a dit vrai. C'était mon idée.

— Certes, mais il aurait dû être plus raisonnable ! Vous n'avez que quinze ans.

— Presque seize, rectifia-t-elle.

— Seize, répéta Jack d'un air absent. Tu as oublié l'été de tes seize ans, Amelia ? Tu étais fiancée à un certain M. Poste. Hugh et moi avons passé des heures tapis ici, dans les ruines de Beauvale, à manigancer un plan pour empêcher ton mariage. Nous n'avions peut-être que treize et douze ans, mais nous avions juré de ne jamais te livrer à ce vieillard décrépit. Nous avions préparé des grenades de poudre noire pour faire diversion, et une catapulte, expliqua-t-il. Et nous avions prévu un lâcher de poulets enragés, si mes souvenirs sont bons.

Les yeux emplis de larmes, Amelia ne put s'empêcher de rire à la pensée de la cérémonie interrompue par un lâcher de volatiles. Ce vieux M. Poste aurait sans doute fait une attaque.

— Vous avez dû être très déçus quand j'ai tout annulé.

— Non, rétorqua-t-il en la regardant droit dans les yeux. Nous avons été soulagés, Amelia. Pas seulement Hugh et moi, mais tout le monde. Tu méritais tellement mieux... C'est pourquoi je me sens si mal à l'idée de t'avoir indirectement poussée dans les bras de Morland, avoua-t-il après s'être raclé la gorge.

— Jack, la situation est complètement différente. Spencer est l'opposé de M. Poste. Je l'aime.

— Tu aimes tout le monde sans distinction. Toujours est-il qu'il n'est pas assez bien pour toi. Personne ne l'est. Si Hugh était encore de ce monde, nous aurions trouvé le moyen d'empêcher aussi ce mariage-là.

Eussent-ils assiégé Bryanston Square, elle doutait que Spencer se fût laissé impressionner.

— Évidemment, si Hugh était encore de ce monde, tout serait différent, non ? continua Jack en appuyant la tête contre le mur. Nous avons passé notre enfance dans ce tas de ruines. Je ne supportais plus de venir ici après sa mort. Je croyais que ce serait un soulagement de vendre le cottage, mais...

Elle ressentit un pincement au cœur. Voilà pourquoi il avait refusé de la rejoindre l'année précédente ? Les souvenirs qui la réconfortaient lui étaient insupportables.

— J'aurais dû partir avec lui. J'en ai tellement voulu à Laurent d'avoir acheté une charge d'officier à Hugh et pas à moi. Je le suivais toujours partout.

— Je sais, souffla-t-elle. Mais tu ne peux pas le suivre jusque dans la tombe.

L'eau gouttait des chevrons. *Flic floc, flic floc.*

— Seigneur ! s'écria-t-elle soudain. C'est pour cela que tu restes assis ici, n'est-ce pas ? Dans l'espoir que Spencer te découvre et te demande réparation.

Il ne répondit pas.

Son frère souhaitait mourir. Cet aveu tacite lui brisa le cœur, mais la mit également hors d'elle.

— Cela t'arrive de ne pas penser qu'à toi ? Je sais que tu aimais Hugh. Nous l'aimions tous. Sa mort nous a tous anéantis. Pourtant tu serais prêt à nous infliger la même souffrance pour la seconde fois ? En poussant mon mari à te provoquer en duel, qui plus est ?

Sa voix vacilla comme elle ajoutait :

— Sache que ce n'est pas près d'arriver. Je ne te permettrai pas de faire de Spencer l'assassin qu'il n'est pas.

Elle lissa la chevelure de Claudia.

— Et cette petite a quinze ans, Jack. Je me fiche de savoir de qui vient l'idée ou ce qui t'est passé par la tête quand vous vous êtes enfuis. Cela demeure impardonnable.

— Je sais, je sais, fit Jack en entourant ses genoux des bras et en se balançant.

Amelia crut l'entendre pleurer. Ce qui ne fit qu'ajouter à sa colère. Dans cette pièce, ce n'était pas son frère l'enfant vulnérable, apeuré et impuissant. C'était Claudia. Mais il n'avait rien fait pour l'aider tant il était centré sur lui-même. Cette enfant était enceinte, terrorisée, trempée jusqu'aux os, et que faisait Jack ? Il la gardait dans cette tour pleine de courants d'air. Comble de la goujaterie, il n'avait même pas pensé à lui proposer sa redingote.

Curieusement, Amelia en était heureuse. Ce manque de considération n'était peut-être rien comparé à tout ce qu'il avait pu lui faire par le passé, mais ce fut finalement la goutte d'eau qui fit déborder le vase. Des mois durant, elle avait cru que son amour, s'il était suffisamment fort, aiderait son frère à s'en sortir. Quelle erreur ! Elle avait accusé Spencer d'être muré en lui-même, mais c'était Jack l'égoïste, incapable de voir au-delà de son chagrin. D'autres que lui perdaient frères, amis, parfois même femme et enfants, sans pour autant tomber si bas. Jamais elle ne comprendrait pourquoi Jack avait sombré dans l'abîme alors que d'autres parvenaient à le contourner. En revanche, elle se rendait compte qu'elle n'avait pas le pouvoir de l'en tirer.

— Claudia, vous sentez-vous assez solide pour vous lever ? demanda-t-elle.

Cette dernière hocha la tête.

— Alors, venez. Je vous ramène à la maison.

— Et moi ? fit Jack d'une voix faible. Que vais-je devenir maintenant ? Dis-le-moi, toi qui aimes tant me donner des conseils.

— Je ne sais pas, Jack, répondit Amelia tout en aidant la jeune fille à se redresser. Honnêtement, je ne sais pas.

22

Peu avant l'aube, Spencer émergea de la forêt pour amorcer sa descente vers Briarbank. La lune baignait le paysage de sa lumière spectrale tandis qu'un tapis de brume flottait au-dessus de la terre.

Ses vêtements empestaient la poudre, ses bottes étaient maculées de sang. Il était recru de fatigue, et l'air était si chargé d'humidité qu'il avait l'impression de nager au travers. De lutter, de se débattre. Se noyer.

Il ne lui restait plus qu'à prier pour que Bellamy et Ashworth aient réussi là où il avait échoué.

Un instant plus tard, alors qu'il pénétrait dans l'écurie, son sang se figea dans ses veines.

Non seulement aucun de ses deux compagnons n'était rentré, mais Capitaine, le hongre d'Amelia, n'était plus attaché près de la porte. Dieu du ciel ! Elle savait à peine tenir les rênes. Elle ne s'était tout de même pas aventurée dehors, seule, avec son cheval ? Vu les conditions climatiques et son manque d'expérience, c'était pure folie.

Son souffle se précipita tandis que la panique le submergeait. À chaque inspiration, une vive douleur lui perçait le flanc. La main pressée contre les côtes, il se demanda s'il ne s'en était pas cassé plusieurs. Il sortit de la grange et gagna le cottage d'un pas chancelant. La maison était plongée dans l'obscurité, à l'exception d'une faible lueur provenant de la fenêtre de la bibliothèque. Les yeux rivés sur le rectangle de lumière, il quitta l'allée pavée et s'en approcha.

Elle était là, découvrit-il. Assise dans un fauteuil, une liasse de papiers à la main. Seule.

Il ressentit une telle gratitude qu'il dut s'appuyer au rebord de la fenêtre pour ne pas s'effondrer. Il n'aurait pas supporté de la perdre, il le savait.

Mais peut-être l'avait-il déjà perdue… Et Dieu seul savait où était Claudia. Il demeura pourtant un moment immobile, à contempler son adorable visage en s'efforçant d'imaginer que cette nuit ne s'achèverait pas sur un échec total.

Il s'avança vers la porte d'entrée. Elle n'était pas verrouillée. Quelques secondes plus tard il se tenait dans l'embrasure de la porte de la bibliothèque. Il ouvrit la bouche à plusieurs reprises, mais aucun mot ne lui vint.

— Elle est dans sa chambre, dit Amelia en posant les papiers près d'elle d'une main tremblante. Elle dort. Elle va bien.

Une vague de soulagement déferla en lui, presque douloureuse. Pourtant, il ne savait toujours pas quoi dire. Il traversa alors la pièce, s'agenouilla devant sa femme, posa la tête sur ses genoux, et se mit à pleurer.

— Mon Dieu, Spencer, murmura-t-elle en repoussant les mèches de son front, regardez dans quel état vous êtes. Que vous est-il arrivé ?

— Rien de grave, assura-t-il. Capitaine a disparu. J'ai cru que vous… Seigneur, Amelia, vous devez me promettre de ne jamais me quitter.

La main qui lui caressait les cheveux s'immobilisa. Le cœur de Spencer manqua un battement.

— J'ai une nouvelle à vous annoncer, dit-elle enfin. Cela ne va pas vous plaire.

Il aurait volontiers gardé le visage enfoui dans ses jupes, par pure lâcheté, mais il se força à se redresser pour affronter la suite comme un homme.

Elle hésita.

— Ce n'est pas facile à dire.

— Dites-le simplement.

— Il appuya les bras de part et d'autre de son corps, se préparant au pire.

— Claudia est enceinte.

— *Claudia.* Claudia, enceinte ?

Une série de douleurs fulgurantes lui transperça la poitrine. Au choc succédèrent l'incrédulité, la peine, la culpabilité, et la rage. Une douzaine de questions se bousculèrent dans son esprit, mais il posa la seule qui importait :

— De qui ?

— De son professeur de musique à York.

— Je vais le tuer, cracha Spencer.

— À quoi cela servirait-il ? Il n'est même pas au courant. Et à en croire Claudia, il l'aurait certes séduite, mais elle n'était pas… réticente.

La seule pensée qu'un homme puisse toucher sa pupille lui donna la nausée.

— Elle n'a que quinze ans. C'est encore une enfant.

— Plus maintenant, répliqua Amelia. Elle est terrorisée, Spencer. Cela fait un moment qu'elle le sait, mais elle redoute votre réaction. Je crois qu'elle avait l'intention de vous en parler. Plus tôt dans la journée.

Autrement dit, quand Amelia et lui étaient… occupés dans cette même pièce, et qu'ils l'avaient renvoyée. Il n'avait pas pris le temps d'aller la trouver ensuite. En vérité, cela faisait des semaines qu'il évitait de parler à sa pupille.

— C'est elle qui a suggéré de s'enfuir, reprit Amelia d'une voix calme. Et Jack s'est empressé de saisir la balle au bond. Il a désespérément besoin d'argent ; quant à Claudia, elle était prête à tout pour dissimuler sa grossesse. C'était un plan ridicule, et je pense que tous deux le savaient. En fin de compte, ils n'ont pas dépassé le corps de garde du château. C'est là que je les ai trouvés, trempés jusqu'aux os.

— Vous avez grimpé jusqu'au château ? En pleine nuit ?

— J'ai pensé à prendre Capitaine, avoua-t-elle, mais je me suis vite aperçue de l'absurdité de mon idée.

— Dieu merci ! s'exclama-t-il. J'aurais dû me douter que vous étiez trop avisée pour vous lancer dans ce genre d'acrobaties.

Elle eut un léger rire.

— S'il ne s'était agi que de ma sécurité, j'aurais peut-être été tentée de prendre le risque, mais…

Elle soupira.

— Je me doute que vous m'en voulez, reprit-elle. Si seulement je n'avais pas insisté pour que Jack reste, il…

— Arrêtez. Vous n'y êtes pour rien. Jack est adulte et responsable. Je suis en droit de lui demander réparation, Amelia. Il a tout de même enlevé une jeune fille innocente et entaché sa réputation. Il va devoir assumer les conséquences de ses actes. Vous ne pouvez plus l'en protéger.

— Je… je l'ai déjà chassé.

Spencer la fixa, médusé.

— Pour votre bien à tous les deux, continua-t-elle. Il n'est pas question que cette histoire se termine dans un bain de sang. Je lui ai promis de le retrouver dans peu de temps, ajouta-t-elle en détournant le regard. Je lui ai permis d'emprunter Capitaine, mais je vous promets que le cheval vous sera restitué.

— Au diable, le cheval !

Comme s'il s'en souciait ! En cet instant, il donnerait tous ses chevaux pour revenir en arrière et changer le cours du destin.

— Où est-il allé ?

Elle ne put se résoudre à croiser son regard.

— Spencer, vous savez que je ne peux pas vous le d…

— Si, vous pouvez. Et vous allez le faire, parce que je vous le demande.

Il lui saisit le menton pour la forcer à le regarder.

— Vous allez devoir choisir, Amelia. J'en ai assez de passer systématiquement après ce vaurien, de vous voir lui prodiguer toute votre tendresse et votre compassion. Cette fois, vous ne pouvez être loyale à l'un et à l'autre. Il a enlevé ma pupille. Soit vous me dites où il est allé et vous me laissez régler mes comptes avec lui, soit…

— Soit ? fit-elle, les yeux humides de larmes.

— Soit vous partez. Vous allez le rejoindre, et vous me quittez. Trop c'est trop.

Un signal d'alarme retentit dans sa tête, assourdissant. « Espèce d'imbécile ! Retire tes paroles avant qu'elle se rende compte de ce que tu viens de dire. » Il avait pleinement conscience de son erreur : en la forçant à choisir sur-le-champ, il venait de faire le pari le plus stupide, le plus risqué, le plus impulsif de sa vie. C'était son cœur qui avait parlé et non son cerveau. Et son cœur était en lambeaux. Il avait besoin d'elle. Mais il la voulait tout entière. Et si elle ne pouvait lui donner ce qu'il demandait, il préférait le savoir maintenant.

Avant même que les mots aient franchi ses lèvres, il lut la réponse dans son regard.

— Je suis désolée. Je lui ai promis de le rejoindre ce matin.

Le signal d'alarme qui rugissait dans sa tête se calma lentement, laissant place à un murmure funèbre : « Tu n'as que ce que tu mérites, espèce de crétin. Voilà, elle te quitte. Ce matin. »

Le jour était sur le point de se lever, non ? Une lumière douce s'insinuait dans la pièce, éclairant son doux visage si familier désormais. Diantre, la lumière de l'aube avait toujours été son alliée. Il se remémora le matin de leur rencontre, dans la voiture. C'est là qu'il avait décidé de l'épouser et de la faire sienne. Et depuis, il avait appris à l'aimer sans avoir besoin de la contrôler. Il n'avait pas le courage de lui forcer la main. Si elle ne voulait pas rester de son plein gré, qu'elle s'en aille.

Tandis que le jour se levait sur la falaise, une nuit infinie s'abattit sur l'âme de Spencer.

— Vous devriez remmener Claudia à Braxton Hall, murmura-t-elle. Il faut qu'elle voie un médecin. Mais ce dont elle a surtout besoin en ce moment, c'est de réconfort et de conseils. C'est de vous qu'elle a besoin, Spencer.

— Mais...

Bon sang, qu'il le dise, tout simplement.

— Mais moi, c'est de *vous* que j'ai besoin. Je ne sais pas comment la prendre, et encore moins comment aborder le sujet avec elle !

— Vous trouverez, je vous fais confiance.

Elle récupéra la liasse posée près d'elle, et l'enroula sur elle-même. Il eut le temps de voir qu'il s'agissait de l'accord de vente de Briarbank qu'il n'avait pas encore signé.

— J'emporte cela, dit-elle.

Il cligna furieusement des yeux.

— Je vois.

Oui, il ne voyait que trop. Lorsque ses sentiments pour lui se heurtaient à ses obligations envers sa famille... la fierté des d'Orsay avait le dessus, et l'aurait toujours. Les besoins de Jack passeraient toujours avant les siens. Elle ne permettrait pas que le cottage de sa famille devienne le leur. Et en refusant de la partager, il la faisait fuir. Il l'avait forcée à choisir entre son mari et sa famille. Il ne lui restait plus qu'à accepter son choix.

Mais Dieu que c'était dur !

— Il y a encore une chose que je dois vous dire, murmura-t-elle. Je pense que je suis également enceinte.

— Oh, Seigneur, Amelia !

Jamais encore il n'avait éprouvé un tel mélange de joie et de détresse. La vision de son corps s'arrondissant à mesure que leur enfant grandissait, de cet enfant qu'il bercerait dans ses bras… C'était comme si une petite étoile avait traversé l'atmosphère pour venir se ficher directement dans son cœur. Il voulait former une famille avec elle plus que tout au monde, et rien n'aurait pu le rendre plus heureux que cette nouvelle. Mais en même temps, l'arrogance de ses propres paroles lui revenait en pleine face. *Je vous procure la sécurité financière, vous me donnez un héritier.* Elle le quittait ce matin en emportant avec elle l'excuse parfaite pour ne plus jamais revenir.

Spencer pria ardemment pour que ce soit une fille.

— Vous vous sentez bien ? s'enquit-il, la gorge nouée. Y a-t-il quoi que ce soit que vous…

— Je vais bien, le rassura-t-elle en baissant les yeux sur son ventre. On ne peut mieux. Dans notre famille, les femmes sont bâties pour porter des enfants, vous savez. Nous sommes robustes.

Une centaine d'adjectifs mieux à même de lui rendre justice que « robuste » vinrent aussitôt à l'esprit de Spencer, mais déjà elle détournait les yeux.

— Vous n'avez pas pu finir votre partie, observa-t-elle.

Il jeta un coup d'œil au bureau sur lequel se trouvaient encore les cartes, sa promesse de vingt mille livres ainsi que deux jetons du Stud Club : celui de Rhys et celui de Leo.

Cela n'avait plus d'importance.

Il se releva lentement. Il eut à peine le temps de faire quelques pas qu'une douleur foudroyante lui perfora les côtes. Il grimaça et s'appuya au bureau.

— Dieu du ciel, Spencer ! s'exclama-t-elle en le rejoignant. Que vous est-il arrivé ?

— Je suis tombé, fit-il en inspirant avec difficulté. J'ai dû me casser une côte ou deux.

— Je vais faire chercher le médecin sans attendre. Vous vous êtes coupé quelque part ? Il y a du sang…

— Ce n'est pas le mien.

Malheureusement, au lieu de lui demander des explications, elle se contenta d'attendre qu'il se décide. Spencer aurait pu facilement esquiver une question, mais il ne savait comment se défendre face à sa satanée patience.

— J'étais sur Junon, dit-il, pressé d'en finir. Nous revenions de Lydney. Elle a trébuché dans une ornière et a chuté. Elle m'a éjecté, heureusement. Sinon, j'aurais fini en piètre état. Elle s'est fracturé la jambe à plusieurs endroits. Elle souffrait beaucoup. Il aurait été impossible de la ramener jusqu'ici pour la faire soigner. Et quand bien même, elle serait restée boiteuse…

— Oh, non ! s'écria-t-elle d'une voix étranglée. Vous avez été forcé de l'abattre.

Il acquiesça d'un hochement de tête, les yeux brûlants.

— Spencer, murmura-t-elle en essuyant ses propres larmes. Vous auriez très mal si je vous prenais dans mes bras ?

— Probablement. Mais je suis prêt à prendre le risque.

Elle s'approcha de lui un peu gauchement et l'enlaça. Puis, avec une lenteur torturante, elle pressa ses formes voluptueuses contre lui et enfouit le visage au creux de son épaule. Ce n'était pas assez. Il lui entoura les épaules du bras et la plaqua contre son torse. Cela lui fit un mal de chien, mais ce n'était rien comparé à ce qu'il éprouverait lorsqu'il devrait la laisser aller.

— Je suis désolée, fit-elle, pleurant contre son habit crasseux. Pour Jack, Claudia, Junon, tout. Si seulement nous pouvions tout effacer.

— Si seulement.

Elle s'écarta de lui et se tamponna les yeux avec son poignet.

— Je ferais mieux d'aller faire mes bagages, dit-elle en reniflant.

— Attendez.

Il sortit un mouchoir de sa poche et le lui tendit, sachant qu'elle le reconnaîtrait sans même le déplier. Dieu sait comment, il parvint à esquisser un vague sourire.

— Une duchesse ne peut-elle pas se payer un mouchoir ?

Elle s'en empara sans mot dire. Le fixa du regard un instant. Puis sortit.

Spencer demeura immobile, épuisé et trop malheureux pour bouger. Il n'aurait su dire combien de temps s'était écoulé lorsque Ashworth frappa à la porte.

— J'espère qu'ils sont rentrés, fit ce dernier, parce qu'ils ne sont nulle part entre Colford et Gloucester.

— Claudia est là. Jack est parti.

— Tant mieux, grommela Ashworth.

Remarquant soudain les bottes ensanglantées de Spencer, il plissa les yeux.

— Quand tu dis qu'il est « parti », tu veux dire que…

— Non.

— Ce n'est pas moi qui te ferais la morale.

— Ma jument a fait une sale chute, expliqua Spencer. J'ai dû…

Il s'interrompit, jura et jeta un coup d'œil par la fenêtre. Le soleil avait commencé son ascension.

— Il faut que j'aille l'enterrer.

— Je t'accompagne, décréta Ashworth. J'ai eu l'occasion de creuser quelques tombes au cours de ma vie.

— Non, non, protesta Spencer en se pinçant l'arête du nez. Tu as passé toute la nuit dehors. Je ne peux pas te demander…

— Tu ne m'as rien demandé. C'est moi qui te l'ai proposé. Et il m'est aussi arrivé de passer une ou deux nuits blanches, figure-toi. N'importe quel ami ferait cela.

— Nous sommes amis ?
— Nous ne sommes pas ennemis.
— Dans ce cas…
Spencer soupira et se passa la main dans les cheveux.
— Une deuxième paire de bras sera la bienvenue.
Indiquant le bureau, il ajouta :
— N'oublie pas de récupérer ton dû.
Ashworth fronça les sourcils.
— Nous avons été interrompus. Je ne me rappelle pas que quiconque ait gagné.
— J'ai quitté la table en premier. Tout ce qui est sur le bureau représente ma mise. Techniquement, Bellamy n'a jamais suivi. En outre, j'avais un très mauvais jeu. J'aurais perdu, conclut Spencer en secouant la tête. J'avais prévu de mettre fin à ce satané club une fois pour toutes, mais il semblerait que Leo n'ait pas fini de rire à nos dépens.
— Tu penses que Bellamy parviendra à retrouver celui qui l'a tué ?
— Je crois qu'il le voit chaque fois qu'il se regarde dans un miroir. C'est bien le problème.
Spencer ramassa la note griffonnée et les deux jetons, et les tendit à Ashworth.
— Prends-les, Rhys. N'est-ce pas toi qui ne jures que par le destin ? Peut-être que c'était écrit.

Ils prirent tout leur temps pour regagner Braxton Hall, par égard pour l'estomac de Claudia et les côtes fêlées de Spencer.

Junon, son mariage, l'innocence de Claudia, que de pertes et quel gâchis ! Quoique les torts fussent partagés, il se sentait entièrement responsable. Amelia avait raison. S'il s'était montré plus ouvert avec son entourage, tout ceci aurait pu être évité.

Mais comment renouer le contact ? Il partagea la voiture avec Claudia, mais ils n'échangèrent que des banalités. Il ne voulait pas forcer sa pupille à se confier à lui tant qu'elle n'était pas prête.

Ils parvinrent à Braxton Hall au soir du quatrième jour. Un crépuscule gris saupoudré d'or gardait obstinément la nuit à distance. Tandis qu'on déchargeait leurs malles et que l'on préparait leurs chambres, Spencer demanda qu'on lui serve un souper léger dans la bibliothèque et invita Claudia à se joindre à lui.

À sa grande surprise, elle accepta.

Ils partagèrent un plateau de sandwiches, après quoi elle dégusta des tartelettes tout en sirotant un chocolat chaud.

— Cela t'ennuierait de me lire quelque chose ? demanda-t-elle à brûle-pourpoint, sans le regarder. Comme quand j'étais petite ? Cela… cela me manque.

Il s'éclaircit la voix.

— Pas du tout. Tu penses à un livre en particulier ?

— Non. Je te laisse choisir.

Il sélectionna un volume de Shakespeare – les comédies, naturellement. Ils avaient eu leur content de tragédies ces derniers temps !

Il feuilleta l'ouvrage, et s'arrêta sur le premier acte de *La Tempête*. Tandis qu'il commençait à lire, Claudia replia les jambes sous ses jupes, appuya la tête sur l'accoudoir du canapé et ferma les yeux. Il ignorait si elle l'écoutait ou si elle s'était endormie, mais continua de lire pour lui-même. Cela faisait des lustres qu'il n'avait pas lu une pièce de Shakespeare du début à la fin. Selon lui, elles n'avaient de sens que lorsqu'on les lisait à voix haute, mais il trouvait gênant de lire seul à la lueur d'une bougie.

Cette nuit-là, il lut la pièce d'une traite, après quoi il drapa une couverture sur Claudia en prenant soin de ne pas la réveiller. Le lendemain soir, après le dîner, il sortit *Le Songe d'une nuit d'été*. Il allait entamer le quatrième acte quand il fut interrompu par un léger ronflement. Ils terminèrent la lecture le soir d'après.

Puis elle insista pour qu'il lui lise *Rasselas* de Johnson. Il se la remémora, petite fille, se régalant à l'écoute de l'histoire de ce prince d'Abyssinie qui parcourait le monde en quête du bonheur. À l'époque, c'étaient surtout les péripéties qui la captivaient – les princesses et les pyramides. Spencer se demanda si elle se rappelait qu'à la fin, le prince ne trouvait pas le bonheur.

Alors qu'il faisait une pause pour siroter une gorgée de cognac, Claudia se redressa soudain sur le canapé.

— Que vais-je devenir ?

Enfin, ils y venaient. À la fois soulagé et plein d'appréhension, Spencer posa le livre.

— Tu as trois choix possibles, selon moi. Si tu souhaites te marier, je peux te trouver un époux. Un brave homme avec des moyens limités, qui verra dans cette union l'occasion de se hisser dans l'échelle sociale. Il devra consentir à élever cet enfant comme le sien et repousser… d'autres tentatives de conception jusqu'à ce que tu sois prête.

— Je n'aime pas trop ce choix-là, avoua-t-elle sans le regarder.

Dieu merci ! Lui non plus.

— Si tu désires préserver ta réputation, reprit-il, tu peux accoucher en secret. L'enfant sera recueilli par une famille de la région. Quant à toi, tu seras libre de faire tes débuts dans le monde, et de te marier selon tes préférences. Tu verras peut-être l'enfant de temps à autre, mais tu ne pourras jamais le reconnaître comme étant le tien.

— *La* reconnaître – je crois que c'est une fille. Continue, fit-elle en posant la main sur son ventre. Tu as dit qu'il y avait trois choix.

— Le troisième consiste à garder l'enfant après l'accouchement, déclara-t-il calmement. Ta réputation en souffrira et tes chances de contracter un bon mariage seront fort minces. Quoi qu'il en soit, tu pourras dire adieu à tes débuts dans le monde.

— Mais j'aurai mon bébé.

— Oui.

Il la laissa réfléchir un moment, puis reprit :

— Aucun de ces choix n'est facile. Quel qu'il soit, ta vie sera profondément bouleversée. Mais sache une chose : quelle que soit ta décision, tu pourras compter sur moi.

— Et sur Amelia ?

— Je... je ne peux pas parler pour Amelia.

Prononcer son nom à voix haute était un déchirement... Elle lui manquait tellement. Que ne donnerait-il pour l'avoir auprès de lui. Elle saurait quoi dire à Claudia, comment la réconforter. Hélas, elle n'était pas là, et il ne pouvait s'en prendre qu'à lui-même ! Que diable lui avait-il pris de la mettre au pied du mur ? Cet amour inconditionnel qu'elle vouait à sa famille, c'était ce qui la définissait. Il aurait dû se douter qu'il n'était pas de taille à lutter.

— J'ai tout gâché, n'est-ce pas ? murmura Claudia, lui ôtant les mots de la bouche.

— Tu as commis une erreur. Mais tu n'es pas la seule.

Lui, il avait commis l'erreur de croire qu'elle était trop grande pour qu'il lui lise des histoires. Et qu'il n'avait rien d'autre à lui offrir.

— À présent, il faut que tu décides comment t'en accommoder, poursuivit-il.

— D'après toi, que devrais-je faire ?

— Il faut que tu prennes le temps de réfléchir.

Il hésita. Il ne voulait pas prendre sa décision à sa place, mais dès lors qu'elle lui demandait son avis, n'était-ce pas son devoir de le lui donner ?

— Nous savons tous deux ce que c'est de grandir sans mère. Ce n'est pas facile. Je ne crois pas que chercher à éviter à tout prix les commérages soit une bonne façon de faire des choix dans la vie. Quant au mariage... Que te rappelles-tu de ton père ?

— Je me rappelle que tu te disputais souvent avec lui.

Il s'esclaffa.

— Nous avions quelques différends. Beaucoup, en réalité. C'était en grande partie ma faute. C'était sacrément difficile de se montrer à la hauteur de ses attentes. Parfois, je préférais le décevoir sciemment plutôt que de faire l'effort et d'échouer lamentablement.

— Je comprends, dit-elle d'une voix douce.

Il tressaillit. Il détestait l'idée qu'elle ait pu ressentir la même chose par sa faute.

— Peu importe nos désaccords, reprit-il. J'avais énormément de respect pour ton père, et pour le mien aussi. C'étaient des hommes bons et respectables, et d'une loyauté à toute épreuve. Après la mort de ta mère, ton père aurait pu se remarier afin d'engendrer un héritier. Mais il aimait tant ta mère que cette idée lui était insupportable. Il m'a donc fait venir du Canada. Je lui ai donné tellement de fil à retordre durant les premières années que c'est un miracle qu'il ne soit pas revenu sur sa décision. Mon père a agi de même après la mort de ma mère. C'est pourquoi je n'aimerais pas te voir piégée dans une union qui te rendrait malheureuse, Claudia. L'amour, pour un Dumarque, n'est pas un caprice. Nous sommes fidèles jusqu'à la mort.

— Tu es amoureux d'Amelia ?

— Oui, répondit-il simplement.

Il était un Dumarque dans l'âme. Il n'aimerait qu'une seule femme jusque ce que la mort vienne le chercher.

Claudia lui coula un regard de biais.

— Dans ce cas, tu pourrais être un peu plus démonstratif, fit-elle remarquer.

— Tu as raison. Du reste, je pourrais l'être aussi davantage avec toi. Mais j'ai bien l'intention de m'améliorer.

— Et tu as prévu de t'y mettre bientôt ?

À dix-sept ans, Spencer avait passé cinq semaines misérables à bord d'un brick pour gagner l'Angleterre. Mais cette traversée avait été une partie de plaisir comparée à ce qu'il vivait aujourd'hui. Il se leva, et alla s'asseoir à côté de sa pupille.

— Quoi que tu décides, Claudia, tu seras toujours chez toi à Braxton Hall.

Il avait à peine achevé sa phrase qu'elle fondit en larmes. Il glissa le bras autour de ses épaules et l'étreignit. S'il était plutôt fier de lui, il lui restait encore du chemin à parcourir. Au bout d'un moment, Claudia renifla et murmura :

— Amelia me manque.

— À moi aussi, avoua-t-il en resserrant son étreinte.

— Quand doit-elle rentrer ?

— Je l'ignore. Il se peut qu'elle ne revienne jamais.

Claudia s'écarta et le regarda droit dans les yeux.

— Comment ? Mais qu'attends-tu pour aller la chercher ?

— C'est que... je ne sais pas exactement où elle est.

— Tu es le duc de Morland. Trouve-la !

— Je ne suis pas sûr qu'elle veuille qu'on la trouve.

Il avait du mal à croire qu'il était en train de s'épancher devant Claudia... Mais vers qui d'autre aurait-il pu se tourner ?

— J'ai été plutôt maladroit avec elle au départ, reconnut-il, et je ne veux pas reproduire la même erreur. Oui, elle me manque. Mais je souhaite avant tout son bonheur. Si elle revient, je veux que ce soit de sa propre initiative.

Claudia écarquilla les yeux.

— Dans ce cas, persuade-la ! Mets-toi à genoux et supplie-la. Présente-lui des excuses dignes de ce nom. Raconte-lui cette jolie petite histoire que tu viens de me raconter et jure-lui un amour éternel. Franchement, Spencer, tu ne connais donc rien en matière de romantisme ?

23

C'était une belle matinée ensoleillée. Sur les quais de Bristol, un brigantin du nom de l'*Angelica* s'apprêtait à lever l'ancre pour Boston.

Avec Jack à son bord.

Plissant les yeux sous le soleil aveuglant, Amelia songea qu'elle aurait dû acheter un chapeau à bord plus large à son frère. Avec sa peau claire, il serait rouge comme une écrevisse après une journée en mer.

— Eh bien, nous y voilà, fit-il.

Dans un dernier élan fraternel, elle chassa les peluches des manches de Jack.

— Quelle belle aventure tu es sur le point de vivre ! Je crois que Hugh t'envierait.

— J'aime à penser qu'il m'accompagne.

— Qui sait ? fit-elle en l'étreignant. Je t'aime, murmura-t-elle d'une voix ardente. Ne t'avise jamais de penser le contraire. Mais il est temps que tu voles de tes propres ailes.

— Je sais.

Elle s'écarta de lui et sortit un petit paquet de son réticule : un mouchoir noué aux coins et qui contenait une grosse poignée de pièces.

— Ta traversée est réglée. Il y a là de quoi pourvoir à tes dépenses personnelles. C'est tout ce que j'ai pu réunir.

— Merci, dit-il en attrapant la « bourse ». Je ferai mon possible pour ne pas tout perdre le premier soir.

Elle s'efforça de rire, mais elle savait qu'il y avait de fortes chances que cela se produise. Elle retint la bourse.

— Si tu perds tout, ne m'écris pas pour quémander. Et si tu rentres dans quelques mois pour me demander de l'aide… sache que je te la refuserai.

Si difficile que ce fût de prononcer ces paroles, elles devaient l'être. Si Jack comprenait qu'elle ne serait plus là pour le rattraper en cas de chute, peut-être ferait-il attention de ne pas tomber.

— C'est la dernière fois que je vole à ton secours, tu entends ? Je prierai pour toi, et je ne cesserai pas de t'aimer, mais tu n'obtiendras plus un penny de moi.

Sur ce, elle lâcha la bourse. Se dire qu'elle n'était plus responsable de son frère n'était pas facile, mais elle n'avait pas le choix. Elle méritait elle aussi sa part de bonheur, or elle ne pouvait imaginer l'être sans Spencer. Elle ne pouvait tout simplement plus prendre le risque de laisser Jack s'immiscer entre eux.

— Je ferais mieux d'y aller, dit-il en jetant un coup d'œil à l'*Angelica*. Je n'aime pas l'idée de te laisser seule ici. Morland a-t-il prévu de venir te chercher ?

Elle secoua la tête.

— Il a raccompagné Claudia dans le Cambridgeshire. J'ai envoyé un message à Laurent. Il va venir m'aider à fermer le cottage, après quoi nous rentrerons ensemble à Londres.

Jack lui caressa la joue.

— Quand j'ai dit que personne n'était assez bien pour toi, je le pensais. Et je m'inclus dans le lot. Je ne méritais pas la moitié de ce que tu as fait pour moi, mais… je t'en suis reconnaissant. Merci de m'aimer en dépit de tous mes défauts.

Ce regard qu'il avait, sa voix à la limite de se briser… Amelia sentit sa gorge se nouer. Elle était à deux doigts de le prendre dans ses bras, de le ramener à la maison et de régler tous ses problèmes à sa place.

Au lieu de cela, elle recula d'un pas. Ce fut sans doute le geste le plus héroïque de sa vie.

— Au revoir, Jack, murmura-t-elle. Tu vas nous manquer. Je t'en prie, prends soin de toi.

Sur ces mots, elle pivota et s'éloigna.

— Où veux-tu que je te dépose ? demanda Laurent. À la maison ?

La maison.

À quelle maison son frère faisait-il référence ? s'interrogea Amelia. À celle du duc de Morland ou à celle qu'il partageait avec Winifred ? Où était sa maison, désormais ?

— Je préfère venir avec toi, si cela ne te dérange pas.

Elle ne se sentait nulle part chez elle sans Spencer. De toute façon, elle ne supporterait pas de se retrouver dans leur hôtel particulier de Londres tout en le sachant à Braxton Hall.

— Bien sûr que non, répondit-il. Tu sais que tu es toujours la bienvenue. Winifred reçoit, ce soir.

— Il y aura beaucoup de monde ? voulut-elle savoir, prête à se rétracter.

— Non. Il s'agit juste d'un dîner avec quelques couples, peut-être suivi d'une partie de cartes et d'un peu de danse.

Ce ne serait pas la mer à boire. En fait, elle était plutôt tentée par le dîner. Elle pourrait toujours feindre une migraine et s'éclipser dans sa chambre ensuite.

— Ai-je pris la bonne décision ? demanda-t-elle à son frère pour la dixième fois depuis le départ de Jack. Tu penses qu'il saura se débrouiller ?

— Je l'ignore, avoua Laurent en lui pressant la main. En revanche, je sais que tu as pris la bonne décision.

— Je me sens coupable de lui avoir laissé croire que nous n'allions pas rembourser sa dette.

— Tu sais parfaitement qu'il ne serait jamais parti autrement.

— Tu as raison, soupira-t-elle. Tu vas avoir du mal à trouver un autre acquéreur ?

— Je ne pense pas. L'emplacement est très prisé, bien que le cottage soit modeste. Le comte de Vinterre a l'air intéressé. Il veut tout raser pour construire à la place un palais italien donnant sur la rivière.

— Seigneur, je crois que je vais vomir !

Laurent lui passa la cuvette. Ce n'était pas la première fois qu'elle était malade depuis le début du voyage. Apparemment, son enfant ne supportait pas plus la voiture qu'elle.

Son frère lui caressa le dos.

— Ne t'en fais pas, je trouverai un autre acheteur.

— Non, protesta-t-elle. Je préfère encore que l'on rase le cottage plutôt que de voir une autre famille y vivre. Vends-le à Vinterre sans attendre.

Plus vite ils concluraient l'affaire, plus vite ils rembourseraient la dette de Jack. Et plus vite Amelia pourrait retourner à Braxton Hall, les poches vides, mais le cœur intact. Elle s'emploierait alors à convaincre son mari de son dévouement sans partage.

À Bryanston Square, ils furent accueillis par une Winifred affolée. Après avoir adressé un bref signe de tête à Amelia, elle agrippa Laurent par le bras.

— Dieu merci, te voilà ! Je ne sais plus où donner de la tête. Il faut commander davantage de vin ! Et des alcools pour les messieurs.

Elle tira son mari à l'intérieur de la maison. Amelia leur emboîta le pas.

— Le poisson est un véritable problème. J'aurais dû m'en douter : il est impossible de dénicher un poisson digne de ce nom un lundi, quel que soit le prix que l'on y mette. On ne trouve que des huîtres très ordinaires. Je ne peux tout de même pas servir des huîtres à une duchesse ! s'écria-t-elle d'une voix haut perchée.

Amelia se mit à rire.

— Ce ne serait pas la première fois que vous m'en servez.

Sa belle-sœur pivota vers elle, l'air interloqué.

— Pardonnez-moi, Amelia, mais ce n'était bien sûr pas de vous dont il était question.

Bien sûr. Amelia laissa échapper un soupir.

Winifred poursuivit à voix basse :

— La duchesse de Hampstead se joindra à nous pour le dîner. C'est Mme Nodwell, l'une de mes invitées, qui vient de m'envoyer un message pour m'en avertir. Sa cousine est l'épouse du frère adoptif du neveu du duc, voyez-vous ?

Amelia ne voyait pas, mais elle acquiesça néanmoins poliment.

Winifred se tourna de nouveau vers Laurent tout en l'attirant dans le salon rose, où des valets s'affairaient.

— Il est évident que je ne pouvais pas refuser. Puis, Mme Petersham m'a fait parvenir un mot dans lequel elle me demandait si elle pouvait amener ses cousins de Bath, qui sont de passage à Londres. Là encore, je vois mal comment j'aurais pu dire non. À présent, les cartes ne cessent d'arriver… Il semblerait que nous recevions le gratin de la haute société, ce soir.

— À cette période de l'année ? s'étonna Amelia. Pourquoi ?

— Pour vous, naturellement ! Ils s'attendent tous que Morland et vous ferez partie des invités. Tout le monde brûle d'assister à votre première apparition publique à Londres depuis votre mariage. Des rumeurs très *intéressantes* sont d'ailleurs parvenues de l'Oxfordshire, ajouta-t-elle en arquant un sourcil.

Amelia eut un sourire doux-amer. Elle se doutait qu'ils seraient la proie des commérages après le bal des

Grantham. Au souvenir de cette fameuse nuit, son cœur se serra avec une violence qui la prit de court.

Dieu que Spencer lui manquait !

S'approchant d'un repose-pieds que les domestiques venaient de déplacer, elle s'y laissa tomber.

— Je crains que vos invités ne soient déçus, dit-elle à Winifred. Je ne me sens pas suffisamment bien pour des mondanités. Quant au duc, il n'est même pas à Londres.

— Mais si !

Frappée de stupeur, Amelia demeura bouche bée.

— Il est arrivé ce matin, reprit Winifred La nouvelle est déjà dans les journaux de l'après-midi.

Amelia s'efforça de masquer l'ampleur de sa surprise. Spencer était en ville ? Se pouvait-il qu'il eût appris qu'elle-même devait arriver à Londres ? Et Claudia, où était-elle ?

Tandis que Winifred débitait une liste de consignes aux domestiques, Laurent s'accroupit près de sa sœur.

— Veux-tu que l'on te ramène à Morland House ?

— Non, non.

Elle ne se voyait pas débouler ainsi. Elle n'était pas prête. Elle n'était même pas certaine qu'il ait envie de la voir.

— Je vais lui envoyer un message, décida-t-elle.

En quelques claquements de doigts, Winifred lui fit apporter un pupitre et une plume. Le papier lui parut d'une blancheur terrifiante. Elle redoutait d'y poser la plume de peur d'inscrire les mots qu'il ne fallait pas et de tout gâcher une fois de plus. En fin de compte, elle se borna à écrire :

Je suis à Londres, chez mon frère. Vous êtes invité à dîner ce soir.

A.

Voilà. S'il désirait la voir, il saurait où la trouver.

Amelia passa deux heures agitées à défaire ses bagages dans sa modeste chambre tandis que Winifred s'efforçait de transformer le rez-de-chaussée en salle de réception. À la tombée du jour, elle regardait par la fenêtre lorsqu'elle aperçut le garçon qui avait porté son message se diriger vers l'entrée de service. Elle dévala l'escalier pour l'intercepter.

— Alors ? s'enquit-elle, pantelante. Est-ce la réponse à ma missive ? fit-elle en désignant le papier qu'il tenait à la main.

Il secoua la tête.

— Le duc était pas chez lui, m'dame. Un valet a dit qu'il est allé à une partie de cartes.

Une partie de *cartes* ? Il était revenu à Londres pour une vulgaire partie de cartes ?

— Retournes-y, ordonna-t-elle. Essaie de savoir où le duc s'est rendu, trouve-le et remets-lui ce message. Ne t'avise pas de rentrer avant d'avoir accompli ta mission.

— Bien, m'dame, répondit le garçon, qui rebroussa chemin sans demander son reste.

La main posée sur son ventre – un geste qui lui venait spontanément, ces derniers temps –, Amelia inspira à fond en s'efforçant de garder son calme.

Quelques heures plus tard, elle était au bord de la panique.

Les premiers invités étaient arrivés peu après le coucher du soleil et, depuis, ils défilaient en un flot continu. Bryanston Square était assiégé par les attelages. La plupart des nouveaux arrivants n'avaient pas reçu d'invitation et ne semblaient pas s'en formaliser. D'ailleurs, savaient-ils seulement chez qui ils se trouvaient ? Amelia n'en était pas certaine. Ils ne faisaient que suivre le troupeau. Bien que les réserves de nourriture de Winifred aient été épuisées depuis longtemps, le vin et les alcools paraissaient résister. Personne ne semblait enclin à partir.

Dans la salle de réception, le quatuor engagé pour la soirée couvrait le bourdonnement des conversations et les rires. Quelques couples dansaient un quadrille. Amelia ne comprenait pas pourquoi tous ces gens s'attardaient ainsi. L'absence du duc était flagrante et, ce soir, elle n'avait pas le cœur à amuser la galerie. Bien que l'on eût ouvert toutes les fenêtres et réduit le nombre de bougies, l'air était étouffant. Amelia évitait la foule, et dès qu'on l'interrogeait au sujet de Spencer, elle bredouillait de vagues excuses. Récemment arrivé en ville, retardé par une affaire... et cetera.

Elle était sur le point de s'éclipser et de louer un fiacre pour se réfugier à Morland House où elle attendrait le retour de Spencer, quand résonnèrent les premières mesures d'une valse et qu'une voix rauque cria :

— Pas tout de suite ! Pas tout de suite !

Perplexe, elle vit toutes les têtes se tourner vers l'horloge. 23 h 50. Amelia comprit soudain pourquoi les invités n'étaient pas partis.

Curieux de savoir si le duc serait fidèle à sa réputation, ils attendaient les douze coups de minuit !

S'ensuivirent les dix minutes les plus longues de sa vie. Elle passa les cinq premières à siroter un verre de limonade tiède. Puis en prit deux pour lisser ses gants.

Une autre minute s'égrena durant laquelle elle fut en proie à la culpabilité, aux remords et aux doutes. Et s'il était toujours en colère contre elle et ne venait pas ? Et s'il estimait n'avoir plus besoin d'elle puisqu'elle était enceinte ?

Une autre minute s'écoula et elle se ressaisit. S'il ne venait pas ce soir, cela ne voulait rien dire, sinon qu'il était ailleurs, et qu'elle le verrait le lendemain. Ou le surlendemain.

Il était minuit moins une. Les yeux étaient rivés sur l'horloge, les souffles suspendus. Quand l'aiguille des minutes rejoignit enfin celle des heures, le silence se fit. Alors, le coucou sortit de sa fenêtre et se mit à chanter comme pour se moquer d'eux.

Coucou ! Coucou ! Douze fois de suite. Ce satané volatile en bois n'avait sans doute jamais vu de public plus captivé.

Il était minuit. Et le duc n'était pas là.

Voilà. La fête était vraiment finie. Les musiciens entonnèrent une valse, comme on le leur avait sans doute demandé, mais personne n'y prêta attention. Les invités commencèrent à prendre congé.

La fatigue s'abattit d'un coup sur les épaules d'Amelia. Seigneur, elle avait besoin de s'allonger ! Se frayant un chemin à travers le salon comble, elle se dirigea vers la porte secrète située derrière le pianoforte, et qui donnait sur un couloir de service.

— Amelia, attendez, fit une voix grave, couvrant à la fois le bourdonnement des conversations et celui de l'orchestre.

— Attendez. S'il vous plaît.

S'il vous plaît ? Ça ne pouvait pas être Spencer. Elle fit volte-face et assista à une scène positivement biblique. L'assemblée s'était scindée en deux à l'instar de la mer Rouge. De l'autre côté se tenait son mari. Le Duc de Minuit. En retard.

— Il est minuit passé de dix minutes, ne put-elle s'empêcher de lui faire remarquer.

— Je suis désolé, dit-il aussitôt. Je suis venu dès que j'ai pu.

Elle secoua la tête, étonnée. Non seulement elle avait eu droit à un « s'il vous plaît », mais également à un « désolé ». En public, qui plus est ! Cet homme était-il vraiment son mari ?

Sans le moindre doute. Plus séduisant, cela n'existait pas.

— Ne bougez pas, reprit-il. J'arrive.

Il s'approcha d'un pas mal assuré, le visage crispé. De toute évidence, ses blessures le faisaient encore souffrir. Si flatteur cela soit-il de le regarder fendre la foule pour la rejoindre *elle*, et non pas quelque pimpante débutante, ce n'était pas assez rapide à son goût.

— Pour l'amour du ciel, ne faites plus un pas, fit-elle.

Mais alors qu'elle s'élançait à sa rencontre, elle se prit le talon dans l'ourlet de sa robe, et se serait probablement étalée sur le sol sans l'intervention opportune d'un gentleman. Lorsqu'elle se jeta enfin dans les bras de son mari, elle se rendit soudain compte que se retrouver au milieu de cette foule devait être une torture pour Spencer. Elle s'arrangea pour l'attirer à l'écart, et le faire pivoter dos à la horde.

— Faites semblant de danser, murmura-t-elle en gardant les bras autour de son cou.

Il fit la grimace.

— Le trajet de Briarbank à Braxton Hall a failli m'achever. Avec mes côtes, je ne pourrai que faire semblant.

— À propos, que faites-vous en ville ? J'ai entendu dire que vous aviez une partie de cartes ?

— En effet. Du reste, je suis venu à Londres exprès pour cela. J'ignorais que vous y seriez également. J'avais prévu de rembourser la dette de Jack en jouant contre celui à qui il doit de l'argent. J'avais organisé la rencontre, préparé mes enjeux et peaufiné ma stratégie – saviez-vous que cet homme est l'un des meilleurs joueurs de piquet de toute l'Angleterre ?

— Je vous soupçonne d'être meilleur.

Les lèvres de Spencer se retroussèrent sur un sourire arrogant.

— Et je vous aurais sûrement donné raison, au bout du compte. Toutefois, il m'aurait fallu plusieurs heures. Or à peine étions-nous assis que votre jeune messager m'a remis votre mot. Après cela… après cela, je me suis dit tant pis, et j'ai rédigé un chèque de banque à la place.

— Non ! s'écria-t-elle. Vous n'avez pas fait cela !

— Si. Car quelle que soit la somme que votre frère devait, passer une heure de plus loin de vous pour la gagner n'en valait pas la peine. Les dettes de Jack sont réglées, Amelia. Vous n'avez plus à vous inquiéter pour sa sécurité.

— Oh, Spencer ! C'est un geste très généreux de votre part. Si seulement j'avais pu m'entretenir avec vous avant. Jack est parti. Il a embarqué sur un brigantin en partance pour l'Amérique. Vous aviez raison. Je lui faisais plus de mal que de bien. Je devrai désormais me contenter de l'aimer à distance.

Elle baissa la voix pour ajouter :

— Notre mariage est plus important que tout. *Vous* êtes plus important que tout. Je ne laisserai rien ni personne nous séparer.

Il cilla, visiblement ému.

— Et comment comptiez-vous régler sa dette ?

— Laurent a trouvé un nouvel acquéreur pour le cottage.

Comme il ouvrait la bouche, elle enchaîna :

— C'est notre dette, pas la vôtre. Nous vous rembourserons jusqu'au dernier penny. Jack est notre problème, celui de notre famille.

— Vos problèmes sont les miens. Votre famille aussi, si vous l'acceptez. Je me suis conduit en imbécile en vous demandant de choisir. Et vous ne pouvez pas vendre ce cottage. C'est votre maison.

— C'est une maison. Rien qu'un tas de pierres – plutôt croulant d'ailleurs. Sans famille il ne vaut rien. Ma maison, c'est là où vous êtes. Nous voilà revenus à la case départ, non ? fit-elle avec un sourire. Vous, détenteur de la dette de mon frère, et moi, propriétaire d'un vieux cottage dans le Gloucestershire.

— Ne puis-je vous demander Briarbank en guise de remboursement ? Ainsi, le domaine ne changerait pas de main. J'aime cet endroit ; j'aime y être avec vous. Et je vous aime. Diantre, je ne vous l'ai pas assez dit, mais j'ai l'intention de me rattraper en vous le répétant cinq fois par jour ! Je vous aime, Amelia. Dès la toute première nuit, j'ai su que vous étiez faite pour moi. Je vous aimerai jusqu'à ma mort. Je vous...

— Chut.

Elle posa l'index sur ses lèvres. Avait-il perdu la tête ou avait-il oublié la foule de curieux derrière lui ?

— Il est minuit quinze, le taquina-t-elle. Et vous aurez bientôt atteint le quota des cinq fois par jour. Ne les gaspillez pas, sinon que me restera-t-il à espérer une fois de retour chez nous ?

Il lui prit la main et lui baisa tendrement les doigts.

— Ne vous inquiétez pas pour cela, lui chuchota-t-il à l'oreille. Vous m'avez tellement manqué. Pas seulement au lit, mais tout particulièrement au lit. C'est un très grand lit, et sans vous, il est bien vide. La vie sans vous est vide.

Elle avait les jambes flageolantes et jugea plus prudent de changer de sujet.

— Comment va Claudia ?

— Elle est à Braxton Hall. Je lui ai promis de revenir vite. Elle réfléchit encore aux choix qui s'offrent à elle, mais je lui ai dit que je la soutiendrai quels qu'ils soient.

— *Nous* la soutiendrons.

Il lâcha un profond soupir.

— Merci, murmura-t-il. Et vous ? Comment allez-vous ?

— Bien, répondit-elle en souriant. Nous allons bien tous les deux.

Lui caressant la joue, il lui adressa l'un de ses sourires dévastateurs.

— Vous allez faire une très belle maman.

Comme il inclinait la tête pour l'embrasser, elle posa la main sur son torse.

— Spencer, souffla-t-elle, il y a des centaines de personnes qui nous regardent.

— Ah bon ? Je n'avais pas remarqué.

— Votre cœur bat à toute allure.

— C'est à cause de vous.

À présent, c'était le cœur d'Amelia qui battait la chamade.

— N'oubliez pas que vous avez une réputation à préserver, reprit-elle. Tout le monde s'attend que vous m'enlèverez de manière plus ou moins barbare.

— Dans ce cas, ils vont être déçus. Je ne serais même pas capable de soulever un chaton, et même si je le pouvais…

Il plongea son regard dans le sien.

— Si vous quittez cette salle avec moi, je veux que ce soit à mon bras. En tant que femme, amante, partenaire… amie la plus chère. Vous voulez bien ?

Elle hocha la tête, les larmes aux yeux.

— Alors, puis-je vous embrasser devant tous ces gens ?

De nouveau, elle hocha la tête, et sourit à travers ses larmes.

— Sur la bouche, s'il vous plaît. Et en vous appliquant.

Remerciements

À ma merveilleuse famille.

Maints remerciements à mon agent,
Helen Breitwieser, à mon éditrice, Kate Collins,
et à toute l'équipe de Ballantine.
Toute ma reconnaissance à Courtney Milan,
Amy Baldwin, Jennifer Haymore, Lindsey Faber,
Elyssa Papa, Laura Drake, et Jange Brannon,
pour leur aide précieuse avec ce manuscrit,
sans oublier Kim Castillo, pour tout le reste.
Quant à M. Dare… comme toujours, je t'aime !

10030

Composition
FACOMPO

Achevé d'imprimer en Italie
par GRAFICA VENETA
le 6 octobre 2024

Dépôt légal : novembre 2024
EAN 9782290255032
OTP L21EPSN002355-435390

ÉDITIONS J'AI LU
82, rue Saint-Lazare, 75009 Paris

Diffusion France et étranger : Flammarion